〔明〕馮夢龍 編著
李金泉 點校

醒世恒言

會校本

上

上海古籍出版社

圖書在版編目(CIP)數據

醒世恒言:會校本 / (明)馮夢龍編著;李金泉點校. 一上海:上海古籍出版社,2024. 3 (2024.5重印)
(中國古典文學叢書)
ISBN 978-7-5732-0790-6

Ⅰ. ①醒… Ⅱ. ①馮… ②李… Ⅲ. ①話本小説-小説集-中國-明代 Ⅳ. ①I242. 3

中國國家版本館 CIP 數據核字(2023)第 146889 號

中國古典文學叢書
醒世恒言(會校本)
(全三册)
〔明〕馮夢龍 編著
李金泉 點校
上海古籍出版社出版發行
(上海市閔行區號景路 159 弄 1-5 號 A 座 5F 郵政編碼 201101)
(1)網址:www. guji. com. cn
(2)E-mail:gujil@guji. com. cn
(3)易文網網址:www. ewen. co
上海展强印刷有限公司印刷
開本 850×1168 1/32 印張 39. 75 插頁 17 字數 667,000
2024 年 3 月第 1 版 2024 年 5 月第 2 次印刷
印數:1,501—2,100
ISBN 978-7-5732-0790-6
I·3750 精裝定價:228. 00 元
如有質量問題,請與承印公司聯繫
電話:021-66366565

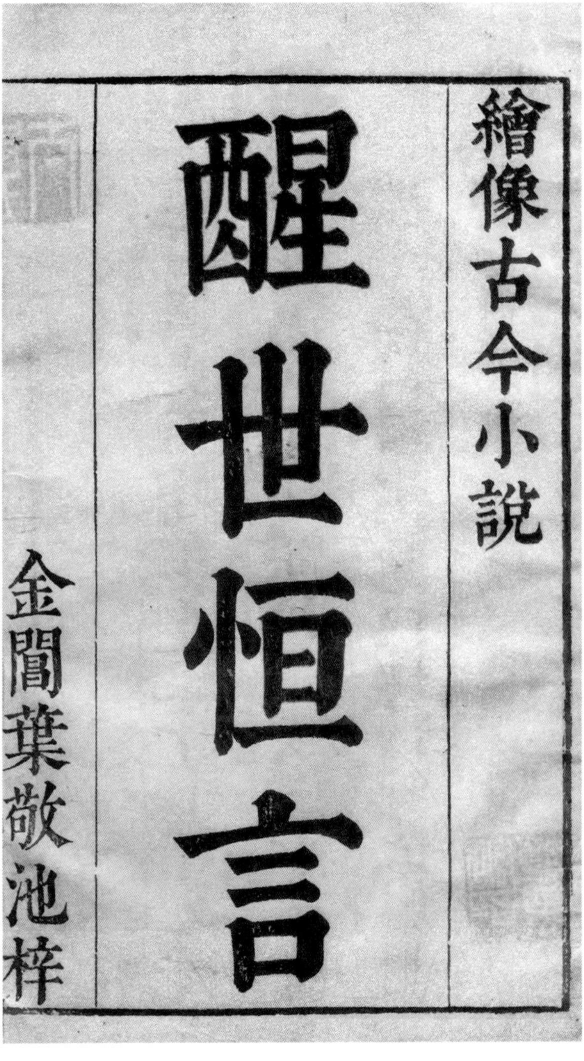
繪像古今小說

醒世恒言

金閶葉敬池梓

日本國立公文書館内閣文庫藏葉敬池本《醒世恒言》扉頁

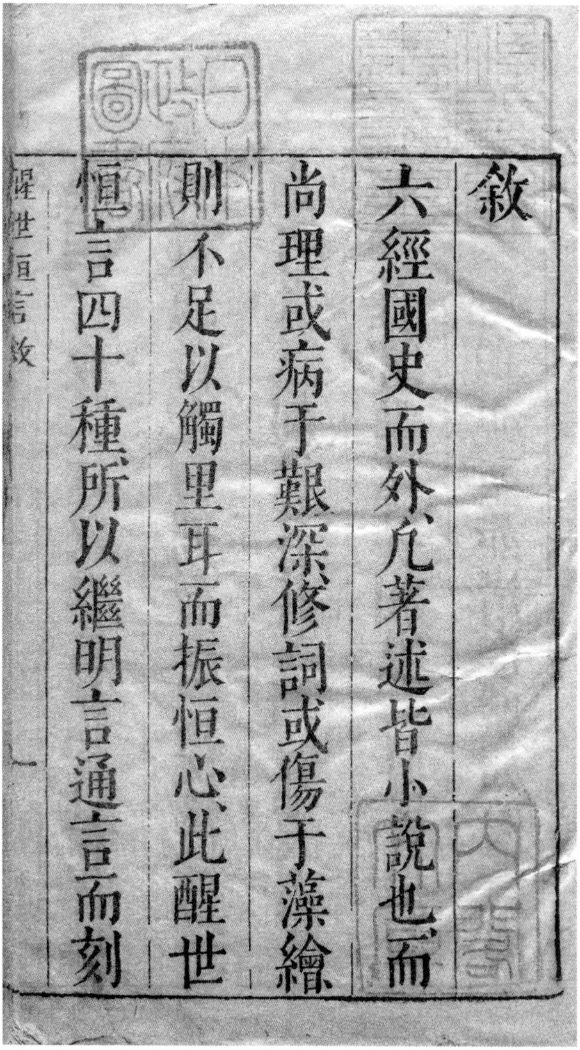
敘
六經國史而外凡著述皆小說也而尚理或病于艱深修詞或傷于藻繪則不足以觸里耳而振恒心此醒世恒言四十種所以繼明言通言而刻

醒世恒言敘　一

日本國立公文書館内閣文庫藏葉敬池本《醒世恒言》叙

俄羅斯國立圖書館東方文獻中心藏葉敬溪本《醒世恒言》扉頁

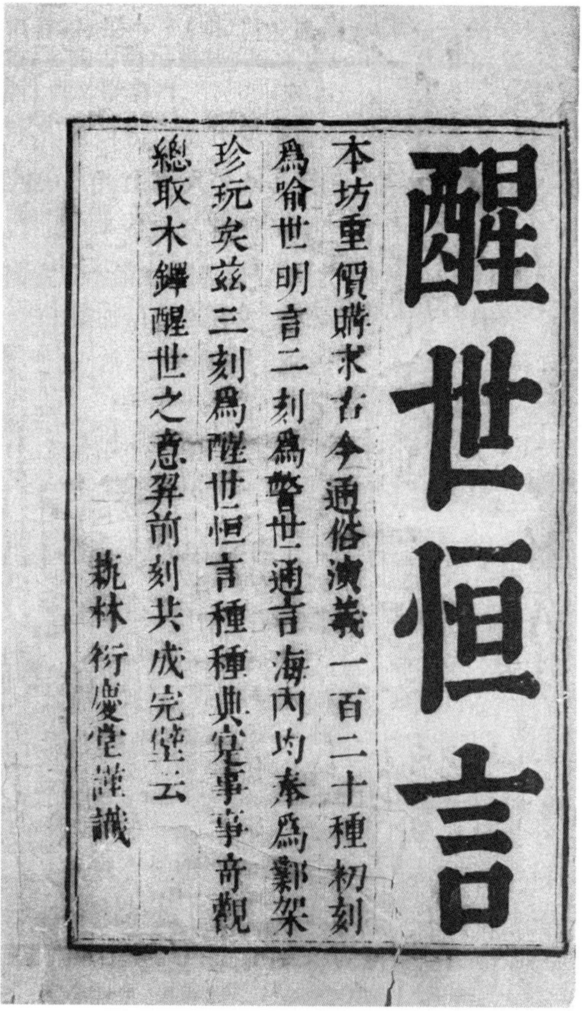

醒世恒言

本坊重價購求古今通俗演義一百二十種初刻爲喻世明言二刻爲警世通言海内均奉爲鄴架珍玩矣茲三刻爲醒世恒言種種典實事事奇觀總取木鐸醒世之意并前刻共成完璧云

桃林衍慶堂謹識

日本國立公文書館内閣文庫藏衍慶堂本《醒世恒言》扉頁

序

潘建国

一、馮夢龍的生平與著述

馮夢龍（一五七四—一六四六），字猶龍，另有龍子猶、墨憨齋主人、緑天館主人、茂苑野史、無礙居士、可一居士等多個别號。長洲（今屬蘇州）人，父馮曙，廪生，母張氏。兄夢桂，弟夢熊，皆爲庠生，頗富文才，時人稱爲「吴下三馮」。據新近發現的史料，馮夢龍另有一位幼弟夢麟，爲儒醫（參馮保善《馮夢龍史實三考》，載《江蘇第二師範學院學報》二〇二一年第六期）。由「桂」、「龍」、「熊」、「麟」四字，可知父母對其兄弟科考成功懷有極大期望，然造化弄人，他們竟無一中舉及第。馮夢龍幼即志在經學，尤其是《春秋》之學，經過數十年孜孜研讀，造詣頗深，先後編纂出版了《麟經指月》、《春秋衡庫》、《春秋定旨參新》等多部經學著作兼科考資料書，被譽爲「煒煒乎古之經神」（馮夢熊《〈麟經指月〉叙》），但他「早歲才華衆所驚，名場若個不稱兄」（明文從簡《贊馮猶龍》），屢試屢敗，始終「未得一以《春秋》舉」（馮夢熊《〈麟經指月〉叙》），令人嘆惜。崇禎三年

（一六三〇），五十七歲的馮夢龍不得已選擇出貢，先是做了一任丹徒訓導，崇禎七年八月，升任福建壽寧知縣，在這個偏僻的閩北山城裏，馮夢龍清正廉潔，勤政愛民，興利除弊，移風化俗，積極扶持地方文教，還親自編纂了地方史《壽寧待志》，充分展現了一名傳統文人的政治熱情和管治才能。

若僅就科舉仕途而言，馮夢龍大概只能列爲舊時代衆多蹭蹬失意文人之一。慶幸的是，文學藝術的璀璨光芒照亮了他的人生，帶給他愉悦、聲名和滿足感，也讓他的名字最終鐫刻在中國文學史的豐碑上，熠熠生輝。吴中地區是明代各類通俗文藝滋長的温床和繁盛的中心，受此熏染，馮夢龍從青年時代開始，就對小説戲曲産生了濃厚興趣，并展現出卓越不凡的才華。他創作時間最早的一部通俗文學作品是《雙雄記》傳奇，這是根據友人「東山劉某」與青樓女子白小樊的故事改編而成，成書於萬曆二十九年（一六〇一）前後，當時還不到三十歲的馮夢龍，「逍遥艷冶場，游戲煙花裏」（明王挺《挽馮夢龍》），還曾對蘇州名妓侯慧卿情有獨鍾。也許正是這段游冶青樓的生活經歷，促使馮夢龍開始關注吴地山歌，他先後搜集評注編刊了《挂枝兒》（又名《童痴一弄》，約刊行於萬曆三十八年）、《山歌》（又名《童痴二弄》，編刊時間稍晚於前者），這是中國歷史上彌足珍貴的兩部民歌專集，具有重要的學術文獻價值。馮夢龍在書中提出的藝術主張「但有假詩文，無假山歌」以及「借男女之真情，發名教之僞藥」（《叙山歌》），更是振聾發聵，極大地提升了民間文藝的文學品格和思想意義。

馮夢龍通俗文學編創的高峰時期，在泰昌元年（一六二〇）至崇禎七年（一六三四）赴任福建之前。這十五年裏，他著述不斷：先後纂輯了《古今笑》（又名《古今譚概》）、《太平廣記鈔》、《智囊》（後增纂爲《智囊補》）、《情史》等文言筆記小説集，各具特色，風行一時；改訂了十餘部戲曲作品并刊爲《墨憨齋定本傳奇》，選編評點了散曲集《太霞新奏》；將二十回舊本《三遂平妖傳》擴編改寫爲四十回的《新平妖傳》，字數約從原來的十萬擴增到三十萬，小説情節人物乃至主題傾向，都發生了顯著變化；又利用明余邵魚《列國志傳》小説文本，廣參博採《左傳》、《國語》、《史記》、《吴越春秋》等史籍稗乘，「重加輯演」（明可觀道人《新列國志》叙）爲一百零八回的《新列國志》，字數約從原來的二十八萬擴增到七十餘萬，增改幅度巨大，庶幾可以視爲一部新作品；他還將明代思想家王陽明的學術人生故事，敷衍爲白話小説《皇明大儒王陽明先生出身靖難録》，并與《濟顛羅漢浄慈寺顯聖記》、《許真君旌陽宫斬蛟傳》合刊爲《三教偶拈》小説。而在馮夢龍諸多通俗文學成就之中，最爲令人矚目者，自然非話本小説《喻世明言》、《警世通言》、《醒世恒言》（簡稱三言）莫屬，詳參下文。可以毫不誇張地説，在明末清初的通俗文藝界，馮夢龍享有盛名，其名號一直是書坊商業出版的賣點和亮點，譬如清初刊本「古吴逸叟」所撰章回小説《莽男兒》，卷首題署仍假托「明龍子猶遺傳」，以招徠讀者。

崇禎十一年（一六三八），六十五歲的馮夢龍自福建壽寧知縣離任（或説離任時間爲崇禎十年，參馮保善《馮夢龍壽寧知縣任期辨正》，載《江蘇第二師範學院學報》二〇二三年第三期），返回蘇州老家，「歸來結束墻東隱，翰膾機蒓手自烹」(明文從簡《贊馮猶龍》)，準備安度晚年。他不時與吴中友朋游謁酬唱，爲鄉人著述題寫序跋，崇禎十六年(一六四三)，他喜度七十大壽，東南文壇盟主錢謙益贈詩《馮二丈猶龍七十壽》，以爲古稀之祝。馮夢龍的人生，似乎正以一種水到渠成的方式趨於圓滿。然而，一切都在崇禎甲申年(一六四四)陡然逆轉：三月十九日，李自成攻陷北京，崇禎皇帝在煤山自縊；五月二日，清軍入關，攻城略地，勢如破竹，由北向西向南掃蕩而來。這一天崩地裂般的巨變，給七十一歲的馮夢龍帶來了沉重打擊，悲憤之餘，他的精神密切關注着飄摇崩塌的皇明基業，迅速編纂了《甲申紀事》、《中興實録》、《中興偉略》三書，存史鑒史，建言獻策；他的身體則勉力追隨着不斷流亡的南明小朝廷，從蘇州到台州到福建，「忽忽念故國，匍匐千餘里」(明王挺《挽馮夢龍》)，憂心如焚，却又無可奈何。南明隆武二年、清順治三年(一六四六)，馮夢龍在倉皇離亂中溘然離世，享年七十三歲，其卒地一説在福建，一説在蘇州(參高洪鈞《馮夢龍卒地考辨》，載《明清小説研究》二〇〇〇年第二期)。

二、《三言》的編刊過程與素材來源

中國古代小説按照語體分爲文言小説和白話小説，白話小説按照文體又可分爲話本(白話短篇小説)和章回(白話長篇小説)。其中，話本小説乃脱胎於唐宋「説話」伎藝，歷經從口頭表演到書面文本的轉寫編創，至宋元時期，陸續産生了一批早期作品，這些話本小説在明代續有流播。嘉靖時，杭州書坊清平山堂主人洪楩，搜集所見宋元舊本（亦雜有明人之作）加以整理刊印，總其名爲《六十家小説》，共六十種，這成爲明代中前期最爲大宗的話本小説集群。萬曆時期，福建書林熊龍峰也曾刻印若干話本小説，存世僅有《張生彩鸞燈傳》、《馮伯玉風月相思》等四種，當年實際刊印的數量應該更多。此外，諸如《稗家粹編》、《小説傳奇》、《國色天香》、《繡谷春容》、《萬錦情林》、《燕居筆記》等明代通俗彙編類書，也選録了不少新舊話本小説文本。很顯然，生活在晚明的馮夢龍，身處刻書藏書極爲繁盛的蘇州地區，本人又對通俗文學興趣濃厚，他完全有條件搜集購藏豐富的小説資料，提供給自己進行選輯、改編乃至擬寫。

《三言》的編刊約始於天啓初（天啓四年之前），應書坊之請，馮夢龍利用「家藏古今通俗小説」（緑天館主人《古今小説》叙），首先推出了《古今小説》，凡四十卷四十種，存世明天許齋刊本目録頁題爲「古今小説一刻總目」，既題「一刻」，自然還有續刻的計劃，但是否一開始就已確定編刊三刻共一百二十種，尚無材料可證此説。天許齋本卷首「緑天館主人」叙云：「抽其可以嘉惠里耳者，凡四十種，畀爲一刻」，也并未提及擬編三刻總計一百二十種的信息。借助對文字、眉批和插圖等項的勘查，研究者考定天許齋本不是《古今小説》的原刻本，據此反觀内封頁上的天許齋識語，聲稱「本齋購得古今名人演義一百二十種，先以三之一爲初刻云」，流露出已知曉三刻一百二十種的口吻，恰好表明了其後出後知的特點。《古今小説》原刻本今未發現。

天啓甲子四年（一六二四），馮夢龍續編《警世通言》，亦四十卷四十種，存世明金陵兼善堂刊本，卷首有「天啓甲子臘月豫章無礙居士題」叙，文末特别强調了《警世通言》的題名緣由，或意在交代本集爲何未沿用「古今小説二刻」書名。據研究，兼善堂本也不是《警世通言》原刻本。原刻本今未發現。

天啓丁卯七年（一六二七），馮夢龍再次編刊了《醒世恒言》，同樣是四十卷四十種，存世明金閶葉敬池刻本，學界認定其爲原刻本（非初印）。卷首有「天啓丁卯中秋隴西可一居士題於白下之棲霞山房」叙，文中有云「此《醒世恒言》四十種，所以繼《明言》、《通言》而刻也。明者，取其可以導愚也；通者，取其可以適俗也；恒則習之而不厭，傳之而可久。三刻殊名，其義一耳」，「以《明言》、《通言》、《恒言》爲六經國史之輔，不亦可乎？若夫淫譚褻語，取快一時，貽穢百世」，「吾不知視此『三言』者，得失何如也」，首次拈出「三刻」、「三言」的稱法，帶有明顯的歸結總論意味。值得注意的是，可一居士叙已提及「明言」這一書名，據此，《古今小説》重版并改題爲《喻世明言》（爲保持《三言》稱法的完整性，下文循學界慣例，統一使用《喻世明言》指稱《古今小説》）的時間，應在天啓四年（一六二四）至七年（一六二七）之間。可惜四十卷本《喻世明言》尚未發現，目前存世爲衍慶堂本《重刻增補古今小説·喻世明言》，全書僅二十四卷，其中卷一、卷五取自《醒世恒言》，則其刊印時間已在《醒世恒言》出版後，顯然不是《喻世明言》的初刻本。此外，這位「金閶葉敬池」是晚明頗具聲名的蘇州葉氏出版家族成員，崇禎間刊刻了馮夢龍的《新列國志》，又曾梓行「墨憨主人評」《石點頭》小説，與馮氏關係頗密，對《三言》的編刊過程也相當瞭解，其《新列國志》

内封頁識語云：「墨憨齋向纂《新平妖傳》及《明言》、《通言》、《恒言》諸刊，膾炙人口。今復訂補二書，本坊懇請先鐫《列國》，次當及《兩漢》。」較早以知情人身份，確認了馮夢龍對於《三言》的著作權，也爲讀者撥開了籠罩在《三言》卷首題署上的迷霧，所謂「緑天館主人」、「茂苑野史」、「無礙居士」、「可一居士」（又作「可一主人」）等，實際皆爲馮夢龍別號。

《三言》一百二十篇小説，可確認的嚴格意義上的馮夢龍獨創作品，只有《警世通言》卷十八《老門生三世報恩》一篇，即便把標準放寬些，這個數字也相當有限。《三言》絶大部分小説皆有所本，而由馮夢龍進行了程度不一的增飾改寫，這符合中國古代小説歷史悠久的輯採改寫傳統。因此，考察素材來源成爲《三言》學術研究的一大版塊。經譚正璧《三言二拍資料》、胡士瑩《話本小説概論》、孫楷第《小説旁證》等論著的持續搜考，《三言》諸篇小説的素材來源問題，基本上得到了梳理和揭示，主要包括如下三大來源：

其一是宋元明話本舊種。《三言》輯採了數量可觀的宋元明話本，這是明末讀者早已指出的事實，與馮夢龍同時代的小説家凌濛初（一五八〇——一六四四）就曾感嘆，當他受到《三言》刺激開始編創《二拍》時，居然發現「宋元舊種，亦被搜括殆盡」（凌濛初《拍案驚奇》序）。馮夢龍本人對此亦不諱言，他用題下自注或文末標注方式，交代了部分篇目的舊本信息：譬如《喻世明言》卷七《羊角哀捨命全交》題下原注：「一本作《羊角哀一死戰荆軻》。」《警世通言》卷八《崔待詔生死冤家》題下原注：「宋人小説題作《碾玉觀音》。」卷十四《一窟鬼懶道人除怪》題下原注：「宋人小説舊名《西山一窟鬼》。」卷十九《崔衙内白鷂招妖》題下原注：「古本作《定山三怪》，又云《新羅白鷂》。」卷二十《計押番金鰻産禍》題下原注：「舊本《金鰻記》。」《醒世恒言》卷三三《十五貫戲言成巧禍》題下原注：「宋本作《錯斬崔寧》。」卷三七《萬秀娘仇報山亭兒》篇末云：「話名只唤做《山亭兒》，亦名《十條龍》、《陶鐵僧》、《孝義尹宗事迹》。」

不妨重點來看一下《三言》與《六十家小説》的關係問題。目前雖無法證明馮夢龍購藏了清平山堂刊本《六十家小説》，但他確有途徑接觸到此書，明末山陰祁氏《澹生堂藏書目》卷七「記異類」著録有：「《六十家小説》，六册，六十卷。《雨窗集》十卷，《長燈集》十卷，《隨航集》十卷，《欹枕集》十卷，《解閑集》十卷，《醒夢集》十卷。」馮夢龍與祁承㸁、祁彪佳父子交往頗密，如欲借閲或轉抄這部完足的澹生堂藏本《六十家小説》，大概亦非難事。清平山堂刊本《六十家小説》今僅存二十九種，其中有十一種爲《三言》輯採改寫，包括《喻世明言》八篇，分别爲卷三《閑雲庵阮三償冤債》（《戒指兒記》，括號内爲《六十家小説》篇名，下同）、卷七《羊角哀捨命全交》（《羊角哀一死戰荆軻》，原書首缺，此據《喻世明言》題注補）、卷十二《衆名姬春風吊柳七》（《柳耆卿詩酒玩江樓記》）、卷十六《范巨卿鷄黍死生交》（《死生交范張鷄黍》）、卷二十《陳從善梅嶺失渾家》（《陳巡檢梅嶺失妻記》）、卷三十《明悟禪師赶五戒》（《五戒禪師私紅蓮記》）、卷三四《李公子救蛇獲稱心》（《李元吴江救朱蛇》）、卷三五《簡帖僧巧騙皇甫妻》（《簡帖和尚》）；《警世通言》三篇，分别爲卷六《俞仲舉題詩遇上皇》入話（《風月瑞仙亭》）、卷三三《喬彦杰一妾破家》（《錯認尸》）、卷三八《蔣淑真刎頸鴛鴦會》(《刎頸鴛鴦會》)。

事實上,《三言》據《六十家小説》改寫的篇目遠不止十一種。《三言》另有十七種小説,著録於明抄本晁氏《寶文堂書目》,却又不在《六十家小説》今存二十九種之列,研究者一般傾向於認爲《寶文堂書目》收録了嘉靖本《六十家小説》的全部篇目,因此,推測《三言》的這十七種小説有可能也是採自《六十家小説》(參[日]中里見敬《反思〈寶文堂書目〉所録的話本小説與清平山堂〈六十家小説〉之關係》,載《復旦學報》二〇〇五年第六期)。它們包括《喻世明言》八篇,分别爲卷十一《趙伯昇茶肆遇仁宗》(《趙旭遇仁宗傳》,括號内爲《寶文堂書目》著録篇名,下同)、卷十五《史弘肇龍虎君臣會》(《史弘肇傳》)、卷二四《楊思温燕山逢故人》(《燕山逢故人》或《燕山逢故人鄭意娘傳》)、卷二五《晏平仲二桃殺三士》(《齊晏子二桃殺三學士》)、卷二六《沈小官一鳥害七命》(《沈鳥兒畫眉記》)、卷三三《張古老種瓜娶文女》(《種瓜張老》)、卷三六《宋四公大鬧禁魂張》(《趙正侯興》)、卷三八《任孝子烈性爲神》(《任珪五顆頭記》);《警世通言》五篇,分别爲卷八《崔待詔生死冤家》(《玉觀音》)、卷十六《小夫人金錢贈年少》(《小金錢記》)、卷二十《計押番金鰻産禍》(《金鰻記》)、卷二九《宿香亭張浩遇鶯鶯》(《宿香亭記》)、卷三七《萬秀娘仇報山亭兒》(《山亭兒》);《醒世恒言》四篇,分别爲卷十三《勘皮靴單證二郎神》(《勘皮靴》)、卷十六《陳五漢硬留合色鞋》(《合色鞋兒》)、卷三一《鄭節使立功神臂弓》(《紅白蜘蛛記》)、卷三三《十五貫戲言成巧禍》(《錯斬崔寧》)。

若將上述兩項相加,《三言》據《六十家小説》舊本改寫的話本小説,至少有二十八種之多,當然,《六十家小説》仍有半數未被《三言》輯採,説明馮夢龍在遴選舊本時有自己的標準,他曾在《古今小説》序文中説:「然如《玩江樓》、《雙魚墜記》等類,又皆鄙俚淺薄,齒牙弗馨焉。」這部《雙魚墜記》蓋即今存熊龍峰刊本《孔淑芳雙魚扇墜傳》,馮夢龍當年應握有一定數量的熊刊本小説,《喻世明言》卷二三《張舜美元宵得麗女》即據熊刊《張生彩鸞燈傳》改寫,但他却主動放弃了「鄙俚淺薄」的《雙魚墜記》。這一取一捨之間,正凸顯了馮夢龍對於小説作品思想性和藝術性的評估與考量。

值得注意的是,《三言》所利用的包括《六十家小説》在内的話本舊本,并非都是宋元舊種,也包含了若干明人新編的作品;即便是宋元舊種,也不是原汁原味的宋元刊本,而是明人翻刻本。況且,馮夢龍將它們採入《三言》時,又進行了程度不一的增飾改寫,因此,這部分《三言》小説文本内部往往累積着宋元明三代的歷史基因,體現了俗文學堆垛衍生的特點,難以僅據若干語詞或名物制度作出簡單的斷代處理。此外,經文本比勘發現,馮夢龍對於上述話本舊本的改寫幅度并不大,基本保留着舊本的情節文字。當然也有例外,譬如《喻世明言》卷十二《衆名姬春風吊柳七》乃據《六十家小説》之《柳耆卿詩酒玩江樓記》改寫,小説新增了不少人物情節,篇幅大爲擴展,男主人公柳永的形象也發生了顛覆性改變,即從原來的才子加流氓,升格爲一位有情有義有風骨的傳統文人典型,這其中蓋亦寄寓着馮夢龍自己的情懷和理想。

其二是明人新撰章回小説。章回小説由於篇幅較爲長大，一般不適合改寫爲相對短小的話本小説，但也有例外。譬如明代萬曆以降興起的公案小説集，雖然學界將其籠統歸入章回小説，實際上它們一集包含數十至百餘篇，每篇叙述一個獨立故事，語言俚俗，篇幅不大，與話本小説存在相通之處。馮夢龍頗爲關注福建建陽書坊主余象斗編撰的公案小説集《新刻皇明諸司廉明公案》（刊行於萬曆二十六年，一五九八）、《新刻皇明諸司公案傳》（刊行於萬曆晚期），《三言》共有四篇小説輯採於此，即《喻世明言》卷二《陳御史巧勘金釵鈿》、卷十《滕大尹鬼斷家私》，《醒世恒言》卷三九《汪大尹火焚寶蓮寺》，分别改寫自《廉明公案》卷二《陳按院賣布賺贓》、卷三《滕同知斷庶子金》、卷二《汪縣令燒毁淫寺》，《警世通言》卷三五《况太守路斷死孩兒》改寫自《諸司公案》卷二《顔尹判謀陷寡婦》。此外，供職於福建建陽余氏書坊的江西籍文人鄧志謨，編撰有章回小説《新鐫晋代許旌陽得道擒蛟鐵樹記》十五回（刊行於萬曆三十一年，一六〇三），馮夢龍將其删削改造後，收爲《警世通言》卷四十《旌陽宫鐵樹鎮妖》，後又作爲道教小説的代表刊入《三教偶拈》。從數量上來看，《三言》改寫自章回小説的篇目不多，但它們不但顯示了白話小説内部的跨文體改編，也見證着遠在江南的小説家對於閩本小説的閲讀接受，具有特殊的學術意義。

其三是歷代文言筆記小説。這是《三言》最大的素材來源，其數量遠超前兩類。文言筆記小説代有編撰，數量龐大，藴涵着極爲豐富的故事資源。早在宋元時代，優秀的説話表演藝人就很注意從中汲取滋養，所謂「幼習《太平廣記》，長攻歷代史書」，「《夷堅志》無有不覽，《琇瑩集》所載皆通」云云(羅燁《醉翁談録》卷一《小説開闢》)。明代的白話小説家、戲曲家亦莫不以其爲取之不竭的題材淵藪。嘉靖以降,文言筆記小説迎來一個彙編刊印熱潮,如蘇州陸氏編刊《三十家小説》(後定名爲《虞初志》)、顧元慶編刊《顧氏文房小説》《明朝四十家小説》、松江陸楫編刊《古今説海》、杭州洪楩刊印《新編分類夷堅志》、無錫談愷刊印《太平廣記》、紹興商濬編刊《稗海》等,紛至沓來。與此同時,明代文人新編新撰的文言小説野史筆記亦層出不窮,吴中地區的子書編撰之風尤爲熾盛。晚明馮夢龍能够取資的文言筆記小説資料可謂充足,他本人對選編文言小説也興致盎然,雖然《太平廣記鈔》、《智囊》(後增纂爲《智囊補》)、《情史》的刊印時間,稍晚於《喻世明言》、《警世通言》,但這幾部著作卷帙浩大,所涉作品數量可觀,皆非短時間内可以急就,需經較長時間的搜訪、閲讀、摘抄、評點,期間就有可能對馮氏的話本小説編寫産生積極影響。從實際輯採情况來看,宋人《太平廣記》、洪邁《夷堅志》、劉斧《青瑣高議》,明瞿佑《剪燈新話》、田汝成《西湖游覽志》《西湖游覽志餘》、郎瑛《七修類稿》、趙弼《效顰集》、宋懋澄《九籥集》等文言筆記小説,都是馮夢龍較爲關注的對象。通常而言,將文言小説改寫爲話本小説,首先要完成語體的文白轉换,其次是實施小説文體改造,再次是因應篇幅擴大而對故事情節人物進行增飾串接,最後還需完成小説主題的調適,凡此種種,改寫者花費的心力頗爲巨大,有時已不啻是一種脱胎换骨的重新創作。馮夢龍正是在此面向上充分展現了其卓越的小説編創能力。

三、《三言》的思想旨趣與藝術成就

《三言》一百二十篇小説覆蓋了寬廣的題材範圍，有草莽英雄（如錢鏐、趙匡胤、史弘肇、郭威等）的發迹變泰，有歷史名流（如老子、晏子、李白、柳永、蘇東坡、蘇小妹、王安石、唐解元等）的逸聞遺事，有佛道人物（如吕洞賓、許旌陽、杜子春、李道人、月明和尚、明悟禪師等）的修度轉世，還有民間久傳的神怪傳説（如西山一窟鬼、定州三怪、白娘子永鎮雷峰塔、司馬貌鬧陰司、胡母迪游地獄等）；而更多作品則聚焦於宋明時期世俗社會的日常生活，諸如家庭婚戀、私會幽情、商賈妓女、風流僧尼、斷獄公案、俠客復仇，等等，勾勒出光怪陸離、活色生香的市井百態，記録了飲食男女對於愛情婚姻、家業財富、生理欲望乃至生命價值的追求向往，也承載着諸多晚明時代的新觀念與新思想。

《三言》第一篇爲《蔣興哥重會珍珠衫》，馮夢龍將這篇集「家庭」、「婚戀」、「私情」、「商賈」於一身的小説置頂推出，大概非出偶然，而是表明了他對此類題材内容的偏愛，也透露出《三言》思想旨趣的一個重要面向，即對於情的書寫與褒揚。早在編刊民歌《挂枝兒》、《山歌》的青年時期，馮夢龍就已開始注重「真情」，提出要以「男女真情」來對抗「名教」虚僞。壯年時又擇取「古今情事之美者」，輯評爲《情史》二十四卷，聲稱「我欲立情教，教誨諸衆生」，戲言自己死後會成佛來度化世人，佛號就叫「多情歡喜如來」（龍子猶《情史》叙）。可以説，重「情」是貫穿馮夢龍一生的思想特質，也是其文藝編創活動的獨特旨歸。《三言》演繹了形形色色的情之故事，有夫妻之情（如《喻世明言》卷二七《金玉奴棒打薄情郎》、《警世通言》卷二二《宋小官團圓破氈笠》、卷二四《玉堂春落難逢夫》、《醒世恒言》卷九《陳多壽生死夫妻》等篇），有戀人之情（如《喻世明言》卷二三《張舜美元宵得麗女》、《警世通言》卷三二《杜十娘怒沉百寶箱》、《醒世恒言》卷十四《鬧樊樓多情周勝仙》等篇），有友朋之情（如《喻世明言》卷七《羊角哀捨命全交》、卷八《吴保安棄家贖友》，《警世通言》卷一《俞伯牙摔琴謝知音》等篇），有手足之情（如《警世通言》卷五《吕大郎還金完骨肉》、《醒世恒言》卷二《三孝廉讓産立高名》等篇），有師生之情（如《警世通言》卷十八《老門生三世報恩》）等。借助鮮活的情節文字，《三言》熱情謳歌了情的真摯、無私、温暖、寬厚與綿長，以及人們對於真情的勇敢追尋和忠貞堅守，同時也深細地呈現了情與多種因素的衝突。

譬如《喻世明言》卷一《蔣興哥重會珍珠衫》中美麗的妻子王三巧，與蔣興哥「行坐不離，夢魂作伴」，夫妻極爲恩愛，後因丈夫外出經商，獨守空房的她難耐寂寞，遂爲徽商陳大郎設計誘姦，但小説關於這對「姦夫淫婦」的描寫却相當帶有温情色彩，寫他們「如膠似漆，勝如夫婦一般」，分别時「兩下恩深義重，各不相捨」，王三巧贈以珍珠衫，説「穿了此衫，就如奴家貼體一般」，陳大郎聽了「哭得出聲不得，軟做一堆」，恩愛程度較之原配夫婦有過之而無不及。這些渲染性文字，無疑緩解了「情」與「欲」之間的傳統衝突，展露出晚明特有的人性之光，那些基於真情而産生的欲望及其伴隨而來的失節行爲，是可以被寬容以待的，至少不是罪惡的。《警世通言》卷三二《杜十娘怒沉百寶箱》太學生李甲向友人柳遇春籌借三百兩銀子，爲青樓女子杜十娘贖身，柳氏起初未允，當他得知杜十娘願意自己拿出一半銀兩，大爲感動，「此婦真有心人也，既係真情，不可相負」，兩日内就幫李甲凑足了銀兩；贖身後，李甲携杜十娘坐船前往蘇杭，途中爲鹽商孫富巧言蠱惑，竟答應以千金將杜十娘轉讓與他，杜十娘聞之傷心絶望，怒罵孫富，并在對李甲「妾不負郎君，郎君自負妾」的哀怨控訴聲中，抱着價值萬金的百寶箱投江自盡。小説的結局是孫富受驚病卒，李甲「鬱成狂疾，終身不痊」，柳遇春則得到了杜十娘陰魂送上的百寶箱，在這場「情」與「利」的抉擇中，尊重并付出真情的柳遇春獲得了最終的福報。《喻世明言》卷八《吴保安棄家贖友》叙述了一個令人動容的友情故事，吴保安與郭仲翔素未謀面，只因郭氏對他曾有薦舉之恩便引爲知己，後來郭仲翔戰敗被擄，吴保安爲籌措巨額贖金營救友人，拋下家中妻幼，外出經商，「眠裏夢裏只想着『郭仲翔』三字，連妻子都忘記了。整整的在外過了十個年頭」，其妻兒在家苦捱數年，「衣單食缺，萬難存濟」，只得離家尋夫，乞食於路。吴保安的「棄家贖友」雖在小説中受到正面褒贊，反映出了晚明社會對於「友倫」的推重（參黄衛總《晚明朋友楷模的重寫：馮夢龍〈三言〉中的友倫故事》，載《人文中國學報》二〇一二年總第十八期），但也牽扯出「知己情義」與「家庭倫理」的内在糾纏以及如何平衡的思考。《喻世明言》卷二七《金玉奴棒打薄情郎》，丈夫莫稽因嫌棄妻子金玉奴出身低微，將她推落江中，至小説結尾，莫稽在經受一番打罵之後，居然與僥倖存活的玉奴「夫婦和好，比前加倍」，對於這位犯下殺妻未遂罪行而非一般「薄情郎」的丈夫，玉奴顯然不可能真的冰釋前嫌，她最後屈從於破鏡重圓的倫理傳奇，其實質就是「理」對「情」的裹挾。

《三言》對於明代新崛起的商人階層相當關注，涉及此類題材的篇目數量頗爲可觀，《喻世明言》前四卷故事均與商人有關，亦可見馮夢龍的着意之處。《三言》正面叙寫了商賈經商的艱辛不易，所謂「人生最苦爲行商，抛妻棄子離家鄉。餐風宿水多勞役，披星戴月時奔忙」（《喻世明言》卷十八《楊八老越國奇逢》）。他們有聰明靈活的頭腦，吃苦耐勞的身體，奉行誠實守信的商業道德，《醒世恒言》卷十八《施潤澤灘闕遇友》中的盛澤人施復，是位「忠厚」的絲織小作坊主，他在途中撿到一包銀子，想到失主也許是和自己一樣的「小經紀」，這些銀兩「乃是養命之根，不争失了，就如絶了咽喉之氣」，遂守在原地等待失主回來認領，只因這一善舉，施復後來連得福報，生意不斷擴大，最終富冠一鎮。《喻世明言》卷二六《沈小官一鳥害七命》中的藥材商人賀某、朱某，富有同情心和正義感，他倆爲生意夥伴李吉的受冤屈死鳴不平，親自暗查綫索，主動告官，促使這起連環冤案獲得昭雪。《三言》還將筆觸深入到商人家庭的婚戀生活之中，《蔣興哥重會珍珠衫》叙寫了因商人常年在外導致家中妻子出軌、婚姻破裂的故事，這種情況在晚明社會應該具有一定的普遍性。而《醒世恒言》卷三《賣油郎獨占花魁》中的小商販秦重，則以他的樸實、善良、真誠，打敗「黄翰林的衙内，韓尚書的公子，齊太尉的舍人」，赢得名妓美娘的芳心，此等商賈愛情神話在現實生活中恐怕不多見，它見證了商人文學形象在明末的改變和提升。當然，《三言》對於商賈的書寫并不都是正面的，也揭露了他們貪圖錢財、重利薄情、好色貪淫的另一面。在那些叙述私情姦情的小説中，作爲流動人口的商人往往扮演着不光彩的角色，他們放縱聲色的行爲，不僅破壞了别人的婚姻，也殃及自己的家庭。《蔣興哥重會珍珠衫》中的徽商陳大郎勾引了王三巧，結果他的妻子平氏後來陰差陽錯成了蔣興哥的妻子，小説插入詩歌云：「天理昭昭不可欺，兩妻交易孰便宜？分明欠債償他利，百歲姻緣暫换時。」《警世通言》卷三三《喬彦杰一妾破家》叙商人喬彦杰在經商途中，貪戀鄰船上的美婦春香，以千金納爲小妾帶回家中，後來春香私通家僕，引發血案，最終喬氏合家死於非命。這篇小説是馮夢龍根據舊本《錯認屍》改編的，亦足爲明代商賈之戒。

需要特别指出的是，一方面，《三言》包含了數量可觀的宋元明話本舊種，還有更多輯採自歷代文言筆記小説的故事，這些舊本故事，携帶着原有的時代文化印記與道德觀念基因；另一方面，《三言》一百二十篇又是馮夢龍按照自己的標準輯選出來，并且進行了程度不一的情節文字增改，不可避免地融入了他個人及其所處晚明時代的主體色彩，這是新與舊的融匯。此外，作爲文人的馮夢龍固然有其獨立的價值觀和審美觀，但《三言》本質上是應商業性書坊邀約而編刊的通俗文學，它需要儘量貼合市民文藝和小説讀者的欣賞口味，這又是文人與市民的混合。因此，《三言》小説的篇與篇之間，甚至同一篇文本内部的情節與結局、細節文字與插入韻文之間，往往回響着不盡一致的「聲音」，其思想旨趣呈現出多元混雜揑合的鮮明特點。譬如《喻世明言》卷二八《李秀卿義結黄貞女》和《醒世恒言》卷十《劉小官雌雄兄弟》均叙述女子女扮男裝，與男子結爲兄弟，朝夕相處多年，感情甚篤，而等到性別恢復之後，兩位女主人公的態度却迥然不同。《劉小官雌雄兄弟》中劉方欣然與劉奇成爲夫婦，并且認爲「昔爲弟兄，今爲夫婦，此豈人謀，實由天合」；《李秀卿義結黄貞女》中的黄善聰，則堅稱「今日若與配合，無私有私，把七年貞節一旦付之東流，豈不惹人嘲笑」，幾次三番拒絶了李秀卿的婚約，體現了「理」對「情」的鉗制。兩篇作品情節基本同構，而表達的「情」、「理」關係主題却并不同質。《醒世恒言》卷三六《蔡瑞虹忍辱報仇》叙寫少女蔡瑞虹爲報殺父毁家之仇，屈從於水賊，受盡凌辱、誘騙和拐賣，終令仇人伏法，十年間蔡瑞虹表現出了非凡的勇氣和超强的意志力，但在大仇得報之後，她似乎頓時失去了力量，感覺自己「失節貪生，貽玷閥閲」，竟「將剪刀自刺其喉而死」，這一突如其來的悲劇結局，明顯受到傳統保守貞節觀的負面影響，與《蔣興哥重會珍珠衫》所表現出來的晚明相對寬容的貞節觀存在顯著差異。而即便是在《蔣興哥重會珍珠衫》小説中，其首尾文字及文中韻文，反復强調「可見果報不爽」，「却不是一報還一報」，「殃祥果報無虚謬，咫尺青天莫遠求」，流露出市民文藝常見的果報勸懲口吻，與更具人性化的故事情節也構成了一種觀念層面的裂隙和對峙。事實上，《三言》的書名「喻世」、「警世」、「醒世」，早已清楚地表明小説的道德教化旨歸，這提醒小説讀者需要具體、完整、辯證地理解和闡釋《三言》諸篇的思想内涵。

《三言》是晚明話本小説的代表作，它既保留着若干宋元明舊本的文字，也融入了衆多馮夢龍改寫的成分。故所謂《三言》的藝術成就，既可視作宋明時期話本小説藝術的一次集中呈現，同時也是優秀小説家馮夢龍的最新個體創造。要而言之，概括爲如下三個方面：

其一，確立了話本小説的文本體制。

《三言》之前的話本小説舊本，較爲大宗的就是嘉靖清平山堂所刊《六十家小説》，從現存二十九種來看，其體制尚未趨於穩定，篇名長短不一，語言文白俱陳，文本構造也互有出入。至馮夢龍編刊《三言》時，對此作出了前所未有的規整：篇名統一採用七言或八言單句，相鄰兩篇對仗齊整（譬如《喻世明言》卷一爲《蔣興哥重會珍珠衫》，卷二爲《陳御史巧勘金釵鈿》）。語言採用白話，尤其是將輯採自文言筆記小説的故事，逐篇敷演爲白話，殊費心力。定型了由篇首詩詞、入話（頭回）、正話、篇尾詩等構成的話本小説體制，并貫徹落實於絶大部分文本。經過此番整飭，話本小説的藝術規範和文人化程度，均有顯著提高。《三言》由此成爲話本小説的藝術典範，并在明末清初引發一個編刊熱潮。

其二，推進了白話小説的細節藝術。

中國早期小説傳統相對追求情節奇曲，而對文本細節不甚注重，這實際上不利於小説藝術感染力的生發，也影響到人物形象的細膩塑造。《六十家小説》所收宋元明話本舊種，已開始出現細節叙寫的萌芽，但總體上仍專注於情節的翻轉演進，諸如《簡帖和尚》、《西湖三塔記》、《洛陽三怪記》等小説，雖然充滿懸念的緊張感，具備了較好的情節骨架，却還缺少由細節生成的豐滿血肉。馮夢龍編刊《三言》的核心工作蓋即文本改寫，無論是對宋元明話本舊本的「略施手脚」，還是將文言小説改造爲白話話本時的「大動干戈」，文本改寫的重點之一就在於細節的增設鋪叙，《三言》於此取得了令人驚喜的成就。

《蔣興哥重會珍珠衫》乃據明宋懋澄《九籥别集》卷二《珠衫》改寫，《珠衫》中「楚人」（即蔣興哥）與「新安人」（即陳大郎）偶遇，獲知家中妻子失節，文言小説僅以「貨盡歸家」四字，冷静交代過去。馮夢龍則增入了大段對於蔣興哥心理和神情的描寫：「當下如針刺肚，推故不飲，急急起身别去。回到下處，想了又惱，惱了又想，恨不得學個縮地法兒，頃刻到家。連夜收拾，次早便上船要行。」「急急的赶到家鄉，望見了自家門首，不覺墮下泪來。想起：『當初夫妻何等恩愛，只爲我貪着蠅頭微利，撇他少年守寡，弄出這場醜來，如今悔之何及！』在路上性急，巴不得赶回。及至到了，心中又苦又恨，行一步，懶一步。」這些文字，將一位丈夫既感到痛苦悔恨，欲着急回家了斷此事，但又因心中還愛着妻子，害怕面對現實的糾結内心，刻畫得淋漓盡致；而蔣興哥在得知真相後，首先想到的不是責駡妻子，竟是反省自己，這些心理活動細節，有效地烘托出了他寬容有愛、洋溢着人性温煦的開明丈夫形象。王三巧被休回到娘家，《珠衫》寫：「婦人内慚欲死，父母不詳其事，姑慰解之。」寥寥幾句，純作叙事，不見情感波瀾。馮夢龍增改爲：三巧先是「悲悲咽咽，哭一個不住」，又想到「四年恩愛，一旦決絶，是我做的不是，負了丈夫恩情」，準備懸梁自盡，恰好被進房送酒的母親撞見，「急得他手忙脚亂，不放酒壺，便上前去拖拽。不期一脚踢番坐兀子，娘兒兩個跌做一團，酒壺都潑翻了」，母親扶起女兒勸慰道：

你好短見！二十多歲的人，一朵花還没有開足，怎做這没下梢的事？莫説你丈夫還有回心轉意的日子，便真個休了，恁般容貌，怕没人要你？少不得别選良姻，圖個下半世受用。你且放心過日子去，休得愁悶。

這番話，出自十六世紀一位底層母親之口，頗有些石破天驚，充溢着晚明社會突破傳統貞節觀念、重視個體生命價值的時代新風。類似細節文字在《蔣興哥重會珍珠衫》中還有不少，可以説，正是借助這些極具感染力的細節，馮夢龍將一則情節巧合色彩濃重的《珠衫》故事，成功改造爲一篇富有時代精神特質的話本小説，完成了文本的蜕變和升華。

《警世通言》卷二二《宋小官團圓破氈笠》乃據明王同軌文言小説集《耳譚》中的「金三妻」敷演而成：父母雙亡的宋小官乞食街頭，爲船户劉翁收留，某日下雨，劉翁女兒宜春取出舊氈笠，親手縫補後給他遮雨。後兩人結爲夫婦，生下一女，又不幸夭折，宋小官抑鬱成疾，被岳父母遺弃於江中荒島，却意外發現了强盗偷藏於此的金銀珠寶，由此成爲巨富。數年後，宋小官假扮錢員外，尋訪到劉翁船上，得知妻子宜春始終爲他守候，不肯改嫁，内心感動不已。宋小官遂向劉翁求借「破氈笠」，劉翁莫名其妙，宜春却非常敏感，疑心錢員外就是宋郎，「不然何以知吾船有破氈笠」。次日清早，宋小官「梳洗已畢，手持破氈笠於船頭上翻覆把玩」，宜春細辨面龐聲音，認出丈夫，終於闔家團圓。這本是個常見的破鏡重圓故事，但小説關於「破氈笠」的細節描寫，别出心裁，散發着舊時今日濃濃的夫妻鰈鶼之情，令人過目難忘，成爲本篇小説的一大藝術亮點。

如前文所述，《賣油郎獨占花魁》敷演了賣油郎秦重的愛情神話，標志着商人形象在晚明文學中的轉變和改善。不過，小説又以一連串細節文字，揭示出了商人婚戀現實的另一面：秦重凑足嫖資銀兩，想去會會花魁娘子，老鴇王九媽告訴他：「我家美兒，往來的都是王孫公子，富室豪家。」「他豈不認得你是做經紀的秦小官，如何肯接你？」秦重回家後，特意停下賣油生意，「到典鋪裏買了一件見成半新不舊的紬衣，穿在身上，到街坊閑走，演習斯文模樣」。青樓相會之夜，美娘感動於秦重的人品，但内心仍很糾結：「難得這好人，又忠厚，又老實，又且知情識趣，隱惡揚善，千百中難遇此一人。可惜是市井之輩，若是衣冠子弟，情願委身事之。」凡此，皆表明傳統社會對於商人群體的輕視和不良印象，仍然根深蒂固，影響着他們的日常生活。

總之，《三言》諸篇小説中存有豐富的細節文字，看似與主幹情節關係不大，却并非無用之閑筆，往往出自小説家的匠心設計，它們或者烘染了情感氣氛，或者參與了人物塑造，或者點化了文本主題，是小説藝術感染力形成生效的重要因素，也是白話小説叙事藝術成熟的文本標記之一。

其三，提升了小説的白話語言藝術。

《三言》一百二十篇小説，只有少量篇目（如《警世通言》卷十《錢舍人題詩燕子樓》、卷二九《宿香亭張浩遇鶯鶯》，《醒世恒言》卷二四《隋煬帝逸游召譴》等）由於受到底本或者素材來源限制，採用了淺近文言，絶大多數作品的語體均爲散體白話。這些白話語言，覆蓋宋元明三代，雖然根據某些語詞、語義、語言風格，可以分辨或者感覺出時代的差異，但想對文本的語言層次作出清晰的區分，殊爲不易。從《三言》與《六十家小説》共存的十一篇文本來看，馮夢龍對於舊本中的白話語言，基本予以保留。而在那些輯採自文言筆記小説的篇目中，由於涉及文白轉换，馮夢龍獲得了展現其白話語言藝術的馳騁空間。

譬如小説《珠衫》以文言寫王三巧錯看陳大郎一節：「婦人嘗當窗垂簾臨外，忽見美男子貌類其夫，乃啓簾潛眄，是人當其視，謂有好於己，目攝之，婦人發赤下簾。」《蔣興哥重會珍珠衫》將其改寫爲白話，叙陳大郎偶從蔣家窗下經過：

又恰好與蔣興哥平昔穿着相像。三巧兒遠遠瞧見，只道是他丈夫回了，揭開簾子，定睛而看。陳大郎擡頭，望見樓上一個年少的美婦人，目不轉睛的，只道心上歡喜了他，也對着樓上丢個眼色。誰知兩個都錯認了。三巧兒見不是丈夫，羞得兩頰通紅，忙忙把窗兒拽轉，跑在後樓，靠着床沿上坐地，兀自心頭突突的跳一個不住。誰知陳大郎的一片精魂，早被婦人眼光兒攝上去了。回到下處，心心念念的放他不下。

兩相對讀，不難見出白話語言明白如畫、細緻入微的藝術效果。《喻世明言》卷十《滕大尹鬼斷家私》改寫自《廉明公案》卷三《滕同知斷庶子金》，後者也是一個白話文本，但文字較爲簡略，馮夢龍的改寫主要集中在細節的鋪陳和白話的渲染。故事中巨富倪守謙晚年納妾，兒子倪善繼擔心分走家産，心生不悦，《廉明公案》對此一筆帶過，馮夢龍增入了大段倪善繼夫婦的私房話：

背後夫妻兩口兒議論道：「這老人忒没正經！一把年紀，風燈之燭，做事也須料個前後。知道五年十年在世，却去幹這樣不了不當的事。討這花枝般的女兒，自家也得精神對付他，終不然擔誤他在那裏，有名無實。還有一件，多少人家老漢身邊有了少婦，支持不過，那少婦熬不得，走了野路，出乖露醜，爲家門之玷。還有一件，那少婦跟隨老漢，分明似出外度荒年一般，等得年時成熟，他便去了。平時偷短偷長，做下私房，東三西四的寄開，又撒嬌撒痴，要漢子製辦衣飾與他。到得樹倒鳥飛時節，他便顛作嫁人，一包兒收拾去受用。這是木中之蠹，米中之蟲。人家有了這般人，最損元氣的。」又說道：「這女子嬌模嬌樣，好像個妓女，全没有良家體段，看來是個做聲分的頭兒，擒老公的太歲。在咱爹身邊，只該半妾半婢，叫聲『姨姐』，後日還有個退步。可笑咱爹不明，就叫衆人唤他做『小奶奶』，難道要咱們叫他娘不成？咱們只不作準他，莫要奉承透了，討他做大起來，明日咱們顛到受他嘔氣。」夫妻二人，唧唧噥噥，說個不了。

這段對話使用了諸多生動的俚語俗諺，帶有濃郁的草根性和煙火氣，仿佛是從閭里小巷中傳來的市井聲音，惟妙惟肖。同父異母的嫡庶子女爭奪家産，大概是傳統中國較爲普遍的社會現象，小說戲曲對此類故事多有演繹，而上述夫妻對話，不僅道出了當事人的真實心理，也因繪聲繪色的白話語言，成爲考察《三言》語言藝術的樣本之一。

此外，中國早期白話小說中的風景描寫，大多使用模式化的韻文，且與情節叙事的關聯度較低，而在《三言》中出現了若干白話寫景文字，頗可注意。《警世通言》卷二十《計押番金鰻産禍》，敍計押番與被休的前贅婿周三重逢，「其時是秋深天氣，濛濛的雨下」，看到周三衣衫襤褸，計押番動了惻隱之心，請他到家中喝杯熱酒，周三酒罷告辭時，「天色却晚，有一兩點雨下」，他想起自己身無分文，「深秋來到，這一冬如何過得」，遂起了盗竊計家的歹念。此處，「秋雨」渲染了一種陰冷愁鬱的氣氛，先後引發了計押番的憐憫之情和周三的鋌而走險。小説結尾處，身負命案逃亡在外的慶奴，迫於生計到酒樓唱曲兒，「一日，却是深冬天氣，下雪起來。慶奴立在危樓上，倚着闌干立地」，恰好被追捕而來的衙役撞見，慶奴受縛歸案，伏法問斬。此處，「冬雪」、「危樓」又營造出了一種肅殺緊張的氣氛，預示着慶奴最終的悲劇命運。這兩處關於「秋雨」、「冬雪」的白話寫景文字，雖略感簡單，却與小説情節人物深度關聯，烘染效果明顯，展現出了白話寫景頗爲寬廣的小説藝術前景。

馮夢龍豐厚的白話語言藝術資源，既來自於生活，來自於民歌，也取資於他當時所能接觸閲讀的白話文學。譬如熊龍峰刊本《張生彩鸞燈傳》小説，故事雖然平平，白話語言藝術却相當出色。寫劉素香與張舜美一見鍾情，她「禁持不住，眼也花了，心也亂了，腿也蘇了，脚也麻了，痴呆了半晌」；寫張舜美獨自回到家中，「開了房門，風兒又吹，燈兒又暗，枕兒又寒，被兒又冷，怎生睡得」。次日，他赶去兩人邂逅之地，「立了一會，轉了一會，尋了一會，靠了一會，呆了一會，只是等不見那女子來」。這種特殊的近義排比句式，將青年男女墜入愛河後興奮悸動、失魂落魄的心理神態，描摹得入木三分。馮夢龍後將《張生彩鸞燈傳》改寫爲《喻世明言》卷二三《張舜美元宵得麗女》，文字大同小异，期間他顯然關注到了上述白話句式的魅力，積極學習吸收，并屢屢用諸小説編創實踐。如《蔣興哥重會珍珠衫》寫蔣興哥歸途中獲知妻子失節，「氣得興哥面如土色，説不得，話不得，死不得，活不得」；《陳御史巧勘金釵鈿》寫阿秀得知自己被假冒的情郎騙姦，「那時一肚子情懷，好難描寫：説慌又不是慌，説羞又不是羞，説惱又不是惱，説苦又不是苦。分明似亂針刺體，痛癢難言」；《滕大尹鬼斷家私》寫老邁的倪守謙無奈忍受長子對異母幼子的欺凌，「常時想一會，悶一會，惱一會，又懊悔一會」，皆可謂得其神髓。

實際上，馮夢龍之所以特別重視白話語言藝術，是因爲在他看來，白話不僅僅是一種有別於文言的、具有文學表現力的鮮活語言系統，也是小説能够實現「諧於里耳」進而感化世人的重要媒介。

四、《三言》的文學影響與文本流播

《三言》編刊行世之後，産生了良好的讀者市場效應，重印翻刻不斷。受此情勢的刺激，浙江烏程（今湖州）小説家淩濛初應書坊之請，仿照《三言》樣式，分别於崇禎元年（一六二八）、崇禎五年（一六三二），編撰出版了《拍案驚奇》與《二刻拍案驚奇》，史稱「《二拍》」。淩氏在《拍案驚奇》序中以同好身份，高度稱揚了《三言》的開創性意義：「獨龍子猶氏所輯《喻世》等諸《言》，頗存雅道，時著良規，一破今時陋習。而宋元舊種，亦被搜括殆盡。肆中人見其行世頗捷，意余當別有秘本，圖出而衡之。」《二拍》每集各四十卷四十種，文本體制大致模擬《三言》，惟將篇名由單句改爲雙句，兩句「自相對偶」，這是「仿《水滸》、《西游》舊例」（《拍案驚奇》凡例）。《二拍》推出後反響也相當熱烈，它們庶可視爲《三言》文學影響最爲重要的體現。《三言》、《二拍》成爲中國文學史上的一個經典組合，也是古代白話短篇小説的杰出代表。

大概明末清初，蘇州「抱甕老人」編刊《今古奇觀》，由吴郡寶翰樓首先刊行，凡四十卷四十種，選自《三言》者二十九篇，選自《二拍》者十一篇，具體包括《喻世明言》八篇、《警世通言》十篇、《醒世恒言》十一篇、《拍案驚奇》八篇、《二刻拍案驚奇》三篇，收入時諸篇文字略有改動。這是存世最早的《三言》、《二拍》選本，也是影響最爲深遠的話本小説選本。《今古奇觀》的清代翻刻本極多，它的廣泛流播擠壓了《三言》單行本的流傳，《喻世明言》、《警世通言》兩書的清刻本尤其稀少。《今古奇觀》之外，清代陸續産生了《覺世雅言》、《警世選言》、《二奇合傳》等十餘種《三言》、《二拍》選本，雖然具體選目不盡相同，但《三言》始終是重要的選輯對象。可以説，正是這些話本小説選本，合力拓展了《三言》的文學影響，并且完成了其經典篇目的遴選凝定，諸如《賣油郎獨占花魁》、《金玉奴棒打薄情郎》、《十五貫戲言成巧禍》、《杜十娘怒沉百寶箱》、《白娘子永鎮雷峰塔》、《崔待詔生死冤家》、《沈小霞相會出師表》、《喬太守亂點鴛鴦譜》、《灌園叟晚逢仙女》、《蔣興哥重會珍珠衫》等篇，皆是入選頻次較高的《三言》小説。

《三言》在中國編刊後不久就迅速傳入了東鄰日本，寬永十年（一六三三，明崇禎六年）尾張藩的購書目録《寬永御書物帳》中，赫然就有《警世通言》十二册，這部書目前仍存藏於名古屋的蓬左文庫。此後，《三言》的各種明清版本隨着中日書籍貿易，不斷舶載東傳。不僅如此，江户時代，日本還推出了著名的『和刻《三言》』，即岡白駒（一六九二—一七六七）訓譯的《小説精言》（一七四三）、《小説奇言》（一七五三）和澤田一齋（一七〇一—一七八二）訓譯的《小説粹言》（一七五八），共選録了十篇源自《三言》的話本小説，其中《醒世恒言》六篇、《警世通言》三篇、《喻世明言》一篇。《三言》的重要選本《今古奇觀》，在日本的流播也相當廣泛。作爲中國短篇白話小説的代表作，《三言》對日本本土通俗文學讀本小説的創作，産生了頗爲深遠的影響。約十八世紀初期，《三言》開始西傳歐洲，法國籍耶穌會士杜赫德（一六七四—一七四三）編著的《中華帝國全志》第三卷，收録了耶穌會士殷宏緒（一六六二—一七四一）根據《今古奇觀》翻譯的三篇作品，這是迄今所知最早被譯成西文的中國古典小説，其中的兩篇《吕大郎還金完骨肉》、《莊子休鼓盆成大道》乃源自《警世通言》。十九世紀以降，《三言》的東西方外文譯本時有問世，流傳日盛。無論在東亞還是在泰西，《三言》不僅成爲海外讀者領略中國古典小説藝術的文學窗口，也是他們瞭解中國庶民社會日常生活的重要媒介。

至二十世紀二三十年代，古代小説研究成爲一門專學，與《三國志演義》、《水滸傳》、《西游記》、《金瓶梅》、《紅樓夢》等名著相比，由於文獻的匱乏，《三言》的文本整理與研究均相對滯後。

魯迅《中國小説史略》下册（一九二四年六月初版）第二十一篇《明之擬宋市人小説及後來選本》云：「三言云者，一曰《喻世明言》，二曰《警世通言》，今皆未見。」大概他當時只讀到了《醒世恒言》一種而已。較早對《三言》版本作出調查研究的，是日本學者鹽谷温、長澤規矩也以及中國學者馬廉、孫楷第、鄭振鐸、王古魯等人，經過他們的持續努力搜訪，庋藏於海内外的《三言》珍稀版本，逐漸浮出歷史地表。至一九三三年，孫楷第《中國通俗小説書目》出版，其中著録的《三言》中日藏本多達十五部，較爲重要的善本已基本在列。但《三言》的文本仍遲遲未得整理出版，因此，胡雲翼《新著中國文學史》（一九三二年初版）儘管提及了《三言》，却只能根據《今古奇觀》的選輯，旁敲側擊，略作介紹。

帶有學術性的《三言》文本整理，始於鄭振鐸主編《世界文庫》收録《警世通言》、《醒世恒言》兩種，一九三六年九月由生活書店排印出版。一九四七年十月，《三言》中最早行世的《古今小説》，經王古魯校點，由商務印書館排印出版，此本以日本内閣文庫（今屬日本國立公文書館）所藏明天許齋本爲底本，以尊經閣文庫藏本爲校本，歷經王古魯、張元濟、商務編輯多輪往返校訂，卷首附有書影，卷末附録王古魯跋語，堪爲古代小説文本學術整理的示範性實例。一九五六年，人民文學出版社推出了嚴敦易校注本《警世通言》、顧學頡校注本《醒世恒言》，一九五八年，又出版許政揚校注本《古今小説》。《三言》的文本流播，自此進入由專業學者承擔完成的校注本時代。其後，海内外先後出版的《三言》影印本、點校本、注釋本，不勝枚舉。近年較具影響的學術整理本，乃二〇一四年十月中華書局推出的「中華經典小説注釋系列」《三言》，包括陳熙中校注本《喻世明言》、吴書蔭校注本《警世通言》以及張明高校注本《醒世恒言》。

毋庸贅言，《三言》文本整理的學術質量，與《三言》版本研究的進展密切相關。自二十世紀九十年代以來，中日學者對於《三言》存世版本的調查甚爲興盛，研究漸趨深細，從注重不同版本的比勘，兼及同一版本不同藏本的比勘，以釐定同版書的印次先後，并判别存世版本或藏本的學術優劣。此外，隨着古籍數字化的展開，海内外藏書機構陸續公布了諸多秘藏的《三言》版本，高清彩色書影的方便獲取，也進一步助推了版本的精細化研究，關於《三言》版本的學術認知，較前有了頗足可喜的更新。因此，站在最新研究基礎之上，檢討現有《三言》整理本的種種不足，圍繞底本遴選、校本參訂、文字勘正諸環節，重新進行科學的學術整理，不僅是可行的，也是有必要的。

本次《三言》校點者李金泉，長期專注於古代小説文獻調查研究，對《三言》、《二拍》尤多關注，曾系統調查搜集了皮藏於東亞各地的《三言》版本，同時積極吸納中日學界的最新成果，較爲全面掌握了《三言》的各種文獻資料和學術資訊。據此，他審慎選定了本次《三言》整理的底本：《喻世明言》選用日本尊經閣文庫藏明刻本爲底本，這是現存明刻本中文字最優、最接近原本的版本；《警世通言》選用日本東京大學東洋文化研究所倉石文庫藏明金陵兼善堂系統本爲底本，這是現存明刻本中保存最完善、刻印時間也較早的版本；《醒世恒言》選用日本國立公文書館内閣文庫藏明葉敬池刻本爲底本，這是現存明刻本中刷印最早、保存最好的版本（詳參三書《整理説明》）。很顯然，上述三種底本的遴選，乃是綜合考察了刷印時間早晚、書葉保存好壞、文字正誤數量等版本細況之後，作出的學術最優解。至於參校本，除涵括存世其他明刻本之外，還列入了明嘉靖清平山堂刊《六十家小説》、明末寶翰樓刊本《今古奇觀》等與《三言》文本存在特殊關係的文獻。凡此，皆爲本次文本整理奠定了可靠的文獻基礎。而從校點實際結果來看，本次整理所確定的底本和校本，藉由校點者嚴謹細緻的校勘工作，充分發揮出了其應有的學術效應，訂補了大量之前整理本存在的錯訛缺漏文字（包括正文與眉批）。此《三言》新校本允爲目前最善之學術整理本。

整理説明

《醒世恒言》是明末傑出的通俗文學作家馮夢龍編撰的話本總集《三言》的最後一部，最初由明末蘇州著名的書坊主葉敬池刊於明天啓七年(一六二七)。葉敬池刊《醒世恒言》傳本稀少，筆者所知存世屬於葉敬池本系統，且較爲完整的版本有五部，均藏海外，兩部藏於日本，一部藏於俄羅斯，一部藏於英國，一部藏於法國。其中三部還是殘本。

其後在清初時，《醒世恒言》被書坊衍慶堂翻刻過一次，流傳爲兩種版本，一爲四十卷足本，一爲三十九卷本。三十九卷本係將四十卷本的卷二十三《金海陵縱欲亡身》删去，而將篇幅比較長的卷二十《張廷秀逃生救父》析爲兩卷(卷二十、卷二十一)，再將原卷二十一《張淑兒巧智脱楊生》改爲卷二十三，其餘不變。這樣，雖然總的卷數仍爲四十卷，但内容却只有三十九卷。至於删除《金海陵》一卷的原因，胡適曾經認爲是「因穢褻抽出」(見中國國家圖書館原胡適藏書衍慶堂本《醒世恒言》書前胡適親筆題記)，此後國内學者如鄭振鐸、譚正璧等均因循其説。此外，《金海陵》故事可能觸犯了滿清忌諱，或許也是該卷被删的一個原因吧。

日本還藏有一種二十四卷本的《醒世恒言》，具體刊刻年代已無從判斷，其中有二十二卷爲《醒世恒言》文本。

兹將《醒世恒言》現存版本介紹如下：

一、葉敬池系統刊本

（一）日本國立公文書館内閣文庫藏本。十六册四十卷，存扉頁，框内右上刻「繪像古今小説」，中間刻大字「醒世恒言」，左下題「金閶葉敬池梓」，故下文也稱該本爲「葉敬池本」。全書依次爲叙、目次，目次下題「可一居士評，墨浪主人較」，次圖像及本文，半葉十行，行二十字，有眉批及少量行側批。圖像每卷兩幅，缺卷三、卷二十一、卷三十三圖，存七十四幅圖。圖上有「郭卓然鐫」（卷十一）、「郭卓然刻」（卷二十）字樣。郭卓然爲明末徽州旌德名刻工，刻印過多部小説戲曲版畫，如《李卓吾先生批評西游記》、《西樓夢傳奇》等。

（二）俄羅斯國立圖書館東方文獻中心藏本，該本即孫楷第在《大連圖書館所見小説書目》中所著録的「明金閶葉敬溪刊本」。此書原藏「滿鐵」大連圖書館，二戰後被劫往前蘇聯。最近，俄方公布了此書的電子文本。此書原係大谷光瑞藏書，十四册四十卷，存扉頁，版式同葉敬池本，唯右上僅刻「繪像」二字，左下題「金閶葉敬溪梓」，故後世稱其爲葉敬溪本。其他内容悉同葉敬池本，圖像亦缺卷三、卷二十一、卷三十三。

（三）日本天理圖書館藏本，原係吉川幸次郎舊藏。九册四十卷，卷二十四至卷二十六缺失，以衍慶堂本補配。此書亦爲葉敬溪本，扉頁、敘、目次及圖像全同俄藏本。

（四）大英圖書館藏本。原書綫裝二十册，現裝訂成精裝本兩厚册。敘、目次、圖像均不存，全書四十卷，卷二、卷三全缺，卷一第四葉之前、卷四十第十二葉之後亦缺。

（五）法國國家圖書館藏本。全書裝訂成精裝三册，存敘（缺首葉前半葉）、目録。圖像不存。原書四十卷，缺卷三、卷七、卷八、卷十二至卷十五、卷二十三及卷三十六，此外卷十六僅存前四葉。

經過仔細比較，以上五部藏本應是同版所出，比如卷十四第二葉b面第七、八兩行，開頭部分都缺失兩個字，除法國藏本因缺卷十四未知外，其他四部藏本完全相同，可見此處缺字并非保存不善所致，而是該書板木本身破損造成。再如日本内閣文庫藏葉敬池本缺卷三、卷二十一、卷三十三圖像，而俄羅斯及日本所藏葉敬溪本亦缺卷三、卷二十一、卷三十三圖像，不同地方藏本都缺失同樣圖像，這絶不會是巧合，只能理解爲原始板木就已經缺失了這幾卷圖像。所謂葉敬溪本僅僅是將葉敬池本封面的「葉敬池梓」改成「葉敬溪梓」而已，其餘一仍其舊。英國、法國藏本雖然缺失封面和圖像，但從正文版刻特徵來看，二者與日本内閣文庫藏葉敬池本應係同版所出。由此，我們可以説，現存世的日本内閣文庫藏葉敬池本、俄羅斯國立圖書館藏葉敬溪本、日本天理圖書館藏葉敬溪本、大英圖書館本及法國國家圖書館本五種藏本，都是用同一副板木刷印的，我們可以用「葉敬池系統刊本」統稱之。此外，從板木磨損程度看，日本内閣文庫藏葉敬池本刷印最早，雖然有部分葉面因板木損壞造成文字缺失或漫漶，但總體還算完整，眉批也最多，其後依次是俄藏葉敬溪本、日藏葉敬溪本、英國藏本、法國藏本，隨着刷印次數增多，板木磨損也進一步加劇，漫漶葉面數量也逐漸增多，有些葉面已經無法正常閱讀了，同時眉批也部分缺失。總之，日本内閣文庫藏葉敬池本在五部葉敬池系統刊本中刷印最早，保存也最好，但可能也不是原刻初印本了。

除了上述五部較完整的葉敬池系統刊本外，陸樹侖曾記録山東大學圖書館藏有四卷葉敬池殘本（見陸樹侖《馮夢龍散論》，上海古籍出版社一九九三年六月），即卷二十一至卷二十四，但是現在山東大學圖書館已經查不到此書。另外，北京市文物局藏有一卷葉敬池本，爲第一卷，且有圖像（見《北京市文物局圖書資料中心古籍善本録》，國家圖書館出版社二〇一九年七月）。再有，中國社會科學院圖書館也藏有一葉敬池系統殘本，殘存自卷十七第三葉下半葉至卷十九第二十葉上半葉。從刻印狀况看，和日本内閣文庫藏本不相上下。

二、衍慶堂刊本

（一）衍慶堂刊四十卷本。有扉頁，框内右側刻「醒世恒言」四個大字，中間是識語，曰「本坊重價購求古今通俗演義一百二十種，初刻爲《喻世明言》，二刻爲《警世通言》，海内均奉爲鄴架珍玩矣。兹三刻爲《醒世恒言》，種種典實，事事奇觀，總取木鐸醒世之意。并前刻共成完璧云」，後題「藝林衍慶堂謹識」。全書依次爲叙、目次，目次下題「可一居士評，墨浪主人較」。次本文，半葉十二行，行二十二字，有行側批。無圖像。

（二）衍慶堂刊三十九卷本。此書目録亦爲四十卷，但實際只有三十九篇小説，删除了卷二十三《金海陵縱欲亡身》，而將卷二十《張廷秀逃生救父》從第三十二葉處一分爲二，前半爲卷二十，後半爲卷二十一，原來的卷二十一《張淑兒巧智脱楊生》改成卷二十三，其餘悉同四十卷本，但版面漫漶程度比前者增加了許多。

將衍慶堂本與葉敬池本比勘，可發現衍慶堂本的刻印比較粗率，主要體現在幾個方面：一是正文差錯較多，有些甚至錯得詞不達意；二是葉敬池本的眉批在此本中改成行側批，但缺漏甚多，部分批語不僅有改動，而且還有差錯，也有個别卷次批語全無；三是某些卷次文字有脱漏或與葉敬池本有異，如卷三十二《黄秀才徼靈玉馬墜》脱漏了葉敬池本卷末的一百四十多字，卷三十四《一文錢小隙造奇冤》有四百左右的文字與葉敬池本不同，當然故事情節也有差異；四是删除了全部圖像。總之，根據對衍慶堂本文本的考察結果看，該本雖然可以判定係據葉敬池本翻刻，但其所依據的底本不是葉敬池本的原刻本，而是板木已有磨損的後印本。凡葉敬池本因板木損壞造成的文字缺失處，衍慶堂本雖作了增補，但增補處的文字與原文多不契合，葉敬池本眉批模糊的，衍慶堂本大多予以删除，可見翻刻時已無其他版本可供參考，翻刻者只能揣測文意加以增補。從這個情況也可以推斷出衍慶堂本《醒世恒言》的翻刻，已經距離葉敬池原刻的出版有一些年代了，從目前現存的衍慶堂本《醒世恒言》卷四有避康熙「玄」字諱看，其刷印當已入清。

衍慶堂刊本流傳下來的藏本比較多，僅以筆者親見的，四十卷本有首都圖書館藏本、日本京都大學人文科學研究所藏本、日本東京大學東洋文化研究所藏本、日本天理圖書館藏本及日本國立公文書館藏本等；三十九卷本有中國國家圖書館藏本、北京大學圖書館藏本等。以上這些藏本，應出於同一副板木，只是刷印時間有先後而已。

三、二十四卷本

《三言》的傳播史上有一個有趣的現象，即不僅有四十卷本的《三言》，而且有二十四卷本的《三言》。對國内學者來説，其對四十卷本《三言》比較熟悉，而對二十四卷本《三言》還很陌生，即使是最流行的《中國通俗小説書目》，也僅著録了二十四卷本《喻世明言》。而二十四卷本《醒世恒言》，以前僅日本學者大塚秀高的《增補中國通俗小説書目》有記録，近年的《中國古代小説總目》（白話卷）在《醒世恒言》條目也提到了此本，不過該條目正由大塚秀高撰寫，由此可見國内學者稀見此本。

二十四卷本《醒世恒言》現藏日本東京大學東洋文化研究所雙紅堂文庫，爲日本漢學家長澤規矩也舊藏。書凡八册，無扉頁、圖像，正文半葉十行，行二十字，行間有界，有眉批。版心上爲書名，中爲卷數，下爲葉碼，無魚尾。書首有叙。文同四十卷葉敬池本，但叙末題署作「隴西可一居士題于白下之棲霞山房」，而四十卷本在題署前尚有「天啓丁卯中秋」六字；叙後鈐有「可一居士」、「理學名家」兩印章。次爲「醒世恒言目次」，第二、三行分題「可一居士評」、「墨浪主人較」。

下面列表將二十四卷本與四十卷本書首目次作對比：

二十四卷本卷數	二十四卷本卷目	四十卷本卷數	四十卷本卷目
第一卷	兩縣令競義婚孤女	第一卷	同
第二卷	徐老僕義憤成家	第三十五卷	同
第三卷	十五貫戲言成巧禍	第三十三卷	同
第四卷	灌園叟晚逢仙女	第四卷	同
第五卷	大樹坡義虎送親	第五卷	同
第六卷	小水灣天狐詒書	第六卷	同
第七卷	三孝廉讓産立高名	第二卷	同
第八卷	喬太守亂點鴛鴦譜	第八卷	同
第九卷	陳多壽生死姻緣	第九卷	同
第十卷	劉小官雌雄兄弟	第十卷	同
第十一卷	蘇小妹三難新郎	第十一卷	同
第十二卷	佛印師四調琴娘	第十二卷	同
第十三卷	勘皮靴單證二郎神	第十三卷	同
第十四卷	一文錢小隙造奇冤	第三十四卷	同

二十四卷本卷數	二十四卷本卷目	四十卷本卷數	四十卷本卷目
第十五卷	赫大卿遺恨鴛鴦縧	第十五卷	同
第十六卷	陸五漢硬留合色鞋	第十六卷	同
第十七卷	張孝基陳留認舅	第十七卷	同
第十八卷	吴衙内鄰舟赴約	第二十八卷	同
第十九卷	欒小舍拚生覓偶		出自《警世通言》
第二十卷	鄭節使立功神臂弓	第三十一卷	同
第二十一卷	楊舉人倉皇定配	第二十一卷	張淑兒巧智脱楊生
第二十二卷	吕純陽飛劍斬黄龍	第二十二卷	同
第二十三卷	誇妙術丹客提金		出自《今古奇觀》
第二十四卷	黄秀才徼靈玉馬墜	第三十二卷	同

從上表看出，除第十九卷、第二十三卷外，其餘二十二卷均與四十卷本《醒世恒言》相同，唯次序不同而已。

經初步考察，可以明確的是，此二十四卷本非是利用葉敬池系統刊本板木所刊，其底本來源暫時無法確定，但可以肯定的是，該本當源於葉敬池刊本系統，其本文及眉批除極個别外基本與葉敬池本無異。

此次整理，以日本國立公文書館内閣文庫藏葉敬池刊本爲底本，該本有部分缺葉、缺字，則以俄羅斯國立圖書館東方文獻中心藏葉敬溪本補配，因兩書完全係同版，故出校時不再注明是哪個藏本，而統稱「底本」。以日本東京大學東洋文化研究所藏衍慶堂刊四十卷本（簡稱「衍慶堂本」）、日本東京大學東洋文化研究所藏二十四卷本（簡稱「東大本」）爲校本。另外，《醒世恒言》有十一卷收入《今古奇觀》，法國國家圖書館藏吴郡寶翰樓刊《今古奇觀》係原刻本，所以這部分卷次出校時，適當參考了《今古奇觀》（簡稱《奇觀》）。又，《思無邪匯寶》叢書收有一部明萬曆刻《海陵佚史》，《醒世恒言》卷二十三《金海陵縱欲亡身》即源出此書，故在整理本卷時，適當參考了《海陵佚史》。

本書的整理方法如下：

一、凡底本與校本文字有異，底本文字不誤的，一般不出校；底本文字有誤的，則據衍慶堂本或東大本改字，同時説明底本作某字；若底本文字疑有誤的，則據衍慶堂本或東大本出校，但不改字。

二、若底本與校本文字均有誤，有資料可據校改的，如《今古奇觀》、《海陵佚史》等，則曰據某書改；若無可據資料，則區分幾種情況：有前後文參考，則曰「據前後文改」；從文意可判别的，則曰「據文意改」；屬明顯刻誤，則徑改。

三、底本有極少量因板木破損造成缺字，衍慶堂本於缺字處又加臆改，所補文字與原文并不接榫。抱着寧缺毋濫的原則，謹以「□」代替缺字，并出校説明。

四、與《喻世明言》、《警世通言》一樣，本書底本使用了大量的俗體字、異體字、通假字，處理方法大致相同，對於比較冷僻的、極少使用的、現代字庫找不到的俗刻字，酌情改成通行正體；對於明清時期流行的一些異體字，包括部分俗體字，酌情予以保留；通假字依通例予以保留，一般不作改動。

五、圖像的處理。底本在目録後有七十四幅圖像，每卷兩幅（缺卷三、卷二十一、卷三十三圖），現分插在每卷之前。吴郡寶翰樓刊《今古奇觀》收有《賣油郎獨占花魁》圖，來源於《醒世恒言》原刻本卷三，儘管《今古奇觀》已將原書的單面方式圖改成圓形圖，但原圖風貌猶存，故據以補入，聊補原圖缺失之憾。

六、眉批及行側批的處理。本次整理，根據文意將眉批移録於正文中作小字夾注，并於句首加【眉批】，以與正文區别。因爲底本係原刻後印本，板木有所磨損，部分眉批文字模糊不清，通過幾種藏本互相比較，已經辨識出大部分眉批，但仍有少量眉批文字無法識讀，只能以「□」代替，請讀者見諒。衍慶堂本的行側批雖然來源於葉敬池本的眉批，但多有改動，且部分文字模糊不清或錯誤迭出，整理時一般不予採用；東大本的眉批基本與底本一致，極個别有參考價值的異文，則出校記。另外，底本個别卷次有幾條行側批，處理方式一依眉批，僅在句首加【側批】，以與眉批區别。

本次整理，充分尊重原作，對原書的用詞、用字習慣等儘量予以保留。在整理過程中，參考了前賢和時人的整理成果，并得到諸位師友的幫助，在此致以誠摯的謝意！限於整理者的水平，整理工作肯定存在各種錯誤和疏失，敬祈讀者和專家批評指正。

二〇二三年十二月

目録

叙

六經國史而外，凡著述皆小説也。而尚理或病于艱深，修詞或傷于藻繪，則不足以觸里耳而振恒心。此《醒世恒言》四十種，所以繼《明言》、《通言》而刻也。明者，取其可以導愚也；通者，取其可以適俗也；恒則習之而不厭，傳之而可久。三刻殊名，其義一耳。

夫人居恒動作言語不甚相懸。一旦弄酒，則叫號躑躅，視塹如溝，度城如檻。何則？酒濁其神也。然而斟酌有時，雖畢吏部、劉太常未有時時如濫泥者。豈非醒者恒而醉者暫乎？由此推之，惕孺爲醒，下石爲醉；却嘑爲醒，食嗟爲醉；剖玉爲醒，題石爲醉。又推之，忠孝爲醒，而悖逆爲醉；節檢爲醒，而淫蕩爲醉；耳龢目章、口順心貞爲醒，而即聾從昧、與頑用嚚爲醉。人之恒心，亦可思已。從恒者吉，背恒者凶。心恒心，言恒言，行恒行。入夫婦而不驚，質天地而無怍。下之巫醫可作，而上之善人君子聖人亦可見。恒之時義大矣哉！自昔濁亂之世，謂之天醉。天不自醉人醉之，則天不自醒人醒之。以醒天之權與人，而以醒人之權與言。言恒而人恒，人恒而天亦得其恒，萬世太平之福，其可量乎！則兹刻者，雖與《康衢》、《擊壤》之歌，并傳不朽可矣。

崇儒之代，不廢二教，亦謂導愚適俗，或有藉焉。以二教爲儒之輔可也。以《明言》、《通言》、《恒言》爲六經國史之輔，不亦可乎？若夫淫譚褻語，取快一時，貽穢百世，夫先自醉也，而又以狂藥飲人，吾不知視此「三言」者，得失何如也。

天啓丁卯中秋隴西可一居士題于白下之棲霞山房

可憐宦室嬌香女
權作閨中使令人

試看兩公陰德報
皇天不負好心人

第一卷　兩縣令競義婚孤女

風水人間不可無，也須陰騭兩相扶。
時人不解蒼天意，枉使身心着意圖。

話説近代浙江衢州府，有一人姓王名奉，哥哥姓王名春。弟兄各生一女，王春的女兒名喚瓊英，王奉的叫做瓊真。瓊英許配本郡一個富家潘百萬之子潘華，瓊真許配本郡蕭別駕之子蕭雅，都是自小聘定的。瓊英方年十歲，母親先喪，父親繼歿。那王春臨終之時，將女兒瓊英托與其弟，囑付道：「我并無子嗣，只有此女，你把做嫡女看成。待其長成，好好嫁去潘家。你嫂嫂所遺房奩衣飾之類，盡數與之。有潘家原聘財禮置下莊田，就把與他做脂粉之費。莫負吾言！」囑罷，氣絶。殯葬事畢，王奉將姪女瓊英接回家中，與女兒瓊真作伴。

忽一年元旦，潘華和蕭雅不約而同到王奉家來拜年。那潘華生得粉臉朱唇，(一)

如美女一般，人都稱玉孩童。蕭雅一臉麻子，眼　齒齙，好似飛天夜叉模樣。一美一醜，相形起來，那標致的越覺美玉增輝，那醜陋的越覺泥塗無色。況且潘華衣服炫麗，有心賣富，脱一通换一通。那蕭雅是老實人家，不以穿着爲事。常言道：「佛是金裝，人是衣裝。」世人眼孔淺的多，只有皮相，没有骨相。王家若男若女，若大若小，那一個不欣羨潘小官人美貌，如潘安再出；暗暗地顛唇簸嘴，批點那飛天夜叉之醜。王奉自己也看不過，心上好不快活。

不一日，蕭別駕卒于任所。蕭雅奔喪，扶柩而回。他雖是個世家，累代清官，家無餘積，自別駕死後，日漸消索。潘百萬是個暴富，家事日盛一日。王奉忽起一個不良之心，想道：「蕭家甚窮，女婿又醜；潘家又富，女婿又標致。何不把瓊英、瓊真暗地兑轉，誰人知道？也不教親生女兒在窮漢家受苦。」主意已定，到臨嫁之時，將瓊真充做姪女，嫁與潘家，哥哥所遺衣飾莊田之類，都把他去。却將瓊英反爲己女，嫁與那飛天夜叉爲配，自己薄薄備些妝奩嫁送。瓊英但憑叔叔做主，敢怒而不敢言。誰知嫁後，那潘華自恃家富，不習詩書，不務生理，專一鬭賭爲事。父親累訓不從，氣憤而亡。潘華益無顧忌，日逐與無賴小人酒食游戲。不上十年，把百萬家資敗得罄盡，〔二〕寸土俱無。丈人屢次周給他，如炭中沃雪，全然不濟。結末迫于凍餒，瞞着丈人，要引渾家去投靠人家爲奴。王奉聞知此信，將女兒瓊真接回家中養老，不許女婿上門。潘華流落他鄉，不知下落。那蕭雅勤苦攻書，後來一舉成名，直做到尚書地位，瓊英封一品夫人。有詩爲證：

目前貧富非爲准，久後窮通未可知。
顛倒任君瞞昧做，鬼神昭鑒定無私。

看官，你道爲何説這王奉嫁女這一事？只爲世人但顧眼前，不思日後，只要損人利己。豈知人有百算，天只有一算。你心下想得滑碌碌的一條路，天未必隨你走哩，還是平日行善爲高。今日説一段話本，正與王奉相反，唤做《兩縣令競義婚孤女》。這樁故事，出在梁、唐、晉、漢、周五代之季。其時周太祖郭威在位，改元廣順，雖居正統之尊，未就混一之勢。四方割據稱雄者，還有幾處，共是五國三鎮。那五國？

周郭威　南漢劉晟　北漢劉旻　南唐李昪[三]　蜀孟知祥

那三鎮？

吴越錢鏐　湖南周行逢　荆南高季昌

單説南唐李氏有國，轄下江州地方，内中單表江州德化縣一個知縣，姓石名璧，原是撫州臨川縣人氏，流寓建康。四旬之外，喪了夫人，又無兒子，止有八歲親女月香，和一個養娘隨任。那官人爲官清正，單吃德化縣中一口水。又且聽訟明決，雪冤理滯，果然政簡刑清，民安盜息。退堂之暇，就抱月香坐于膝上，教他識字，又或叫養娘和他下棋、蹴踘，百般頑耍。他從旁教導。只爲無娘之女，十分愛惜。一日，養娘和月香在庭中蹴那小小毬兒爲戲。養娘一脚踢起，去得勢重了些，那毬擊地而起，連跳幾跳的溜溜滚去，滚入一個地穴裏。那地穴約有二三尺深，原是埋缸貯水的所在。養娘手短，攬他不着，正待跳下穴中去拾取毬兒。石璧道：「且住！」問女兒月香道：「你有甚計較，使毬兒自走出來麽？」月香想了一想，便道：「有計了！」即教養娘去提過一桶水來，傾在穴内。那毬便浮在水面。再傾一桶，穴中水滿，其毬隨水而出。【眉批】司馬童慧，原來有本。石璧本是要試女孩兒的聰明，見其取水出毬，智意過人，不勝之喜。

閒話休叙。那官人在任不上二年，誰知命裏官星不現，飛禍相侵。忽一夜倉中失火，急去救時，已燒損官糧千餘石。那時米貴，一石值一貫五百。亂離之際，軍糧最重。南唐法度，凡官府破耗軍糧至三百石者，即行處斬。只爲石璧是個清官，又且火灾天數，非關本官私弊。上官都替他分解保奏。唐主怒猶未息，將本官削職，要他賠償，估價共該一千五百餘兩。把家私變賣，未盡其半。石璧被本府軟監，追逼不過，鬱成一病，數日而死。遺下女兒和養娘二口，少不得着落牙婆官賣，取價償官。這等苦楚，分明是：

屋漏更遭連夜雨，船遲又遇打頭風。

却說本縣有個百姓，叫做賈昌，昔年被人誣陷，坐假人命事，問成死罪在獄。虧石知縣到任，審出冤情，將他釋放。賈昌銜保家活命之恩，無從報效。一向在外爲商，近日方回。正值石知縣身死，即往撫尸慟哭，備辦衣衾棺木，與他殯殮。合家挂孝，買地營葬。又聞得所欠官糧尚多，欲待替他賠補幾分，怕錢糧干係，不敢開端惹禍。見說小姐和養娘都着落牙婆官賣，慌忙帶了銀子，到李牙婆家，問要多少身價。李牙婆取出硃批的官票來看：養娘十六歲，只判得三十兩；月香十歲，到判了五十兩。却是爲何？月香雖然年小，容貌秀美可愛；養娘不過粗使之婢，故此判價不等。賈昌并無吝色，身邊取出銀包，兑足了八十兩紋銀，交付牙婆，又謝他五兩銀子，即時領取二人回家。李牙婆把兩個身價，交納官庫。地方呈明石知縣家財人口變賣都盡。上官只得在别項那移賠補，不在話下。

却說月香自從父親死後，没一刻不啼啼哭哭。今日又不認得賈昌是什麽人，買他歸去，必然落于下賤，一路痛哭不已。養娘道：「小姐，你今番到人家去，不比在老爺身邊，只管啼哭，必遭打駡。」月香聽説，愈覺悲傷。誰知賈昌一片仁義之心，領到家中，與老婆相見，對老婆説：「此乃恩人石相公的小姐，那一個就是伏侍小姐的養娘。我當初若没有恩人，此身死于縲絏。〔四〕今日見他小姐，如見恩人之面。你可另收拾一間香房，教他兩個住下，好茶好飯供待他，不可怠慢。後來倘有親族來訪，那時送還，也盡我一點報效之心。不然之時，待他長成，就本縣擇個門當户對的人家，一夫一婦，嫁他出去，恩人墳墓也有個親人看覷。【眉批】後來竟如其言。那個養娘，依舊得他伏侍小姐，等他兩個作伴，做些女工，不要他在外答應。」月香生成伶俐，見賈昌如此分付老婆，慌忙上前萬福道：「奴家賣身在此，爲奴爲婢，理之當然。蒙恩人擡舉，此乃再生之恩。乞受奴一拜，收爲義女。」説罷，即忙下跪。賈昌那裏肯要他拜，别轉了頭，忙教老婆扶起道：「小人是老相公的子民，這螻蟻之命，都出老相公所賜。就是這位養娘，小人也不敢怠慢，何况小姐！小人怎敢妄自尊大。暫時屈在寒家，只當賓客相待。望小姐勿責怠慢，小人夫妻有幸。」【眉批】知恩報恩，賈昌忠厚。月香再三稱謝。賈昌又分付家中男女，都稱爲石小姐。那小姐稱賈昌夫婦，但呼賈公、賈婆，不在話下。

原來賈昌的老婆，素性不甚賢慧，只爲看上月香生得清秀乖巧，自己無男無女，有心要收他做個螟蛉女兒。初時甚是歡喜，聽説賓客相待，先有三分不耐煩了。却滅不得石知縣的恩，没奈何，依着丈夫言語，勉强奉承。後來賈昌在外爲商，每得好紬好絹，先儘上好的寄與石小姐做衣服穿。比及回家，先問石小姐安否。老婆心下漸漸不平。又過些時，把馬脚露出來了。但是賈昌在家，朝饔夕餐，也還成個規矩，口中假意奉承幾句。但背了賈昌時，茶不茶，飯不飯，另是一樣光景了。養娘常叫出外邊雜差雜使，不容他一刻空閒。又每日間限定石小姐要做若干女工鍼指還他。倘手遲脚慢，便去捉鷄駡狗，口裏好不乾净哩。正是：

人無千日好，花無百日紅。

養娘受氣不過，禀知小姐，欲待等賈公回家，告訴他一番。月香斷然不肯，説道：「當初他用錢買我，原不指望他擡舉。今日賈婆雖有不到之處，却與賈公無干。你若説他，把賈公這段美情都没了。我與你命薄之人，只索忍耐爲上。」【眉批】此女大賢德。忽一日，賈公做客回家，正撞着養娘在外汲水，面龐比前甚是黑瘦了。賈公道：「養娘，我只教你伏侍小姐，誰要你汲水？且放着水桶，另叫人來擔罷。」養娘放了水桶，動了個感傷之念，不覺滴下幾點淚來。賈公要盤問時，他把手拭淚，忙忙的奔進去了。賈公心中甚疑，見了老婆，問道：「石小姐和養娘没有甚事麽？」老婆回言：

「没有。」初歸之際，事體多頭，也就閣過一邊。又過了幾日，賈公偶然到近處人家走動，回來不見老婆在房，自往厨下去尋他説話。正撞見養娘從厨下來，也没有托盤，右手拿一大碗飯，左手一隻空碗，碗上頂一碟腌菜葉兒。賈公有心閃在隱處看時，養娘走進石小姐房中去了。賈公不省得這飯是誰吃的，一些葷腥也没有。那時不往厨下，竟悄悄的走在石小姐房前，向門縫裏張時，只見石小姐將這碟腌菜葉兒過飯。【眉批】賈公細心。心中大怒，便與老婆鬧將起來。

老婆道：「葷腥儘有，我又不是不捨得與他吃。那丫頭自不來擔，難道要老娘送進房去不成？」賈公道：「我原説過來，石家的養娘，只教他在房中與小姐作伴。我家厨下走使的又不少，誰要他出房擔飯！前日那養娘噙着兩眼淚在外街汲水，我已疑心，是必家中把他難爲了，只爲匆忙，不曾細問得。原來你恁地無恩無義，連石小姐都怠慢！見放着許多葷菜，却教他吃白飯，是甚道理？我在家尚然如此，我出外時，可知連飯也没得與他們吃飽。我這番回來，見他們着實黑瘦了。」老婆道：「別人家丫頭，那要你恁般疼他，養得白白壯壯，你可收用他做小老婆麽？」賈公道：「放屁！説的是什麽話！你這樣不通理的人，我不與你講嘴。自明日爲始，我教當直的，每日另買一分肉菜供給他兩口，不要在家火中算帳，省得奪了你的口食，你又不歡喜。」老婆自家覺得有些不是，口裏也含含糊糊的哼了幾句，便不言語了。【眉批】描寫逼真。從此賈公分付當直的，每日肉菜分做兩分。却叫厨下丫頭們，各自安排送飯。這幾時，好不齊整。正是：

人情若比初相識，到底終無怨恨心。

賈昌因牽挂石小姐，有一年多不出外經營。老婆却也做意修好，相忘于無言。月香在賈公家，一住五年，看看長成。賈昌意思，要密訪個好主兒，嫁他出去了，方纔放心，自家好出門做生理。這也是賈公的心事，背地裏自去勾當。曉得老婆不賢，又與他商量怎的。若是湊巧時，賠些妝奩，嫁出去了，可不乾净？何期姻緣不偶，内中也有緣故：但是出身低微的，賈公又怕辱莫了石知縣，不肯俯就；但是略有些名目的，那個肯要百姓人家的養娘爲婦，所以好事難成。賈公見姻事不就，老婆又和順了，家中供給又立了常規，捨不得擔閣生意，只得又出外爲商。未行數日之前，預先叮嚀老婆有十來次，只教好生看待石小姐和養娘兩口。又請石小姐出來，再三撫慰，連養娘都用許多好言安放。又分付老婆道：「他骨氣也比你重幾百分哩，你切莫慢他。若是不依我言語，我回家時，就不與你認夫妻了。」又唤當直的和厨下丫頭，都分付遍了，方纔出門。

臨岐費盡叮嚀語，只爲當初受德深。

却說賈昌的老婆，一向被老公在家作興石小姐和養娘，心下好生不樂。没奈何，只得由他，受了一肚子的腌臢昏悶之氣。一等老公出門，三日之後，就使起家主母的勢來。尋個茶遲飯晏小小不是的題目，先將厨下丫頭試法，連打幾個巴掌，罵道：「賤人，你是我手内用錢討的，如何恁地托大！你恃了那個小主母的勢頭，却不用心伏侍我？家長在家日，縱容了你。如今他出去了，少不得要還老娘的規矩。除却老娘外，那個該伏侍的？要飯吃時，等他自擔，不要你們獻勤，却擔誤老娘的差使。」罵了一回，就乘着熱鬧中，喚過當直的，分付將賈公派下另一分肉菜錢，乾折進來，不要買了。當直的不敢不依。且喜月香能甘淡薄，全不介意。

又過了些時，忽一日，養娘擔洗臉水，遲了些，水已凉了。養娘不合哼了一句。那婆娘聽得了，特地叫來發作道：「這水不是你擔的。别人燒着湯，你便胡亂用些罷。當初在牙婆家，那個燒湯與你洗臉？」養娘耐嘴不住，便回了幾句言語，道：「誰要他們擔水燒湯！我又不是不曾擔水過的，兩隻手也會燒火。下次我自擔水自燒，不費厨下姐姐們力氣便了。」那婆娘提醒了他當初曾擔水過這句話，便駡道：「小賤人！你當先擔得幾桶水，便在外邊做身做分，哭與家長知道，連累老娘受了百般嘔氣，今日老娘要討個帳兒。你既説會擔水，會燒火，把兩件事都交在你身上。每日常用的水，都要你擔，不許缺乏。是火，都是你燒；若是難爲了柴，老娘却要計較。且等你知心知意的家長回家時，你再啼啼哭哭告訴他便了，也不怕他趕了老娘出去！」【眉批】描寫不賢婦口氣如畫。月香在房中，聽得賈婆發作自家的丫頭，慌忙移步上前，萬福謝罪，招稱許多不是，叫賈婆莫怪。養娘道：「果是婢子不是了！只求看小姐面上，不要計較。」那老婆愈加忿怒，便道：「什麼小姐，小姐！是小姐，不到我家來了。我是個百姓人家，不曉得小姐是什麼品級，你動不動把來壓老娘。老娘骨氣雖輕，不受人壓量的，今日要説個明白。就是小姐，也説不得，費了大錢討的。少不得老娘是個主母，賈婆也不是你叫的。」【眉批】句句還話。月香聽得話不投機，含着眼淚，自進房去了。

那婆娘分付厨中，不許叫「石小姐」，只叫他「月香」名字。又分付養娘，只在厨下專管擔水燒火，不許進月香房中。月香若要飯吃時，得他自到厨房來取。其夜，又叫丫頭搬了養娘的被窩到自己房中去。月香坐個更深，不見養娘進來，只得自己閉門而睡。又過幾日，那婆娘唤月香出房，却教丫頭把他的房門鎖了。月香没了房，只得在外面盤旋。夜間就同養娘一鋪睡。睡起時，就叫他拿東拿西，役使他起來。在他矮檐下，〔五〕怎敢不低頭。月香無可奈何，只得伏低伏小。那婆娘見月香隨順了，心中暗喜，驀地開了他房門的鎖，把他房中搬得一空。凡丈夫一向寄來的好紬好段，曾做不曾做得，都遷入自己箱籠，被窩也收起了不還他。月香暗暗叫苦，不敢則聲。

忽一日，賈公書信回來，又寄許多東西與石小姐。書中囑付老婆：「好生看待，不久我便回來。」那婆娘把東西收起，思想道：「我把石家兩個丫頭作賤勾了，丈夫回來，必然厮鬧。難道我懼怕老公，重新奉承他起來不成？那老亡八把這兩個瘦馬養着，不知作何結束！他臨行之時，説道若不依他言語，就不與我做夫妻了。一定他起了什麽不良之心。那月香好副嘴臉，年已長成。倘或有意留他，也不見得。那時我争風吃醋便遲了。人無遠慮，必有近憂，一不做，二不休，索性把他兩個賣去他方，老亡八回來也只一怪，拚得厮鬧一場罷了。難道又去贖他回來不成？好計，好計！」正是：

眼孔淺時無大量，心田偏處有奸謀。

當下那婆娘分付當直的：「與我唤那張牙婆到來，我有話説。」不一時，當直的將張婆引到。賈婆教月香和養娘都相見了，却發付他開去，對張婆説道：「我家六年前，討下這兩個丫頭。如今大的忒大了，小的又嬌嬌的，做不得生活，都要賣他出去，你與我快尋個主兒。」原來當先官賣之事，是李牙婆經手。此時李婆已死，官私做媒，又推張婆出尖了。張婆道：「那年紀小的，正有個好主兒在此，只怕大娘不肯。」賈婆道：「有甚不肯？」張婆道：「就是本縣大尹老爺，複姓鍾離，名義，壽春人氏，親生一位小姐，許配德安縣高大尹的長公子，在任上行聘的。不日就要來娶親了。本縣嫁裝都已備得十全，只是缺少一個隨嫁的養娘。昨日大尹老爺喚老媳婦當官分付過了，老媳婦正没處尋。宅上這位小娘子，正中其選。只是異鄉之人，怕大娘不捨得與他。」賈婆想道：「我正要尋個遠方的主顧，來得正好！況且知縣相公要了人去，丈夫回來，料也不敢則聲。」便道：「做官府家的陪嫁，勝似在我家十倍，我有什麼不捨得。只是不要虧了我的原價便好。」張婆道：「原價許多？」賈婆道：「十來歲時，就是五十兩討的，如今飯錢又弄一主在身上了。」張婆道：「吃的飯是算不得帳。這五十兩銀子在老媳婦身上。」賈婆道：「那一個老丫頭，也替我覓個人家便好。他兩個是一夥兒來的，去了一個，那一個也養不家了。況且年紀一二十之外，又是要老公的時候，留他甚麼！」張婆道：「那個要多少身價？」賈婆道：「原是三十兩銀子討的。」牙婆道：「粗貨兒，直不得這許多。若是減得一半，老媳婦到有個外甥在身邊，三十歲了。老媳婦原許下與他娶一房妻小的，因手頭不寬展，捱下去。這到是雌雄一對兒。」賈婆道：「既是你的外甥，便讓你五兩銀子。」張婆道：「連這小娘子的媒禮在內，讓我十兩罷！」賈婆道：「也不爲大事，你且説合起來。」張婆道：「老媳婦如今先去回復知縣相公。若講得成時，一手交錢，一手就要交貨的。」賈婆道：「你今晚還來不？」張婆道：「今晚還要與外甥商量，來不及了，明日早來回話。多分兩個都要成的。」説罷别去，不在話下。

却説大尹鍾離義，到任有一年零三個月了。前任馬公，是頂那石大尹的缺。馬公升任去後，鍾離義又是頂馬公的缺。【眉批】叙法明簡。鍾離大尹與德安高大尹，原是個同鄉。高大尹生下二子，長曰高登，年十八歲，次曰高升，年十六歲。這高登便是鍾離公的女婿。原來鍾離公未曾有子，止生此女，小字瑞枝，方年一十七歲，選定本年十月望日出嫁。此時九月下旬，吉期將近。鍾離公分付張婆，急切要尋個陪嫁。張婆得了賈家這頭門路，就去回復大尹。大尹道：「若是人物好時，就是五十兩也不多。明日庫上來領價，晚上就要過門的。」張婆道：「領相公鈞旨。」當晚回家，與外甥趙二商議，有這相應的親事，要與他完婚。趙二先歡喜了一夜。次早，趙二便去整理衣褶，準備做新郎。張婆在家中，先凑足了二十兩身價，隨即到縣取知縣相公鈞帖，到庫上兑了五十兩銀子。來到賈家，把這兩項銀子交付與賈婆，分疏得明明白白。

賈婆都收下了。少頃，縣中差兩名皂隸，兩個轎夫，擡着一頂小轎，到賈家門首停下。賈婆初時都不通月香曉得，臨期竟打發他上轎。月香正不知教他那裏去，和養娘兩個，叫天叫地，放聲大哭。賈婆不管三七二十一，和張婆兩個，你一推，我一攙，攙他出了大門。張婆方纔說明：「小娘子，不要啼哭了！你家主母，將你賣與本縣知縣相公處，做小姐的賠嫁。此去好不富貴！官府衙門，不是耍處，事到其間，哭也無益。」月香只得收淚，上轎而去。轎夫擡進後堂。月香見了鍾離義，還只萬福。張婆在傍道：「這就是老爺了，須下個大禮！」月香只得磕頭。立起身來，不覺淚珠滿面。張婆教他拭乾了淚眼，引入私衙，見了夫人和瑞枝小姐。問其小名，對以「月香」。夫人道：「好個『月香』二字！不必更改，就發他伏侍小姐。」鍾離公厚賞張婆，不在話下。

可憐宦室嬌香女，權作閨中使令人。

張婆出衙，已是酉牌時分。再到賈家，只見那養娘正思想小姐，在厨下痛哭。賈婆對他說道：「我今把你嫁與張媽媽的外甥，一夫一婦，比月香到勝幾分，莫要悲傷了！」張婆也勸慰了一番。趙二在混堂内洗了個浄浴，打扮的帽兒光光，衣衫簇簇，自家提了一碗燈籠，前來接親。張婆就教養娘拜別了賈婆。那養娘原是個大脚，張婆扶着步行到家，與外甥成親。

話休絮煩。再説月香小姐，自那日進了鍾離相公衙内，次日，夫人分付新來婢子，將中堂打掃。月香領命，携帚而去。鍾離義梳洗已畢，打點早衙理事，步出中堂，只見新來婢子，呆呆的把着一把掃帚，立于庭中。鍾離公暗暗稱怪，【眉批】絶好一出傳奇，令人可泣。悄地上前看時，原來庭中有一個土穴，月香對了那穴，汪汪流淚。鍾離公不解其故。走入中堂，唤月香上來，問其緣故。月香愈加哀泣，口稱不敢。鍾離公再三詰問，月香方纔收淚而言道：「賤妾幼時，父親曾于此地教妾蹴毬爲戲，誤落毬于此穴。父親問妾道：『你可有計較，使毬自出于穴，不須拾取？』賤妾答云：『有計。』即遣養娘取水灌之，水滿毬浮，自出穴外。父親謂妾聰明，不勝之喜。今雖年久，尚然記憶，睹物傷情，不覺哀泣。願相公俯賜矜憐，勿加罪責。」鍾離公大驚道：「汝父姓甚名誰？你幼時如何得到此地？須細細説與我知。」月香道：「妾父姓石名璧，六年前，〔六〕在此作縣尹。〔七〕只爲天火燒倉，朝廷將父革職，勒令倍償，父親病鬱而死。有司將妾和養娘官賣到本縣賈公家。賈公向被冤繫，蒙我父活命之恩，故將賤妾甚相看待，撫養至今。因賈公出外爲商，其妻不能相容，將妾轉賣于此。只此實情，并無欺隱。」

今朝訴出衷腸事，鐵石人知也淚垂。

鍾離公聽罷，正是兔死狐悲，惡傷其類：「我與石璧一般是個縣尹。他只爲遭時不幸，遇了天灾，親生女兒就淪于下賤。我若不聞不見，到也罷了。天教他到我衙裏，我若不扶持他，同官體面何存！石公在九泉之下，以我爲何如人！」當下請夫人上堂，就把月香的來歷細細叙明。夫人道：「似這等説，他也是個縣令之女，豈可賤婢相看。【眉批】夫人亦賢德。目今女孩兒嫁期又逼，相公何以處之？」鍾離公道：「今後不要月香服役，可與女孩兒姊妹相稱，下官自有處置。」即時修書一封，差人送到親家高大尹處。高大尹拆書觀看，原來是求寬嫁娶之期，書上寫道：

婚男嫁女，雖父母之心；捨己成人，乃高明之事。近因小女出閣，預置媵婢月香。見其顔色端麗，舉止安詳，心竊異之。細訪來歷，乃知即兩任前石縣令之女。石公廉吏，【眉批】若非廉吏，人情未必痛惜至此。因倉火失官喪軀，女亦官賣，轉展售于寒家。同官之女，猶吾女也。此女年已及笄，不惟不可屈爲媵婢，且不可使吾女先此女而嫁。僕今急爲此女擇婿，將以小女薄奩嫁之。【眉批】誰肯。令郎姻期，少待改卜。特此拜懇，伏惟情諒。鍾離義頓首。

高大尹看了道：「原來如此！此長者之事，吾奈何使鍾離公獨擅其美！」即時回書云：

鸞鳳之配，雖有佳期；狐兔之悲，豈無同志？在親翁既以同官之女爲女，在不佞寧不以親翁之心爲心？三復示言，令人悲惻。此女廉吏血胤，無慚閥閱。願親家即賜爲兒婦，以踐始期；【眉批】誰肯。令愛別選高門，庶幾兩便。昔蘧伯玉恥獨爲君子，僕今者願分親翁之誼。高原頓首。

使者將回書呈與鍾離公看了。鍾離公道：「高親家願娶孤女，雖然義舉；但吾女他兒，久已聘定，豈可更改？還是從容待我嫁了石家小姐，然後另備妝奩，以完吾女之事。」當下又寫書一封，差人再達高親家。高公開書讀道：

娶無依之女，雖屬高情；更已定之婚，終乖正道。小女與令郎，久諧鳳卜，准擬鸞鳴。在令郎停妻而娶妻，已違古禮；使小女捨婿而求婿，難免人非。請君三思，必從前議。義惶恐再拜。【眉批】《風教雲箋》中無此四札。

高公讀畢，嘆道：「我一時思之不熟。今聞鍾離公之言，慚愧無地。我如今有個兩盡之道，使鍾離公得行其志，而吾亦同享其名。萬世而下，以爲美談。」即時復書云：

以女易女，僕之慕誼雖殷；停妻娶妻，君之引禮甚正。僕之次男高升，年方十七，尚未締姻。令愛歸我長兒，石女屬我次子。佳兒佳婦，兩對良姻；一死一生，千秋高誼。妝奩不須求備，時日且喜和同。【眉批】一字一珠。伏冀俯從，不須改卜。原惶恐再拜。

鍾離公得書，大喜道：「如此處分，方爲雙美。高公義氣，真不愧古人，吾當拜其下風矣。」當下即與夫人說知，將一副妝奩，剖爲兩分，衣服首飾，稍稍增添。一女一般，并無厚薄。到十月望前兩日，高公安排兩乘花花細轎，笙簫鼓吹，迎接兩位新人。鍾離公先發了嫁裝去後，隨喚出瑞枝、月香兩個女兒，教夫人分付他爲婦之道。二女拜別而行。月香感念鍾離公夫婦恩德，十分難捨，號哭上轎。一路趲行，自不必說。到了縣中，恰好湊着吉日良時，兩對小夫妻，如花如錦，拜堂合巹。高公夫婦歡喜無限。正是：

百年好事從今定，一對姻緣天上來。

再說鍾離公嫁女三日之後，夜間忽得一夢，夢見一位官人，幞頭象簡，立于面前，說道：「吾乃月香之父石璧是也。生前爲此縣大尹，因倉糧失火，賠償無措，鬱鬱而亡。上帝察其清廉，憫其無罪，敕封吾爲本縣縣隍之神。【眉批】廉吏何曾受虧。月香吾之愛女，蒙君高誼，拔之泥中，成其美眷，此乃陰德之事，吾已奏聞上帝。君命中本無子嗣，上帝以公行善，賜公一子，昌大其門。君當致身高位，安享遐齡。鄰縣高公，與君同心，願娶孤女，上帝嘉悦，亦賜二子高官厚禄，以酬其德。君當傳與世人，廣行方便，切不可凌弱暴寡，利己損人。天道昭昭，纖毫洞察。」説罷，再拜。鍾離公答拜起身，忽然踏了衣服前幅，跌上一交，猛然驚醒，乃是一夢。即時説與夫人知道，夫人亦嗟呀不已。待等天明，鍾離公打轎到城隍廟中，焚香作禮，捐出俸資百兩，命道士重新廟宇，將此事勒碑，廣諭衆人。又將此夢備細寫書，報與高公知道。高公把書與兩個兒子看了，各各驚呀。鍾離夫人年過四十，忽然得孕生子，取名天賜。後來鍾離義歸宋，仕至龍圖閣大學士，〔八〕壽享九旬。子天賜，爲大宋狀元。高登、高升俱仕宋朝，官至卿宰。此是後話。

且説賈昌在客中，不久回來，不見了月香小姐和那養娘。詢知其故，與婆娘大鬧幾場。後來知得鍾離相公將月香爲女，一同小姐嫁與高門。賈昌無處用情，把銀二十兩，要贖養娘送還石小姐。那趙二恩愛夫妻，不忍分拆，情願做一對投靠。張婆也禁他不住。賈昌領了趙二夫妻，直到德安縣，稟知大尹高公。高公問了備細，進衙又問媳婦月香，所言相同。遂將趙二夫婦收留，以金帛厚酬賈昌。賈昌不受而歸。從此賈昌惱恨老婆無義，立誓不與他相處，另招一婢，生下兩男。此亦作善之報也。後人有詩嘆云：

人家要娶擇高門，誰肯周全孤女婚？
試看兩公陰德報，皇天不負好心人。

【校記】

〔一〕「潘華」，底本及東大本作「潘豐」，據衍慶堂本改，《奇觀》同衍慶堂本。

〔二〕「罄盡」，底本及校本均作「磬盡」，據《奇觀》改。

〔三〕「李昇」，底本及校本均作「李昪」，據兩《五代史》改。

〔四〕「縲絏」，底本及東大本作「絏縲」，據衍慶堂本改，《奇觀》同衍慶堂本。

〔五〕「矮簷」，底本作「矮詹」，據衍慶堂本改，《奇觀》同衍慶堂本。

〔六〕「六年前」，底本及校本均作「六年間」，據《奇觀》改。

〔七〕「在此作縣尹」，底本及東大本作「在此作縣」，據衍慶堂本補，《奇觀》同底本。

〔八〕「仕」，底本及東大本作「任」，據衍慶堂本改，《奇觀》同衍慶堂本。

教誨二弟俱
成行不是長
兄是父親

報道錦衣歸故里
争夸白屋出公卿

第二卷　三孝廉讓産立高名

紫荊枝下還家日，花萼樓中合被時。
同氣從來兄與弟，千秋羞詠豆萁詩。

這首詩，爲勸人兄弟和順而作，用着三個故事，看官聽在下一一分剖。第一句説「紫荊枝下還家日」。昔時有田氏兄弟三人，從小同居合爨。長的娶妻叫田大嫂，次的娶妻叫田二嫂。妯娌和睦，并無間言。惟第三的年小，隨着哥嫂過日。後來長大娶妻，叫田三嫂。那田三嫂爲人不賢，恃着自己有些妝奩，看見夫家一鍋裏煮飯，一卓上吃食，不用私錢，不動私秤，便私房要吃些東西，也不方便，日夜在丈夫面前攛掇：「公堂錢庫田産，都是伯伯們掌管，一出一入，你全不知道。他是亮裏，你是暗裏。用一説十，用十説百，那裏曉得！目今雖説同居，到底有個散場。若還家道消乏下來，只苦得你年幼的。依我説，不如早早分析，將財産三分撥開，各人自去營運，不好麽？」【眉批】惡婬恐其亂義，此類是也。田三一時被妻言所惑，認爲有理，央親戚對哥哥説，要分析而居。田大、田二初時不肯，被田三夫婦内外連連催逼，只得依允。將所有房産錢穀之類，三分撥開，分毫不多，分毫不少。只有庭前一棵大紫荆樹，積祖傳下，極其茂盛，既要析居，這樹歸着那一個？可惜正在開花之際，也説不得了。田大至公無私，議將此樹砍倒，將粗本分爲三截，每人各得一截，其餘零枝碎葉，論秤分開。商議已妥，只待來日動手。

次日天明，田大唤了兩個兄弟，同去砍樹。到得樹邊看時，枝枯葉萎，全無生氣。田大把手一推，其樹應手而倒，根芽俱露。田大住手，向樹大哭。兩個兄弟道：「此樹值得甚麽！兄長何必如此痛惜！」田大道：「吾非哭此樹也。想我兄弟三人，産于一姓，同爺合母，比這樹，枝枝葉葉，連根而生，分開不得。根生本，本生枝，枝生葉，所以榮盛。昨日議將此樹分爲三截，那樹不忍活活分離，一夜自家枯死。我兄弟三人若分離了，亦如此樹枯死，豈有榮盛之日？吾所以悲哀耳。」【眉批】話得真切動人。田二、田三聞哥哥所言，至情感動：「可以人而不如樹乎？」遂相抱做一堆，痛哭不已。大家不忍分析，情願依舊同居合爨。三房妻子聽得堂前哭聲，出來看時，方知其故。大嫂二嫂，各各歡喜，惟三嫂不願，口出怨言。田三要將妻逐出，兩個哥哥再三勸住。

三嫂羞慚，還房自縊而死。此乃「自作孽不可活」。這話閣過不題。再説田大可惜那棵紫荊樹，再來看時，其樹無人整理自然端正，枝枯再活，花萎重新，比前更加爛熳。田大喚兩個兄弟來看了，各人嗟訝不已。自此田氏累世同居。有詩爲證：

　　紫荊花下説三田，人合人離花亦然。
　　同氣連枝原不解，家中莫聽婦人言。

第二句説「花萼樓中合被時」。那花萼樓在陝西長安城中，大唐玄宗皇帝所建。玄宗皇帝就是唐明皇。他原是唐家宗室，因爲韋氏亂政，武三思專權，明皇起兵誅之，遂即帝位。有五個兄弟，皆封王爵，時號「五王」。明皇友愛甚篤，起一座大樓，取《詩經·棠棣》之義，名曰「花萼」。時時召五王登樓歡宴。又製成大幔，名爲「五王帳」，帳中長枕大被，明皇和五王時常同寢其中。有詩爲證：

　　羯鼓頻敲玉笛催，朱樓宴罷夕陽微。
　　宮人秉燭通宵坐，不信君王夜不歸。

第四句説「千秋羞詠豆萁詩」。後漢魏王曹操長子曹丕，篡漢稱帝。有弟曹植，字子建，聰明絕世。操生時最所寵愛，幾遍欲立爲嗣而不果。曹丕銜其舊恨，欲尋事而殺之。一日，召子建問曰：「先帝每誇汝詩才敏捷，朕未曾面試。今限汝七步之内，成詩一首。如若不成，當坐汝欺誑之罪。」子建未及七步，其詩已成，中寓規諷之意。詩曰：

> 煮豆燃豆萁，豆在釜中泣。
> 本是同根生，相煎何太急。

曹丕見詩感泣，遂釋前恨。後人有詩爲證：

> 從來寵貴起猜疑，七步詩成亦可危。
> 堪嘆釜萁仇未已，六朝骨肉盡誅夷。

說話的，爲何今日講這兩三個故事？只爲自家要説那三孝廉讓産立高名。這段話文，不比曹丕忌刻，也没子建風流，勝如紫荆花下三田，花萼樓中諸李，隨你不和順的弟兄，聽着在下講這節故事，都要學好起來。正是：

> 要知天下事，須讀古人書。

這故事出在東漢光武年間。〔二〕那時天下乂安，萬民樂業，朝有梧鳳之鳴，野無谷駒之嘆。原來漢朝取士之法，不比今時。他不以科目取士，惟憑州郡選舉。雖則有博學宏詞、賢良方正等科，惟以孝廉爲重。孝者，孝弟；廉者，廉潔。孝則忠君，廉則愛民。但是舉了孝廉，便得出身做官。若依了今日的事勢，州縣考個童生，還有幾千封薦書。若是舉孝廉時，不知多少分上鑽刺，依舊是富貴子弟鑽去了。孤寒的便有曾參之孝，伯夷之廉，休想揚名顯姓。【眉批】若選舉之法守之無弊，何患不得真才。只是漢時法度甚妙，但是舉過某人孝廉，其人若果然有才有德，不拘資格，驟然升擢，連舉主俱紀録受賞；若所舉不得其人，後日或貪財壞法，輕則罪黜，重則抄没，連舉主一同受罪。那薦人的，與所薦之人休戚相關，不敢胡亂。所以公道大明，朝班清肅。【眉批】此法今日亦可用于薦剡，庶無朝夷暮蹠、彼桀此堯之笑。不在話下。

且說會稽郡陽羨縣，有一人姓許名武，字長文，十五歲上，父母雙亡。雖然遺下些田産童僕，奈門户單微，無人幫助。更兼有兩個兄弟，一名許晏，年方九歲，一名許普，年方七歲，都則幼小無知，終日赶着哥哥啼哭。那許武日則躬率童僕，耕田種圃，夜則挑燈讀書。但是耕種時，二弟雖未勝耰鋤，必使從旁觀看。但是讀書時，把兩個小兄弟坐于案旁，將句讀親口傳授，細細講解，教以禮讓之節，成人之道。稍不率教，輒跪于家廟之前，痛自督責，説自己德行不足，不能化誨，願父母有靈，啓牖二弟，涕泣不已。直待兄弟號泣請罪，方纔起身，并不以疾言倨色相加也。室中只用鋪陳一副，兄弟三人同睡。如此數年，二弟俱已長成，家事亦漸豐盛。有人勸許武娶妻，許武答道：「若娶妻，便當與二弟别居。篤夫婦之愛，而忘手足之情，吾不忍也。」由是晝則同耕，夜則同讀，食必同器，宿必同床。鄉里傳出個大名，都稱爲「孝弟許武」。又傳出幾句口號，道是：

陽羨許季長，耕讀晝夜忙。
教誨二弟俱成行，不是長兄是父娘。

時州牧郡守，俱聞其名，交章薦舉，朝廷徵爲議郎。下詔會稽郡，太守奉旨，檄下縣令，刻日勸駕。許武迫于君命，料難推阻，分付兩個兄弟：「在家躬耕力學，一如我在家之時，不可懈惰廢業，有負先人遺訓。」又囑付奴僕：「俱要小心安分，聽兩個家主役使，早起夜眠，共扶家業。」囑付已畢，收拾行裝，不用官府車輛，自己僱了脚力登車，只帶一個童兒，望長安進發。不一日，到京朝見受職。長安城中，聞得孝弟許武之名，爭來拜訪識荆，此時望重朝班，名聞四野。朝中大臣探聽得許武尚未婚娶，多欲以女妻之者。許武心下想道：「我兄弟三人，〔二〕年皆强壯，皆未有妻，我若先娶，殊非爲兄之道。況我家世耕讀，僥倖備員朝署，便與縉紳大家爲婚，那女子自恃家門，未免驕貴之氣，不惟壞了我儒素門風，異日我兩個兄弟娶了貧賤人家女子，妯娌之間，怎生相處？從來兄弟不睦，多因婦人而起。我不可不防其漸也。」腹中雖如此躊論，却是説不出的話，只得權辭以對，説家中已定下糟糠之婦，不敢停妻再娶，恐被宋弘所笑。【眉批】如此權辭，□爲説謊，□□稱無□□媒，苟□□反是。衆人聞之，愈加敬重。況許武精于經術，朝廷有大政事，公卿不能決，往往來請教他。他引古證今，議論悉中竅要。但是許武所議，衆人皆以爲確不可易，公卿倚之爲重，不數年間，累遷至御史大夫之職。

忽一日，思想二弟在家，力學多年，不見州郡薦舉，誠恐怠荒失業，意欲還家省視。遂上疏，其略云：

臣以菲才，遭逢聖代，致位通顯，未謀報稱，敢圖暇逸。但古人云：「人生百行，孝弟爲先。」「不孝有三，無後爲大。」先父母早背，域兆未修；臣弟二人，學業未立；臣三十未娶。五倫之中，乃缺其三。願賜臣假，暫歸鄉里，倘念臣犬馬之力，尚可鞭笞，奔馳有日。

天子覽奏，准給假暫歸，命乘傳衣錦還鄉，復賜黃金二十斤，爲婚禮之費。許武謝恩辭朝，百官俱于郊外送行。正是：

報道錦衣歸故里，爭誇白屋出公卿。

許武既歸，省視先塋已畢，便乃納還官誥，只推有病，不願爲官。過了些時，從容召二弟至前，詢其學業之進退。許晏、許普應答如流，〔三〕理明詞暢。許武心中大喜。

再稽查田宅之數，比前恢廓數倍，皆二弟勤儉之所積也。武于是遍訪里中良家女子，先與兩個兄弟定親，自己方纔娶妻，續又與二弟婚配。

約莫數月，忽然對二弟説道：「吾聞兄弟有析居之義。今吾與汝，皆已娶婦，田產不薄，理宜各立門户。」二弟唯唯，惟命。乃擇日治酒，遍召里中父老。三爵已過，乃告以析居之事。因悉召僮僕至前，將所有家財，一一分剖。首取廣宅自予，説道：「吾位爲貴臣，門宜棨戟，體面不可不肅。汝輩力田耕作，得竹廬茅舍足矣。」又閲田地之籍，凡良田悉歸之己，將磽薄者量給二弟，説道：「我賓客衆盛，交游日廣，非此不足以供吾用。汝輩數口之家，但能力作，只此可無凍餒，吾不欲汝多財以損德也。」又悉取奴僕之壯健伶俐者，説道：「吾出入跟隨，非此不足以給使令。汝輩合力耕作，正須此愚蠢者作伴，老弱饋食足矣，不須多人費汝衣食也。」衆父老一向知許武是個孝弟之人，這番分財，定然辭多就少。不想他般般件件，自占便宜。兩個小兄弟所得，不及他十分之五，全無謙讓之心，大有欺凌之意。衆人心中甚是不平，有幾個剛直老人氣忿不過，竟自去了。有個心直口快的，便想要開口説公道話，與兩個小兄弟做喬主張。【眉批】若在今日，都只奉承紗帽了，誰肯不平開口？漢之風俗，即此可知。其中又有個老成的，背地裏捏手捏脚，教他莫説，以此罷了。那教他莫説的，也有些見識，他道：

「富貴的人，與貧賤的人，不是一般肚腸。許武已做了顯官，比不得當初了。常言道：疏不間親。你我終是外人，怎管得他家事。就是好言相勸，料未必聽從，枉費了唇舌，到挑撥他兄弟不和。倘或做兄弟的肯讓哥哥，十分之美，你我又嘔這閒氣則甚！若做兄弟的心上不甘，必然争論。等他争論時節，我們替他做個主張，却不是好！」【眉批】高見，高識！正是：

事非干己休多管，話不投機莫强言。

原來許晏、許普，自從蒙哥哥教誨，知書達禮，全以孝弟爲重，見哥哥如此分析，以爲理之當然，絶無幾微不平的意思。【眉批】難兄難弟，高行萃于一門。許武分撥已定，衆人皆散。許武居中住了正房，其左右小房，許晏、許普各住一邊。每日率領家奴下田耕種。暇則讀書，時時將疑義叩問哥哥，以此爲常。妯娌之間，也學他兄弟三人一般和順。從此里中父老，人人薄許武之所爲，都可憐他兩個兄弟，私下議論道：「許武是個假孝廉，許晏、許普纔是個真孝廉。他思念父母面上，一體同氣，聽其教誨，唯唯諾諾，并不違拗，豈不是孝？他又重義輕財，任分多分少，全不争論，豈不是廉？」起初里中傳個好名，叫做「孝弟許武」，如今抹落了武字，改做「孝弟許家」，把許晏、許普弄出一個大名來，那漢朝清議極重，又傳出幾句口號，道是：

假孝廉，做官員；真孝廉，出口錢。假孝廉，據高軒；真孝廉，守茅檐。假孝廉，富田園；真孝廉，執鋤鐮。真爲玉，假爲瓦，瓦登厦，玉抛野。不宜真，只宜假。【眉批】謡亦古甚。

那時明帝即位，下詔求賢，令有司訪問篤行有學之士，登門禮聘，傳驛至京。詔書到會稽郡，郡守分諭各縣。縣令平昔已知許晏、許普讓産不争之事，又值父老公舉他真孝真廉，〔四〕行過其兄，就把二人申報本郡。郡守和州牧，皆素聞其名，一同舉薦。縣令親到其門，下車投謁，手捧玄纁束帛，備陳天子求賢之意。許晏、許普謙讓不已。許武道：「幼學壯行，君子本分之事，吾弟不可固辭。」二人只得應詔，别了哥嫂，乘傳到于長安，朝見天子。拜舞已畢，天子金口玉言，問道：「卿是許武之弟乎？」晏、普叩頭應詔。天子又道：「聞卿家有孝弟之名。卿之廉讓，有過于兄，朕心嘉悦。」【眉批】古時爲善于鄉者皆得上聞，所以人争姱行。晏、普叩頭道：「聖運龍興，闢門訪落，此乃帝王盛典。郡縣不以臣晏臣普爲不肖，有溷聖聰。臣幼失怙恃，承兄武教訓，兢兢自守，耕耘誦讀之外，别無他長。臣等何能及兄武之萬一。」天子聞對，嘉其謙德，即日俱拜爲内史。不五年間，皆至九卿之位。居官雖不如乃兄赫赫之名，然滿朝稱爲廉讓。忽一日，許武致家書于二弟。二弟拆開看之，書曰：

匹夫而膺辟召，仕宦而至九卿，此亦人生之極榮也。二疏有言：「知足不辱，知止不殆。」既無出類拔萃之才，宜急流勇退，以避賢路。

晏、普得書，即日同上疏辭官。天子不許。疏三上，天子問宰相宋均道：「許晏、許普，壯年入仕，備位九卿。朕待之不薄，而屢屢求退，何也？」宋均奏道：「晏、普兄弟三人，天性孝友。今許武久居林下，而晏、普并駕天衢，其心或有未安。」天子道：「朕并召許武，使兄弟三人同朝輔政何如？」宋均道：「臣察晏、普之意，出于至誠。陛下不若姑從所請，以遂其高。異日更下詔徵之。或訪先朝故事，就近與一大郡，以展其未盡之才，因使便道歸省，則陛下好賢之誠，與晏、普友愛之義，兩得之矣。」天子准奏，即拜許晏爲丹陽郡太守，許普爲吳郡太守，各賜黄金二十斤，寬假三月，以盡兄弟之情。許晏、許普謝恩辭朝，公卿俱出郭到十里長亭，相餞而别。

晏、普二人星夜回到陽羡，拜見了哥哥，將朝廷所賜黄金，盡數獻出。許武道：「這是聖上恩賜，吾何敢當！」教二弟各自收去。次日，許武備下三牲祭禮，率領二弟到父母墳塋，拜奠了畢，隨即設宴，遍召里中父老。許氏三兄弟，都做了大官，雖然他不以富貴驕人，自然聲勢赫奕。聞他呼唤，尚不敢不來，况且加個「請」字。那時衆父老來得愈加整齊。許武手捧酒巵，親自勸酒。衆人都道：「長文公與二哥三哥接風之酒，老漢輩安敢僭先！」比時風俗淳厚，鄉黨序齒，許武出仕已久，還叫一句「長文公」。那兩個兄弟，又下一輩了，雖是九卿之貴，鄉尊故舊，依舊稱「哥」。【眉批】閒講俱有關風俗。許武道：「下官此席，專屈諸鄉親下降，有句肺腑之言奉告。必須滿飲三杯，方敢奉聞。」衆人被勸，只得吃了。許武教兩個兄弟次第把盞，各敬一杯。衆人飲罷，齊聲道：「老漢輩承賢昆玉厚愛，借花獻佛，也要奉敬。」許武等三人，亦各飲訖。衆人道：「適纔長文公所諭金玉之言，老漢輩拱聽已久，願得示下。」許武疊兩個指頭，說將出來。言無數句，使聽者毛骨聳然。正是：

斥鷃不知大鵬，河伯不知海若。
聖賢一段苦心，庸夫豈能測度。

許武當時未曾開談，先流下淚來。嚇得衆人驚惶無措。兩個兄弟慌忙跪下，問道：「哥哥何故悲傷？」許武道：「我的心事，藏之數年，今日不得不言。」指着晏、普道：「只因爲你兩個名譽未成，使我作違心之事，冒不韙之名，有玷于祖宗，貽笑于鄉里，所以流淚。」【眉批】人只知許武此時流淚，不知許武一片苦心，勝過時時流淚也。遂取出一卷册籍，把與衆人觀看。原來是田地屋宅，及歷年收斂米粟布帛之數。衆人還未曉其意。許武又道：「我當初教育兩個兄弟，原要他立身行道，揚名顯親。不想我虛名早著，遂先顯達。二弟在家，躬耕力學，不得州郡徵辟。我欲效古人祁大夫内舉不避親，誠恐不知二弟之學行者，說他因兄而得官，誤了終身名節。【眉批】其意甚遠，皆是今人不到處。我故倡爲析居之議，將大宅良田、强奴巧婢，悉據爲己有。度吾弟素敦愛敬，決不爭競。吾暫冒貪饕之迹，吾弟方有廉讓之名。果蒙鄉里公評，榮膺徵聘。今位列公卿，官常無玷，吾志已遂矣。這些田房奴婢，都是公共之物，吾豈可一人獨享！這幾年以來，所收米穀布帛，分毫不敢妄用，盡數開載在那冊籍上。今日交付二弟，表爲兄的向來心迹，也教衆鄉尊得知。」

衆父老到此，方知許武先年析産一片苦心。自愧見識低微，不能窺測，齊聲稱嘆不已。只有許晏、許普哭倒在地，【眉批】不得不哭倒矣。道：「做兄弟的，蒙哥哥教訓成人，僥倖得有今日，誰知哥哥如此用心，是弟輩不肖，不能自致青雲之上，有累兄長。今日若非兄長自說，弟輩都在夢中。兄長盛德，從古未有。只是弟輩不肖之罪，萬分難贖。這些小家財，原是兄長苦挣來的，合該兄長管業。弟輩衣食自足，不消兄長挂念。」許武道：「做哥的力田有年，頗知生殖。况且宦情已淡，便當老于耰鋤，以終天年。二弟年富力强，方司民社，宜資莊産，以終廉節。」【眉批】議論更高。晏、普又道：「哥哥爲弟輩而自污，弟輩既得名，又欲得利，是天下第一等貪夫了，不惟玷辱了宗祖，亦且玷辱了哥哥。萬望哥哥收回册籍，聊減弟輩萬一之罪。」

衆父老見他兄弟三人交相推讓，你不收，我不受，一齊向前勸道：「賢昆玉所言，都則一般道理。長文公若獨得了這田産，不見得向來成全兩位這一段苦心。兩位若徑受了，又負了令兄長文公這一段美意。依老漢輩愚見，宜作三股均分，無厚無薄，這纔見兄友弟恭，各盡其道。」他三個兀自你推我讓。那父老中有前番那幾個剛直的，挺身向前，厲聲說道：「吾等適纔處分，甚得中正之道，若再推遜，便是矯情沽譽了。把這册籍來，待老漢與你分剖。」【眉批】此等父老，非漢世不多得。許武弟兄三人，更不敢多言，只得憑他主張，當時將田産配搭三股分開，各自管業。中間大宅，仍舊許武居住。左右屋宇窄狹，以所在粟帛之數補償晏、普，他日自行改造。其僮婢，亦皆分派。衆父老都稱爲公平。許武等三人，施禮作謝，邀入正席飲酒，盡歡而散。

許武心中，終以前番析産之事爲歉，欲將所得良田之半，立爲義莊，以贍鄉里。許晏、許普聞知，亦各出已産相助。里中人人嘆服，又傳出幾句口號來，道是：

真孝廉，惟許武。誰繼之？晏與普。弟不争，兄不取。作義莊，贍鄉里。嗚呼，孝廉誰可比？

晏、普感兄之義，又將朝廷所賜黄金，大市牛酒，日日邀里中父老，與哥哥會飲。

如此三月，假期已滿。晏、普不忍與哥哥分别，各要納還官誥。許武再三勸諭，責以大義。二人只得聽從，各携妻小赴任。

却説里中父老，將許武一門孝弟之事，備細申聞郡縣。郡縣爲之奏聞。聖旨命有司旌表其門，稱其里爲「孝弟里」。後來三公九卿，交章薦許武德行絶倫，不宜逸之田野，累詔起用，許武只不奉詔。有人問其緣故，許武道：「兩弟在朝居位之時，吾曾諷以知足知止。我若今日復出應詔，是自食其言了。况方今朝廷之上，是非相激，勢利相傾，恐非縉紳之福，不如躬耕樂道之爲愈耳。」人皆服其高見。

再説晏、普到任，守其乃兄之教，各以清節自勵，大有政聲。後聞其兄高致，不肯出山，弟兄相約，各將印綬納還，奔回田里。日奉其兄爲山水之游，盡老百年而終。許氏子孫昌茂，累代衣冠不絶，至今稱爲「孝弟許家」云。後人作歌嘆道：

今人兄弟多分産，古人兄弟亦分産。
古人分産成弟名，今人分産但嚣争。
古人自污爲孝義，今人自污争微利。
孝義名高身并榮，微利相争家共傾。
安得盡居孝弟里，却把鬩墻人愧死。

【校記】

〔一〕「光武」，底本「光武」二字係挖改，衍慶堂本同，東大本作「文帝」，《奇觀》作「明帝」。

〔二〕「兄弟三人」，底本及東大本作「兄弟二人」，據衍慶堂本改，《奇觀》同底本。

〔三〕「許晏」，底本及東大本作「許宴」，據衍慶堂本改，《奇觀》同衍慶堂本。

〔四〕「真孝真廉」，底本及校本均作「真學真廉」，據《奇觀》改。

賣油郎獨占花魁

第三卷　賣油郎獨占花魁

年少争誇風月，場中波浪偏多。有錢無貌意難和，有貌無錢不可。就是有錢有貌，還須着意揣摩。知情識趣俏哥哥，此道誰人賽我。

這首詞，名爲《西江月》，是風月機關中撮要之論。常言道：「妓愛俏，媽愛鈔。」所以子弟行中，有了潘安般貌，鄧通般錢，自然上和下睦，做得煙花寨内的大王，鴛鴦會上的主盟。然雖如此，還有個兩字經兒，叫做「幫襯」。幫者，如鞋之有幫；襯者，如衣之有襯。但凡做小娘的，有一分所長，得人襯貼，就當十分。若有短處，曲意替他遮護，更兼低聲下氣，送暖偷寒，逢其所喜，避其所諱，【眉批】又可名八字經。以情度情，豈有不愛之理。這叫做幫襯。風月場中，只有會幫襯的最討便宜，無貌而有貌，無錢而有錢。假如鄭元和在卑田院做了乞兒，此時囊篋俱空，容顔非舊，李亞仙于雪天遇之，便動了一個惻隱之心，將繡襦包裹，美食供養，與他做了夫妻。這豈是愛他之錢，戀他之貌？只爲鄭元和識趣知情，善于幫襯，所以亞仙心中捨他不得。你只看亞仙病中想馬板腸湯吃，鄭元和就把個五花馬殺了，取腸煮湯奉之。只這一節上，亞仙如何不念其情。後來鄭元和中了狀元，李亞仙封做汧國夫人。《蓮花落》打出萬年策，卑田院變做了白玉樓。一床錦被遮蓋，風月場中反爲美談。這是：

運退黄金失色，時來鐵也生光。

話説大宋自太祖開基，太宗嗣位，歷傳真、仁、英、神、哲，共是七代帝王，都則偃武修文，民安國泰。到了徽宗道君皇帝，信任蔡京、高俅、楊戩、朱勔之徒，大興苑囿，專務游樂，不以朝政爲事。以致萬民嗟怨，金虜乘之而起，把花錦般一個世界，弄得七零八落。直至二帝蒙塵，高宗泥馬渡江，偏安一隅，天下分爲南北，方得休息。其中數十年，百姓受了多少苦楚。正是：

甲馬叢中立命，刀鎗隊裏爲家。
殺戮如同戲耍，搶奪便是生涯。

内中單表一人，乃汴梁城外安樂村居住，姓莘名善，渾家阮氏。夫妻兩口，開個六陳鋪兒。雖則糶米爲生，一應麥豆茶酒油鹽雜貨，無所不備，家道頗頗得過。年過四旬，止生一女，小名叫做瑶琴。自小生得清秀，更且資性聰明。七歲上送在村學中讀書，日誦千言。十歲時，便能吟詩作賦。曾有《閨情》一絶，爲人傳誦。詩云：

朱簾寂寂下金鈎，香鴨沉沉冷畫樓。
移枕怕驚鴛并宿，挑燈偏惜蕊雙頭。

到十二歲，琴棋書畫，無所不通。若題起女工一事，飛針走綫，出人意表。此乃天生伶俐，非教習之所能也。莘善因爲自家無子，要尋個養女婿，來家靠老。只因女兒靈巧多能，難乎其配，所以求親者頗多，都不曾許。不幸遇了金虜猖獗，把汴梁城圍困，四方勤王之師雖多，宰相主了和議，不許厮殺。以致虜勢愈甚，打破了京城，劫遷了二帝。那時城外百姓，一個個亡魂喪膽，携老扶幼，棄家逃命。

却説莘善領着渾家阮氏，和十二歲的女兒，同一般逃難的，背着包裹，結隊而走：

忙忙如喪家之犬，急急如漏網之魚。擔渴擔饑擔勞苦，此行誰是家鄉？叫天叫地叫祖宗，惟願不逢韃虜。正是：寧爲太平犬，莫作亂離人！

正行之間，誰想韃子到不曾遇見，却逢着一陣敗殘的官兵。他看見許多逃難的百姓，多背得有包裹，假意吶喊道：「韃子來了！」沿路放起一把火來。【眉批】亂離之苦，往往有此，所以御軍之法最要緊。此時天色將晚，嚇得衆百姓落荒亂竄，你我不相顧，他就乘機搶掠。若不肯與他，就殺害了。這是亂中生亂，苦上加苦。

却説莘氏瑶琴，被亂軍衝突，跌了一交，爬起來，不見了爹娘。不敢叫喚，躲在道傍古墓之中，過了一夜。到天明，出外看時，但見滿目風沙，死尸横路。昨日同時避難之人，都不知所往。瑶琴思念父母，痛哭不已。欲待尋訪，又不認得路徑。只得望南而行，哭一步，捱一步。約莫走了二里之程，心上又苦，腹中又饑。望見土房一所，想必其中有人，欲待求乞些湯飲。及至向前，却是破敗的空屋，人口俱逃難去了。瑶琴坐于土墻之下，哀哀而哭。自古道：「無巧不成話。」恰好有一人從墻下而過。那人姓卜名喬，正是莘善的近鄰，平昔是個游手游食、不守本分，慣吃白食、用白錢的主兒，人都稱他是卜大郎。也是被官軍衝散了同夥，今日獨自而行。聽得啼哭之聲，慌忙來看。瑶琴自小相認，今日患難之際，舉目無親，見了近鄰，分明見了親人一般，即忙收淚，起身相見，問道：「卜大叔，可曾見我爹媽麽？」卜喬心中暗想：「昨日被官軍搶去包裹，正没盤纏。天生這碗衣飯，送來與我，正是奇貨可居。」便扯個謊，道：「你爹和媽，尋你不見，好生痛苦，如今前面去了，分付我道：『倘或見我女兒，千萬帶了他來，送還了我。』許我厚謝。」瑶琴雖是聰明，正當無可奈何之際，君子可欺以其方，遂全然不疑，隨着卜喬便走，正是：

情知不是伴，事急且相隨。

卜喬將隨身帶的乾糧，把些與他吃了，分付道：「你爹媽連夜走的。若路上不能相遇，直要過江到建康府，方可相會。一路上同行，我權把你當女兒，你權叫我做爹。不然，只道我收留迷失子女，不當穩便。」瑤琴依允。從此陸路同步，水路同舟，爹女相稱。到了建康府，路上又聞得金兀朮四太子，引兵渡江，眼見得建康不得寧息。又聞得康王即位，已在杭州駐蹕，改名臨安。遂趁船到潤州，過了蘇、常、嘉、湖，直到臨安地面，暫且飯店中居住。也虧卜喬，自汴京至臨安，三千餘里，帶那莘瑤琴下來，身邊藏下些散碎銀兩，都用盡了，連身上外蓋衣服，脱下准了店錢，止剩得莘瑤琴一件活貨，欲行出脱。訪得西湖上煙花王九媽家，要討養女，遂引九媽到店中，看貨還錢。九媽見瑤琴生得標致，講了財禮五十兩。卜喬兑足了銀子，將瑤琴送到王家。原來卜喬有智，在王九媽前，只說：「瑤琴是我親生之女，不幸到你門户人家，須是款款的教訓，他自然從順，不要性急。」在瑤琴面前，又只說：「九媽是我至親，權時把你寄頓他家，待我從容訪知你爹媽下落，再來領你。」以此，瑤琴欣然而去。【眉批】小人騙局，大率如此。

可憐絶世聰明女，墮落煙花羅網中。

王九媽新討了瑶琴，將他渾身衣服，换個新鮮，藏于曲樓深處。終日好茶好飯，去將息他，好言好語，去温暖他。瑶琴既來之，則安之。住了幾日，不見卜喬回信。思量爹媽，噙着兩行珠淚，問九媽道：「卜大叔怎不來看我？」九媽道：「那個卜大叔？」瑶琴道：「便是引我到你家的那個卜大郎。」九媽道：「他説是你的親爹。」瑶琴道：「他姓卜，我姓莘。」遂把汴梁逃難，失散了爹媽，中途遇見了卜喬，引到臨安，并卜喬哄他的説話，細述一遍。九媽道：「原來恁地。你是個孤身女兒，無脚蟹。我索性與你説明罷：那姓卜的把你賣在我家，得銀五十兩去了。我們是門户人家，靠着粉頭過活。家中雖有三四個養女，并没個出色的。愛你生得齊整，把做個親女兒相待。待你長成之時，包你穿好吃好，一生受用。」瑶琴聽説，方知被卜喬所騙，放聲大哭。九媽勸解，良久方止。

自此九媽將瑶琴改做王美，一家都稱爲美娘，教他吹彈歌舞，無不盡善。長成一十四歲，嬌艷非常。臨安城中，這些富豪公子，慕其容貌，都備着厚禮求見。也有愛清標的，聞得他寫作俱高，求詩求字的，日不離門。弄出天大的名聲出來，不叫他美娘，叫他做「花魁娘子」。西湖上子弟，編出一隻《挂枝兒》，單道那花魁娘子的好處：

小娘中，誰似得王美兒的標致。又會寫，又會畫，又會做詩，吹彈歌舞都餘事。常把西湖比西子，就是西子比他也還不如。那個有福的湯着他身兒，也情願一個死。

只因王美有了個盛名，十四歲上就有人來講梳弄。一來王美不肯，二來王九媽把女兒做金子看成，見他心中不允，分明奉了一道聖旨，并不敢違拗。又過了一年，王美年方十五。原來門户中梳弄，也有個規矩，十三歲太早，謂之「試花」。皆因鴇兒愛財，不顧痛苦。那子弟也只博個虛名，不得十分暢快取樂。十四歲，謂之「開花」。此時天癸已至，男施女受，也算當時了。到十五，謂之「摘花」。在平常人家還算年小，惟有門户人家以爲過時。王美此時未曾梳弄，西湖上子弟，又編出一隻《挂枝兒》來：〔一〕

王美兒，似木瓜，空好看。十五歲，還不曾與人湯一湯。有名無實成何幹！
便不是石女，也是二行子的娘。若還有個好好的羞羞，也如何熬得這些時癢。

王九媽聽得這些風聲，怕壞了門面，來勸女兒接客。王美執意不肯，説道：「要我會客時，除非見了親生爹媽。他肯做主時，方纔使得。」王九媽心裏又惱他，又不捨得難爲他，【眉批】此媽亦賢矣。捱了好些時。偶然有個金二員外，大富之家，情願出三百兩銀子，梳弄美娘。九媽得了這主大財，心生一計。與金二員外商議，若要他成就，除非如此如此，金二員外意會了。其日八月十五日，只說請王美湖上看潮。請至舟中，三四個幫閒，俱是會中之人，猜拳行令，做好做歉，將美娘灌得爛醉如泥。扶到王九媽家樓中，臥于床上，不省人事。此時天氣和暖，又沒幾層衣服。媽兒親手伏侍，剝得他赤條條，任憑金二員外行事。金二員外那話兒，又非兼人之具，輕輕的撑開兩股，用些涎沫，送將進去。比及美娘夢中覺痛，醒將轉來，已被金二員外耍得勾了。欲待掙扎，爭奈手足俱軟，由他輕薄了一回。直待綠暗紅飛，方始雨收雲散。正是：

雨中花蕊方開罷，鏡裏娥眉不似前。

五鼓時，美娘酒醒，已知鴇兒用計，破了身子，自憐紅顏命薄，遭此强横。起來解手，穿了衣服，自在床邊一個斑竹榻上，朝着裏壁睡了，暗暗垂淚。金二員外來親近他時，被他劈頭劈臉，抓有幾個血痕。金二員外好生沒趣，捱得天明，對媽兒說聲：「我去也。」媽兒要留他時，已自出門去了。從來梳弄的子弟早起時，媽兒進房賀喜，行户中都來稱慶，還要吃幾日喜酒。那子弟多則住一二月，最少也住半月二十日。只有金二員外侵早出門，是從來未有之事，王九媽連叫詫異。披衣起身上樓，只見美娘臥于榻上，滿眼流淚。九媽要哄他上行，連聲招許多不是。美娘只不開口，九媽只得下樓去了。美娘哭了一日，茶飯不沾。從此托病，不肯下樓，連客也不肯會面了。

九媽心下焦燥。欲待把他凌虐，又恐他烈性不從，反冷了他的心腸。欲待由他，本是要他賺錢，若不接客時，就養到一百歲，也没用。躊躇數日，無計可施。忽然想起有個結義妹子，叫做劉四媽，時常往來。他能言快語，與美娘甚説得着。何不接取他來，下個説詞？若得他回心轉意，大大的燒個利市。當下叫保兒去請劉四媽到前樓坐下，訴以衷情。劉四媽道："老身是個女隨何、雌陸賈，説得羅漢思情，嫦娥想嫁。【眉批】可畏。這件事，都在老身身上。"九媽道："若得如此，做姐的情願與你磕頭。你多吃杯茶去，免得説話時口乾。"【眉批】趣。劉四媽道："老身天生這副海口，便説到明日，還不乾哩。"

劉四媽吃了幾杯茶，轉到後樓，只見樓門緊閉。劉四媽輕輕的叩了一下，叫聲："侄女！"美娘聽得是四媽聲音，便來開門。兩下相見了。四媽靠卓朝下而坐，美娘傍坐相陪。四媽看他卓上鋪着一幅細絹，纔畫得個美人的臉兒，還未曾着色。四媽稱贊道："畫得好！真是巧手！九阿姐不知怎生樣造化，偏生遇着你這一個伶俐女兒。又好人物，又好技藝，就是堆上幾千兩黄金，滿臨安走遍，可尋出個對兒麽？"美娘道："休得見笑！今日甚風吹得姨娘到來？"劉四媽道："老身時常要來看你，只爲家務在身，不得空閒。聞得你恭喜梳弄了，今日偷空而來，特特與九阿姐叫喜。"美兒聽得提起「梳弄」二字，滿臉通紅，低着頭不來答應。

劉四媽知他害羞，便把椅兒掇上一步，將美娘的手兒牽着，叫聲：「我兒！做小娘的，不是個軟殼鷄蛋，怎的這般嫩得緊？似你恁地怕羞，如何賺得大主銀子？」【眉批】絶高的説客。美娘道：「我要銀子做甚？」四媽道：「我兒，你便不要銀子，做娘的看得你長大成人，難道不要出本？自古道：『靠山吃山，靠水吃水。』九阿姐家有幾個粉頭，那一個趕得上你的脚跟來？一園瓜，只看得你是個瓜種。九阿姐待你也不比其他。你是聰明伶俐的人，也須識些輕重。聞得你自梳弄之後，一個客也不肯相接，是什麽意兒？都像你的意時，一家人口，似蠶一般，那個把桑葉喂他？做娘的擡舉你一分，你也要與他争口氣兒，莫要反討衆丫頭們批點。」【眉批】句句入情，漸漸入港。美娘道：「由他批點，怕怎地！」劉四媽道：「阿呀！批點是個小事，你可曉得門户中的行徑麽？」美娘道：「行徑便怎的？」劉四媽道：「我們門户人家，吃着女兒，穿着女兒，用着女兒，僥倖討得一個像樣的，分明是大户人家置了一所良田美産。年紀幼小時，巴不得風吹得大。到得梳弄過後，便是田産成熟，日日指望花利到手受用。前門迎新，後門送舊，張郎送米，李郎送柴，往來熱鬧，纔是個出名的姊妹行家。」

美娘道：「羞答答，我不做這樣事！」劉四媽掩着口，格的笑了一聲，道：「不做這樣事，可是由得你的？一家之中，有媽媽做主。做小娘的若不依他教訓，動不動一頓皮鞭，打得你不生不死，那時不怕你不走他的路兒。九阿姐一向不難爲你，只可惜你聰明標致，從小嬌養的，要惜你的廉耻，存你的體面。方纔告訴我許多話，説你不識好歹，放着鵝毛不知輕，頂着磨子不知重，心下好生不悦，教老身來勸你。你若執意不從，惹他性起，一時翻過臉來，駡一頓，打一頓，你待走上天去？凡事只怕個起頭。若打破了頭時，朝一頓，暮一頓，那時熬這些痛苦不過，只得接客，却不把千金聲價弄得低微了！還要被姊妹中笑話。依我説，吊桶已自落在他井裏，掙不起了。不如千歡萬喜，倒在娘的懷裏，落得自己快活。」

美娘道：「奴是好人家兒女，誤落風塵。倘得姨娘主張從良，勝造九級浮圖。若要我倚門獻笑，送舊迎新，寧甘一死，決不情願。」劉四媽道：「我兒，從良是個有志氣的事，怎麼説道不該！只是從良也有幾等不同。」【眉批】婉而入之。美娘道：「從良有甚不同之處？」劉四媽道：「有個真從良，有個假從良，有個苦從良，有個樂從良。有個趁好的從良，有個没奈何的從良。有個了從良，有個不了的從良。我兒，耐心聽我分説。如何叫做真從良？大凡才子必須佳人，佳人必須才子，方成佳配。然而好事多磨，往往求之不得。幸然兩下相逢，你貪我愛，割捨不下，一個願討，一個願嫁，好像捉對的蠶蛾，死也不放。這個謂之真從良。怎麼叫做假從良？有等子弟愛着小娘，小娘却不愛那子弟。本心不願嫁他，只把個嫁字兒哄他心熱，撒漫使錢。比及成交，却又推故不就。又有一等癡心子弟，明曉得小娘心腸不對他，偏要娶他回去。拚着一主大錢，動了媽兒的火，不怕小娘不肯。勉强進門，心中不順，故意不守家規，小則撒潑放肆，大則公然偷漢。人家容留不得，多則一年，少則半載，依舊放他出來，爲娼接客。把從良二字，只當個撰錢的題目。這個謂之假從良。如何叫做苦從良？一般樣子弟愛小娘，小娘不愛那子弟，却被他以勢凌之。媽兒懼禍，已自許了。做小娘的，身不由主，含淚而行。一入侯門，如海之深，家法又嚴，擡頭不得，半妾半婢，忍死度日。這個謂之苦從良。如何叫做樂從良？做小娘的，正當擇人之際，偶然相交個子弟。見他情性温和，家道富足，又且大娘子樂善，無男無女，指望他日過門，與他生育，就有主母之分。以此嫁他，圖個日前安逸，日後出身。這個謂之樂從良。如何叫做趁好的從良？做小娘的，風花雪月，受用已勾，趁這盛名之下，求之者衆，任我揀擇個十分滿意的嫁他，急流勇退，及早回頭，不致受人怠慢。這個謂之趁好的從良。如何叫做没奈何的從良？做小娘的，原無從良之意，或因官司逼迫，或因强横欺瞞，又或因債負太多，將來賠償不起，彆口氣，不論好歹，得嫁便嫁，買静求安，藏身之法。

這謂之没奈何的從良。如何叫做了從良？小娘半老之際，風波歷盡，剛好遇個老成的孤老，兩下志同道合，收繩捲索，白頭到老。這個謂之了從良。如何叫做不了的從良？一般你貪我愛，火熱的跟他，却是一時之興，没有個長算。或者尊長不容，或者大娘妒忌，鬧了幾場，發回媽家，追取原價。又有個家道凋零，養他不活，苦守不過，依舊出來赶趁。這謂之不了的從良。」【眉批】從良中行徑鋪排殆盡，辭如爛錦，比王婆説風情正是對口。

美娘道：「如今奴家要從良，還是怎地好？」劉四媽道：「我兒，老身教你個萬全之策。」美娘道：「若蒙教導，死不忘恩。」劉四媽道：「從良一事，入門爲净。况且你身子已被人捉弄過了，就是今夜嫁人，叫不得個黄花女兒。【眉批】更説得透徹。千錯萬錯，不該落于此地。這就是你命中所招了。做娘的費了一片心機，若不幫他幾年，趁過千把銀子，怎肯放你出門？還有一件，你便要從良，也須揀個好主兒。這些臭嘴臭臉的，難道就跟他不成？你如今一個客也不接，曉得那個該從，那個不該從？【眉批】説到此，便鐵人也被牽轉。假如你執意不肯接客，做娘的没奈何，尋個肯出錢的主兒，賣你去做妾，這也叫做從良。那主兒或是年老的，或是貌醜的，或是一字不識的村牛，你却不骯髒了一世！比着把你料在水裏，還有撲通的一聲響，討得傍人叫一聲可惜。

依着老身愚見，還是俯從人願，憑着做娘的接客。似你恁般才貌，等閒的料也不敢相扳，無非是王孫公子，貴客豪門，也不辱莫了你。一來風花雪月，趁着年少受用；二來作成媽兒，起個家事；三來你自己也積攢些私房，免得日後求人。過了十年五載，遇個知心着意的，說得來，話得着，那時老身與你做媒，好模好樣的嫁去，做娘的也放得你下了，可不兩得其便？」美娘聽說，微笑而不言。劉四媽已知美娘心中活動了，便道：「老身句句是好話，你依着老身的話時，後來還要感激我哩。」說罷起身。

王九媽伏于樓門之外，一句句都聽得的。美娘送劉四媽出房，劈面撞着了九媽，滿面羞慚，縮身進去。【眉批】情節宛有描神之筆。王九媽隨着劉四媽，再到前樓坐下。劉四媽道：「姪女十分執意，被老身左說右說，一塊硬鐵看看溶做熱汁。你如今快快尋個覆帳的主兒，他必然肯就。那時做妹子的再來賀喜。」王九媽連連稱謝。是日備飯相待，盡醉而別。後來西湖上子弟們又有隻《挂枝兒》，單說那劉四媽說詞一節：〔二〕

劉四媽，你的嘴舌兒好不利害！便是女隨何、雌陸賈，不信有這大才。說着長，道着短，全没些破敗。就是醉夢中，被你說得醒；就是聰明的，被你說得呆；好個烈性的姑姑，也被你說得他心地改。

再說王美娘自聽了劉四媽一席話兒，思之有理。以後有客求見，欣然相接。覆帳之後，賓客如市。捱三頂五，不得空閒，聲價愈重。每一晚白銀十兩，兀自你争我奪。王九媽趁了若干錢鈔，歡喜無限。美娘也留心，要揀個心滿意足的，急切難得。正是：

易求無價寶，難得有情郎。

話分兩頭。再説臨安城清波門裏，有個開油店的朱十老，三年前過繼一個小厮，也是汴京逃難來的，姓秦名重，母親早喪，父親秦良，十三歲上將他賣了，〔三〕自己在上天竺去做香火。朱十老因年老無嗣，又新死了媽媽，把秦重做親子看成，改名朱重，在店中學做賣油生理。初時父子坐店甚好，後因十老得了腰痛的病，十眠九坐，勞碌不得，另招個夥計，叫做邢權，在店相幫。

光陰似箭，不覺四年有餘。朱重長成一十七歲，生得一表人才。雖然已冠，尚未娶妻。那朱十老家有個使女，叫做蘭花，年已二十之外，有心看上了朱小官人，幾遍的到下鈎子去勾搭他。誰知朱重是個老實人，又且蘭花齷齪醜陋，朱重也看不上眼，以此落花有意，流水無情。那蘭花見勾搭朱小官人不上，别尋主顧，就去勾搭那夥計邢權。邢權是望四之人，没有老婆，一拍就上。兩個暗地偷情，不止一次，反怪朱小官人礙眼，思量尋事赶他出門。邢權與蘭花兩個裏應外合，使心設計。蘭花便在朱十老面前，假意撇清説：「小官人幾番調戲，好不老實！」朱十老平時與蘭花也有一手，未免有拈酸之意。邢權又將店中賣下的銀子藏過，在朱十老面前説道：「朱小官在外賭博，不長進，櫃裏銀子幾次短少，都是他偷去了。」初次朱十老還不信，接連幾次，朱十老年老糊塗，没有主意，就喚朱重過來，責駡了一場。

朱重是個聰明的孩子，已知邢權與蘭花的計較，欲待分辨，惹起是非不小，萬一老者不聽，枉做惡人。心生一計，對朱十老説道：「店中生意淡薄，不消得二人。如今讓邢主管坐店，孩兒情願挑擔子出去賣油。賣得多少，每日納還，可不是兩重生意？」朱十老心下也有許可之意，又被邢權説道：「他不是要挑擔出去，幾年上偷銀子做私房，身邊積趲有餘了，又怪你不與他定親，心中怨悵，不願在此相幫，要討個出場，自去娶老婆，做人家哩。」朱十老嘆口氣道：「我把他做親兒看成，他却如此歹意！皇天不祐！罷，罷，不是自身骨血，到底粘連不上，由他去罷！」遂將三兩銀子把與朱重，打發出門，寒夏衣服和被窩都教他拿去。這也是朱十老好處。朱重料他不肯收留，拜了四拜，大哭而别。正是：

孝己殺身因謗語，申生喪命爲讒言。
親生兒子猶如此，何怪螟蛉受枉冤。

原來秦良上天竺做香火，不曾對兒子説知。朱重出了朱十老之門，在衆安橋下賃了一間小小房兒，放下被窩等件，買巨鎖兒鎖了門，便往長街短巷，訪求父親。連走幾日，全没消息。没奈何，只得放下。在朱十老家四年，赤心忠良，并無一毫私蓄，只有臨行時打發這三兩銀子，不勾本錢，做什麽生意好？左思右量，只有油行買賣是熟閒。這些油坊多曾與他識熟，還去挑個賣油擔子，是個穩足的道路。當下置辦了油擔家火，剩下的銀兩，都交付與油坊取油。那油坊裏認得朱小官是個老實好人，況且小小年紀，當初坐店，今朝挑擔上街，都因邢夥計挑撥他出來，心中甚是不平。有心扶持他，只揀窨清的上好浄油與他，簽子上又明讓他些。朱重得了這些便宜，自己轉賣與人，也放些寬，所以他的油比別人分外容易出脱。每日儘有些利息，又且儉吃儉用，積下東西來，置辦些日用家業，及身上衣服之類，并無妄廢。心中只有一件事未了，牽挂着父親，思想：「向來叫做朱重，誰知我是姓秦。倘或父親來尋訪之時，也没有個因由。」遂復姓爲秦。【眉批】朱、秦二姓，屢改而定，須記着。 説話的，假如上一等人，有前程的，要復本姓，或具劄子奏過朝廷，或關白禮部、太學、國學等衙門，將册籍改正，衆所共知。一個賣油的，復姓之時，誰人曉得？他有個道理，把盛油的桶兒，一面大大寫個「秦」字，一面寫「汴梁」二字，將此桶做個標識，使人一覽而知。以此臨安市上，曉得他本姓，都呼他爲「秦賣油」。

時值二月天氣，不暖不寒，秦重聞知昭慶寺僧人，要起個九晝夜功德，用油必多，遂挑了油擔來寺中賣油。那些和尚們也聞知秦賣油之名，他的油比別人又好又賤，單單作成他。所以一連這九日，秦重只在昭慶寺走動。正是：

刻薄不賺錢，忠厚不折本。

這一日是第九日了。秦重在寺出脱了油，挑了空擔出寺。其日天氣晴明，游人如蟻。秦重遶河而行，遥望十景塘桃紅柳緑，湖内畫船簫鼓，往來游玩，觀之不足，玩之有餘。走了一回，身子困倦，轉到昭慶寺右邊，望個寬處，將擔兒放下，坐在一塊石上歇脚。近側有個人家，面湖而住，金漆籬門，裏面朱欄内，一叢細竹。未知堂室何如，先見門庭清整。只見裏面三四個戴巾的從内而出，一個女娘後面相送。到了門首，兩下把手一拱，説聲：「請了。」那女娘竟進去了。秦重定睛覷之，此女容顏嬌麗，體態輕盈，目所未睹，准准的呆了半晌，身子都酥麻了。他原是個老實小官，不知有煙花行徑，心中疑惑，正不知是什麽人家。方在凝思之際，只見門内又走出個中年的媽媽，同着一個垂髫的丫鬟，倚門閒看。那媽媽一眼瞧着油擔，便道：「阿呀！方纔要去買油，正好有油擔子在這裏，何不與他買些？」那丫鬟取了油瓶出來，走到油擔子邊，叫聲：「賣油的！」秦重方纔知覺，回言道：「没有油了！媽媽要用油時，明日送來。」那丫鬟也識得幾個字，看見油桶上寫個「秦」字，就對媽媽道：「那賣油的姓秦。」媽媽也聽得人閒講，有個秦賣油，做生意甚是忠厚，遂分付秦重道：「我家每日要油用，你肯挑來時，與你做個主顧。」秦重道：「承媽媽作成，不敢有誤。」那媽媽與丫鬟進去了。秦重心中想道：「這媽媽不知是那女娘的什麽人？我每日到他家賣油，莫説賺他利息，圖個飽看那女娘一回，也是前生福分。」正欲挑擔起身，只見兩個轎夫，擡着一頂青絹幔的轎子，後邊跟着兩個小厮，飛也似跑來，到了其家門首，歇下轎子。那小厮走進裏面去了。秦重道：「却又作怪！看他接什麽人？」少頃之間，只見兩個丫鬟，一個捧着猩紅的氈包，一個拿着湘妃竹攢花的拜匣，都交付與轎夫，放在轎座之下。那兩個小厮手中，一個抱着琴囊，一個捧着幾個手卷，腕上挂碧玉簫一枝，跟着起初的女娘出來。女娘上了轎，轎夫擡起望舊路而去，丫鬟小厮俱隨轎步行。秦重又得親炙一番，心中愈加疑惑，挑了油擔子，洋洋的去。

不過幾步，只見臨河有一個酒館。秦重每常不吃酒，今日見了這女娘，心下又歡喜，又氣悶，將擔子放下，走進酒館，揀個小座頭坐了。酒保問道：「客人還是請客，還是獨酌？」秦重道：「有上好的酒，拿來獨飲三杯。時新果子一兩楪，不用葷菜。」

酒保斟酒時，秦重問道：「那邊金漆籬門内是什麽人家？」酒保道：「這是齊衙内的花園，如今王九媽住下。」秦重道：「方纔看見有個小娘子上轎，是什麽人？」酒保道：「這是有名的粉頭，叫做王美娘，人都稱爲花魁娘子。他原是汴京人，流落在此。吹彈歌舞，琴棋書畫，件件皆精。來往的都是大頭兒，要十兩放光，纔宿一夜哩，可知小可的也近他不得。當初住在湧金門外，因樓房狹窄，齊舍人與他相厚，半載之前，把這花園借與他住。」秦重聽得説是汴京人，觸了個鄉里之念，心中更有一倍光景。

吃了數杯，還了酒錢，挑了擔子，一路走，一路的肚中打稿道：「世間有這樣美貌的女子，落于娼家，豈不可惜！」又自家暗笑道：「若不落于娼家，我賣油的怎生得見！」又想一回，越發癡起來了，道：「人生一世，草生一秋。若得這等美人摟抱了睡一夜，死也甘心。」又想一回，【眉批】無所不想。道：「呸！我終日挑這油擔子，不過日進分文，怎麽想這等非分之事！正是癩蝦蟆在陰溝裏想着天鵝肉吃，如何到口？」又想一回道：「他相交的，都是公子王孫。我賣油的，縱有了銀子，料他也不肯接我。」又想一回道：「我聞得做老鴇的，專要錢鈔。就是個乞兒，有了銀子，他也就肯接了，何況我做生意的，青青白白之人，若有了銀子，怕他不接？只是那裏來這幾兩銀子？」一路上胡思亂想，自言自語。你道天地間有這等癡人！一個做小經紀的，本錢只有三兩，却要把十兩銀子去嫖那名妓，可不是個春夢！自古道：「有志者事竟成。」被他千思萬想，想出一個計策來。他道：「從明日爲始，逐日將本錢扣出，餘下的積趲上去。一日積得一分，一年也有三兩六錢之數，只消三年，這事便成了；若一日積得二分，只消得年半；若再多得些，一年也差不多了。」【眉批】若得工夫深，鐵槍磨了針。想來想去，不覺走到家裏，開鎖進門。只因一路上想着許多閑事，回來看了自家的床鋪，慘然無歡，連夜飯也不要吃，便上了床。這一夜翻來覆去，牽挂着美人，那裏睡得着。

只因月貌花容，引起心猿意馬。

捱到天明，爬起來，就裝了油擔，煮早飯吃了，鎖了門，挑着擔子，一徑走到王九媽家去。進了門，却不敢直入，舒着頭，往裏面張望。王九媽恰纔起床，還鬔着頭，正分付保兒買飯菜。秦重認得聲音，叫聲：「王媽媽。」九媽往外一張，見是秦賣油，笑道：「好忠厚人，果然不失信。」便叫他挑擔進來，稱了一瓶，約有五斤多重。公道還錢，秦重并不爭論。王九媽甚是歡喜，道：「這瓶油只勾我家兩日用。但隔一日，你便送來，我不往別處去買了。」秦重應諾，挑擔而出，只恨不曾遇見花魁娘子。「且喜扳下主顧，少不得一次不見二次見，二次不見三次見。只是一件，特爲王九媽一家挑這許多路來，不是做生意的勾當。這昭慶寺是順路，今日寺中雖然不做功德，難道尋常不用油的？我且挑擔去問他。若扳得各房頭做個主顧，只消走錢塘門這一路，那一擔油儘勾出脱了。」秦重挑擔到寺内問時，原來各房和尚也正想着秦賣油。來得正好，多少不等，各各買他的油。秦重與各房約定，也是間一日便送油來用。這一日是個雙日。自此日爲始，但是單日，秦重别街道上做買賣；但是雙日，就走錢塘門這一路。一出錢塘門，先到王九媽家裏，以賣油爲名，去看花魁娘子。有一日會見，也有一日不會見。不見時費了一場思想，便見時也只添了一層思想。正是：

天長地久有時盡，此恨此情無盡期。

再説秦重到了王九媽家多次，家中大大小小，没一個不認得是秦賣油。時光迅速，不覺一年有餘。日大日小，只揀足色細絲，或積三分，或積二分，再少也積下一分，凑得幾錢，又打换大塊頭。日積月累，有了一大包銀子，零星凑集，連自己也不知多少。其日是單日，又值大雨，秦重不出去做買賣，看了這一大包銀子，心中也自喜歡：「趁今日空閑，我把他上一上天平，見個數目。」打個油傘，走到對門傾銀舖裏，借天平兑銀。那銀匠好不輕薄，想着：「賣油的多少銀子，要架天平？只把個五兩頭等子與他，還怕用不着頭紐哩。」【眉批】深透人情。秦重把銀包解開，都是散碎銀兩。大凡成錠的見少，散碎的就見多。銀匠是小輩，眼孔極淺，見了許多銀子，别是一番面目，想道：「人不可貌相，海水不可斗量。」慌忙架起天平，搬出若大若小許多法馬。秦重儘包而兑，一釐不多，一釐不少，剛剛一十六兩之數，上秤便是一斤。秦重心下想道：「除去了三兩本錢，餘下的做一夜花柳之費，還是有餘。」又想道：「這樣散碎銀子，怎好出手？拿出來也被人看低了！見成傾銀店中方便，何不傾成錠兒，還覺冠冕。」當下兑足十兩，傾成一個足色大錠，再把一兩八錢，傾成水絲一小錠。剩下四兩二錢之數，拈一小塊，還了火錢，又將幾錢銀子，置下鑲鞋净襪，新褶了一頂萬字頭巾。回到家中，把衣服漿洗得乾乾净净，買幾根安息香，薰了又薰。揀個晴明好日，侵早打扮起來。

雖非富貴豪華客，也是風流好後生。

秦重打扮得齊齊整整，取銀兩藏于袖中，把房門鎖了，一徑望王九媽家而來。那一時好不高興！及至到了門首，愧心復萌，想道：「時常挑了擔子在他家賣油，今日忽地去做闞客，如何開口？」正在躊躕之際，只聽得呀的一聲門響，王九媽走將出來，見了秦重，便道：「秦小官，今日怎的不做生意，打扮得恁般濟楚，往那裏去貴幹？」事到其間，秦重只得老着臉，上前作揖。媽媽也不免還禮。秦重道：「小可并無别事，專來拜望媽媽。」那鴇兒是老積年，見貌辨色，見秦重恁般裝束，又説拜望，「一定是看上了我家那個丫頭，要閝一夜，或是會一個房。雖然不是個大勢主菩薩，搭在籃裏便是菜，捉在籃裏便是蟹，賺他錢把銀子買葱菜，也是好的」。便滿臉堆下笑來，道：「秦小官拜望老身，必有好處。」秦重道：「小可有句不識進退的言語，只是不好啓齒。」王九媽道：「但説何妨，且請到裏面客坐裏細講。」秦重爲賣油雖曾到王家整百次，這客坐裏交椅，還不曾與他屁股做個相識，今日是個會面之始。

王九媽到了客坐，不免分賓而坐，對着内裏唤茶。少頃，丫鬟托出茶來，看時，却是秦賣油，正不知什麽緣故，媽媽恁般相待，格格低了頭只管笑。王九媽看見，喝道：「有甚好笑！對客全没些規矩！」丫鬟止住笑，收了茶杯自去。王九媽方纔開言問道：「秦小官，有甚話要對老身説？」秦重道：「没有别話，要在媽媽宅上請一位姐姐吃杯酒兒。」九媽道：「難道吃寡酒？一定要閝了。你是個老實人，幾時動這風流之興？」秦重道：「小可的積誠，也非止一日。」九媽道：「我家這幾個姐姐，都是你認得的，不知你中意那一位？」秦重道：「别個都不要，單單要與花魁娘子相處一宵。」九媽只道取笑他，就變了臉道：「你出言無度！莫非奚落老娘麽？」秦重道：「小可是個老實人，豈有虚情！」九媽道：「糞桶也有兩個耳朵，你豈不曉得我家美兒的身價！倒了你賣油的竈，還不勾半夜歇錢哩，【眉批】鴇兒放肆。不如將就揀一個適興罷。」

秦重把頭一縮，舌頭一伸，道：「恁的好賣弄！不敢動問，你家花魁娘子一夜歇錢要幾千兩？」九媽見他説要話，却又回嗔作喜，帶笑而言道：「那要許多！只要得十兩敲絲。其他東道雜費不在其内。」秦重道：「原來如此，不爲大事。」袖中摸出這禿禿裏一大錠放光細絲銀子，遞與鴇兒道：「這一錠十兩重，足色足數，請媽媽收着。」又摸出一小錠來，也遞與鴇兒，又道：「這一小錠，重有二兩，相煩備個小東。望媽媽成就小可這件好事，生死不忘，日後再有孝順。」九媽見了這錠大銀，已自不忍釋手，又恐怕他一時高興，日後没了本錢，心中懊悔，也要儘他一句纔好。便道：「這十兩銀子，你做經紀的人，積趲不易，還要三思而行。」秦重道：「小可主意已定，不要你老人家費心。」

九媽把這兩錠銀子收于袖中，道：「是便是了，還有許多煩難哩。」秦重道：「媽媽是一家之主，有甚煩難？」九媽道：「我家美兒，往來的都是王孫公子，富室豪家，真個是『談笑有鴻儒，往來無白丁』。他豈不認得你是做經紀的秦小官，如何肯接你？」秦重道：「但憑媽媽怎的委曲宛轉，成全其事，大恩不敢有忘！」九媽見他十分堅心，眉頭一皺，計上心來，扯開笑口道：「老身已替你排下計策，只看你緣法如何。做得成，不要喜；做不成，不要怪。美兒昨日在李學士家陪酒，還未曾回。今日是黄衙内約下游湖；明日是張山人一班清客，邀他做詩社；後日是韓尚書的公子，數日前送下東道在這裏。【眉批】賣弄。你且到大後日來看。還有句話，這幾日你且不要來我家賣油，預先留下個體面。又有句話，你穿着一身的布衣布裳，不像個上等闝客，再來時，換件紬段衣服，教這些丫頭們認不出你是秦小官。老娘也好與你裝謊。」秦重道：「小可一一理會得。」説罷，作別出門，且歇這三日生理，不去賣油，到典舖裏買了一件見成半新不舊的紬衣，穿在身上，到街坊閒走，演習斯文模樣。正是：

未識花院行藏，先習孔門規矩。

丢過那三日不題。到第四日，起個清早，便到王九媽家去。去得太早，門還未開，意欲轉一轉再來。這番妝扮希奇，不敢到昭慶寺去，恐怕和尚們批點，且到十景塘散步。良久又踅轉來，王九媽家門已開了。那門前却安頓得有轎馬，門内有許多僕從，在那裏閒坐。秦重雖然老實，心下到也乖巧，且不進門，悄悄的招那馬夫問道：「這轎馬是誰家的？」馬夫道：「韓府裏來接公子的。」秦重已知韓公子夜來留宿，此時還未曾别，重復轉身，到一個飯店之中，吃了些見成茶飯，又坐了一回，方纔到王家探信。只見門前轎馬已自去了。進得門時，王九媽迎着，便道：「老身得罪，今日又不得工夫了。恰纔韓公子拉去東莊賞早梅。他是個長閝，老身不好違拗。聞得説來日還要到靈隱寺，訪個棋師賭棋哩。齊衙內又來約過兩三次了。這是我家房主，又是辭不得的。他來時，或三日五日的住了去，連老身也定不得個日子。秦小官，你真個要闞，只索耐心再等幾時。不然，前日的尊賜，分毫不動，要便奉還。」秦重道：「只怕媽媽不作成。若還遲，終無失，就是一萬年，小可也情願等着。」【眉批】第一情種。九媽道：「恁地時，老身便好張主！」秦重作別，方欲起身，九媽又道：「秦小官人，老身還有句話，你下次若來討信，不要早了。約莫申牌時分，有客没客，老身把個實信與你。到是越晏些越好。這是老身的妙用，你休錯怪。」秦重連聲道：「不敢，不敢！」這一日，秦重不曾做買賣。次日，整理油擔，挑往别處去生理，不走錢塘門一路。每日生意做完，傍晚時分就打扮齊整，到王九媽家探信。只是不得工夫。又空走了一月有餘。

那一日是十二月十五，大雪方霽，西風過後，積雪成冰，好不寒冷，却喜地下乾燥。秦重做了大半日買賣，如前妝扮，又去探信。王九媽笑容可掬，迎着道：「今日你造化，已是九分九釐了。」秦重道：「這一釐是欠着什麽？」九媽道：「這一釐麽，正主兒還不在家。」秦重道：「可回來麽？」九媽道：「今日是俞太尉家賞雪，筵席就備在湖船之内。俞太尉是七十歲的老人家，風月之事，已自没分。原説過黄昏送來。

你且到新人房裏，吃杯燙風酒，慢慢的等他。」秦重道：「煩媽媽引路。」王九媽引着秦重，彎彎曲曲，走過許多房頭，到一個所在，不是樓房，却是個平屋三間，甚是高爽。左一間是丫鬟的空房，一般有床榻卓椅之類，却是備官鋪的；右一間是花魁娘子卧室，鎖着在那裏。兩傍又有耳房。中間客座上面，挂一幅名人山水，香几上博山古銅爐，燒着龍涎香餅，兩傍書卓，擺設些古玩，壁上貼許多詩稿。秦重愧非文人，不敢細看。心下想道：「外房如此整齊，内室鋪陳，必然華麗。今夜儘我受用，十兩一夜，也不爲多。」【眉批】大量必有大福。九媽讓秦小官坐于客位，自己主位相陪。少頃之間，丫鬟掌燈過來，擡下一張八仙卓兒，六碗時新果子，一架攢盒。佳肴美醖，未曾到口，香氣撲人。九媽執盞相勸道：「今日衆小女都有客，老身只得自陪，請開懷暢飲幾杯。」秦重酒量本不高，况兼正事在心，只吃半杯。吃了一會，便推不飲。九媽道：「秦小官想餓了，且用些飯再吃酒。」丫鬟捧着雪花白米飯，一吃一添，放于秦重面前，就是一盞雜和湯。鴇兒量高，不用飯，以酒相陪。秦重吃了一碗，就放筯。九媽道：「夜長哩，再請些。」秦重又添了半碗。丫鬟提個行燈來説：「浴湯熱了，請客官洗浴。」秦重原是洗過澡來的，不敢推托，只得又到浴堂，肥皂香湯，洗了一遍，重復穿衣入坐。九媽命撤去肴盒，用暖鍋下酒。此時黄昏已絶，昭慶寺裏的鐘都撞過了，美娘尚未回來。

玉人何處貪歡耍？等得情郎望眼穿！

常言道：「等人心急。」秦重不見表子回家，好生氣悶。却被鴇兒夾七夾八，說些風話勸酒，不覺又過了一更天氣。只聽外面熱鬧鬧的，却是花魁娘子回家。丫鬟先來報了，九媽連忙起身出迎，秦重也離坐而立。只見美娘吃得大醉，侍女扶將進來，到于門首，醉眼矇矓。看見房中燈燭輝煌，杯盤狼籍，立住脚問道：「誰在這裏吃酒？」九媽道：「我兒，便是我向日與你說的那秦小官人。他心中慕你，多時的送過禮來。因你不得工夫，擔閣他一月有餘了。你今日幸而得空，做娘的留他在此伴你。」美娘道：「臨安郡中，并不聞說起有什麼秦小官人，我不去接他。」轉身便走。九媽雙手托開，即忙攔住道：「他是個志誠好人，娘不誤你。」美娘只得轉身，纔跨進房門，擡頭一看，那人有些面善，一時醉了，急切叫不出來，便道：「娘，這個人我認得他的，不是有名稱的子弟，接了他，被人笑話。」九媽道：「我兒，這是湧金門内開段鋪的秦小官人。當初我們住在湧金門時，想你也曾會過，故此面善。你莫識認錯了。做娘的見他來意志誠，一時許了他，不好失信。你看做娘的面上，胡亂留他一晚。做娘的曉得不是了，明日却與你陪禮。」一頭說，一頭推着美娘的肩頭向前。美娘拗媽媽不過，只得進房相見。正是：

千般難出虔婆口，萬般難脱虔婆手。
饒君縱有萬千般，不如跟着虔婆走。

這些言語，秦重一句句都聽得，佯爲不聞。美娘萬福過了，坐于側首，仔細看着秦重，好生疑惑，心裏甚是不悦，嘿嘿無言。唤丫鬟將熱酒來，斟着大鍾。鴇兒只道他敬客，却自家一飲而盡。九媽道：「我兒醉了，少吃些麼。」美兒那裏依他，答應道：「我不醉！」一連吃上十來杯。這是酒後之酒，醉中之醉，自覺立脚不住。唤丫鬟開了卧房，點上銀釭，也不卸頭，也不解帶，躧脱了綉鞋，和衣上床，倒身而卧。鴇兒見女兒如此做作，甚不過意，對秦重道：「小女平日慣了，他專會使性。今日他心中不知爲什麽有些不自在，却不干你事，休得見怪！」秦重道：「小可豈敢！」鴇兒又勸了秦重幾杯酒，秦重再三告止。鴇兒送入卧房，向耳傍分付道：「那人醉了，放温存些。」又叫道：「我兒起來，脱了衣服，好好的睡。」美娘已在夢中，全不答應。鴇兒只得去了。丫鬟收拾了杯盤之類，抹了卓子，叫聲：「秦小官人，安置罷。」秦重道：「有熱茶要一壺。」丫鬟泡了一壺濃茶，送進房裏，帶轉房門，自去耳房中安歇。秦重看美娘時，面對裏床，睡得正熟，把錦被壓在身下。秦重想酒醉之人，必然怕冷，又不敢驚醒他。忽見欄杆上又放着一床大紅紵絲的錦被，輕輕的取下，蓋在美兒身上，把銀燈挑得亮亮的，取了這壺熱茶，脱鞋上床，捱在美娘身邊，左手抱着茶壺在懷，右手搭在美娘身上，眼也不敢閉一閉。正是：

未曾握雨携雲，也算偎香倚玉。

却説美娘睡到半夜，醒將轉來，自覺酒力不勝，胸中似有滿溢之狀。爬起來，坐在被窩中，垂着頭，只管打乾噦。秦重慌忙也坐起來，知他要吐，放下茶壺，用手撫摩其背。良久，美娘喉間忍不住了，説時遲，那時快，美娘放開喉嚨便吐。秦重怕汚了被窩，把自己道袍的袖子張開，罩在他嘴上。美娘不知所以，盡情一嘔，嘔畢，還閉着眼，討茶嗽口。秦重下床，將道袍輕輕脱下，放在地平之上。摸茶壺還是暖的，斟上一甌香噴噴的濃茶，遞與美娘。美娘連吃了二碗，胸中雖然略覺豪燥，身子兀自倦怠，仍舊倒下，向裏睡去了。秦重脱下道袍，將吐下一袖的腌臢，重重裹着，放于床側，依然上床，擁抱似初。

美娘那一覺直睡到天明方醒，覆身轉來，見傍邊睡着一人，問道：「你是那個？」秦重答道：「小可姓秦。」美娘想起夜來之事，恍恍惚惚，不甚記得真了，便道：「我夜來好醉！」秦重道：「也不甚醉。」又問：「可曾吐麽？」秦重道：「不曾。」美娘道：「這樣還好。」又想一想道：「我記得曾吐過的，又記得曾吃過茶來，難道做夢不成？」

秦重方纔説道：「是曾吐來。小可見小娘子多了杯酒，也防着要吐，把茶壺暖在懷裏。小娘子果然吐後討茶，小可斟上，蒙小娘子不棄，飲了兩甌。」美娘大驚道：「臟巴巴的，吐在那裏？」秦重道：「恐怕小娘子污了被褥，是小可把袖子盛了。」美娘道：「如今在那裏？」秦重道：「連衣服裹着，藏過在那裏。」美娘道：「可惜壞了你一件衣服。」秦重道：「這是小可的衣服，有幸得沾小娘子的餘瀝。」美娘聽説，心下想道：「有這般識趣的人！」心裏已有四五分歡喜了。

此時天色大明，美娘起身，下床小解，看着秦重，猛然想起是秦賣油，遂問道：「你實對我説，是什麽樣人？爲何昨夜在此？」秦重道：「承花魁娘子下問，小子怎敢妄言。小可實是常來宅上賣油的秦重。」遂將初次看見送客，又看見上轎，心下想慕之極，及積攢鬮錢之事，備細述了一遍：「夜來得親近小娘子一夜，三生有幸，心滿意足。」美娘聽説，愈加可憐，道：「我昨夜酒醉，不曾招接得你。你乾折了許多銀子，莫不懊悔？」秦重道：「小娘子天上神仙，小可惟恐伏侍不周，但不見責，已爲萬幸，况敢有非意之望！」美娘道：「你做經紀的人，積下些銀兩，何不留下養家？此地不是你來往的。」秦重道：「小可單只一身，并無妻小。」美娘頓了一頓，便道：「你今日去了，他日還來麽？」秦重道：「只這昨宵相親一夜，已慰生平，豈敢又作癡想！」美娘想道：「難得這好人，又忠厚，又老實，又且知情識趣，隱惡揚善，千百中難遇此一人。可惜是市井之輩，若是衣冠子弟，情願委身事之。」正在沉吟之際，丫鬟捧洗臉水進來，又是兩碗薑湯。秦重洗了臉，因夜來未曾脱幘，不用梳頭，呷了幾口薑湯，便要告别。美娘道：「少住不妨，還有話説。」秦重道：「小可仰慕花魁娘子，在傍多站一刻，也是好的。但爲人豈不自揣！夜來在此，實是大膽，惟恐他人知道，有玷芳名，還是早些去了安穩。」美娘點了一點頭，打發丫鬟出房，忙忙的開了減妝，取出二十兩銀子，送與秦重道：「昨夜難爲了你，這銀兩權奉爲資本，莫對人説。」秦重那裏肯受。美娘道：「我的銀子，來路容易。這些須酬你一宵之情，休得固遜。若本錢缺少，異日還有助你之處。那件污穢的衣服，我叫丫鬟湔洗乾净了還你罷。」秦重道：「粗衣不煩小娘子費心，小可自會湔洗。只是領賜不當。」美娘道：「説那裏話！」將銀子㧖在秦重袖内，推他轉身。秦重料難推却，只得受了。深深作揖，捲了脱下這件齷齪道袍，走出房門。打從鴇兒房前經過，保兒看見，(四)叫聲：「媽媽，秦小官去了。」王九媽正在净桶上解手，口中叫道：「秦小官，如何去得恁早？」秦重道：「有些賤事，改日特來稱謝。」

不説秦重去了，且説美娘與秦重雖然没點相干，見他一片誠心，去後好不過意。

這一日因害酒，辭了客在家將息。千個萬個孤老都不想，倒把秦重整整的想了一日。有《挂枝兒》爲證：

俏冤家，須不是串花家的子弟，你是個做經紀本分人兒，那匡你會温存，能軟款，知心知意。料你不是個使性的，料你不是個薄情的。幾番待放下思量也，又不覺思量起。

話分兩頭。再説邢權在朱十老家，與蘭花情熟，見朱十老病廢在床，全無顧忌。十老發作了幾場，兩個商量出一條計策來，俟夜静更深，將店中資本席捲，雙雙的桃之夭夭，不知去向。次日天明，十老方知。央及鄰里，出了個失單，尋訪數日，并無動静，深悔當日不合爲邢權所惑，逐了朱重。如今日久見人心，聞説朱重賃居衆安橋下，挑擔賣油，不如仍舊收拾他回來，老死有靠，只怕他記恨在心，教鄰舍好生勸他回家，但記好，莫記惡。秦重一聞此言，即日收拾了家火，搬回十老家裏。相見之間，痛哭了一場。十老將所存囊槖，盡數交付秦重。秦重自家又有二十餘兩本錢，重整店面，坐櫃賣油。因在朱家，仍稱朱重，不用秦字。不上一月，十老病重，醫治不痊，嗚呼哀哉。朱重搥胸大慟，如親父一般，殯殮成服，七七做了些好事。朱家祖墳在清波門外，朱重舉襄安葬，事事成禮。鄰里皆稱其厚德。

事定之後，仍先開鋪。原來這油鋪是個老店，從來生意原好。却被邢權刻剥存私，將主顧弄斷了多少；今見朱小官在店，誰家不來作成？所以生理比前越盛。朱重單身獨自，急切要尋個老成幫手。有個慣做中人的，叫做金中，忽一日引着一個五十餘歲的人來。原來那人正是莘善，【眉批】情節好。在汴梁城外安樂村居住。因那年避亂南奔，被官兵衝散了女兒瑶琴，夫妻兩口，淒淒惶惶，東逃西竄，胡亂的過了幾年。今日聞臨安興旺，南渡人民，大半安插在彼，誠恐女兒流落此地，特來尋訪，又没消息。身邊盤纏用盡，欠了飯錢，被飯店中終日赶逐，無可奈何，偶然聽見金中説起朱家油鋪要尋個賣油幫手。自己曾開過六陳鋪子，賣油之事，都則在行。况朱小官原是汴京人，又是鄉里，故此央金中引薦到來。朱重問了備細，鄉人見鄉人，不覺感傷。「既然没處投奔，你老夫妻兩口，只住在我身邊，只當個鄉親相處，慢慢的訪着令愛消息，再作區處。」當下取兩貫錢把與莘善，去還了飯錢，連渾家阮氏也領將來，與朱重相見了，收拾一間空房，安頓他老夫妻在内。兩口兒也盡心竭力，内外相幫。朱重甚是歡喜。

光陰似箭，不覺一年有餘。多有人見朱小官年長未娶，家道又好，做人又志誠，情願白白把女兒送他爲妻。朱重因見了花魁娘子十分容貌，等閑的不看在眼，立心要訪求個出色的女子，方纔肯成親。以此日復一日，擔閣下去。【眉批】明朱重無妻之故。正是：

曾觀滄海難爲水，除却巫山不是雲。

再説王美娘在九媽家，盛名之下，朝歡暮樂，真個口厭肥甘，身嫌錦繡。然雖如此，每遇不如意之處，或是子弟們任情使性，吃醋挑槽，或自己病中醉後，半夜三更，没人疼熱，就想起秦小官人的好處來，只恨無緣再會。也是他桃花運盡，合當變更，一年之後，生出一段事端來。

却説臨安城中，有個吴八公子，父親吴岳，見爲福州太守。這吴八公子，新從父親任上回來，廣有金銀，平昔間也喜賭錢吃酒，三瓦兩舍走動。聞得花魁娘子之名，未曾識面，屢屢遣人來約，欲要闞他。美娘聞他氣質不好，不願相接，托故推辭，非止一次。那吴八公子也曾和着閑漢們親到王九媽家幾番，都不曾會。其時清明節届，家家掃墓，處處踏青，美娘因連日游春困倦，且是積下許多詩畫之債，未曾完得，分付家中：「一應客來，都與我辭去。」閉了房門，焚起一爐好香，擺設文房四寶，方欲舉筆，只聽得外面沸騰，却是吴八公子領着十餘個狼僕，來接美娘游湖。因見鴇兒每次回他，在中堂行兇，打家打火，直鬧到美娘房前，只見房門鎖閉。原來妓家有個回客法兒，小娘躲在房內，却把房門反鎖，支吾客人，只推不在。那老實的就被他哄過了。吳公子是慣家，這些套子，怎地瞞得？分付家人扭斷了鎖，把房門一脚踢開。美娘躲身不迭，被公子看見，不由分說，教兩個家人，左右牽手，從房内直拖出房外來，口中兀自亂嚷亂罵。王九媽欲待上前陪禮解勸，看見勢頭不好，只得閃過。家中大小，躲得没半個影兒。

吳家狼僕牽着美娘，出了王家大門，不管他弓鞋窄小，望街上飛跑；八公子在後，揚揚得意。直到西湖口，將美娘攙下了湖船，方纔放手。美娘十二歲到王家，錦繡中養成，珍寶般供養，何曾受恁般凌賤。下了船，對着船頭，掩面大哭。吳八公子全不放下面皮，氣忿忿的像關雲長單刀赴會，一把交椅，朝外而坐，狼僕侍立于傍。一面分付開船，一面數一數二的發作一個不住：「小賤人，小娼根，不受人擡舉！再哭時，就討打了！」美娘那裏怕他，哭之不已。船至湖心亭，吳八公子分付擺盒在亭子内，自己先上去了，却分付家人：「叫那小賤人來陪酒。」美娘抱住了闌干，那裏肯去，只是嚎哭。吳八公子也覺没興，自己吃了幾杯淡酒，收拾下船，自來扯美娘。美娘雙脚亂跳，哭聲愈高。八公子大怒，教狼僕拔去簪珥。美娘鬆着頭，跑到船頭上，就要投水，被家童們扶住。公子道：「你撒賴便怕你不成！就是死了，也只費得我幾兩銀子，不爲大事。只是送你一條性命，也是罪過。你住了啼哭時，我就放你回去，不難爲你。」美娘聽説放他回去，真個住了哭。八公子分付移船到清波門外僻静之處，將美娘繡鞋脱下，去其裹脚，露出一對金蓮，如兩條玉笋相似。教狼僕扶他上岸，罵道：「小賤人！你有本事，自走回家，我却没人相送。」【眉批】作業。説罷，一篙子撑開，再向湖中而去。正是：

焚琴煮鶴從來有，惜玉憐香幾個知！

美娘赤了脚，寸步難行，思想：「自己才貌兩全，只爲落于風塵，受此輕賤。平昔枉自結識許多王孫貴客，急切用他不着，受了這般凌辱。就是回去，如何做人？到不如一死爲高。只是死得没些名目，枉自享個盛名。到此地位，看着村莊婦人，也勝我十二分。這都是劉四媽這個花嘴，哄我落坑墮塹，致有今日！自古紅顔薄命，亦未必如我之甚！」越思越苦，放聲大哭。

事有偶然，却好朱重那日到清波門外朱十老的墳上，祭掃過了，打發祭物下船，自己步回，從此經過。聞得哭聲，上前看時，雖然蓬頭垢面，那玉貌花容，從來無兩，如何不認得！【眉批】情節又好。吃了一驚，道：「花魁娘子，如何這般模樣？」美娘哀哭之際，聽得聲音廝熟，止啼而看，原來正是知情識趣的秦小官。美娘當此之際，如見親人，不覺傾心吐膽，告訴他一番。朱重心中十分疼痛，亦爲之流淚。袖中帶得有白綾汗巾一條，約有五尺多長，〔五〕取出劈半扯開，奉與美娘裹脚，親手與他拭淚。又與他挽起青絲，再三把好言寬解。【眉批】真正相愛，不爲肉麻。等待美娘哭定，忙去喚個暖轎，請美娘坐了，自己步送，直到王九媽家。九媽不得女兒消息，在四處打探，慌迫之際，見秦小官送女兒回來，分明送一顆夜明珠還他，如何不喜！況且鴇兒一向不見秦重挑油上門，多曾聽得人説，他承受了朱家的店業，手頭活動，體面又比前不同，自然刮目相待。【眉批】人情所同，不獨妓家。雖然，如此人情，即呼爲妓家，胡不可？又見女兒這等模樣，問其緣故，已知女兒吃了大苦，全虧了秦小官。深深拜謝，設酒相待。日已向晡，秦重略飲數杯，起身作別。美娘如何肯放，道：「我一向有心于你，恨不得你見面，今日定然不放你空去。」鴇兒也來扳留。秦重喜出望外。是夜，美娘吹彈歌舞，曲盡生平之技，奉承秦重。【眉批】士爲知己者死，女爲悦己者容。秦重如做了一個游仙好夢，喜得魄蕩魂消，手舞足蹈。夜深酒闌，二人相挽就寢。雲雨之事，其美滿更不必言：

一個是足力後生，一個是慣情女子。這邊説三年懷想，費幾多役夢勞魂；那邊説一載相思，喜僥倖粘皮貼肉。一個謝前番幫襯，合今番恩上加恩；一個謝今夜總成，比前夜愛中添愛。紅粉妓傾翻粉盒，羅帕留痕；賣油郎打潑油瓶，被窩沾濕。可笑村兒乾折本，作成小子弄風流。

雲雨已罷，美娘道：「我有句心腹之言與你說，你休得推托！」秦重道：「小娘子若用得着小可時，就赴湯蹈火，亦所不辭。豈有推托之理？」美娘道：「我要嫁你。」秦重笑道：「小娘子就嫁一萬個，也還不數到小可頭上，休得取笑，枉自折了小可的食料。」美娘道：「這話實是真心，怎說取笑二字？我自十四歲被媽媽灌醉，梳弄過了，此時便要從良。只爲未曾相處得人，不辨好歹，恐誤了終身大事。以後相處的雖多，都是豪華之輩，酒色之徒，但知買笑追歡的樂意，那有憐香惜玉的真心。看來看去，只有你是個志誠君子，况聞你尚未娶親。若不嫌我煙花賤質，情願舉案齊眉，白頭奉侍。你若不允之時，我就將三尺白羅，死于君前，表白我這片誠心，也强如昨日死于村郎之手，没名没目，惹人笑話。」説罷，嗚嗚的哭將起來。秦重道：「小娘子休得悲傷。小可承小娘子錯愛，將天就地，求之不得，豈敢推托？只是小娘子千金聲價，小可家貧力薄，如何擺布，也是力不從心了。」美娘道：「這却不妨。不瞞你說，我只爲從良一事，預先積趲些東西，寄頓在外。贖身之費，一毫不費你心力。」【眉批】此處又感激劉四媽教導。秦重道：「就是小娘子自己贖身，平昔住慣了高堂大廈，享用了錦衣玉食，在小可家，如何過活？」美娘道：「布衣蔬食，死而無怨。」秦重道：「小娘子雖然，只怕媽媽不從。」美娘道：「我自有道理。」如此如此，這般這般，兩個直説到天明。

原來黄翰林的衙内，韓尚書的公子，齊太尉的舍人，這幾個相知的人家，美娘都寄頓得有箱籠。美娘只推要用，陸續取到，密地約下秦重，教他收置在家。然後一乘轎子，擡到劉四媽家，訴以從良之事。【眉批】美娘大有作用人。劉四媽道：「此事老身前日原説過的。只是年紀還早，又不知你要從那一個？」美娘道：「姨娘，你莫管是甚人，少不得依着姨娘的言語，是個真從良，樂從良，了從良；不是那不真，不假，不了，不絶的勾當。【眉批】照應絶妙。只要姨娘肯開口時，不愁媽媽不允。做姪女的别没孝順，只有十兩金子，奉與姨娘，胡亂打些釵子。是必在媽媽前做個方便。事成之時，媒禮在外。」劉四媽看見這金子，笑得眼兒没縫，便道：「自家兒女，又是美事，如何要你的東西，這金子權時領下，只當與你收藏。此事都在老身身上。只是你的娘，把你當個摇錢之樹，等閒也不輕放你出去。怕不要千把銀子，那主兒可是肯出手的麽？也得老身見他一見，與他講通方好。」美娘道：「姨娘莫管閒事，只當你姪女自家贖身便了。」劉四媽道：「媽媽可曉得你到我家來？」美娘道：「不曉得。」四媽道：「你且在我家便飯，待老身先到你家，與媽媽講。講得通時，然後來報你。」

劉四媽顧乘轎子，擡到王九媽家，九媽相迎入内。劉四媽問起吴八公子之事，九媽告訴了一遍。四媽道：「我們行户人家，到是養成個半低不高的丫頭，儘可賺錢，又且安穩，不論什麽客就接了，到是日日不空的。姪女只爲聲名大了，好似一塊鮝魚落地，馬蟻兒都要鑽他。雖然熱鬧，却也不得自在。説便許多一夜，也只是個虚名。那些王孫公子來一遍，動不動有幾個幫閒，連宵達旦，好不費事。跟隨的人又不少，個個要奉承得他到。一些不到之處，口裏就出粗，哩嗹囉嗹的駡人，還要暗損你家火，又不好告訴得他家主，受了若干悶氣。【眉批】會説第一口，一步步緊將來。况且山人墨客，詩社棋杜，少不得一月之内，又有幾日官身。這些富貴子弟，你争我奪，依了張家，違了李家，一邊喜，少不得一邊怪了。就是吴八公子這一個風波，嚇殺人的，萬一失蹉，却不連本送了？官宦人家，與他打官司不成？只索忍氣吞聲。今日還虧着你家香煙高，太平没事，一個霹靂空中過去了。倘然山高水低，悔之無及。【眉批】彎彎曲曲，勸他放美兒出籠。妹子聞得吴八公子不懷好意，還要與你家索鬧。姪女的性氣又不好，不肯奉承人。第一這一件，乃是個惹禍之本。」九媽道：「便是這件，老身好不擔憂。就是這八公子，也是有名有稱的人，又不是下賤之人。這丫頭抵死不肯接他，惹出這場寡氣。當初他年紀小時，還聽人教訓。如今有了個虚名，被這些富貴子弟夸他獎他，慣了他情性，驕了他氣質，動不動自作自主。逢着客來，他要接便接，他若不情願時，便是九牛也休想牽得他轉。」劉四媽道：「做小娘的略有些身分，都則如此。」

【眉批】又寬一句。

王九媽道：「我如今與你商議，倘若有個肯出錢的，不如賣了他去，到得乾净，省得終身擔着鬼胎過日。」劉四媽道：「此言甚妙。賣了他一個，就討得五六個。若凑巧撞得着相應的，十來個也討得的。這等便宜事，如何不做！」王九媽道：「老身也曾算計過來，那些有勢有力的不肯出錢，專要討人便宜，及至肯出幾兩銀子的，女兒又嫌好道歉，做張做智的不肯。若有好主兒，妹子做媒，作成則個。倘若這丫頭不肯時節，還求你攛掇。這丫頭做娘的話也不聽，只你説得他信，話得他轉。」劉四媽呵呵大笑道：「做妹子的此來，正爲與姪女做媒。你要許多銀子便肯放他出門？」九媽道：「妹子，你是明理的人。我們這行户中，只有賤買，那有賤賣？況且美兒數年盛名滿臨安，誰不知他是花魁娘子，難道三百四百，就容他走動？少不得要他千金。」劉四媽道：「待妹子去講，若肯出這個數目，做妹子的便來多口。若合不着時，就不來了。」臨行時，又故意問道：「姪女今日在那裏？」王九媽道：「不要説起，自從那日吃了吴八公子的虧，怕他還來淘氣，終日裏擡個轎子，各宅去分訴。前日在齊太尉家，昨日在黃翰林家，今日又不知在那家去了。」劉四媽道：「有了你老人家做主，按定了坐盤星，也不容姪女不肯。萬一不肯時，做妹子自會勸他。只是尋得主顧來，你却莫要捉班做勢。」九媽道：「一言既出，并無他說。」九媽送至門首。劉四媽叫聲呫噪，上轎去了。這纔是：

數黑論黃雌陸賈，說長話短女隨何。
若還都像虔婆口，尺水能興萬丈波。

劉四媽回到家中，與美娘說道：「我對你媽媽如此說，這般講，你媽媽已自肯了。只要銀子見面，這事立地便成。」美娘道：「銀子已曾辦下，明日姨娘千萬到我家來，玉成其事，不要冷了場，改日又費講。」四媽道：「既然約定，老身自然到宅。」美娘別了劉四媽，回家一字不題。

次日午牌時分，劉四媽果然來了。王九媽問道：「所事如何？」四媽道：「十有八九，只不曾與姪女說過。」四媽來到美娘房中，兩下相叫了，講了一回說話。四媽道：「你的主兒到了不曾？那話兒在那裏？」美娘指着床頭道：「在這幾隻皮箱裏。」美娘把五六隻皮箱一時都開了，五十兩一封，搬出十三四封來，又把些金珠寶玉算價，足勾千金之數。把個劉四媽驚得眼中出火，口內流涎，想道：「小小年紀，這等有肚腸！不知如何設法，積下許多東西？我家這幾個粉頭，一般接客，趕得着他那裏！不要説不會生發，就是有幾文錢在荷包裏，閒時買瓜子磕，買糖兒吃，兩條脚帶破了，還要做媽的與他買布哩。偏生九阿姐造化，討得着，年時賺了若干錢鈔，臨出門還有這一主大財，又是取諸宫中，不勞餘力。」這是心中暗想之語，却不曾説出來。美娘見劉四媽沉吟，只道他作難索謝，慌忙又取出四疋潞紬，兩股寶釵，一對鳳頭玉簪，放在卓上，道：「這幾件東西，奉與姨娘爲伐柯之敬。」劉四媽歡天喜地，對王九媽説道：「姪女情願自家贖身，一般身價，并不短少分毫，比着孤老贖身更好。省得閒漢們從中説合，費酒費漿，還要加一加二的謝他。」【眉批】劉四媽説話句句入情，所以言無不售。

王九媽聽得説女兒皮箱内有許多東西，到有個咈然之色。你道却是爲何？世間只有鴇兒最狠，做小娘的設法些東西，都送到他手裏，纔是快活。也有做些私房在箱籠内，鴇兒曉得些風聲，專等女兒出門，捵開鎖鑰，翻箱倒籠取個罄空。【眉批】緊處又添此一段閑話。只爲美娘盛名之下，相交都是大頭兒，替做娘的挣得錢鈔，又且性格有些古怪，等閒不敢觸他，故此卧房裏面，鴇兒的脚也不搠進去。誰知他如此有錢。劉四媽見九媽顔色不善，便猜着了，連忙道：「九阿姐，你休得三心兩意。這些東西，就是姪女自家積下的，也不是你本分之錢。他若肯花費時，也花費了。或是他不長進，把來津貼了得意的孤老，你也那裏知道！這還是他做家的好處。况且小娘自己手中没有錢鈔，臨到從良之際，難道赤身赶他出門？少不得頭上脚下都要收拾得光鮮，等他好去别人家做人。如今他自家拿得出這些東西，料然一絲一綫不費你的心。這一主銀子，是你完完全全鼈在腰胯裏的。他就贖身出去，怕不是你女兒？倘然他挣得好時，時朝月節，怕他不來孝順你？就是嫁了人時，他又没有親爹親娘，你也還去做得着他的外婆，受用處正有哩。」只這一套話，説得王九媽心中爽然，當下應允。劉四媽就去搬出銀子，一封封兑過，交付與九媽，又把這些金珠寶玉，逐件指物作價，對九媽説道：「這都是做妹子的故意估下他些價錢。若换與人，還便宜得幾十兩銀子。」王九媽雖同是個鴇兒，到是個老實頭，但憑劉四媽説話，無有不納。

劉四媽見王九媽收了這主東西，便叫亡八寫了婚書，交付與美兒。美兒道：「趁姨娘在此，奴家就拜别了爹媽出門，借姨娘家住一兩日，擇吉從良，未知姨娘允否？」劉四媽得了美娘許多謝禮，生怕九媽翻悔，巴不得美娘出了他門，完成一事，便道：「正該如此。」當下美娘收拾了房中自己的梳臺拜匣，皮箱鋪蓋之類。但是鴇兒家中之物，一毫不動。收拾已完，隨着四媽出房，拜别了假爹假媽，和那姨娘行中，都相叫了。王九媽一般哭了幾聲。美娘唤人挑了行李，欣然上轎，同劉四媽到劉家去。四媽出一間幽静的好房，頓下美娘行李。衆小娘都來與美娘叫喜。是晚，朱重差莘善到劉四媽家討信，已知美娘贖身出來。擇了吉日，笙簫鼓樂娶親。劉四媽就做大媒送親，朱重與花魁娘子花燭洞房，歡喜無限。

雖然舊事風流，不減新婚佳趣。

次日，莘善老夫婦請新人相見，各各相認，吃了一驚。問起根由，至親三口，抱頭而哭。朱重方纔認得是丈人丈母，請他上坐，夫妻二人，重新拜見。親鄰聞知，無不駭然。是日，整備筵席，慶賀兩重之喜，飲酒盡歡而散。三朝之後，美娘教丈夫備下幾副厚禮，分送舊相知各宅，以酬其寄頓箱籠之恩，并報他從良信息。此是美娘有始有終處。王九媽、劉四媽家，各有禮物相送，無不感激。滿月之後，美娘將箱籠打開，内中都是黄白之資，吴綾蜀錦，何止百計，共有三千餘金，都將匙鑰交付丈夫，慢慢的買房置産，整頓家當。油舖生理，都是丈人莘公管理。不上一年，把家業挣得花錦般相似，驅奴使婢，甚有氣象。朱重感謝天地神明保佑之德，發心于各寺廟喜捨合殿油燭一套，供琉璃燈油三個月。齋戒沐浴，親往拈香禮拜。先從昭慶寺起，其他靈隱、法相、净慈、天竺等寺，以次而行。

就中單説天竺寺，是觀音大士的香火，有上天竺、中天竺、下天竺，三處香火俱盛，却是山路，不通舟楫。朱重叫從人挑了一擔香燭，三擔清油，自己乘轎而往。先到上天竺來。寺僧迎接上殿，老香火秦公點燭添香。此時朱重居移氣，養移體，儀容魁岸，非復幼時面目，秦公那裏認得他是兒子。只因油桶上有個大大的「秦」字，又有「汴梁」二字，心中甚以爲奇。也是天然湊巧，剛剛到上天竺，偏用着這兩隻油桶。朱重拈香已畢，秦公托出茶盤，主僧奉茶。秦公問道：「不敢動問施主，這油桶上爲何有此三字？」朱重聽得問聲，帶着汴梁人的土音，忙問道：「老香火，你問他怎麼？莫非也是汴梁人麼？」秦公道：「正是。」朱重道：「你姓甚名誰？〔六〕爲何在此出家？共有幾年了？」秦公把自己姓名鄉里，細細告訴：「某年上避兵來此，因無活計，將十三歲的兒子秦重過繼與朱家，如今有八年之遠。一向爲年老多病，不曾下山問得信息。」朱重一把抱住，放聲大哭道：「孩兒便是秦重。向在朱家挑油買賣。正爲要訪求父親下落，故此于油桶上寫『汴梁秦』三字，做個標識。誰知此地相逢，真乃天與其便！」衆僧見他父子別了八年，今朝重會，各各稱奇。朱重這一日，就歇在上天竺，與父親同宿，各叙情節。

次日，取出中天竺、下天竺兩個疏頭換過。内中朱重，仍改做秦重，復了本姓。兩處燒香禮拜已畢，轉到上天竺，要請父親回家，安樂供養。秦公出家已久，吃素持齋，不願隨兒子回家。秦重道：「父親別了八年，孩兒有缺侍奉。況孩兒新娶媳婦，也得他拜見公公方是。」秦公只得依允。秦重將轎子讓與父親乘坐，自己步行，直到家中。秦重取出一套新衣，與父親換了，中堂設坐，同妻莘氏雙雙參拜。親家莘公、親母阮氏，齊來見禮。

此日大排筵席。秦公不肯開葷，素酒素食。次日，鄰里斂錢稱賀。一則新婚，二則新娘子家眷團圓，三則父子重逢，四則秦小官歸宗復姓，共是四重大喜。一連又吃了幾日喜酒。秦公不願家居，思想上天竺故處清净出家。秦重不敢違親之志，將銀二百兩，于上天竺另造净室一所，送父親到彼居住。其日用供給，按月送去。每十日親往候問一次。每一季同莘氏往候一次。那秦公活到八十餘，端坐而化，遺命葬于本山。此是後話。

却說秦重和莘氏，夫妻偕老，生下兩個孩兒，俱讀書成名，至今風月中市語，凡誇人善于幫襯，都叫做「秦小官」，又叫「賣油郎」。有詩爲證：

春來處處百花新，蜂蝶紛紛競採春。
堪愛豪家多子弟，風流不及賣油人。

【校記】

〔一〕「挂枝兒」，底本作「挂珠兒」，據衍慶堂本改，《奇觀》同衍慶堂本。

〔二〕「劉四媽」，底本作「王九媽」，據衍慶堂本改，《奇觀》同衍慶堂本。下徑改，不出校。

〔三〕「賣了」，底本作「買了」，據衍慶堂本改，《奇觀》同衍慶堂本。下徑改，不出校。

〔四〕「保兒」，底本及校本均作「鴇兒」，據《奇觀》改。

〔五〕「約有」，底本作「的有」，據衍慶堂本改，《奇觀》同衍慶堂本。

〔六〕「姓甚名誰」，底本及校本均作「甚姓名誰」，據《奇觀》改。

剡天湖畔水連天
不唱漁歌即採蓮
小小茅堂花萬種
主人日日對春眠

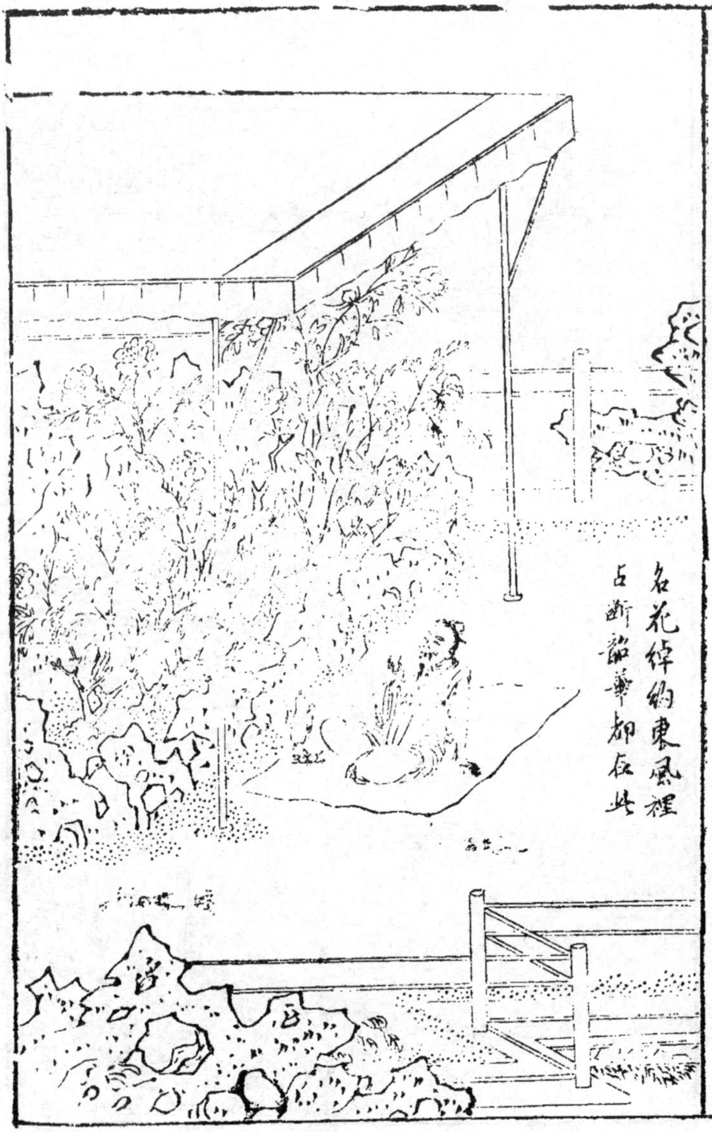
名花綽約東風裡
占斷韶華都在此

第四卷　灌園叟晚逢仙女

連宵風雨閉柴門，落盡深紅只柳存。
欲掃蒼苔且停帚，階前點點是花痕。

這首詩爲惜花而作。昔唐時有一處士，姓崔名玄微，平昔好道，不娶妻室，隱於洛東。所居庭院寬敞，遍植花卉竹木。構一室在萬花之中，獨處於內。童僕都居苑外，無故不得輒入。如此三十餘年，足迹不出園門。時值春日，院中花木盛開，玄微日夕徜徉其間。一夜，風清月朗，不忍捨花而睡，乘着月色，獨步花叢中。忽見月影下，一青衣冉冉而來。玄微驚訝道：「這時節那得有女子到此行動？」心下雖然怪異，又想道：「且看他到何處去？」那青衣不往東，不往西，徑至玄微面前，深深道個萬福。玄微還了禮，問道：「女郎是誰家宅眷？因何深夜至此？」那青衣啓一點朱唇，露兩行碎玉，道：「兒家與處士相近。今與女伴過上東門訪表姨，欲借處士院中暫憩，不知可否？」玄微見來得奇異，欣然許之。青衣稱謝，原從舊路轉去。不一時，引一隊女子，分花約柳而來，與玄微一一相見。玄微就月下仔細看時，一個個姿容媚麗，體態輕盈，或濃或淡，妝束不一，隨從女郎，盡皆妖艷。正不知從那裏來的。相見畢，玄微邀進室中，分賓主坐下，開言道：「請問諸位女娘姓氏？今訪何姻戚，乃得光降敝園？」一衣緑裳者答道：「妾乃楊氏。」指一穿白的道：「此位李氏。」又指一衣絳服的道：「此位陶氏。」遂逐一指示。最後到一緋衣小女，乃道：「此位姓石，名阿措。我等雖則異姓，俱是同行姊妹。因封家十八姨數日云欲來相看，不見其至。今夕月色甚佳，故與姊妹們同往候之。二來素蒙處士愛重，妾等順便相謝。」

玄微方待酬答，青衣報道：「封家姨至。」衆皆驚喜出迎。玄微閃過半邊觀看。衆女子相見畢，説道：「正要來看十八姨，爲主人留坐，不意姨至，足見同心。」各向前致禮。十八姨道：「屢欲來看卿等，俱爲使命所阻。今乘間至此。」衆女道：「如此良夜，請姨寬坐。當以一尊爲壽。」遂授旨青衣去取。十八姨問道：「此地可坐否？」楊氏道：「主人甚賢，地極清雅。」十八姨道：「主人安在？」玄微趨出相見。舉目看十八姨，體態飄逸，言詞泠泠，有林下風氣。近其傍，不覺寒氣侵肌，毛骨竦然。遜入堂中，侍女將卓椅已是安排停當。請十八姨居于上席，衆女挨次而坐，玄微末位相陪。

不一時，衆青衣取到酒肴，擺設上來。佳肴異果，羅列滿案。酒味醇醲，其甘如飴，〔二〕俱非人世所有。此時月色倍明，室中照耀，如同白日。滿坐芳香，馥馥襲人。賓主酬酢，杯觥交雜。酒至半酣，一紅裳女子滿斟大觥，送與十八姨道：「兒有一歌，請爲歌之。」歌云：

絳衣披拂露盈盈，淡染胭脂一朵輕。
自恨紅顔留不住，莫怨春風道薄情。

歌聲清婉，聞者皆淒然。又一白衣女子送酒道：「兒亦有一歌。」歌云：

皎潔玉顔勝白雪，況乃當年對芳月。
沉吟不敢怨春風，自嘆容華暗消歇。

其音更覺慘切。那十八姨性頗輕佻，却又好酒。多了幾杯，漸漸狂放。聽了二歌，乃道：「值此芳辰美景，賓主正歡，何遽作傷心語？歌旨又深刺予，殊爲慢客，須各罰以大觥，當另歌之。」遂手斟一杯遞來，酒醉手軟，持不甚牢，杯纔舉起，不想袖在筯上一兜，撲碌的連杯打翻。

這酒若翻在別個身上，却也罷了，恰恰裹盡潑在阿措身上，阿措年嬌貌美，性愛整齊，穿的却是一件大紅簇花緋衣。那紅衣最忌的是酒，纔沾滴點，其色便改，怎經得這一大杯酒！況且阿措也有七八分酒意，見污了衣服，作色道：「諸姊便有所求，吾不畏爾！」即起身往外就走。十八姨也怒道：「小女弄酒，敢與吾爲抗耶？」亦拂衣而起。衆女子留之不住，齊勸道：「阿措年幼，醉後無狀，望勿記懷。明日當率來請罪！」相送下階。十八姨忿忿向東而去。衆女子與玄微作別，向花叢中四散行走。玄微欲觀其踪迹，隨後送之。步急苔滑，一交跌倒，挣起身來看時，衆女子俱不見了。心中想道：「是夢，却又未曾睡卧；若是鬼，又衣裳楚楚，言語歷歷；是人，如何又倏然無影？」胡猜亂想，驚疑不定。回入堂中，卓椅依然擺設，杯盤一毫已無，惟覺餘馨滿室。雖異其事，料非禍祟，却也無懼。

到次晚，又往花中步玩，見諸女子已在，正勸阿措往十八姨處請罪。阿措怒道：「何必更懇此老嫗？有事只求處士足矣。」衆皆喜道：「妹言甚善。」齊向玄微道：「吾姊妹皆住處士苑中，每歲多被惡風所撓，居止不安，當求十八姨相庇。昨阿措誤觸之，此後應難取力。處士倘肯庇護，當有微報耳。」玄微道：「某有何力，得庇諸女？」阿措道：「但求處士每歲元旦，作一朱幡，上圖日月五星之文，立于苑東，吾輩則安然無恙矣。今歲已過，請于此月二十一日平旦，微有東風，即立之，可免本日之難。」玄微道：「此乃易事，敢不如命。」齊聲謝道：「得蒙處士慨允，必不忘德。」言訖而别，其行甚疾。玄微隨之不及。忽一陣香風過處，各失所在。玄微欲驗其事，次日即製辦朱幡。候至廿一日，清早起來，果然東風微拂，急將幡豎立苑東。少頃，狂風振地，飛沙走石，自洛南一路，摧林折樹，惟苑中繁花不動。玄微方悟，諸女皆衆花之精也。緋衣名阿措，即安石榴也。封十八姨，乃風神也。到次晚，衆女各裹桃李花數斗來謝道：「承處士脱某等大難，無以爲報，餌此花英，可延年却老。願長如此衛護某等，亦可致長生。」玄微依其言服之，果然容顔轉少，如三十許人。後得道仙去。有詩爲證：

洛中處士愛栽花，歲歲朱幡繪采茶。
學得餐英堪不老，何須更覓棗如瓜。

列位，莫道小子説風神與花精往來，乃是荒唐之語。那九州四海之中，目所未見，耳所未聞，不載史册，不見經傳，奇奇怪怪，蹺蹺蹊蹊的事，不知有多多少少。就是張華的《博物志》，也不過志其一二；虞世南的行書厨，也包藏不得許多。此等事甚是平常，不足爲異。然雖如此，又道是子不語怪，且閣過一邊。只那惜花致福，損花折壽，乃見在功德，須不是亂道。列位若不信時，還有一段《灌園叟晚逢仙女》的故事，待小子説與列位看官們聽。若平日愛花的，聽了自然將花分外珍重；内中或有不惜花的，小子就將這話勸他，惜花起來。雖不能得道成仙，亦可以消閒遣悶。

你道這段話文出在那個朝代？何處地方？就在大宋仁宗年間，江南平江府東門外長樂村中。這村離城只有二里之遠，村上有個老者，姓秋名先，原是莊家出身，有數畝田地，一所草房。媽媽水氏已故，别無兒女。那秋先從幼酷好栽花種果，把田業都撇棄了，專于其事。若偶覓得種異花，就是拾着珍寶，也没有這般歡喜。隨你極緊要的事，出外路上逢着人家有樹花兒，不管他家容不容，便陪着笑臉，捱進去求玩。若平常花木，或家裏也在正開，還轉身得快；倘然是一種名花，家中没有的，雖或有，已開過了，便將正事撇在半邊，依依不捨，永日忘歸。人都叫他是花癡。或遇見賣花的有株好花，不論身邊有錢無錢，一定要買。無錢時便脱身上衣服去解當。也有賣花的知他僻性，故高其價，也只得忍貴買回。又有那破落户曉得他是愛花的，各處尋覓好花折來，把泥假捏個根兒哄他，少不得也買。有恁般奇事！將來種下，依然肯活。日積月累，遂成了一個大園。那園周圍編竹爲籬，籬上交纏薔薇、荼蘼、木香、刺梅、木槿、棣棠、金雀。籬邊遍下蜀葵、鳳仙、鷄冠、秋葵、鶯粟等種，更有那金萱、百合、剪春羅、剪秋羅、〔二〕滿池嬌、十様錦、美人蓼、山躑躅、高良薑、白蛺蝶、夜落金錢、纏枝牡丹等類，不可枚舉。遇開放之時，爛如錦屏。遠籬數步，盡植名花異卉。一花未謝，一花又開。向陽設兩扇柴門，門内一條竹徑，兩邊都結柏屏遮護。轉過柏屏，便是三間草堂。房雖草創，却高爽寬敞，窗槅明亮。堂中挂一幅無名小畫，設一張白木卧榻。桌凳之類，色色潔净。打掃得地下無纖毫塵垢。堂後精舍數間，卧室在内。那花卉無所不有，十分繁茂。真個四時不謝，八節長春。但見：

梅標清骨，蘭挺幽芳。茶呈雅韻，李謝濃妝。杏嬌疏雨，菊傲嚴霜。水仙冰肌玉骨，牡丹國色天香。玉樹亭亭階砌，金蓮冉冉池塘。芍藥芳姿少比，石榴麗質無雙。丹桂飄香月窟，芙蓉冷艷寒江。梨花溶溶夜月，桃花灼灼朝陽。山茶花寶珠稱貴，蠟梅花罄口方香。海棠花西府爲上，瑞香花金邊最良。玫瑰杜鵑，爛如雲錦。繡毬郁李，點綴風光。説不盡千般花卉，數不了萬種芬芳。

籬門外，正對着一個大湖，名爲朝天湖，俗名荷花蕩。這湖東連吴淞江，西通震澤，南接龐山湖。湖中景致，四時晴雨皆宜。秋先于岸傍堆土作堤，廣植桃柳。每至春時，紅緑間發，宛似西湖勝景。沿湖遍插芙蓉，湖中種五色蓮花。盛開之日，滿湖錦雲爛熳，香氣襲人，小舟蕩槳採菱，歌聲泠泠。遇斜風微起，偎船競渡，縱横如飛。柳下漁人，艤船曬網。也有戲兒的，結網的，醉卧船頭的，没水賭勝的，歡笑之音不絶。那賞蓮游人，畫船簫管鱗集，至黄昏迴棹，燈火萬點，間以星影螢光，錯落難辨。

深秋時，霜風初起，楓林漸染黄碧，野岸衰柳芙蓉，雜間白蘋紅蓼，掩映水際；蘆葦中鴻雁群集，嘹嚦干雲，哀聲動人。隆冬天氣，彤雲密布，六花飛舞，上下一色。那四時景致，言之不盡。有詩爲證：

朝天湖畔水連天，不唱漁歌即採蓮。
小小茅堂花萬種，主人日日對花眠。

按下散言，且説秋先每日清晨起來，掃净花底落葉，汲水逐一灌溉，到晚上又澆一番。若有一花將開，不勝歡躍。或暖壺酒兒，或烹甌茶兒，向花深深作揖，先行澆奠，口稱「花萬歲」三聲，然後坐于其下，淺斟細嚼。酒酣興到，隨意歌嘯。身子倦時，就以石爲枕，卧在根傍。自半含至盛開，未嘗暫離。如見日色烘烈，乃把棕拂醮水沃之。遇着月夜，便連宵不寐。倘值了狂風暴雨，即披簑頂笠，周行花間檢視。遇有欹枝，以竹扶之。雖夜間，還起來巡看幾次。若花到謝時，則累日嘆息，常至墮淚。又不捨得那些落花，以棕拂輕輕拂來，置於盤中，時嘗觀玩，直至乾枯，裝入净甕。滿甕之日，再用茶酒澆奠，慘然若不忍釋。然後親捧其甕，深埋長堤之下，謂之「葬花」。倘有花片被雨打泥污的，必以清水再四滌净，然後送入湖中，謂之「浴花」。

平昔最恨的是攀枝折朵。他也有一段議論，道：「凡花一年止開得一度，四時中只占得一時，一時中又只占得數日。他熬過了三時的冷淡，纔討得這數日的風光。看他隨風而舞，迎人而笑，如人正當得意之境，忽被摧殘。巴此數日甚難，一朝折損甚易。花若能言，豈不嗟嘆！【眉批】玩此段議論，袁石公《瓶史》可廢。況就此數日間，先猶含蕊，後復零殘。盛開之時，更無多了。又有蝶攢蜂採，鳥啄蟲鑽，日炙風吹，霧迷雨打，全仗人去護惜他。却反恣意拗折，於心何忍！且説此花自芽生根，自根生本，强者爲幹，弱者爲枝，一幹一枝，不知養成了多少年月。及候至花開，供人清玩，有何不美，定要折他？花一離枝，再不能上枝，枝一去幹，再不能附幹，如人死不可復生，刑不可復贖，花若能言，豈不悲泣！又想他折花的，不過擇其巧幹，愛其繁枝，插之瓶中，置之席上，或供賓客片時侑酒之歡，或助婢妾一日梳妝之飾，不思客觴可飽玩於花下，閨妝可借巧於人工。手中折了一枝，樹上就少了一枝，今年伐了此幹，明年便少了此幹。何如延其性命，年年歲歲，玩之無窮乎？【眉批】以此類推，萬物莫不皆然。暴殄天物，不可不痛戒。還有未開之蕊，隨花而去，此蕊竟槁滅枝頭，與人之童夭何異？又有原非愛玩，趁興攀折，既折之後，揀擇好歹，逢人取討，即便與之。或隨路棄擲，略不顧惜。如人横禍枉死，無處申冤。花若能言，豈不痛恨！」

他有了這段議論，所以生平不折一枝，不傷一蕊。就是别人家園上，他心愛着那一種花兒，寧可終日看玩。假饒那花主人要取一枝一朵來贈他，他連稱罪過，決然不要。若有傍人要來折花者，只除他不看見罷了；他若見時，就把言語再三勸止。人若不從其言，他情願低頭下拜，代花乞命。人雖叫他是花癡，多有可憐他一片誠心，因而住手者，他又深深作揖稱謝。又有小厮們要折花賣錢的，他便將錢與之，不教折損。或他不在時，被人折損，他來見了損處，必凄然傷感，取泥封之，謂之「醫花」。爲這件上，所以自己園中不輕易放人游玩。偶有親戚鄰友要看，難好回時，先將此話講過，纔放進去。又恐穢氣觸花，只許遠觀，不容親近，倘有不達時務的，捉空摘了一花一蕊，那老兒便要面紅頸赤，大發喉急。下次就打駡他，也不容進去看了。後來人都曉得了他的性子，就一葉兒也不敢摘動。

大凡茂林深樹，便是禽鳥的巢穴，有花果處，越發千百爲群。如單食果實，到還是小事，偏偏只揀花蕊啄傷。惟有秋先却將米穀置于空處飼之，又向禽鳥祈祝。那禽鳥却也有知覺，每日食飽，在花間低飛輕舞，宛囀嬌啼，并不損一朵花蕊，也不食一個果實。故此產的果品最多，却又大而甘美。每熟時就先望空祭了花神，然後敢嘗，又遍送左近鄰家試新，餘下的方鬻，一年到有若干利息。那老者因得了花中之趣，自少至老，五十餘年，略無倦怠，筋骨愈覺强健。粗衣淡飯，悠悠自得。有得贏餘，就把來周濟村中貧乏。自此合村無不敬仰，又呼爲「秋公」。他自稱爲「灌園叟」。有詩爲證：

朝灌園兮暮灌園，灌成園上百花鮮。
花開每恨看不足，爲愛看園不肯眠。

話分兩頭。却說城中有一人，姓張名委，原是個宦家子弟，爲人奸狡詭譎，殘忍刻薄，恃了勢力，專一欺鄰嚇舍，紮害良善。觸着他的，風波立至，必要弄得那人破家蕩產，方纔罷手。手下用一班如狼似虎的奴僕，又有幾個助惡的無賴子弟，日夜合做一塊，到處闖禍生灾，受其害者無數。不想却遇了一個又狠似他的，輕輕捉去，打得個臭死。及至告到官司，又被那人弄了些手脚，反問輸了。因妝了幌子，自覺無顔，帶了四五個家人，同那一班惡少，暫在莊上遺悶。那莊正在長樂村中，離秋公家不遠。一日早飯後，吃得半酣光景，向村中閒走，不覺來到秋公門首，只見籬上花枝鮮媚，四圍樹木繁翳，齊道：「這所在到也幽雅，是那家的？」家人道：「此是種花秋公園上，有名叫做花癡。」張委道：「我常聞得說莊邊有什麽秋老兒，種得異樣好花，原來就住在此。我們何不進去看看？」家人道：「這老兒有些古怪，不許人看的。」張委道：「别人或者不肯，難道我也是這般？快去敲門！」

那時園中牡丹盛開，秋公剛剛澆灌完了，正將着一壺酒兒，兩碟果品，在花下獨酌，自取其樂。飲不上三杯，只聽得鬧鬧的敲門響，放下酒杯，走出來開門一看，見站着五六個人，酒氣直冲。秋公料道必是要看花的，便攔住門口，問道：「列位有甚事到此？」張委道：「你這老兒不認得我麽？我乃城裏有名的張衙内，那邊張家莊便是我家的。聞得你園中好花甚多，特來游玩。」秋公道：「告衙内，老漢也没種甚好花，不過是桃杏之類，都已謝了，如今并没别樣花卉。」張委睁起雙眼道：「這老兒恁般可惡！看看花兒打甚緊，却便回我没有。難道吃了你的？」秋公道：「不是老漢説謊，果然没有。」張委那裏肯聽，向前叉開手，當胸一攫，秋公站立不牢，踉踉蹌蹌，直撞過半邊。衆人一齊擁進。秋公見勢頭兇惡，只得讓他進去，把籬門掩上，隨着進來，向花下取過酒果，站在傍邊。衆人看那四邊花草甚多，惟有牡丹最盛。那花不是尋常玉樓春之類，乃五種有名異品。那五種？

黄樓子、緑蝴蝶、西瓜穰、舞青猊、大紅獅頭。

這牡丹乃花中之王，惟洛陽爲天下第一，有「姚黄」、「魏紫」名色，一本價直五千。你道因何獨盛于洛陽？只爲昔日唐朝有個武則天皇后，淫亂無道，寵幸兩個官兒，名喚張易之、張昌宗，于冬月之間，要游後苑，寫出四句詔來，道：

來朝游上苑，火速報春知。

百花連夜發，莫待曉風吹。

不想武則天原是應運之主，百花不敢違旨，一夜發蕊開花。次日駕幸後苑，只見千紅萬紫，芳菲滿目，單有牡丹花有些志氣，不肯奉承女主倖臣，要一根葉兒也没有。則天大怒，遂貶于洛陽。故此洛陽牡丹冠于天下。有一隻《玉樓春》詞，單贊牡丹花的好處。詞云：

名花綽約東風裏，占斷韶華都在此。芳心一片可人憐，春色三分愁雨洗。

玉人盡日懨懨地，猛被笙歌驚破睡。起臨妝鏡似嬌羞，近日傷春輸與你。

那花正種在草堂對面，周遭以湖石欄之，四邊豎個木架子，上覆布幔，遮蔽日色。花本高有丈許，最低亦有六七尺，其花大如丹盤，五色燦爛，光華奪目。衆人齊贊：「好花！」張委便踏上湖石去嗅那香氣。秋先極怪的是這節，乃道：「衙内站遠些看，莫要上去！」張委惱他不容進來，心下正要尋事，又聽了這話，喝道：「你那老兒住在我莊邊，難道不曉得張衙内名頭麽？有恁樣好花，故意回説没有。不計較就勾了，還要多言，那見得聞一聞就壞了花？你便這般説，我偏要聞。」遂把花逐朶攀下來，一個鼻子凑在花上去嗅。那秋老在傍，氣得敢怒而不敢言，也還道略看一回就去。誰知這厮故意賣弄道：「有恁樣好花，如何空過？須把酒來賞玩。」分付家人快去取。秋公見要取酒來賞，更加煩惱，向前道：「所在蝸窄，没有坐處。衙内止看看花兒，酒還到貴莊上去吃。」張委指着地上道：「這地下儘好坐。」秋公道：「地上齷齪，衙内如何坐得？」張委道：「不打緊，少不得有氈條遮襯。」不一時，酒肴取到，鋪下氈條，衆人團團圍坐，猜拳行令，大呼小叫，十分得意。只有秋公骨篤了嘴，坐在一邊。

那張委看見花木茂盛，就起個不良之念，思想要吞占他的，斜着醉眼，向秋公道：「看你這蠢老兒不出，到會種花，却也可取，賞你一杯酒。」秋老那有好氣答他，氣忿忿的道：「老漢天性不會飲酒，衙内自請。」張委又道：「你這園可賣麼？」秋公見口聲來得不好，老大驚訝，答道：「這園是老漢的性命，如何捨得賣？」張委道：「什麼性命不性命！賣與我罷了。你若没去處，一發連身歸在我家，又不要做别事，單單替我種些花木，可不好麼？」衆人齊道：「你這老兒好造化，難得衙内恁般看顧，還不快些謝恩？」秋公看見逐步欺負上來，一發氣得手足麻軟，也不去采他。張委道：「這老兒可惡！肯不肯，如何不答應我？」秋公道：「説過不賣了，怎的只管問？」張委道：「放屁！你若再説句不賣，就寫帖兒，送到縣裏去。」秋公氣不過，欲要搶白幾句，又想一想，他是有勢力的人，却又醉了，怎與他一般樣見識？且哄了去再處。忍着氣答道：「衙内總要買，也須從容一日，豈是一時急驟的事。」衆人道：「這話也説得是。就在明日罷。」

此時都已爛醉，齊立起身，家人收拾家火先去。秋公恐怕折花，預先在花邊防護。那張委真個走向前，便要踹上湖石去採。秋先扯住道：「衙内，這花雖是微物，但一年間不知廢多少工夫，纔開得這幾朵。不争折損了，深爲可惜。況折去不過一二日就謝的，何苦作這樣罪過！」張委喝道：「胡説！有甚罪過？你明日賣了，便是我家之物，就都折盡，與你何干！」把手去推開。秋公揪住，死也不放，道：「衙内便殺了老漢，這花決不與你摘的。」衆人道：「這老兒其實可惡！衙内採朵花兒，值什麽大事，妝出許多模樣！難道怕你就不摘了？」遂齊走上前亂摘。把那老兒急得叫屈連天，捨了張委，拚命去攔阻。扯了東邊，顧不得西首，頃刻間摘下許多。秋老心疼肉痛，駡道：「你這班賊男女，無事登門，將我欺負，要這性命何用！」趕向張委身邊，撞個滿懷。【眉批】有憐香的，定有逐臭的；有憐才的，定有欲殺的。此亦陰陽對代之理。去得勢猛，張委又多了幾杯酒，把脚不住，翻觔斗跌倒。衆人都道：「不好了，衙内打壞也！」齊將花撇下，一赶過來，要打秋公。内中有一個老成些的，見秋公年紀已老，恐打出事來，勸住衆人，扶起張委。張委因跌了這交，心中轉惱，赶上前打得個隻蕊不留，撒作遍地，意尤未足，又向花中踐踏一回。可惜好花，正是：

老拳毒手交加下，〔三〕翠葉嬌花一旦休。
好似一番風雨惡，亂紅零落没人收。

當下只氣得個秋公愴地呼天，滿地亂滚。鄰家聽得秋公園中喧嚷，齊跑進來，看見花枝滿地狼籍，衆人正在行兇。鄰里盡吃一驚，上前勸住，問知其故。内中到有兩三個是張委的租户，齊替秋公陪個不是，虚心冷氣，送出籬門。張委道：「你們對那老賊説，好好把園送我，便饒了他；若説半個不字，須教他仔細着。」恨恨而去。鄰里們見張委辭了，只道酒話，不在心上，覆身轉來，將秋公扶起，坐在階沿上。那老兒放聲號慟。衆鄰里勸慰了一番，作别出去，與他帶上籬門，一路行走。内中也有怪秋公平日不容看花的，便道：「這老官兒，真個忒煞古怪，所以有這樣事，也得他經一遭兒，警戒下次。」内中又有直道的道：「莫説這没天理的話！自古道：『種花一年，看花十日。』那看的但覺好看，贊聲好花罷了，怎得知種花的煩難？只這幾朶花，正不知費了許多辛苦，纔培植得恁般茂盛，如何怪得他愛惜！」

不題衆人，且説秋公不捨得這些殘花，走向前，將手去檢起來看，見踐踏得凋殘零落，塵垢沾污，心中悽慘，又哭道：「花阿！我一生愛護，從不曾損壞一瓣一葉，那知今日遭此大難！」正哭之間，只聽得背後有人叫道：「秋公爲何恁般痛哭？」秋公回頭看時，乃是一個女子，年約二八，姿容美麗，雅淡梳妝，却不認得是誰家之女，乃收淚問道：「小娘子是那家？至此何幹？」那女子道：「我家居在左近，因聞你園中牡丹花茂盛，特來游玩，不想都已謝了。」秋公題起牡丹二字，不覺又哭起來。女子道：「你且説有甚苦情，如此啼哭？」秋公將張委打花之事説出。那女子笑道：「原來爲此緣故。你可要這花原上枝頭麽？」秋公道：「小娘子休得取笑！那有落花返枝的理？」女子道：「我祖上傳得個落花返枝的法術，屢試屢驗。」秋公聽説，化悲爲喜道：「小娘子真個有這術法麽？」女子道：「怎的不真？」秋公倒身下拜道：「若得小娘子施此妙術，老漢無以爲報，但每一種花開，便來相請賞玩。」女子道：「你且莫拜，去取一碗水來。」秋公慌忙跳起去取水，心下又轉道：「如何有這樣妙法？莫不是見我哭泣，故意取笑？」又想道：「這小娘子從不相認，豈有要我之理？還是真的。」急舀了一碗清水出來，擡頭不見了女子，只見那花都已在枝頭，地下并無一瓣遺存。起初每本一色，如今却變做紅中間紫，淡内添濃，一本五色俱全，比先更覺鮮妍。有詩爲證：

曾聞湘子將花染，又見仙姬會返枝。

信是至誠能動物，愚夫猶自笑花癡。

當下秋公又驚又喜道：「不想這小娘子果然有此妙法！」只道還在花叢中，放下水，前來作謝。園中團團尋遍，并不見影，乃道：「這小娘子如何就去了？」又想道：「必定還在門口，須上去求他，傳了這個法兒。」一徑赶至門邊，那門却又掩着。拽開看時，門首坐着兩個老者，就是左近鄰家，一個喚做虞公，一個叫做單老，在那裏看漁人曬網。見秋公出來，齊立起身拱手道：「聞得張衙内在此無理，我們恰往田頭，没有來問得。」秋公道：「不要説起，受了這班潑男女的毆氣，虧着一位小娘子走來，用個妙法，救起許多花朵，不曾謝得他一聲，徑出來了。二位可看見往那一邊去的？」二老聞言，驚訝道：「花壞了，有甚法兒救得？這女子去幾時了？」秋公道：「剛方出來。」二老道：「我們坐在此好一回，并没個人走動，那見什麽女子？」秋公聽説，心下恍悟道：「恁般説，莫不這位小娘子是神仙下降？」二老問道：「你且説怎的救起花兒？」秋公將女子之事叙了一遍。二老道：「有如此奇事！待我們去看看。」秋公將門拴上，一齊走至花下看了，連聲稱異道：「這定然是個神仙。凡人那有此法力！」秋公即焚起一爐好香，對天叩謝。二老道：「這也是你平日愛花心誠，所以感動神仙下降。明日索性到教張衙内這幾個潑男女看看，羞殺了他。」秋公道：「莫要，莫要！

此等人即如惡犬，遠遠見了就該避之，豈可還引他來？」二老道：「這話也有理。」秋公此時非常歡喜，將先前那瓶酒熱將起來，留二老在花下玩賞，至晚而別。

二老回去一傳，合村人都曉得，明日俱要來看，還恐秋公不許。誰知秋公原是有意思的人，因見神仙下降，遂有出世之念，一夜不寐，坐在花下存想。想至張委這事，忽地開悟道：「此皆是我平日心胸褊窄，故外侮得至。若神仙汪洋度量，無所不容，安得有此！」至次早，將園門大開，任人來看。先有幾個進來打探，見秋公對花而坐，但分付道：「任憑列位觀看，切莫要採便了。」衆人得了這話，互相傳開。那村中男子婦女，無有不至。

按下此處，且説張委至次早，對衆人道：「昨日反被那老賊撞了一交，〔四〕難道輕恕了不成？如今再去要他這園，不肯時，多教些人從，將花木盡打個希爛，方出這氣。」衆人道：「這園在衙内莊邊，不怕他不肯。只是昨日不該把花都打壞，還留幾朵，後日看看便是。」張委道：「這也罷了，少不得來年又發。我們快去，莫要使他停留長智。」衆人一齊起身，出得莊門，就有人説：「秋公園上神仙下降，落下的花，原都上了枝頭，却又變做五色。」張委不信道：「這老賊有何好處，能感神仙下降？況且不前不後，剛剛我們打壞，神仙就來？難道這神仙是養家的不成？一定是怕我們又去，故此謅這話來央人傳説，見得他有神仙護衛，使我們不擺布他。」衆人道：「衙内之言極是。」

頃刻到了園門口，見兩扇柴門大開，往來男女絡繹不絶，都是一般説話。衆人道：「原來真有這等事！」張委道：「莫管他，就是神仙見坐着，這園少不得要的。」灣灣曲曲，轉到草堂前看時，果然話不虚傳。這花却也奇怪，見人來看，姿態愈艷，光采倍生，如對人笑的一般。張委心中雖十分驚訝，那吞占念頭，全然不改。看了一回，忽地又起一個惡念，對衆人道：「我們且去。」齊出了園門。衆人問道：「衙内如何不與他要園？」張委道：「我想得個好策在此，不消與他説得，這園明日就歸與我。」衆人道：「衙内有何妙策？」張委道：「見今貝州王則謀反，專行妖術。樞密府行下文書，普天下軍州嚴禁左道，捕緝妖人。本府見出三千貫賞錢，募人出首。我明日就將落花上枝爲由，教張霸到府，首他以妖術惑人。這個老兒熬刑不過，自然招承下獄。這園必定官賣。那時誰個敢買他的？少不得讓與我。還有三千貫賞錢哩！」衆人道：「衙内好計！事不宜遲，就去打點起來。」當時即進城，寫下首狀。次早，教張霸到平江府出首。這張霸是張委手下第一出尖的人，衙門情熟，故此用他。大尹正在緝訪妖人，聽説此事，合村男女都見的，不由不信，即差緝捕使臣帶領幾個做公的，押張霸作眼，前去捕獲。張委將銀布置停當，讓張霸與緝捕使臣先行，自己與衆子弟隨後也來。

緝捕使臣一徑到秋公園上，那老兒還道是看花的，不以爲意。衆人發一聲喊，赶上前一索捆翻。秋公吃這一嚇不小，問道：「老漢有何罪犯？望列位説個明白。」衆人口口聲聲，罵做妖人反賊，不由分訴，擁出門來。鄰里看見，無不失驚，齊上前詢問。緝捕使臣道：「你們還要問麽？他所犯的事也不小，只怕連村上人都有分哩。」那些愚民，被這大話一寒，心中害怕，盡皆洋洋走開，惟恐累及。只有虞公、單老，同幾個平日與秋公相厚的，遠遠跟來觀看。

且説張委俟秋公去後，便與衆子弟來鎖園門，恐還有人在内，又檢點一過，將門鎖上，隨後赶至府前。緝捕使臣已將秋公解進，跪在月臺上，見傍邊又跪着一人，却不認得是誰。那些獄卒都得了張委銀子，已備下諸般刑具伺候。大尹喝道：「你是何處妖人！敢在此地方上將妖術煽惑百姓？有幾多黨羽？從實招來！」秋公聞言，恰如黑暗中聞個火炮，正不知從何處起的，禀道：「小人家世住于長樂村中，并非別處妖人，也不曉得什麽妖術。」大尹道：「前日你用妖術使落花上枝，還敢抵賴！」秋公見説到花上，情知是張委的緣故，即將張委要占園打花，并仙女下降之事，細訴一過。不想那大尹性是偏執的，那裏肯信，乃笑道：「多少慕仙的，修行至老，尚不能得遇神仙，豈有因你哭花，仙就肯來？既來了，必定也留個名兒，使人曉得，如何又不別而去？這樣話哄那個！不消說得，定然是個妖人。快夾起來！」獄卒們齊聲答應，如狼虎一般，蜂擁上來，揪翻秋公，扯腿拽脚。剛要上刑，不想大尹忽然一個頭暈，險些兒跌下公座，自覺頭目森森，坐身不住。分付上了枷杻，發下獄中監禁，明日再審。獄卒押着，秋公一路哭泣出來，看見張委，道：「張衙内，我與你日前無怨，往日無仇，如何下此毒手，害我性命？」張委也不答應，同了張霸和那一班惡少，轉身就走。虞公、單老接着秋公，問知其細，乃道：「有這等冤枉的事！不打緊，明日同合村人具張連名保結，管你無事。」秋公哭道：「但願得如此便好。」獄卒喝道：「這死囚還不走！只管哭甚麽！」秋公含着眼淚進獄。鄰里又尋些酒食，送至門上。那獄卒誰個拿與他吃，竟接來自去受用。

到夜間，將他上了囚床，就如活死人一般，手足不能少展。心中苦楚，想道：「不知那位神仙救了這花，却又被那厮借此陷害。神仙呵！你若憐我秋先，亦來救拔性命，情願棄家入道。」一頭正想，只見前日那仙女，冉冉而至。秋公急叫道：「大仙救拔弟子秋先則個！」仙女笑道：「汝欲脱離苦厄麽？」上前把手一指，那枷杻紛紛自落。秋先爬起來，向前叩頭道：「請問大仙姓氏。」仙女道：「吾乃瑶池王母座下司花女，憐汝惜花志誠，故令諸花返本，不意反資奸人讒口。然亦汝命中合有此灾，明日當脱。張委損花害人，花神奏聞上帝，已奪其算；助惡黨羽，俱降大灾。汝宜篤志修行，數年之後，吾當度汝。」秋先又叩首道：「請問上仙修行之道。」仙子道：「修仙徑路甚多，須認本源。汝原以惜花有功，今亦當以花成道。汝但餌百花，自能身輕飛舉。」遂教其服食之法。秋先稽首叩謝起來，便不見了仙子，擡頭觀看，却在獄墻之上，以手招道：「汝亦上來，隨我出去！」秋先便向前攀援了一大回，還只到得半墻，甚覺吃力；漸漸至頂，忽聽得下邊一棒鑼聲，喊道：「妖人走了，快拿下！」秋公心下驚慌，手酥脚軟，倒撞下來，撒然驚覺，元在囚床之上。想起夢中言語，歷歷分明，料必無事，心中稍寬。正是：

但存方寸無私曲，料得神明有主張。

且説張委見大尹已認做妖人，不勝歡喜，乃道：「這老兒許多清奇古怪，今夜且請在囚床上受用一夜，讓這園兒與我們樂罷。」衆人都道：「前日還是那老兒之物，未曾盡興；今日是大爺的了，須要盡情歡賞。」張委道：「言之有理！」遂一齊出城，教家人整備酒肴，徑至秋公園上，開門進去。那鄰里看見是張委，心上雖然不平，却又懼怕，誰敢多口？且説張委同衆子弟走至草堂前，只見牡丹枝頭一朵不存，原如前日打下時一般，縱横滿地，衆人都稱奇怪。張委道：「看起來，這老賊果係有妖法的，不然，如何半日上倏爾又變了？難道也是神仙打的？」有一個子弟道：「他曉得衙内要賞花，故意弄這法兒來羞我們。」張委道：「他便弄這法兒，我們就賞落花。」當下依原鋪設氈條，席地而坐，放開懷抱恣飲，也把兩瓶酒賞張霸到一邊去吃。看看飲至日色矬西，俱有半酣之意，忽地起一陣大風。那風好利害：

善聚庭前草，能開水上萍。
腥聞群虎嘯，響合萬松聲。

那陣風却把地下這些花朵吹得都直豎起來，眨眼間俱變做一尺來長的女子。衆人大驚，齊叫道：「怪哉！」言還未畢，那些女子迎風一幌，盡已長大，一個個姿容美麗，衣服華艷，團團立做一大堆。衆人因見恁般標致，通看呆了。内中一個紅衣女子却又説起話來，道：「吾姊妹居此數十餘年，深蒙秋公珍重護惜。何意蕎遭狂奴，俗氣薰熾，毒手摧殘，復又誣陷秋公，謀吞此地。今仇在目前，吾姊妹曷不戮力擊之！上報知己之恩，下雪摧殘之耻，不亦可乎？」衆女郎齊聲道：「阿妹之言有理！須速下手，毋使潛遁！」説罷，一齊舉袖撲來。那袖似有數尺之長，如風翻亂飄，冷氣入骨。衆人齊叫有鬼，撇了家火，望外亂跑，彼此各不相顧。也有被石塊打脚的，也有被樹枝抓面的，也有跌而復起，起而復跌的，亂了多時，方纔收脚。點檢人數都在，單不見了張委、張霸二人。此時風已定了，天色已昏，這班子弟各自回家，恰像檢得性命一般，抱頭鼠竄而去。

家人們喘息定了，喚幾個生力莊客，打起火把，覆身去抓尋。直到園上，只聽得大梅樹下有呻吟之聲，舉火看時，却是張霸被梅根絆到，跌破了頭，掙扎不起。莊客着兩個先扶張霸歸去。衆人周圍走了一遍，但見静悄悄的萬籟無聲。牡丹棚下，繁花如故，并無零落。草堂中杯盤狼籍，殘酒淋漓。衆人莫不吐舌稱奇。一面收拾家火，一面重復照看。這園子又不多大，三回五轉，毫無踪影。難道是大風吹去了？女鬼吃去了？正不知躲在那裏。延捱了一會，無可奈何，只索回去，過夜再作計較。方欲出門，只見門外又有一夥人，提着行燈進來。不是别人，却是虞公、單老。聞知衆人遇鬼之事，又聞説不見了張委，在園上抓尋，不知是真是假，合着三鄰四舍，進園觀看。問明了衆莊客，方知此事果真。二老驚詫不已，教衆莊客：「且莫回去，老漢們同列位還去抓尋一遍。」衆人又細細照看了一下，正是興盡而歸，嘆了口氣，齊出園門。二老道：「列位今晚不來了麽？老漢們告過，要把園門落鎖，没人看守得，也是我們鄰里的干係。」此時莊客們，蛇無頭而不行，已不似先前聲勢了，答應道：「但憑，但憑。」兩邊人猶未散，只見一個莊客在東邊墻角下叫道：「大爺有了！」衆人蜂擁而前。莊客指道：「那槐枝上挂的，不是大爺的軟翅紗巾麽？」衆人道：「既有了巾兒，人也只在左近。」沿墻照去，不多幾步，只叫得聲：「苦也！」原來東角轉灣處，有個糞窖，窖中一人，兩脚朝天，不歪不斜，剛剛倒種在内。莊客認得鞋襪衣服，正是張委，顧不得臭穢，只得上前打撈起來。虞、單二老暗暗念佛，和鄰舍們自回。衆莊客擡了張委，在湖邊洗净。先有人報去莊上。合家大小，哭哭啼啼，準備棺衣入殮，不在話下。其夜張霸破頭傷重，五更時亦死。此乃作惡的見報。正是：

兩個兇人離世界，一雙惡鬼赴陰司。

次日，大尹病愈升堂，正欲吊審秋公之事，只見公差禀道：「原告張霸同家長張委，昨晚都死了。」如此如此，這般這般。大尹大驚，不信有此異事。須臾間，又見里老鄉民，共有百十人，連名具呈前事，訴説秋公平日惜花行善，并非妖人，張委設謀陷害，神道報應，前後事情，細細分剖。大尹因昨日頭暈一事，亦疑其枉，到此心下豁然，還喜得不曾用刑。即于獄中吊出秋公，當堂釋放，又給印信告示，與他園門張挂，不許閒人侵損他花木。衆人叩謝出府。秋公向鄰里作謝，一路同回。虞、單二老開了園門，同秋公進去。秋公見牡丹繁盛如初，傷感不已。衆人治酒，與秋公壓驚。秋公又答席，一連吃了數日酒席。

閒話休題。自此之後，秋公日餌百花，漸漸習慣，遂謝絶了煙火之物，所鬻果實、錢鈔，悉皆布施。不數年間，髮白更黑，顔色轉如童子。【眉批】看張委及花癡，虐花如彼，惜花如此，真正是個花報。一日正值八月十五，麗日當天，萬里無瑕。秋公正在花下趺坐，忽然祥風微拂，彩雲如蒸，空中音樂嘹亮，異香撲鼻。青鸞白鶴，盤旋翔舞，漸至庭前。雲中正立着司花女，兩邊幢幡寶蓋，仙女數人，各奏樂器。秋公看見，撲翻身便拜。司花女道：「秋先，汝功行圓滿，吾已奏聞上帝，有旨封汝爲護花使者，專管人間百花，令汝拔宅上升。但有愛花惜花的，加之以福；殘花毀花的，降之以灾。」秋公向空叩首謝恩訖，隨着衆仙登雲，草堂花木一齊冉冉升起，向南而去。虞公、單老和那合村之人都看見的，一齊下拜。還見秋公在雲中舉手謝衆人，良久方没。此地遂改名「升仙里」，又謂之「百花村」云。

園公一片惜花心，道感仙姬下界臨。
草木同升隨拔宅，淮南不用鍊黄金。

【校記】

〔一〕「其甘如飴」，底本及東大本作「其北如飴」，據衍慶堂本改，《奇觀》同衍慶堂本。

〔二〕「剪秋羅」，底本及校本均作「煎秋羅」，據《奇觀》改。

〔三〕「老拳毒手」，底本及校本均作「老拳毒酒」，據《奇觀》改。

〔四〕「昨日」，底本及東大本作「作日」，據衍慶堂本改，《奇觀》同衍慶堂本。

從來只道虎傷人
今日方知虎報恩

能布施恩廟

第五卷　大樹坡義虎送親

一名《虎媒記》，又名《虎報恩》

舉世芒芒無了休，寄身誰識等浮漚。
謀生盡作千年計，公道還當萬古留。
西下夕陽誰把手？東流逝水絕回頭。
世人不解蒼天意，恐使身心半夜愁。

這八句詩，奉勸世人，公道存心，天理用事，莫要貪圖利己，謀害他人。常言道：「使心用心，反害其身。」你不存天理，皇天自然不佑。昔有一人，姓韋名德，乃福建泉州人氏，自幼隨着父親，在紹興府開個傾銀舖兒。那老兒做人公道，利心頗輕，爲此主顧甚多，生意儘好。不幾年，趲上好些家私。韋德年長，娶了鄰近單裁縫的女兒爲媳。那單氏到有八九分顏色，本地大户，情願出百十貫錢討他做偏房，單裁縫不肯，因見韋家父子本分，手頭活動，况又鄰居，一夫一婦，遂就了這頭親事。何期婚配之後，單裁縫得病身亡。不上二年，韋老亦病故。韋德與渾家單氏商議，如今舉目無親，不若扶柩還鄉。單氏初時不肯，拗丈夫不過，只得順從。韋德先將店中粗重家火變賣，打叠行李，顧了一隻長路船，擇個出行吉日，把父親靈柩裝載，夫妻兩口兒下船而行。〔一〕

原來這稍公，名叫做張稍，不是個善良之輩，慣在河路内做些淘摸生意的。因要做這私房買賣，生怕夥計泄漏，却尋着一個會撑船的啞子做個幫手。今日曉得韋德傾銀多年，囊中必然充實，又見單氏生得美麗，自己却没老婆，兩件都動了火。下船時就起個不良之心，奈何未得其便。

一日，因風大難行，泊舟于江郎山下。張稍心生一計，只推没柴，要上山砍些亂柴來燒。這山中有大蟲，時時出來傷人，定要韋德作伴同去。韋德不知是計，隨着張稍而走。張稍故意彎彎曲曲，引到山深之處。四顧無人，正好下手。張稍砍下些叢木在地，却教韋德打捆。韋德低着頭，只顧檢柴，不防張稍從後用斧劈來，正中左肩，撲地便倒。重復一斧，向腦袋劈下，血如湧泉，結果了性命。張稍連聲道：「乾净，乾净！來年今日，叫老婆與你做周年。」説罷，把斧頭插在腰裏，柴也不要了，忙忙的空身飛奔下船。單氏見張稍獨自回來，就問丈夫何在。張稍道：「没造化！遇了大蟲，可憐你丈夫被他銜去了。虧我跑得快，脱了虎口，連砍下的柴也不敢收拾。」單氏聞言，搥胸大哭。張稍解勸道：「這是生成八字内注定虎傷，哭也没用。」單氏一頭哭，一頭想道：「聞得虎遇夜出山，不信白日裏就出來傷人。况且兩人雙雙同去，如何偏揀我丈夫吃了？他又全没些損傷，好不奇怪！」便對張稍道：「我丈夫雖然銜去，只怕還挣得脱不死。」張稍道：「猫兒口中，尚且挖不出食，何况于虎！」單氏道：「然雖如此，奴家不曾親見。就是真個被虎吃了，少不得存幾塊骨頭，煩你引奴家去，檢得回來，也表我夫妻之情。」張稍道：「我怕虎，不敢去。」單氏又哀哀的哭將起來。張稍想道：「不引他去走一遍，他心不死。」便道：「娘子，我引你去看，不要哭。」單氏隨即上岸，同張稍進山路來。

先前砍柴，是走東路，張稍恐怕婦人看見死尸，却引他從西路走。單氏走一步，哭一步，走了多時，不見虎迹。張稍指東話西，只望單氏倦而思返。誰知他定要見丈夫的骨血，方纔指實。張稍見單氏不肯回步，扯個謊，望前一指道：「小娘子，你只管要行，兀的不是大蟲來了？」單氏擡頭而看，纔問一聲：「大蟲在那裏？」聲猶未絶，只聽得林中咶喇的一陣怪風，忽地跳出一隻吊睛白額虎，不歪不邪，正望着張稍當頭撲來。張稍躲閃不及，只叫得一聲「阿呀」，被虎一口銜着背皮，跑入深林受用去了。

單氏驚倒在地，半日方醒，眼前不見張稍，已知被大蟲銜去，始信山中真個有虎，丈夫被虎吃了，此言不謬。心中害怕，不敢前行，認着舊路，一步步哭將轉來。未及出山，只見一個似人非人的東西，從東路直衝出來。單氏只道又是虎，叫道：「我死也！」望後便倒，耳根邊忽聽得說：「娘子，你如何却在這裏？」雙手來扶。單氏睁眼看時，却是丈夫韋德，血污滿面，所以不像人形。原來韋德命不該死，雖然彼斧劈傷，一時悶絕。張稍去後，却又醒將轉來，掙扎起身，扯下脚帶，將頭裹縛停當，那步出山，來尋張稍講話，却好遇着單氏。單氏還認着丈夫被虎咬傷，以致如此。聽韋德訴出其情，方悟張稍欺心使計，謀害他丈夫，假說有虎。後來被虎咬去，此乃神明遣來，剿除兇惡。夫妻二人，感謝天地不盡。

回到船中，那啞子做手勢，問船主如何不來。韋德夫妻與他說明本末。啞子合着掌，忽然念出一聲「南無阿彌陀佛」，便能說話，將張稍從前過惡一一說出。再問他時，依舊是個啞子。此亦至異之事也。韋德一路相幫啞子行船，直到家中，將船變賣了，造一個佛堂與啞子住下，日夜燒香。韋德夫婦終身信佛。後人論此事，詠詩四句：

僞言有虎原無虎，虎自張稍心上生。

假使張稍心地正，山中有虎亦藏形。

方纔説虎是神明遣來，剿除兇惡，此亦理之所有。看來虎乃百獸之王，至靈之物，感仁吏而渡河，伏高僧而護法，見于史傳，種種可據。如今再説一個義虎，知恩報恩，成就了人間義夫節婦，爲千古佳話。正是：

說時節婦生顔色，道破奸雄喪膽魂。

話説大唐天寶年間，福州漳浦縣下鄉，有一人，姓勤名自勵，父母俱存，家道粗足。勤自勵幼年時，就聘定同縣林不將的女兒潮音爲妻，茶棗俱已送過，只等長大成親。勤自勵十二歲上，就不肯讀書，出了學堂，專好使鎗輪棒。父母單生的這個兒子，甚是姑息，不去拘管着他。年登十六，生得身長力大，猿臂善射，武藝過人。常言「同聲相應，同氣相求」，自有一班無賴子弟，三朋四友，和他檠鷹放鷂，駕犬馳馬，射獵打生爲樂。曾一日射死三虎。忽見個黄衣老者，策杖而前，稱贊道：「郎君之勇，雖昔日卞莊、李存孝，不是過也！但好生惡殺，萬物同情。自古道：『人無害虎心，虎無傷人意。』郎君何故必欲殺之？此獸乃百獸之王，不可輕殺。當初黄公有道術，能以赤刀制虎，尚且終爲虎害。郎君若自恃其勇，好殺不已，將來必犯天道之忌，難免不測之憂矣。」勤自勵聞言省悟，即時折箭爲誓，誓不殺虎。

忽一日，獨往山中打生，得了幾項野味而回。行至中途，地名大樹坡，見一黄班老虎，誤陷于檻穽之中，獵户偶然未到。其虎見勤自勵到來，把前足跪地，俯首弭耳，口中作聲，似有乞憐之意。自勵道：「業畜，我已誓不害你了。但你今日自投檻穽，非干我事。」其虎眼觀自勵，口中嗚嗚不已。自勵道：「我今做主放你，你今後切莫害人。」虎聞言點頭。自勵破穽放虎。虎得命，狂跳而去。自勵道：「人以獲虎爲利，我却以放虎爲仁。我欲仁而使人失其利，非忠恕之道也。」遂將所得野味，置于穽中，空手而回。正是：

得放手時須放手，可施恩處便施恩。

只因勤自勵不務本業，家道漸漸消乏，又且素性慷慨好客，時常引着這夥三朋四友，到家蒿惱，索酒索食。勤公、勤婆愛子之心無所不至，初時猶勉强支持，以後支持不來，只得對兒子説道：「你今年已長大，不思務本作家，日逐游蕩，有何了日？别人家兒子似你年紀，或農或商，胡亂得些進益，以養父母。似你有出氣，無進氣，家事日漸凋零，兀自三兄四弟，酒食徵逐，不知做爹娘的將没作有，千難萬難，就是衣飾典賣，也有盡時。將來手足無措，連爹娘也有餓死之日哩。我如今與你説過，再引人上門時，茶也没有一杯與他吃了，你莫着急！」勤自勵被爹媽教訓了一遍，嘿嘿無言，走出去了。真個好幾日没有人上門蒿惱。

約莫一月有餘，勤自勵又引十來個獵户到家，借鍋煮飯。勤公也道：「容他煮罷。」勤婆不肯，道：「費柴費火，還是小事，只是纔説得兒子回心，清净了這幾日，老娘心裏好不喜歡。今日又來纏帳，開了端，辭得那一個？他日又賠茶賠酒。老娘支持得怕了，索性做個冷面，莫慣他罷。」勤公見勤婆不允，閃過一邊，勤婆將中門閉了，從門内説道：「我家不是公館，柴火不便，别處去利市。」衆人聞言，只索去了。

勤自勵滿面羞慚，嘆口氣，想道：「我自小靠爹娘過活，没處賺得一文半文，家中來路又少，也怪爹娘不得。聞得安南作亂，朝廷各處募軍，本府奉節度使文牒，大張榜文。衆兄弟中已有幾個應募去了。憑着我一身本事，一刀一鎗，或者博得個衣錦還鄉，也不見得。守着這六尺地上，帶累爹娘受氣，非丈夫之所爲也。只是一件，爹娘若知我應募從軍，必然不允。功名之際，只可從權，我自有個道理。」當下瞞過勤公、勤婆，竟往府中投軍。太守試他武藝出衆，將他充爲隊長，軍政司上了名字。不一日，招募數足，領兵官點名編號，給了口糧，製辦衣甲器械，擇個出征吉日，放砲起身。勤自勵也不對爹娘説知，直到上路三日之後，遇了個縣中差役，方纔寫寄一封書信回來。勤公拆書開看時，寫道：

男自勵無才無能，累及爹媽。今已應募，充爲隊長，前往安南。幸然有功，必然衣錦還鄉，爹媽不必挂念！

勤公看畢，呆了半晌，開口不得。勤婆道：「兒子那裏去了？寫什麽言語在書上？你不對我説？」勤公道：「對你説時，只怕急壞了你。兒子應募充軍，從征安南去了。」勤婆笑道：「我説多大難事，等兒子去十日半月後，喚他回來就是了。」【眉批】好個浄婆。勤公道：「婦道家不知利害！安南離此有萬里之遥，音信尚且難通，况他已是官身，此去刀劍無情，凶多吉少。萬一做了沙場之鬼，我兩口兒老景誰人侍奉？」勤婆就哭天哭地起來，勤公也流淚不止。過了數日，林親家亦聞此信，特地自來問個端的。勤公、勤婆遮瞞不得，只得實説了，感傷了一場。林公回去説知，舉家都不歡喜。正是：

樂莫樂兮新相知，悲莫悲兮生别離。

他人分離猶自可，骨肉分離苦殺我。

光陰似箭，不覺三年，勤自勵一去，杳無音信。林公頻頻遣人來打探消息，都則似金針墮海，銀瓶落井，全没些影響。同縣也有幾個應募去的，都則如此。林公的媽媽梁氏對丈夫説道：「勤郎一去，三年不回，不知死活存亡。女兒年紀長成了，把他擔誤，不是個常法，你也該與勤親家那邊討個決裂。雖然親則是親，各兒各女，兩個肚皮裏出來的。我女兒還不認得女婿的面長面短，却教他活活做孤孀不成？」林公道：「阿媽説得是。」【眉批】林公惟媽言是聽。即忙來到勤家。對勤公道：「小女年長，令郎杳無歸信。倘只是不歸，作何區處？老荆日夜愁煩，特來與親家商議。」勤公已知其意，便道：「不肖子無賴，有誤令愛芳年。但事已如此，求親家多多上覆親母，耐心再等三年。若六年不回，任憑親家將令愛别許高門，老漢再無言語。」林公見他説得達理，只得唯唯而退，回來與媽媽説知。梁氏向來知道女婿不學本分，心中不喜，今三年不回，正中其意。聽説還要等三年，好不焦燥，恨不得十日縮做一日，把三年一霎兒過了，等女兒再許個好人。

光陰似箭，不覺又過了三年。林公道：「勤親家之約已滿了，我再去走一番，看他更有何説？」梁氏道：「自古道：『一言既出，駟馬難追。』他既有言在前，如今怪不得我了。有路自行，又去對他説甚麽！且待女兒有了對頭，纔通他知道也不遲。」林公又道：「阿媽説得是。然雖如此，也要與孩兒説知。」梁氏道：「潮音這丫頭有些古怪劣彆，只如此對他説，勤郎六年不回，教他改配他人，他料然不肯，反被勤老兒笑話，須得如此如此。」林公又道：「阿媽説得是。」

次日，梁氏正同女兒潮音一處坐，只見林公從外而來，故意大驚小怪的説道：「阿媽，你知道麽？怪道勤郎無信回來，原來三年前便死于戰陣了。昨日有軍士在安南回，是他親見的。」潮音聽説，面如土色，閣淚而不敢下，慌忙走進自己房裏去了。媽媽亦假做嘆息，連稱可憐。過了數日，林婆對女兒説道：「死者不可復生。他自没命，可惜你青春年少。我已教你父親去尋媒説合，將你改配他人，趁這少年時，夫妻恩愛，莫教挫過。」潮音道：「母親差矣！爹把孩兒從小許配勤家，一女不吃兩家茶。勤郎在，奴是他家妻；勤郎死，奴也是他家婦。豈可以生死二心？奴斷然不爲！」媽媽道：「孩兒休如此執見，爹媽單生你一人，并無兄弟。你嫁得着人時，爹媽也有半子之靠。况且未過門的媳婦，守節也是虚名。見在放着活活的爹媽，㈡你不念他日後老景凄凉，却去戀個死人，可不是個癡愚不孝之輩！」潮音被罵，不敢回言。就有男媒女妁，來説親事。潮音拗爹媽不過，心生一計，對爹媽説道：「爹媽主張，孩兒焉敢有違？只是孩兒一聞勤郎之死，就將身别許他人，于心何忍？容孩兒守制三年，以畢夫妻之情，那時但憑爹媽；不然，孩兒寧甘一死，决不從命。」林公與梁氏見女兒立志甚决，怕他做出短見之事，只得由他。正是：

一人立志，萬夫莫奪。

却説勤公夫婦見兒子六年不歸，眼見得林家女兒是別人家的媳婦了。後來聞得媳婦立志要守三年，心下不勝之喜：「若巴得這三年内兒子回家，還是我的媳婦。」光陰似箭，不覺又過了三年。潮音只認丈夫真死，這三年之内，素衣蔬食，如真正守孝一般。及至年滿，竟絶了葷腥之味，身上又不肯脱素穿色，説起議婚，便要尋死。林公與媽媽商議：「女孩兒執性如此，改嫁之事，多應不成。如之奈何？」梁氏道：「密地擇了人家，在我哥哥家受聘，不要通女孩兒得知。到臨嫁之期，只説内姪做親，來接女孩兒。哄得他易服上轎，鼓樂人從，都在半路迎接。事到其間，不怕他不從。」林公又道：「阿媽説得是。」林公果然與舅子梁大伯計議定了，許了李承務家三舍人。自説親以至納聘，都在梁大伯家裏。夫妻兩口去受聘時，對女兒只説梁大伯大兒子定親。潮音那裏疑心。

吉期將到，梁大伯假説某日與兒子完婚，特迎取姐夫一家到家中去接親。梁氏先自許過他一定都來。至期，大伯差人將兩頂轎子，來接姐姐和外甥女。梁氏自己先妝扮了，教女兒換了色服同去。潮音不知是計，只得易服隨行。女孩兒家不出閨門，不知路徑，行了一會，忽然山凹裏燈籠火把，鼓樂喧天，都是取親的人衆，中途等候，擺列轎前，吹打而去。潮音覺道事體有變，没奈何，在轎内啼啼哭哭。衆人也那裏管他，只顧催趲轎夫飛走。

到一個去處，忽然陰雲四合，下一陣大雨。衆人在樹林中暫歇，等雨過又行。走不上幾步，抖然起一陣狂風，燈火俱滅，只見一隻黄斑吊睛白額虎，從半空中跳將下來。衆人發聲喊，都四散逃走。

未知性命如何？已見亡魂喪膽。

風定虎去，衆人叫聲「謝天」，吹起火來，整頓重行。只見轎夫叫道：「不好了！」起初兩乘轎子，都是實的，如今一乘是空的。舉火照時，正不見了新人，轎門都撞壞了。不是被大蟲銜去是甚麽！梁氏聽説，嗚嗚的啼哭起來，這些娶親的没了新人，好没興頭，樂人也不吹打了，燈火也息了一半。衆人商量道：「如何是好？」欲待追尋，黑夜不便，也没恁般膽氣。欲待各散去訖，怕又遇别個虎。不若聚做一塊，同到林家，再作區處。所謂乘興而去，敗興而回。

且説林公正閉着門，在家裏收拾，聽得敲門甚急，忙來開看，只見兩乘轎子依舊擡轉，許多人從一個個垂首喪氣，都如喪家之狗。吃了一驚，正不是甚麽緣故：「莫非女孩兒不從，在轎裏又弄出什麽把戲？」心頭猶如幾百個郎搥打着。急問其故，梁氏在轎中哭將出來，哽哽咽咽，一字也説不出。衆人將中途遇虎之事，敘了一遍。林公也搥胸大慟，懊悔無及：「早知我兒如此薄命，依他不嫁也罷！如今斷送得他好苦！」一面令人去報李承務和梁大伯兩家知道，一面聚集莊客，準備獵具，專等天明，打點搜山捕獲大蟲，并尋女兒骨殖。正是：

悲悲切切思閨女，口口聲聲恨大蟲。

話分兩頭。却說勤自勵自從應募投軍，從征安南，力戰有功，都督哥舒翰用爲帳下虞候，解所佩寶劍賜之，甚加信用。三年之後，吐番入寇，勤自勵又隨哥舒翰調兵征討。平定之後，朝廷拜哥舒翰爲大元帥，率領本部將較，雄軍十萬，鎮守潼關。勤自勵以兩次軍功，那時已做到都指揮之職。何期安禄反亂，殺到潼關。哥舒翰正值患病，抵敵不住，開關納降。勤自勵孤掌難鳴，棄其部下，隻身仗劍而逃，一路辛苦不題。

事有湊巧，恰好林公嫁女這一晚，勤自勵回到家中，見了父母，拜伏于地，口稱：「恕孩兒不孝之罪。」勤公、勤婆仔細看時，方纔認得是兒子。去時雖然長大，還没這般雄偉，又添上一嘴髫鬚，邊塞風霜，容顏都改變了。勤公、勤婆痛定思痛，不覺流淚。勤公道：「我兒如何一去十年，音信全無？多有人說，你已没于戰陣，哭得做爹媽的眼淚俱枯了。」勤婆道：「莫說十年之前，就是早回一日也還好，不見得媳婦隨了别人。」勤自勵道：「我媳婦怎麽説？」勤婆道：「你去了三年之後，丈人就要將媳婦别許人家，是你爹爹不肯，勉强留了三年。以後媳婦聞你身死，自家立志守孝三年。如今第十個年頭，也難怪他，剛剛是今晚出門嫁人。」勤自勵聽説，眉根倒竪，牙齒咬得格格的響，叫道：「那個鳥百姓敢討勤自勵的老婆？我只教他認一認我手中的寶劍！」説罷，狠狠的仗劍出門。爹媽從小管他不下的，今日那裏留得他住，只得由他，捏着兩把汗，在草堂中等候消息。正是：

青龍共白虎同行，吉凶事全無未保。

却説勤自勵自小認得丈人林公家裏，打這條路迎將上去。走了多時，將近黄昏，遇了一陣大雨，衣服都沾濕了。記得這地方唤做大樹坡，有一株古樹，約莫十來圍大，中間都是空的，可以避雨。勤自勵走到樹邊，捱身入内，甚是寬轉。那雨雖然大，落不多時就止了。勤自勵却待跳出，半空中又刮起一陣大風。勤自勵想道：「索性等着過了這風陣走罷。」又道：「這風有些腥氣，好古怪！」舒着頭往外張，望見兩盞紅燈，若隱若現，忽地刮喇的一聲響亮，如天崩地裂，一件東西向前而墜，驚得勤自勵倒身入内。

少頃風定，耳邊但聞呻吟之聲。此時雲收雨散，天邊露出些微月。勤自勵就月光下上前看時，那呻吟的却是個女子。勤自勵扶起，細叩來歷。那女子半晌方言，說道：「奴家林氏之女潮音也。」勤自勵記得妻子的小名，未知是否，問道：「你可有丈夫麽？」潮音道：「丈夫勤自勵雖曾聘定，尚未過門。只爲他十年前應募從軍，久無音信。爹媽要將奴改適他姓，奴家誓死不從。爹媽背地將奴不知許與誰家，只說舅舅家來接，騙奴上轎，中路方知。正待尋死，忽然一陣狂風，火光之下，看見個黄斑吊睛白額虎，銜人而來，徑向轎中，將奴銜出，撇在此地。虎已去了，幸不損傷。官人不知尊姓何名？若得送奴還歸父母之家，家中必有厚報。」勤自勵道：「則小子便是勤自勵，先征安南，又征吐番，後來又隨哥舒元帥鎮守潼關，適纔回家。聽說你家中將你嫁人，在于今晚，以此仗劍而來，欲剿那些敗壞綱常之輩。何期于此相遇！這是天遣大蟲送還與我，省得我勤自勵舞刀輪劍，乃是萬千之幸！」潮音道：「官人雖如此說，奴家未曾過門，不識丈夫之面。今日一言之下，豈敢輕信？官人還是引奴回家，使我爹爹識認女婿，也不負奴家數年苦守之志。」勤自勵道：「你家老禽獸把一女許配兩家，這等不仁不義之輩，還去見他則甚！我如今背你到我家中，先參見了舅姑，然後遣人通知你家，也把那老禽獸羞他一羞。」説罷，不管潮音肯不肯，把他負于背上，左手向後攔住他的金蓮，右手仗劍，踏着爛地而回。

行不多步，忽聞虎嘯之聲，遥見前山之上，雙燈冉冉，細視，乃一隻黄斑吊睛白額虎。那兩碗紅燈，虎之睛光也。勤自勵猛然想着十年之前，曾在此處破開檻穽，放了一隻黄斑吊睛白額虎：「今日如何就曉得我勤自勵回家，去人叢中銜那媳婦還我，豈非靈物！」還高聲叫道：「大蟲，謝送媳婦了！」那虎大嘯一聲，跳而藏影。後人論起那虎報恩事，以爲奇談，多有題詠，惟胡曾先生一首最好，詩曰：

從來只道虎傷人，今日方知虎報恩。
多少負心無義漢，不如禽獸有情親。

再説勤公、勤婆在家，懸懸而望，聽得脚步響，忙點燈出來看時，只見兒子勤自勵背上負了一個人來，到草堂放于地下，叫道：「爹媽，則教你今夜認得媳婦！」【眉批】勤自勵極爽快，是《水滸傳》李大哥一流人。勤公、勤婆見是個美貌女子，細叩來歷，方知大蟲報恩送親一段奇事。雙雙舉手加額，連稱「慚愧」。勤婆遂將媳婦扶到房中，粥湯將息。次早差人去林親家處報信。

却説林公那日黑早，便率領莊客，遶山尋綽了一遍，不見動静，嘆口氣，只得回家。忽見勤公遣人報喜，説夜來兒子已回，大蟲銜來送還他家。那裏肯信？「我曉得了，這是勤親家曉得女孩兒被虎銜去，故造此話來奚落我。」媽媽梁氏道：「天下何事不有？前日我家走失了一隻花毛鷄，被鄰舍家收着。過了一日，野猫銜個鷄到我家來，赶脱了猫兒，看那鷄，正是我家走失的這一隻花毛鷄。有這般巧事！况且虎是個大畜生，最有靈性。我又聞得一個故事：昔時有個書生，住在孤村，夜間聽得窗外聲響，看時，窗櫺裏伸一隻虎掌進來，掌有竹刺甚大。書生悟其來意，拔去其刺。明晚，虎銜一羊來謝，可見虎通人性。或者天可憐女孩兒守志，遣那大蟲來送歸勤家，亦未可知。你且到勤家看女婿曾回不曾回，便有分曉。」林公又道：「阿媽説得是。」當日林公來到勤家，勤公出迎，分賓而坐，細述夜來之情。林公滿面羞慚，謝罪不已：「求見賢婿和小女之面。」勤自勵初時不肯認丈人，被爹娘先勸了多時，又礙渾家的面皮，故此只得出來相見，氣忿忿的作了個揖，就走開去了。勤公教勤婆將媳婦妝扮起來，却請林公進房。父女會面，出于意外，猶如夢中相逢，歡喜無限。要接女兒回家，勤公、勤婆不肯。擇了吉日，就于家中拜堂成親。李承務家已知勤自勵回來，自没話説。

後來郭、李二元帥恢復長安，肅宗皇帝登極，清查文武官員。肅宗自爲太子時，曾聞勤自勵征討之功，今番賊黨簿籍中，没有他名字，嘉其未曾從賊，再起爲親軍都指揮使，累征安慶緒、史思明有功。年老致仕，夫妻偕老。有詩爲證：

但行刻薄人皆怨，能布恩施虎亦親。

奉勸人行方便事，得饒人處且饒人。

【校記】

〔一〕「下船而行」，底本及東大本作「下般而行」，據衍慶堂本改。

〔二〕「在」字，底本缺失，據東大本補。

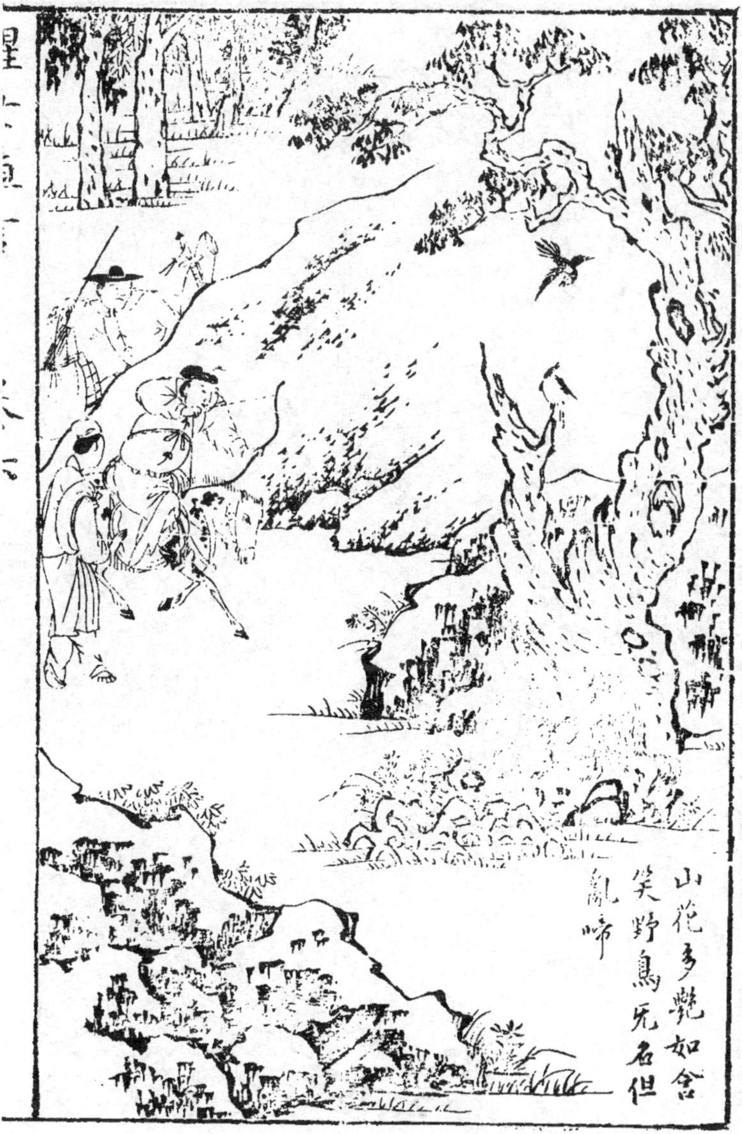
山花多艷如含
笑野鳥无名但
亂啼

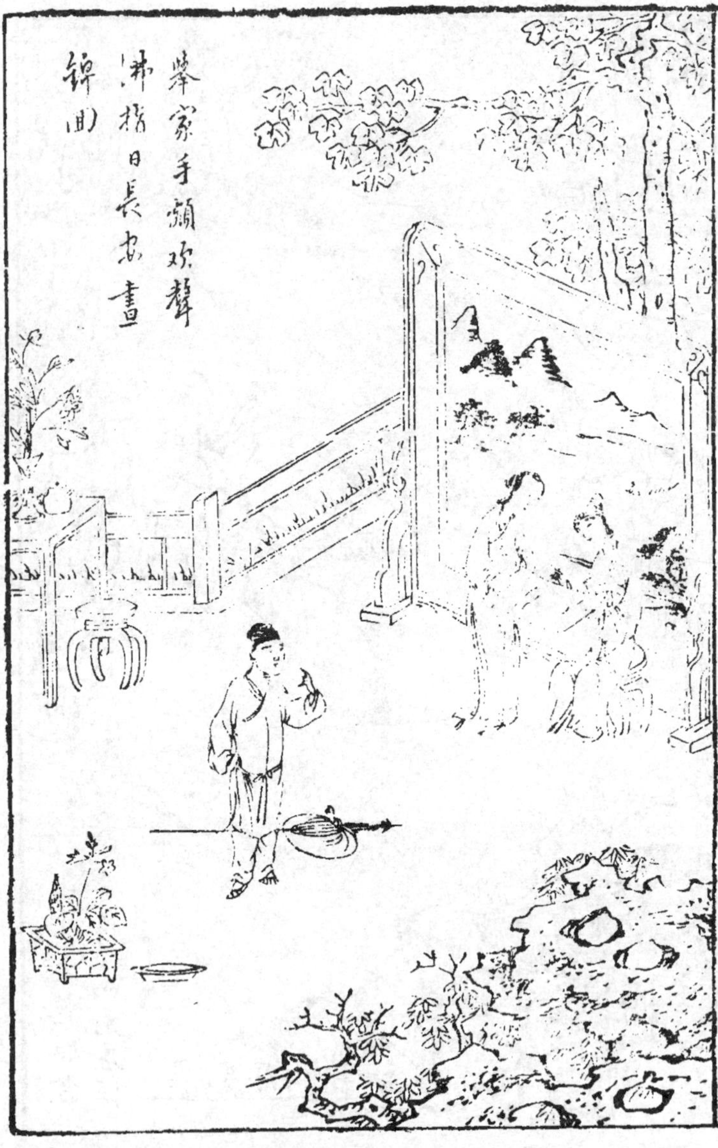
舉家手額歡聲
沸指日長安晝
錦回

第六卷　小水灣天狐詒書

蠢動含靈俱一性，化胎濕卵命相關。
得人濟利休忘却，雀也知恩報玉環。

這四句詩，單説漢時有一秀才，姓楊名寶，華陰人氏，年方弱冠，天資穎異，學問過人。一日，正值重陽佳節，往郊外游玩，因行倦，坐于林中歇息。但見樹木蓊鬱，百鳥嚶鳴，甚是可愛。忽聞撲碌的一響，墮下一隻鳥來，不歪不斜，正落在楊寶面前，口内吱吱的叫，却飛不起，在地上亂撲。楊寶道：「却不作怪！這鳥爲何如此？」向前拾起看時，乃是一隻黄雀，不知被何人打傷，叫得好生哀楚。楊寶心中不忍，乃道：「將回去喂養好了放罷！」正看間，見一少年，手執彈弓，從背後走過來道：「秀才，這黄雀是我打下的，望乞見還。」楊寶道：「還亦易事，但禽鳥與人體質雖異，生命則一，安忍戕害？況殺百命不足供君一膳，鬻萬鳥不能致君之富，奚不别爲生業？我今願贖此雀之命。」便去身邊取出錢鈔來。少年道：「某非爲口腹利物，不過游戲試技耳。既秀才要此雀，即便相送。」楊寶道：「君欲取樂，禽鳥何辜！」少年謝道：「某知過矣！」遂投弓而去。

楊寶將雀回家，放于巾箱中，日採黄花蕊飼之，漸漸羽翼長换。育至百日，便能飛翔。時去時來，楊寶十分珍重。忽一日，去而不回。楊寶心中正在氣悶，只見一個童子單眉細眼，身穿黄衣，走入其家，望楊寶便拜。楊寶急忙扶起。童子將出玉環一雙，遞與楊寶道：「蒙君救命之恩，無以爲報，聊以微物相奉。掌此當累世爲三公。」楊寶道：「與卿素昧平生，何得有救命之説？」童子笑道：「君忘之耶？某即林中被彈、君巾箱中飼黄花蕊之人也。」言訖，化爲黄雀而去。後來楊寶生子震，明帝朝爲太尉；震子秉，和帝朝爲太尉；秉子賜，安帝朝爲司徒；賜子彪，靈帝朝爲司徒。果然世世三公，德業相繼，有詩爲證：

黄花飼雀非圖報，一片慈悲利物心。
累世簪纓看盛美，始知仁義值千金。

説話的，那黄雀銜環的故事，人人曉得，何必費講！看官們不知，只爲在下今日要説個少年，也因彈了個異類上起，不能如彈雀的恁般悔悟，干把個老大家事，弄得七顛八倒，做了一場話柄，故把銜環之事做個得勝頭回，勸列位須學楊寶這等好善行仁，莫效那少年招灾惹禍。正是：

得閉口時須閉口，得放手時須放手。
若能放手和閉口，百歲安寧有八九。

話説唐玄宗時，有一少年姓王名臣，長安人氏。略知書史，粗通文墨，好飲酒，善擊劍，走馬挾彈，尤其所長。從幼喪父，惟母在堂，娶妻于氏。同胞兄弟王宰，膂力過人，武藝出衆，充羽林親衛，未有妻室。家頗富饒，童僕多人。一家正安居樂業，不想安祿山兵亂，潼關失守，天子西幸。王宰隨駕扈從。王臣料道立身不住，棄下房産，收拾細軟，引母妻婢僕，避難江南。遂家于杭州，地名小水灣，置買田産，經營過日。後來聞得京城克復，道路寧静，王臣思想要往都下尋訪親知，整理舊業，爲歸鄉之計。告知母親，即日收拾行囊，止帶一個家人，唤做王福，别了母妻，由水路直至揚州馬頭上。

那揚州隋時謂之江都，是江淮要衝，南北襟喉之地。往來檣艣如麻，岸上居民稠密。做買做賣的，挨擠不開，真好個繁華去處。當下王臣捨舟登陸，雇倩脚力，打扮做軍官模樣，一路游山玩水，夜宿曉行，不則一日，來至一所在，地名樊川，乃漢時樊噲所封食邑之處。這地方離都城已不多遠。因經兵火之後，村野百姓，俱潛避遠方，一路絕無人煙，行人亦甚稀少。但見：

岡巒圍繞，樹木陰翳，危峰秀拔插青霄，峻嶺崔嵬横碧漢。斜飛瀑布，噴萬丈銀濤；倒挂藤蘿，颺千條錦帶。雲山漠漠，鳥道逶迤行客少；煙林靄靄，荒村寥落土人稀。山花多艷如含笑，野鳥無名只亂啼。

王臣貪看山林景致，緩轡而行，不覺天色漸晚，聽見茂林中似有人聲。近前看時，原來不是人，却是兩個野狐，靠在一株古樹上，手執一册文書，指點商確，若有所得，相對談笑。王臣道：「這孽畜作怪！不知看的是什麼書？且教他吃我一彈。」按住絲韁，綽起那水磨角靶彈弓，探手向袋中，摸出彈子放上，覷得較親，弓開如滿月，彈去似飛星，叫聲：「着！」【眉批】事不干己而好結閒冤，即施之異類且不可。那二狐正在得意之時，不防林外有人窺看，聽得弓弦響，方纔擡頭觀看，那彈早已飛到，不偏不斜，正中執書這狐左目。棄下書，失聲嗥叫，負痛而逃。那一個狐，却待就地去拾，被王臣也是一彈，打中左腮，放下四足，嗥叫逃命。王臣縱馬向前，教王福拾起那書來看，都是蝌蚪之文，一字不識。心中想道：「不知是甚言語在上，把去慢慢訪博古者問之。」遂藏在袖裏，撥馬出林，循大道望都城而來。

那時安禄山雖死，其子安慶緒猶强，賊將史思明降而復叛，藩鎮又各擁重兵，俱蓄不臣之念。恐有奸細至京探聽，故此門禁十分嚴緊，出入盤詰，剛到晚，城門就閉。王臣抵城下時，已是黄昏時候。見城門已扃，即投旅店安歇。到店門口，下馬入來。主人家見他懸弓佩劍，軍官打扮，不敢怠慢，上前相迎道：「長官請坐。」便令小二點杯茶兒遞上。王福將行李卸下，馱進店中。王臣道：「主人家，有穩便房兒，開一間與我。」答道：「舍下客房儘多，長官只揀中意的住便了。」即點個燈火，引王臣往各房看過，擇了一間潔净所在，將行李放下，把生口牽入後邊喂料。

收拾停當，小二進來問道：「告長官，可吃酒麽？」王臣道：「有好酒打兩角，牛肉切一盤，伴當們照依如此。」小二答應出去。王臣把房門帶轉，也走到外邊。小二捧着酒肉問道：「長官，酒還送到房裹去飲，或就在此間？」王臣道：「就在此罷。」小二將酒擺在一副座頭上，王臣坐下，王福在旁斟酒。吃過兩三杯，主人家上前問道：「長官從那鎮到此？」王臣道：「在下從江南來。」主人家道：「長官語音，不像江南人物。」王臣道：「實不相瞞。在下原是京師人氏，因安禄山作亂，車駕幸蜀，在下挈家避難江南。今知賊黨平復，天子返都，先來整理舊業，然後迎接家小歸鄉。因恐路上不好行走，故此軍官打扮。」主人家道：「原來是自家人！老漢一向也避在鄉村，到此不上一年哩。」彼此因是鄉人，分外親熱，各訴流離之苦。正是：

江山風景依然是，城郭人民半已非。

兩下正說得熱鬧，忽聽得背後有人叫道：「主人家，有空房宿歇麼？」主人家答應道：「房頭還有，不知客官有幾位安歇？」答道：「只有我一人。」主人家見是個單身，又没包裹，乃道：「若止你一人，不敢相留。」那人怒道：「難道賴了你房錢，不肯留我？」主人家道：「客官，不是這般說。只因郭令公留守京師，頒榜遠近旅店，不許容留面生歹人。如隱匿藏留者，查出重治，况今史思明又亂，愈加緊急。今客官又無包裹，又不相認，故不好留得。」那人笑道：「原來你不認得我，我就是郭令公家丁胡二，因有事往樊川去了轉回，赶進城不及，借你店裏歇一宵，故此没有包裹。你若疑惑，明早同到城門上去，問那管門的，誰個不認得我！」這主人家被他把大帽兒一磕，便信以爲真，乃道：「老漢一時不曉得是郭爺長官，莫怪，請裏邊房裏去坐。」那人道：「且慢着。我肚裏餓了，有酒飯討些來吃了，進房不遲。」又道：「我是吃齋，止用素酒。」走過來，向王臣卓上對面坐下。小二將酒菜放下。

王臣舉目看時，見他把一隻袖子遮着左眼，似覺疼痛難忍之狀。那人開言道：「主人家，我今日造化低，遇着兩個毛團，跌壞了眼。」主人家道：「遇着什麼？」答道：「從樊川回來，見樹林中兩個野狐打滚嗥叫，我赶上前要去拿他，不想絆上一交，狐又走了，反在地上磕損眼睛。」主人家道：「怪道長官把袖遮着眼兒。」王臣接口道：「我今日在樊川過，也遇着兩個野狐。」那人忙問道：「可曾拿倒麽？」王臣道：「他在林中把册書兒觀看，被我一彈，打了執書這狐左眼，遂棄書而逃。那一個方待去拾，又被我一彈，打在腮上，也亡命而走，故此只取得這册書，没有拿倒。」那人和主人家都道：「野狐會看書，這也是奇事！」那人又道：「那書上都是甚麽事體？借求一觀。」王臣道：「都是異樣篆書，一字也看他不出。」放下酒杯，便向袖中去摸那册書出來。

說時遲，那時快，手還未到袖裏時，不想主人家一個孫兒，年纔五六歲，正走出來。小厮家眼净，望見那人是個野狐，却叫不出名色，奔向前指住道：「老爹！怎麽這個大野猫坐在此？還不赶他！」王臣聽了，便省悟是打壞眼的這狐，急忙拔劍，照頂門就砍。那狐望後一躲，就地下打個滚，露出本相，往外亂跑。王臣仗劍追赶了十數家門面，向個墻裏跳進。王臣因黑夜之間，無門尋覓，只得回轉。主人家點個燈火，同着王福一齊來迎着道：「饒他性命罷！」王臣道：「若不是令孫看破，幾乎被這孽畜賺了書去。」主人家道：「這毛團也奸巧哩！只怕還要生計來取。」王臣道：「今後有人把野狐事來誘我的，定然是這孽畜，便揮他一劍。」一頭説，已到店裏。店左店右住宿的客商聞得，當做一件異事，都走出來訊問，到拌得口苦舌乾。

王臣吃了夜飯，到房中安息。因想野狐忍痛來掇賺這册書，必定有些妙處，愈加珍秘。至三更時分，外邊一片聲打門，叫道：「快把書還了我，尋些好事酬你！若不還時，後來有些事故，莫要懊悔。」王臣聽得，氣忿不過，披衣起身，拔劍在手，又恐驚動衆人，悄悄的步出房來。去摸那大門時，主人家已自下了鎖。心中想道：「便叫起主人開門出去，那毛團已自走了，砍他不着，空惹衆人憎厭，不如彆着鳥氣，來朝却又理會。」【眉批】王臣畢竟是個狠漢。王臣依先進房睡了。那狐喊了多時方去。合店的人，盡皆聽得。到次早，齊勸王臣道：「這書既看不出字，留之何益，不如還他去罷。倘真個生出事來，懊悔何及！」王臣若是個見機的，聽了衆人言語，把那册書擲還狐精，却也罷了。只因他是個倔强漢子，不依衆人説話，後來被那狐精把個家業弄得七零八落。正是：

不聽好人言，必有恓惶淚。

當下王臣吃了早飯，算還房錢，取出行李，上馬進城。一路觀看，只見屋宇殘毁，人民稀少，街市冷落，大非昔日光景。來到舊居地面看時，惟存一片瓦礫之場。王臣見了，不勝悽慘。無處居住，只得尋個寓所安頓了行李，然後去訪親族，却也存不多幾家。相見之間，各訴向來踪迹，説到那傷心之處，不覺撲簌簌淚珠抛灑。王臣又言：「今欲歸鄉，不想屋宇俱已蕩盡，没個住身之處。」親戚道：「自兵亂已來，不知多少人家，父南子北，被擄被殺，受無限慘禍。就是我們一個個都從刀尖上脱過來的，非容易得有今日。像你家太平無事，止去了住宅，已是無量之福了。況兼你的田産，虧我們照管，依然俱在。若有念歸鄉，整理起來，還可成個富家。」王臣謝了衆人，遂買了一所房屋，製備日用家火物件，將田園逐一經理停妥。

約過兩月，王臣正走出門，只見一人從東而來，滿身穿着麻衣，肩上背個包裹，行履如飛，漸漸至近。王臣舉目觀看，吃了一驚。這人不是别個，乃是家人王留兒。王臣急呼道：「王留兒，你從那裏來，却這般打扮？」王留兒見叫，乃道：「原來官人住在這裏，教我尋得個發昏！」王臣道：「你且説爲何恁般妝束？」王留兒道：「有書在此，官人看就知道。」至裏邊放下包裹，打開取出書信，遞與家主。王臣接來拆開看時，却是母親手筆。上寫道：

從汝别後，即聞史思明復亂，日夕憂慮，遂沾重疾，醫禱無效，旦夕必登鬼籍矣。年踰六秩，已不爲殀。第恨衰年值此亂離，客死遠鄉，又不得汝兄弟送我之終，深爲痛心耳。但吾本家秦，不願葬于外地，而又慮賊勢方熾，恐京城復如前番不守，又不可居。終夜思之，莫若盡棄都下破殘之業，以資喪事。迎吾骨入土之後，原返江東。此地田土豐阜，風俗淳厚，況昔開創甚難，決不可輕廢。俟干戈寧靜，徐圖歸鄉可也。倘違吾言，自罹羅網，顛覆宗祀，雖及泉下，誓不相見。汝其志之！

王臣看畢，哭倒在地道：「指望至此重整家業，同歸故鄉，不想母親反爲我而憂死，早知如此，便不來得也罷！悔之何及！」哭了一回，又問王留兒道：「母親臨終，可還有别話？」王留兒道：「并無别話，止吖囑說：此處産業向已荒廢，總然恢復，今史思明作反，京城必定有變，斷不可守。教官人作速一切處置，備辦喪葬之事，迎柩葬後，原往杭州避亂。若不遵依，死不瞑目。」王臣道：「母親遺命，豈敢違逆！況江東真似可居，長安戰爭未息，棄之甚爲有理。」急忙製辦縗裳，擺設靈座，一面差人往墳上收拾，一面央人將田宅變賣。

王留兒住了兩日，對王臣道：「官人修築墳墓起來，尚有整月淹遲，家中必然懸望，等小人先回，以安其心。」【眉批】脱身好。王臣道：「此言正合我意。」即便寫下家書，取出盤纏，打發他先回。王留兒臨出門，又道：「小人雖去，官人也須作速處置快回。」王臣道：「我恨不得這時就飛到家，何消叮囑！」王留兒出門，洋洋而去。

且説王臣這些親戚曉得，都來吊唁，勸他不該把田產輕廢。王臣因是母命，執意不聽衆人言語，心忙意急，上好田產，都只賣得個半價。盤桓二十餘日，墳上開土築穴，諸事色色俱已停妥，然後打叠行裝，帶領僕從離了長安，星夜望江東赶來，迎靈車安葬。可憐：

仗劍長安悔浪游，歸心一片水東流。
北堂空作斑衣夢，淚灑白雲天盡頭。

話分兩頭。且説王臣母妻在家，真個聞得史思明又反，日夜憂慮王臣，懊悔放他出門。過了兩三月，一日忽見家人來報，王福從京師賫信回了。姑媳聞言，即教喚進。王福上前叩頭，將書遞上，却見王福左眼損壞。無暇詳問，將書拆開觀看。上寫道：

自離膝下，一路托庇粗安。至都查核舊業，幸得一毫不廢，已經理如昔矣。更喜得遇故知胡八判官，引至元丞相門下，頗蒙青盼，扶持一官幽薊，誥身已領，限期甚迫，特遣王福迎母同之任所。書至，即將江東田產盡貨，火速入京，勿計微值，有誤任期。相見在邇，書不多贅。男臣百拜。

姑媳看罷書中之意，不勝歡喜，方問道：「王福，爲甚損了一目？」王福道：「不要説起！在生口上打瞌睡，不想跌下來，磕損了這眼。」又問：「京師近來光景，比舊日何如？親戚們可都在麽？」王福道：「滿城殘毁過半，與前大不相同了，親戚們殺的殺，擄的擄，逃的逃，總來存不多幾家。尚還有搶去家私的，燒壞屋宇的，占去田産的。惟有我家田園屋宅，一毫不動。」姑媳聞説，愈加歡悦，乃道：「家業又不曾廢，却又得了官職，此皆天地祖宗保佑之力，感謝不盡！到臨起身，須做場好事報答，再祈此去前程遠大，福禄永長。」又問道：「那胡八判官是誰？」王福道：「這是官人的故交。」王媽媽道：「向來從不見説起有姓胡做官的來往。」媳婦道：「或者近日相交的，也未可知。」王福接口道：「正是近日相識的。」當下問了一回，王媽媽道：「王福，你路上辛苦了，且去吃些酒飯，歇息則個。」到了次日，王福説道：「奶奶這裏收拾起來，也得好幾日。官人在京，却又無人服侍。待小人先去回覆，打叠停當，候奶奶一到，即便起身往任，何如？」【眉批】又脱身得好。王媽媽道：「此言甚是有理。」寫起書信，付些盤纏銀兩，打發先行。

王福去後，王媽媽將一應田地宇舍，什物器皿，盡行變賣，止留細軟東西，因恐誤了兒子任期，不擇善價，半送與人。又延請僧人做了一場好事，然後雇下一隻官船，擇日起程。有幾個平日相往的鄰家女眷，俱來相送，登舟而別，離了杭州，由嘉禾、蘇州、常、潤州一路，出了大江，望前進發。那些奴僕，因家主得了官，一個個手舞足蹈，好不興頭！

避亂南馳實可哀，誰知富貴逼人來。
舉家手額歡聲沸，指日長安畫錦回。

且説王臣自離都下，兼程而進。不則一日，已到揚州馬頭上，把行李搬在客店上，打發生口去了。吃了飯，教王福向河下雇覓船隻，自己坐在客店門首，守着行囊，觀看往來船隻。只見一隻官船遡流而上，船頭站着四五個人，喜笑歌唱，甚是得意。漸漸至近，打一看時，不是別個，都是自己家人。王臣心中驚異道：「他們不在家中服役，如何却在這隻官船上？」又想道：「想必母親亡後，又歸他人了。」【眉批】絶好錯認，可做雜劇。正疑訝間，艙門簾兒啓處，一個女子舒頭而望。王臣仔細觀看，又是房中侍婢，連稱：「奇怪！」剛欲詢問，那船上家人却也看見，齊道：「官人如何也在這裏，却又恁般服色？」忙教稍子攏船。早驚動艙中王媽媽姑媳，掀簾觀看。

王臣望見母親尚在，急將麻衣脱下，打開包裹，換了衣服巾幘。船上家人登岸相迎。王臣教將行李齊搬下船，自己上船來見母親。一眼覷着王留兒在船頭上，不問情由，揪住便打。王媽媽走出説道：「他又無罪過，如何把他來打？」王臣見母親出來，放手上前拜道：「都是這狗才，將母親書信至京，誤傳凶信，陷兒于不孝！」姑媳俱驚訝道：「他日日在家，何嘗有書差到京中！」王臣道：「一月前，賫母親書來，書中寫的如此如此，這般這般。住了兩日，遣他先回，安慰家中，然後將田產處置了，星夜赶來，怎説不曾到京？」合家大驚道：「有這等異事！那裏一般又有個王留兒？」連王留兒到笑起來道：「莫説小人到京，就是這個夢也不曾做。」王媽媽道：「你且取書來看，可像我的字迹？」王臣道：「不像母親字迹，我如何肯信？」便打開行李，取出書來看時，乃是一幅素紙，那有一個字影？把王臣驚得目睁口呆，只管將這紙來翻看。王媽媽道：「書在那裏？把來我看。」王臣道：「却不作怪！書上寫着許多言語，如何竟變做一幅白紙？」王媽媽不信道：「焉有此理！自從你出門之後，并無書信往來。直至前日，你差王福將書接我，方有一信，令他先來覆你。如何有個假王留兒將假書哄你？如今却又説變了白紙！這是那裏學來這些鬼話！」

王臣聽説王福曾回家這話，也甚驚駭，乃道：「王福在京，與兒一齊起身到此，幾曾教他將書來接母親？」姑媳都道：「呀！這話愈加説得混帳了！一月前王福送書到家，書上説都中産業俱在。又遇什麼胡八判官引在元丞相門下，得了官職，教將江東田宅，盡皆賣了，火速入京，同往任上，故此棄了家業，雇倩船隻入京。怎說王福沒有回來？」王臣大驚道：「這事一發奇怪！何曾有甚胡八判官引到元丞相門下？選甚官職？有書迎接母親？」王媽媽道：「難道王福也是假的？快叫來問。」王臣道：「他去喚船了，少刻就來。」

衆家人都到船頭上一望，只見王福遠遠跑來，却也穿着凶服。衆人把手亂招。王福認得是自家人，也道詫異，說：「他們如何都在這裏？」走近船邊，衆人看時，與前日的王福不同了。前日左目已是損壞，如今這王福兩隻大眼滴溜溜，恰如銅鈴一般。衆人齊問道：「王福，你前日回家，眼已瞎了，如今怎又好好地？」王福向衆人噴一口涎沫道：「啐！你們的眼便瞎了！我何曾回家？却又呪我眼瞎！」衆人笑道：「這事真個有些古怪。奶奶在艙中喚你，且除下身上麻衣，快去相見。」王福見說，呆了一呆道：「奶奶還在？」衆人道：「那裏去了，不在？」王福不信，也不脫麻衣，徑撞入艙來。王臣看見，喝道：「這狗才，奶奶在這裏，還不換了衣服來見？」王福慌忙退出船頭脫下，進艙叩頭。王媽媽擦磨老眼，仔細一看，連稱：「怪哉！怪哉！前日王福回家，左目已損，今却又無恙，料然前日不是他了。」急去開出那封書來看時，也是一張白紙，并無一點墨迹。那時合家惶惑，正不知假王留兒、王福是甚變的？又不知有何緣故，却哄騙兩頭把家業破毀？還恐後來尚有變故，驚疑不定。

王臣沉思凝想了半日，忽想到假王福左眼是瞎的，恍然而悟，乃道：「是了！是了！原來却是這孽畜變來弄我。」王媽媽急問是甚東西。王臣乃將樊川打狐得書，客店變人詒騙，和夜間打門之事說出，又道：「當時我只道這孽畜不過變人來騙此書，到不隄防他有恁般賊智。」衆人聞言，盡皆摇首咋舌道：「這妖狐却也奸狡利害哩！隔着幾多路，却會倣着字迹人形，把兩邊人都弄得如耍戲一般，早知如此，把那書還了他去也罷。」王臣道：「叵耐這孽畜無禮！如今越發不該還他了！若再纏帳，把那禍種頭一火而焚之。」【眉批】王臣好個强漢。雖然强漢，畢竟吃虧也。于氏道：「事已如此，莫要閒講了，且商量正務。如今住在這裏，不上不下，還是怎生計較？」王臣道：「京中產業俱已賣盡，去也没個着落。况兼途路又遠，不如且歸江東。」王媽媽道：「江東田宅也一毫無存，却住在何處？」王臣道：「權賃一所住下，再作區處。」當下撥轉船頭，原望江東而回。那些家人起初像火一般熱，到此時化做冰一般冷，猶如斷綫偶戲，手足撣軟，連話都無了。【眉批】凡火熱的，少不得有冰冷時節，不達者自不悟耳。正是乘興而來，敗興而返。

到了杭州，王臣同家人先上岸，在舊居左近賃了一所房屋，製辦日用家火，各色停當，然後發起行李，迎母妻進屋。計點囊橐，十無其半，又惱又氣。門也不出，在家納悶。這些鄰家見王媽媽去而復回，齊來詢問。王臣道知其詳，衆人俱以爲異事，互相傳説，遂嚷遍了半個杭城。一日，王臣正在堂中，督率家人收拾，只見外邊一人走將入來，威儀濟楚，服飾整齊。怎見得？但見：

頭戴一頂黑紗唐巾，身穿一領緑羅道袍。碧玉環正綴巾邊，紫絲縧橫圍袍上。襪似兩堆白雪，舄如二朵紅雲。堂堂相貌，生成出世之姿；落落襟懷，養就凌雲之氣。若非天上神仙，定是人間官宰。

那人走入堂中，王臣仔細打一看時，不是别人，正是同胞兄弟王宰。當下王宰向前作揖道：「大哥别來無恙？」王臣還了個禮，乃道：「賢弟，虧你尋到這裏！」王宰道：「兄弟到京回舊居時，見已化爲白地。只道罹于兵火，甚是悲痛，即去訪問親故，方知合家向已避難江東。近日大哥至京，整理舊業，因得母親凶問，剛始離京。兄弟聞了這信，遂星夜赶來。適纔訪到舊居，鄰家説新遷于此，母親却也無恙，故此又到舟中換了衣服纔來。母親如今在那裏？爲何反遷在這等破屋裏邊？」王臣道：「一言難盡！待見過了母親，與你細説。」引入後邊，早有家人報知王媽媽。王媽媽聞得次兒歸家，好生歡喜，即忙出來，恰好遇見。王宰倒身下拜，拜畢起身。王媽媽道：

「兒，我日夜挂心，一向好麽？」王宰道：「多謝母親記念。待兒見過了嫂嫂，少停細細說與母親知道。」當下王臣渾家并一家婢僕，都來見過。

王宰扯王臣往外就走，王媽媽也隨出來，至堂中坐下，問道：「大哥，你且先說，因甚弄得恁般模樣？」王臣乃將樊川打狐起，直至兩邊撥賺，變賣産業，前後事細說一過。王宰聽了道：「元來有這個緣故，以致如此！這却是你自取，非干野狐之罪。那狐自在林中看書，你是官道行路，兩不妨礙，如何却去打他，又奪其書？及至客店中，他忍着疼痛，來賺你書，想是萬不得已而然。你不還他罷了，怎地又起惡念，拔劍斬逐？及至夜間好言苦求，你又執意不肯，况且不識這字，終于無用，要他則甚！今反吃他捉弄得這般光景，都是自取其禍。」王媽媽道：「我也是這般說。要他何用！如今反受其累！」王臣被兄弟數落一番，嘿然不語，心下好不耐煩。

王宰道：「這書有幾多大？還是什麽字體？」王臣道：「薄薄的一册，也不知什麽字體，一字也識不出。」王宰道：「你且把我看看。」王媽媽從旁襯道：「正是。你去把來與兄弟看看，或者識得這字也不可知。」王宰道：「這字料也難識，只當眼見希奇物罷了。」當時王臣向裏邊取出，到堂中遞與王宰。王宰接過手，從前直揭至後，看了一看，乃道：「這字果然稀見！」便立起身，走在堂中，向王臣道：「前日王留兒就是我。今日天書已還，不來纏你了，請放心！」一頭說，一頭往外就奔。王臣大怒，急趕上前，大喝道：「孽畜大膽，那裏走？」一把扯住衣裳。走的勢發，扯的力猛，只聽得聒喇一響，扯下一幅衣裳。那妖狐索性把身一抖，卸下衣服，見出本相，向門外亂跑，風團也似去了。

王臣同家人一齊赶到街上，四顧觀看，并無踪影。王臣一來被他破蕩了人家，二來又被他數落這場，三來不忿得這書，咬牙切齒，東張西望尋覓。只見一個瞎道人，站在對門檐下。王臣問道：「可見一個野狐從那裏去了？」瞎道人把手指道：「向東邊去了。」王臣同家人急望東而赶。行不上五六家門面，背後瞎道人叫道：「王臣，前日王福便是我，令弟也在這裏。」衆人聞得，復轉身來。兩個野狐執着書兒在前戲躍。衆人奮勇前來追捕，二狐放下四蹄，飛也似去了。王臣剛奔到自己門首，王媽媽叫道：「去了這敗家禍胎，已是安穩了，又赶他則甚！還不進來？」王臣忍着一肚子氣，只得依了母親，喚轉家人進來，逐件檢起衣服觀看，俱隨手而變。你道都是甚東西？

破芭蕉，化爲羅服；爛荷葉，變做紗巾。碧玉環，柳枝圈就；紫絲縧，蘿薜搓成。羅襪二張白素紙，朱舄兩片老松皮。

衆人看了，盡皆駭異道：「妖狐神通這般廣大，二官人不知在何處，却變得恁般斯像？」王臣心中轉想轉惱，氣出一場病來，卧床不起。王媽媽倩醫調治，自不必説。

過了數日，家人們正在堂中，只見走進一個人來。看時，却是王宰，也是紗巾羅服，與前妖狐一般打扮。衆家人只道又是假的，一齊亂喊道：「妖狐又來了！」各去尋棍覓棒，擁上前亂打。【眉批】以假爲真，定復以真爲假，俗眼顛倒，豈獨王臣哉！王宰喝道：「這些潑男女，爲何這等無禮！還不去報知奶奶！」衆人那個採他，一味亂打。王宰止遏不住，惹惱性子，奪過一根棒來，打得衆人四分五落，不敢近前，都閃在裏邊門旁，指着罵道：「你這孽畜！書已拿去了，又來做甚？」王宰不解其意，心下大怒，直打入去。衆人往内亂跑。

早驚動王媽媽，聽得外邊喧嚷，急走出來，撞見衆人，問道：「爲何這等慌亂？」衆人道：「妖狐又變做二官人模樣，打進來也。」王媽媽驚道：「有這等事？」言還未畢，王宰已在面前，看見母親，即撇下棒子，上前叩拜道：「母親，爲甚這些潑男女將兒叫做妖狐孽畜，執棍亂打？」王媽媽道：「你真個是我孩兒不？」王宰道：「兒是母親生的，有什麽假！」正説間，外面七八個人，扛擡鋪程行李進來，衆家人方知是真，上前叩頭謝罪。

王宰問其緣故，王媽媽乃將妖狐前後事細説，又道：「汝兄爲此氣成病症，尚未能愈。」王宰聞言，亦甚驚駭道：「恁樣説起來，兒在蜀中，王福曾賫書至，也是這狐假的了！」王媽媽道：「你且説書上怎寫？」王宰道：「兒是隨駕入蜀，分隸于劍南節度嚴武部下，得蒙拔爲裨將。故上皇還京，兒不相從歸國。兩月前，忽見王福賫哥哥書來，説：向避難江東，不幸母親有變，教兒速來計議，扶柩歸鄉。王福説要至京打掃塋墓，次日先行。兒爲此辭了本官，把許多東西都棄下了，輕裝兼程趲來，纔訪至舊居，鄰家指引至此，知母親無恙，復到舟中易服來見，正要問哥哥爲甚把這樣凶信哄我，不想却有此異事！」【眉批】王宰何辜，一網而漁之。此畜之設心亦刻矣。噫！此其所以爲畜與？即去行李中開出那封書來看時，也是一幅白紙。合家又好笑，又好惱。王宰同母至内見過嫂子，省視王臣，道其所以。王臣又氣得個發昏。王媽媽道：「這狐雖然憊懶，也虧他至蜀中賺你回來，使我母子相會，將功折罪，莫怨他罷！」【眉批】老夫人善吃橘皮湯。王臣病了兩個月，方纔痊可，遂入籍于杭州。所以至今吴越間稱拐子爲野狐精，有所本也。

蛇行虎走各爲群，狐有天書狐自珍。
家破業荒書又去，令人千載笑王臣。

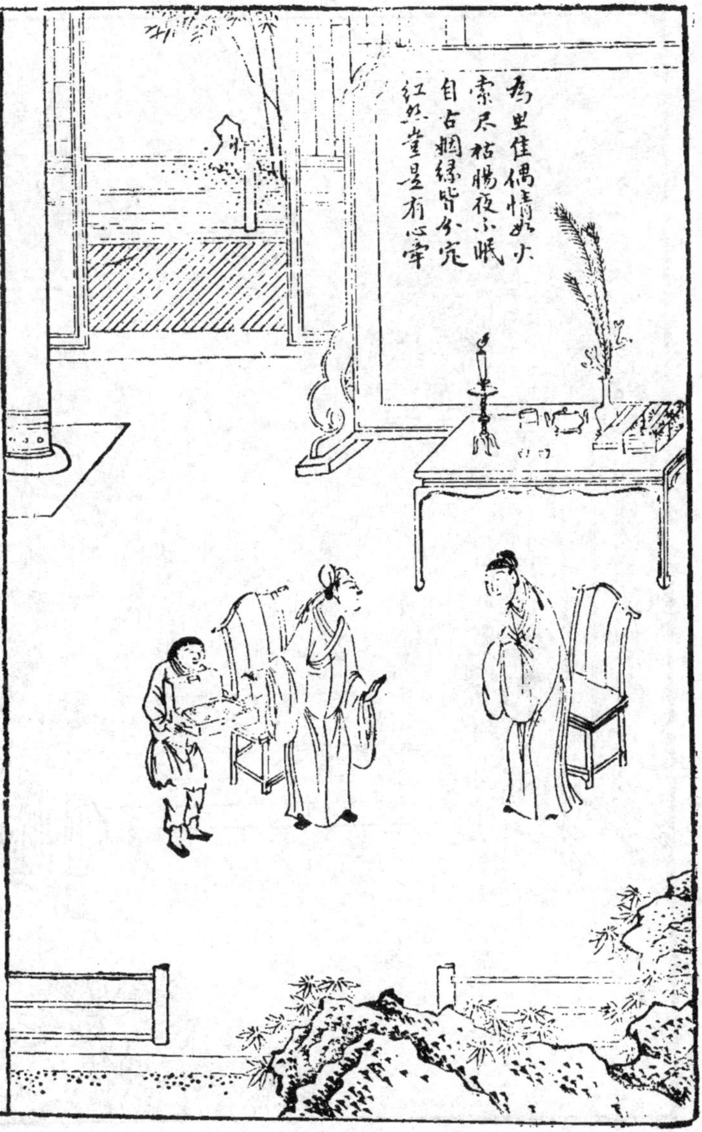
為思佳偶情如火
索尽枯腸夜不眠
自古姻緣皆分定
紅絲豈是有心牽

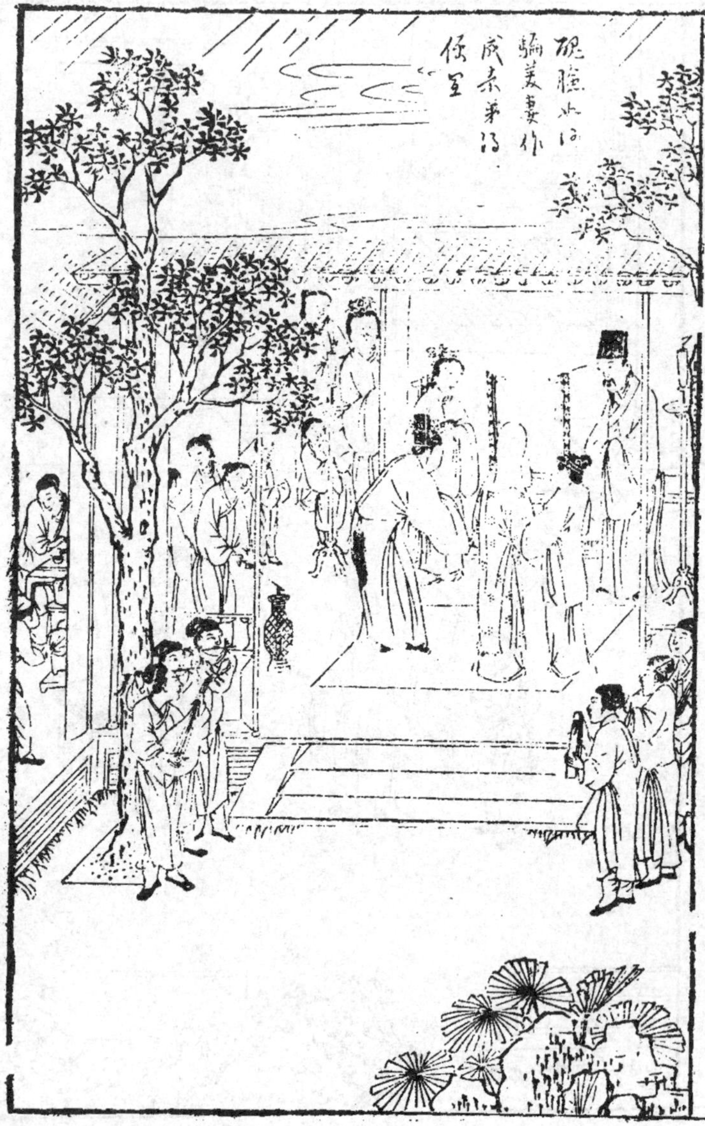
硯臉小信
騙美妻作
成表弟得
佳室

第七卷　錢秀才錯占鳳凰儔

漁船載酒日相隨，短笛蘆花深處吹。〔一〕
湖面風收雲影散，水天光照碧琉璃。

這首詩，是宋時楊備游太湖所作。這太湖在吴郡西南三十餘里之外。你道有多少大？東西二百里，南北一百二十里，周圍五百里，廣三萬六千頃，中有山七十二峰，襟帶三州。那三州：

蘇州　湖州　常州

東南諸水皆歸。一名震澤，一名具區，一名笠澤，一名五湖。何以謂之五湖？東通長洲松江，南通烏程霅溪，西通義興荆溪，北通晉陵滆湖，東通嘉興韭溪，水凡五道，故謂之五湖。那五湖之水，總是震澤分流，所以謂之太湖。就太湖中亦有五湖名色，曰：菱湖、游湖、莫湖、貢湖、胥湖。五湖之外，又有三小湖：扶椒山東曰梅梁湖，杜圻之西、魚查之東曰金鼎湖，林屋之東曰東皋里湖：吴人只稱做太湖。那太湖中七十二峰，惟有洞庭兩山最大：東洞庭曰東山，西洞庭曰西山，兩山分峙湖中。其餘諸山，或遠或近，若浮若沉，隱見出没于波濤之間。有元人許謙詩爲證：

周回萬水入，遠近數州環。
南極疑無地，西浮直際山。
三江歸海表，一徑界河間。
白浪秋風疾，漁舟意尚閑。

那東西兩山在太湖中間，四面皆水，車馬不通。欲游兩山者，必假舟楫，往往有風波之險。昔宋時宰相范成大在湖中遇風，曾作詩一首：

白霧漫空白浪深，舟如竹葉信浮沉。
科頭宴起吾何敢，自有山川印此心。

話説兩山之人，善於貨殖，八方四路，去爲商爲賈，所以江湖上有個口號，叫做「鑽天洞庭」。内中單表西洞庭有個富家，姓高名贊，少年慣走湖廣，販賣糧食。後來家道殷實了，開起兩個解庫，托着四個夥計掌管，自己只在家中受用。渾家金氏，生下男女二人，男名高標，女名秋芳。那秋芳反長似高標二歲。高贊請個積年老教授在家館穀，教着兩個兒女讀書。那秋芳資性聰明，自七歲讀書至十二歲，書史皆通，寫作俱妙。交十三歲，就不進學堂，只在房中習學女工，描鸞刺鳳。看看長一十六歲，出落得好個女兒，美豔非常。有《西江月》爲證：

面似桃花含露，體如白雪團成。眼横秋水黛眉清，十指尖尖春笋。嫋娜休言西子，風流不讓崔鶯。金蓮窄窄瓣兒輕，行動一天丰韻。

高贊見女兒人物整齊，且又聰明，不肯將他配個平等之人，定要揀個讀書君子、才貌兼全的配他，聘禮厚薄到也不論。若對頭好時，就賠些粧奩嫁去，也自情願。有多少豪門富室，日來求親的，高贊訪得他子弟才不壓衆，貌不超群，所以不曾許允。雖則洞庭在水中央，三州通道，况高贊又是個富家，這些做媒的四處傳揚，説高家女子美貌聰明，情願賠錢出嫁，只要擇個風流佳婿。但有一二分才貌的，那一個不挨風緝縫，央媒説合。説時夸獎得潘安般貌，子建般才，及至訪實，都只平常。高贊被這夥做媒的哄得不耐煩了，對那些媒人説道：「今後不須言三語四。若果有人才出衆的，便與他同來見我。合得我意，一言兩決，可不快當！」自高贊出了這句言語，那些媒人就不敢輕易上門，正是：

眼見方爲的，傳言未必真。

試金今有石，驚破假銀人。

話分兩頭。却説蘇州府吴江縣平望地方，有一秀士，姓錢名青，字萬選，此人飽讀詩書，廣知今古，更兼一表人才。也有《西江月》爲證：

出落唇紅齒白，生成眼秀眉清。風流不在着衣新，俊俏行中首領。下筆千言立就，揮毫四坐皆驚。青錢萬選好聲名，一見人人起敬。

錢生家世書香，産微業薄，不幸父母早喪，愈加零替，所以年當弱冠，無力娶妻，止與老僕錢興相依同住。錢興日逐做些小經紀供給家主，每每不敷，一饑兩飽。幸得其年游庠，同縣有個表兄，住在北門之外，家道頗富，就延他在家讀書。那表兄姓顔名俊，字伯雅，與錢生同庚生，都則一十八歲，顔俊只長得三個月，以此錢生呼之爲兄。父親已逝，止有老母在堂，亦未曾定親。

説話的，那錢青因家貧未娶，顔俊是富家之子，如何一十八歲，還没老婆？其中有個緣故：那顔俊有個好高之病，立誓要揀個絶美的女子，方與他締姻，所以急切不能成就，况且顔俊自己又生得十分醜陋。怎見得？亦有《西江月》爲證：

面黑渾如鍋底，眼圓却似銅鈴。痘疤密擺泡頭釘，黄髮鬔鬆兩鬢。牙齒真金鍍就，身軀頑鐵敲成。楂開五指鼓鎚能，枉了名呼顔俊。

那顔俊雖則醜陋，最好妝扮，穿紅着緑，低聲强笑，自以爲美。更兼他腹中全無滴墨，紙上難成片語，偏好攀今掉古，賣弄才學。錢青雖知不是同調，却也藉他館地，爲讀書之資，每事左凑着他，故此顔俊甚是喜歡，事事商議而行，甚説得着。話休絮煩。一日，正是十月初旬天氣。顔俊有個門房遠親，姓尤名辰，號少梅，爲人生意行中，頗頗伶俐，也領借顔俊些本錢，在家開個果子店營運過活。其日在洞庭山販了幾擔橙橘回來，裝做一盤，到顔家送新。他在山上聞得高家選婿之事，説話中間偶然對顔俊叙述，也是無心之談。誰知顔俊到有意了，想道：「我一向要覓一頭好親事，都不中意。不想這段姻緣却落在那裏！憑着我恁般才貌，又有家私，若央媒去説，再增添幾句好話，怕道不成？」那日一夜睡不着，天明起來，急急梳洗了，到尤辰家裏。

尤辰剛剛開門出來，見了顔俊，便道：「大官人爲何今日起得恁早？」顔俊道：「便是有些正事，欲待相煩。恐老兄出去了，特特早來。」尤辰道：「不知大官人有何事見委？請裏面坐了領教。」顔俊到坐啓下，作了揖，分賓而坐。尤辰又道：「大官人但有所委，必當效力，只怕用小子不着。」顔俊道：「此來非爲别事，特求少梅作伐。」尤辰道：「大官人作成小子賺花紅錢，最感厚意。不知説的是那一頭親事？」顔俊道：「就是老兄昨日說的洞庭西山高家這頭親事，於家下甚是相宜，求老兄作成小子則個。」尤辰格的笑了一聲道：「大官人莫怪小子直言！若是第二家，小子也就與你去說了；若是高家，大官人作成別人做媒罷。」顏俊道：「老兄爲何推托？這是你說起的，怎麼又叫我去尋別人？」尤辰道：「不是小子推托。只爲高老有些古怪，不容易說話，所以遲疑。」顏俊道：「別件事，或者有些東扯西拽，東掩西遮，東三西四，不容易說話。這做媒乃是冰人撮合，一天好事，除非他女兒不要嫁人便罷休；不然，少不得男媒女妁。〔三〕隨他古怪煞，須知媒人不可怠慢。你怕他怎的！還是你故意作難，不肯總成我這樁美事。這也不難，我就央別人去說。說成了時，休想吃我的喜酒！」說罷，連忙起身。

那尤辰領借顏俊家本錢，平日奉承他的，見他有咈然不悅之意，即忙回船轉舵道：「大官人莫要性急，且請坐了再細細商議。」顏俊道：「肯去說便去，不肯就罷了，有甚話商量得！」口裏雖則是恁般說了，身子却又轉來坐下。尤辰道：「不是我故意作難，那老兒真個古怪，別家相媳婦，他偏要相女婿。但得他當面看得中意，纔將女兒許他。有這些難處，只怕勞而無功，故此不敢把這個難題目包攬在身上。」顏俊道：「依你說，也極容易。他要當面看我時，就等他看個眼飽。我又不殘疾，怕他怎地！」尤辰不覺呵呵大笑道：「大官人，不是衝撞你説。大官人雖則不醜，更有比大官人勝過幾倍的，他還看不上眼哩。大官人若是不把與他見面，這事縱没一分二分，還有一厘二厘；若是當面一看，便萬分難成了。」顔俊道：「常言『無謊不成媒』。你與我包荒，只説十二分人才。或者該是我的姻緣，一説一就，不要面看，也不可知。」尤辰道：「倘若要看時，却怎地？」顔俊道：「且到那時，再有商量，只求老兄速去一言。」尤辰道：「既蒙分付，小子好歹去走一遭便了。」顔俊臨起身，又叮嚀道：「千萬，千萬！説得成時，把你二十兩這紙借契先奉還了，媒禮花紅在外。」尤辰道：「當得，當得！」

顔俊别去不多時，就教人封上五錢銀子，送與尤辰，爲明日買舟之費。顔俊那一夜在床上又睡不着，想道：「倘他去時不盡其心，葫蘆提回復了我，可不枉走一遭！再差一個伶俐家人跟隨他去，聽他講甚言語。好計，好計！」等待天明，便唤家童小乙來，跟隨尤大舍往山上去説親，小乙去了。顔俊心中牽挂，即忙梳洗，往近處一個關聖廟中求籤，卜其事之成否。當下焚香再拜，把籤筒摇了幾摇，撲的跳出一籤。拾起看時，却是第七十三籤。壁上寫得有籤訣四句，云：

憶昔蘭房分半釵，而今忽把信音乖。

癡心指望成連理，到底誰知事不諧。

顏俊才學雖然不濟，這幾句籤訣文義顯淺，難道好歹不知？求得此籤，心中大怒，連聲道：「不準，不準！」撒袖出廟門而去。回家中坐了一會，想道：「此事有甚不諧？難道真個嫌我醜陋，不中其意？男子漢須比不得婦人，只是出得人前罷了。一定要選個陳平、潘安不成？」一頭想，一頭取鏡子自照。側頭側腦的看了一回，良心不昧，自己也看不過了。把鏡子向卓上一撇，嘆了一口寡氣，呆呆而坐，准准的悶了一日。不題。

且說尤辰是日同小乙駕了一隻三櫓快船，趁著無風静浪，咿呀的摇到西山高家門首停舶，剛剛是未牌時分。小乙將名帖遞了，高公出迎。問其來意，説是：「與令愛作伐。」高贊問：「是何宅？」尤辰道：「就是敝縣一個舍親，家業也不薄，與宅上門户相當。此子方年十八，讀書飽學。」高贊道：「人品生得如何？老漢有言在前，定要當面看過，方敢應承。」尤辰見小乙緊緊靠在椅子後邊，只得下老實扯個大謊，便道：「若論人品，更不必言。堂堂一軀，十全之相，况且一肚文才，十四歲出去考童生，縣裏就高高取上一名。這幾年爲丁了父憂，不曾進院，所以未得游庠。有幾個老學，看了舍親的文字，都許他京解之才。就是在下，也非慣於爲媒的。因年常在貴山買果，偶聞令愛才貌雙全，老翁又慎于擇婿，因思舍親正合其選，故此斗膽輕造。」高贊聞言，心中甚喜，便道：「令親果然有才有貌，老漢敢不從命？但老漢未曾經目，終不放心。若得足下引令親過寒家一會，更無别説。」尤辰道：「小子并非謬言，老翁他日自知。只是舍親是個不出書房的小官人，或者未必肯到宅上。就是小子攛掇來時，若成得親事還好，萬一不成，舍親何面目回轉？小子必然討他抱怨了。」高贊道：「既然人品十全，豈有不成之理？老夫生性是這般小心過度的人，所以必要着眼。若是令親不屑下顧，待老漢到宅，足下不意之中，引令親來一觀，却不妥帖？」尤辰恐怕高贊身到吴江，訪出顔俊之醜，即忙轉口道：「既然尊意决要會面，小子還同舍親奉拜，不敢煩尊駕動定。」説罷告别。高公那裏肯放，忙教整酒肴相款。吃到更餘，高公留宿。尤辰道：「小舟帶有鋪陳，明日要早行，即今奉别。等舍親登門，却又相擾。」高公取舟金一封相送。尤辰作謝下船。

次早順風，拽起飽帆，不勾大半日就到了吴江。顔俊正呆呆的站在門前望信，一見尤辰回家，便迎住問道：「有勞老兄往返，事體如何？」尤辰把問答之言，細述一遍：「他必要面會，大官人如何處置？」顔俊嘿然無言。尤辰便道：「暫别再會。」自回家去了。顔俊到裏面，喚過小乙來問其備細，只恐尤辰所言不實。小乙説來果是一般。顏俊沉吟了半晌，心生一計，再走到尤辰家，與他商議。不知說的是甚麼計策，正是：

爲思佳偶情如火，索盡枯腸夜不眠。
自古姻緣皆分定，紅絲豈是有心牽。

顏俊對尤辰道：「適纔老兄所言，我有一計在此，也不打緊。」尤辰道：「有何好計？」顏俊道：「表弟錢萬選，向在舍下同窗讀書，他的才貌比我勝幾分兒。明日我央及他同你去走一遭，把他只說是我，哄過一時。待行過了聘，不怕他賴我的姻事。」尤辰道：「若看了錢官人，萬無不成之理，只怕錢官人不肯。」顏俊道：「他與我至親，又相處得極好。只央他點一遍名兒，有甚虧他處？料他決然無辭。」說罷，作別回家。

其夜，就到書房中陪錢萬選夜飯，酒肴比常分外整齊。錢萬選愕然道：「日日相擾，今日何勞盛設？」顏俊道：「且吃三杯，有小事相煩賢弟則個，只是莫要推故。」錢萬選道：「小弟但可效勞之處，無不從命，只不知甚麼樣事？」顏俊道：「不瞞賢弟說，對門開果子店的尤少梅，與我作伐，說的女家，是洞庭西山高家。一時間誇了大口，說我十分才貌。不想說得忒高興了，那高老定要先請我去面會一會，然後行聘。昨日商議，若我自去，恐怕不應了前言。一來少梅沒趣，二來這親事就難成了。故此要勞賢弟認了我的名色，同少梅一行，瞞過那高老，玉成這頭親事。感恩不淺，愚兄自當重報。」錢萬選想了一想，道：「別事猶可，這事只怕行不得。一時便哄過了，後來知道，你我都不好看相。」顏俊道：「原只要哄過這一時。若行聘過了，就曉得也何怕他？他又不認得你是什麽人。就怪也只怪得媒人，與你什麽相干！況且他家在洞庭西山，百里之隔，一時也未必知道。你但放心前去，到不要畏縮。」錢萬選聽了，沉吟不語。欲待從他，不是君子所爲；欲待不從，必然取怪，這館就處不成了，事在兩難。顏俊見他沉吟不決，便道：「賢弟，常言道：『天攤下來，自有長的撑住。』凡事有愚兄在前，賢弟休得過慮。」錢萬選道：「然雖如此，只是愚弟衣衫襤褸，不稱仁兄之相。」顏俊道：「此事愚兄早已辦下了。」是夜無話。

次日，顏俊早起，便到書房中，喚家童取出一皮箱衣服，都是綾羅紬絹時新花樣的翠顏色，時常用龍涎慶真餅燻得撲鼻之香，交付錢青，行時更換，下面净襪絲鞋。只有頭巾不對，即時與他折了一頂新的。又封着二兩銀子，送與錢青道：「薄意權充紙筆之用，後來還有相酬。這一套衣服，就送與賢弟穿了。日後只求賢弟休向人説，泄漏其事。今日約定了尤少梅，明日早行。」錢青道：「一依尊命。這衣服小弟暫時借穿，回時依舊納還。這銀子一發不敢領了。」顏俊道：「古人車馬輕裘，與朋友共。

就没有此事相勞，那幾件粗衣奉與賢弟穿了，不爲大事。這些須薄意，不過表情，辭時反教愚兄慚愧。」錢青道：「既承仁兄盛情，衣服便勉强領下，那銀子斷然不敢。」顏俊道：「若是賢弟固辭，便是推托了。」錢青方纔受了。

顏俊是日約會尤少梅。尤辰本不肯擔這干紀，只爲不敢得罪于顏俊，勉强應承。顏俊預先備下船隻及船中供應食物和鋪陳之類，又撥兩個安童伏侍，連前番跟去的小乙，共是三人。絹衫氈包，極其華整，隔夜俱已停當。又分付小乙和安童到彼，只當自家大官人稱呼，不許露出個「錢」字。過了一夜，侵早就起來催促錢青梳洗穿着。錢青貼裏貼外，都換了時新華麗衣服，行動香風拂拂，比前更覺標致。

分明荀令留香去，疑是潘郎擲果回。

顏俊請尤辰到家，同錢青吃了早飯，小乙和安童跟隨下船。又遇了順風，片帆直吹到洞庭西山，天色已晚，舟中過宿。次日早飯過後，約莫高贊起身，錢青全柬寫「顏俊」名字拜帖，謙遜些，加個「晚」字。小乙捧帖，到高家門首投下，說：「尤大舍引顏宅小官人特來拜見！」高家僕人認得小乙的，慌忙通報。高贊傳言：「快請！」假顏俊在前，尤辰在後，步入中堂。高贊一眼看見那個小後生，人物軒昂，衣冠濟楚，心下已自三分歡喜。敘禮已畢，高贊看椅上坐。錢青自謙幼輩，再三不肯，只得東西昭穆坐下。高贊肚裏暗暗歡喜：「果然是個謙謙君子。」坐定，先是尤辰開口，稱謝前日相擾。高翁答言：「多慢。」接口就問道：「此位就是令親顔大官人？前日不曾問得貴表。」錢青道：「年幼無表。」尤辰代言：「舍親表字伯雅。伯仲之伯，雅俗之雅。」高贊道：「尊名尊字，俱稱其實。」錢青道：「不敢！」高贊又問起家世，錢青一一對答，出詞吐氣，十分温雅。高贊想道：「外才已是美了，不知他學問如何？且請先生和兒子出來相見，盤他一盤，便見有學無學。」獻茶二道，分付家人：「書館中請先生和小舍出來見客。」

去不多時，只見五十多歲一個儒者，引著一個垂髫學生出來，衆人一齊起身作揖。高贊一一通名：「這位是小兒的業師，姓陳，見在府庠；這就是小兒高標。」錢青看那學生，生得眉清目秀，十分俊雅，心中想道：「此子如此，其姊可知。顔兄好造化哩！」又獻了一道茶。高贊便對先生道：「此位尊客是吴江顔伯雅，年少高才。」那陳先生已會了主人之意，便道：「吴江是人才之地，見高識廣，定然不同。請問貴邑有三高祠，還是那三個？」錢青答言：「范蠡、張翰、陸龜蒙。」又問：「此三人何以見得他高處？」錢青一一分疏出來。兩個遂互相盤問了一回。錢青見那先生學問平常，故意譚天説地，講古論今，驚得先生一字俱無，連稱道：「奇才，奇才！」把一個高贊就喜得手舞足蹈，忙喚家人，悄悄分付備飯：「要整齊些！」家人聞言，即時拽開卓子，排下五色果品。高贊取杯筯安席。錢青答敬謙讓了一回，照前昭穆坐下。三湯十菜，添案小吃，頃刻間，擺滿了卓子，真個咄嗟而辦。

你道爲何如此便當？原來高贊的媽媽金氏，最愛其女，聞得媒人引顏小官人到來，也伏在遮堂背後張看。看見一表人才，語言響亮，自家先中意，料高老必然同心，故此預先準備筵席，一等分付，流水的就搬出來。賓主共是五位。酒後飯，飯後酒，直吃到紅日銜山。錢青和尤辰起身告辭，高贊心中甚不忍別，意欲攀留幾日，錢青那裏肯住。高贊留了幾次，只得放他起身。錢青先別了陳先生，口稱：「承教。」次與高公作謝道：「明日早行，不得再來告別！」高贊道：「倉卒怠慢，勿得見罪。」小學生也作揖過了。金氏已備下幾色嘎程相送，無非是酒米魚肉之類，又有一封舟金。高贊扯尤辰到背處，說道：「顏小官人才貌，更無他說。若得少梅居間成就，萬分之幸。」尤辰道：「小子領命。」高贊直送上船，方纔分別。當夜夫妻兩口，說了顏小官人一夜，正是：

不須玉杵千金聘，已許紅繩兩足纏。

再說錢青和尤辰，次日開船，風水不順，直到更深，方纔抵家。顏俊兀自秉燭夜坐，專聽好音。二人叩門而入，備述昨朝之事。顏俊見親事已成，不勝之喜，忙忙的就本月中擇個吉日行聘。果然把那二十兩借契送還了尤辰，以爲謝禮。就揀了十二月初三日成親。高贊得意了女婿，况且妝奩久已完備，并不推阻。

日往月來，不覺十一月下旬，吉期將近。原來江南地方娶親，不行古時親迎之禮，都是女親家和阿舅自送上門。女親家謂之「送娘」，阿舅謂之「抱嫁」。高贊爲選中了乘龍佳婿，到處誇揚，今日定要女婿上門親迎，準備大開筵宴，遍請遠近親鄰吃喜酒，先遣人對尤辰説知。尤辰吃了一驚，忙來對顏俊説了，顏俊道：「這番親迎，少不得我自去走遭。」尤辰跌足道：「前日女婿上門，他舉家都看個勾，行樂圖也畫得出在那裏。今番又換了一個面貌，教做媒的如何措辭？好事定然中變，連累小子必然受辱！」顏俊聽説，反抱怨起媒人來道：「當初我原説過來，該是我姻緣，自然成就。若第一次上門時，自家去了，那見得今日進退兩難？都是你捉弄我，故意説得高老十分古怪，不要我去，教錢家表弟替了。誰知高老甚是好情，一説就成，并不作難。這是我命中注定，該做他家的女婿，豈因見了錢表弟方纔肯成？况且他家已受了聘禮，他的女兒就是我的人了，敢道個不字麽？你看我今番自去，他怎生發付我？難道賴我的親事不成？」尤辰摇着頭道：「成不得！人也還在他家，你狠到那裏去？若不肯把人送上轎，你也没奈何他！」顏俊道：「多帶些人從去，肯便肯，不肯時打進去，搶將回來，便告到官司，有生辰吉帖爲證，只是賴婚的不是，我并没差處。」尤辰道：「大官人休説滿話，常言道：『惡龍不鬥地頭蛇。』你的從人雖多，怎比得坐地的，有增無減。萬一弄出事來，纏到官司，那老兒訴説，求親的是一個，娶親的又是一個，官府免不得唤媒人詰問。刑罰之下，小子只得實説，連錢大官人前程干係，不是耍處。」

顏俊想了一想道：「既如此，索性不去了。勞你明日去回他一聲，只説前日已曾會過了，敝縣没有親迎的常規，還是從俗送親罷。」尤辰道：「一發成不得。高老因看上了佳婿，到處誇其才貌。那些親鄰專等親迎之時，都要來厮認。這是斷然要去的。」顏俊道：「如此，怎麼好？」尤辰道：「依小子愚見，更無别策，只得再央令表弟錢大官人走遭，索性哄他到底。哄得新人進門，你就靠家大了，不怕他又奪了去。結姻之後，縱然有話，也不怕他了。」顏俊頓了一頓口道：「話到有理！只是我的親事，到作成别人去風光。央及他時，還有許多作難哩。」尤辰道：「事到其間，不得不如此了。風光只在一時，怎及得大官人終身受用！」

顏俊又喜又惱，當下别了尤辰，回到書房，對錢青説道：「賢弟，又要相煩一事。」錢青道：「不知兄又有何事？」顏俊道：「出月初三，是愚兄畢姻之期，初二日就要去親迎。原要勞賢弟一行，方纔妥當。」錢青道：「前日代勞，不過泛然之事。今番親迎，是個大禮，豈是小弟代得的？這個斷然不可！」顏俊道：「賢弟所言雖當，但因初番會面，他家已認得了；如今忽換我去，必然疑心，此事恐有變卦。不但親事不成，只恐還要成訟。那時連賢弟也有干係，却不是爲小妨大，把一天好事自家弄壞了？若得賢弟親迎回來，成就之後，不怕他閒言閒語。這是個權宜之術，賢弟須知。塔尖上功德，休得固辭。」錢青見他説得情辭懇切，只索依允。顏俊又喚過吹手及一應接親人從，都分付了説話，不許漏泄風聲，取得親回，都有重賞。衆人誰敢不依。到了初二日侵晨，尤辰便到顏家相幫安排親迎禮物，及上門各項賞賜，都封得停停當當。其錢青所用，及儒巾圓領絲縧皂靴，并皆齊備。又分派各船食用，大船二隻，一隻坐新人，一隻媒人共新郎同坐；中船四隻，散載衆人；小船四隻，一者護送，二者以備雜差。十餘隻船，篩鑼掌號，一齊開出湖去。一路流星砲杖，好不興頭。正是：

門闌多喜氣，女婿近乘龍。

船到西山，已是下午。約莫離高家半里停泊，尤辰先到高家報信。一面安排親迎禮物，及新人乘坐百花綵轎，燈籠火把共有數百。錢青打扮整齊，另有青絹暖轎，四擡四綽，笙簫鼓樂，徑望高家而來。那山中遠近人家，都曉得高家新女婿才貌雙全，競來觀看，挨肩并足，如看神會故事的一般熱鬧。錢青端坐轎中，美如冠玉，無不喝采。有婦女曾見過秋芳的，便道：「這般一對夫妻，真個郎才女貌！高家揀了許多女婿，今日果然被他揀着了。」不題衆人。

且説高贊家中，大排筵席，親朋滿坐。未及天晚，堂中點得畫燭通紅。只聽得樂聲聒耳，門上人報道：「嬌客轎子到門了。」儐相披紅插花，忙到轎前作揖，念了詩賦，請出轎來。衆人謙恭揖讓，延至中堂。奠雁行禮已畢，然後諸親一一相見。衆人見新郎標致，一個個暗暗稱羡。獻茶後，吃了茶果點心，然後定席安位。此日新女婿與尋常不同，面南專席，諸親友環坐相陪，大吹大擂的飲酒。隨從人等，外廂另有款待。

且説錢青坐于席上，只聽得衆人不住聲的贊他才貌，賀高老選婿得人。錢青肚裏暗笑道：「他們好似見鬼一般！我好像做夢一般！做夢的醒了，也只扯淡；那些見神見鬼的，不知如何結末哩？我今日且落得受用。」又想道：「我今日做替身，擔了虚名，不知實受還在幾時？料想不能如此富貴。」轉了這一念，反覺得没興起來，酒也懶吃了。高贊父子，輪流敬酒，甚是殷勤。錢青怕擔誤了表兄的正事，急欲抽身。高贊固留，又坐了一回。用了湯飯，僕從的酒都吃完了。約莫四鼓，小乙走在錢青席邊，催促起身。錢青教小乙把賞封給散，起身作别。高贊量度已是五鼓時分，賠嫁妝奩俱已點檢下船，只待收拾新人上轎。只見船上人都走來説：「外邊風大，難以行船，且消停一時，等風頭緩了好走。」原來半夜裏便發了大風。那風刮得好利害！只見：

山間拔木揚塵，湖内騰波起浪。

只爲堂中鼓樂喧闐，全不覺得。高贊叫樂人住了吹打，聽時一片風聲，吹得怪響。衆皆愕然，急得尤辰只把脚跳。高贊心中大是不樂，只得重請入席，一面差人在外專看風色。看看天曉，那風越狂起來，刮得彤雲密布，雪花飛舞。衆人都起身看着天，做一塊兒商議。一個道：「這風還不像就住的。」一個道：「半夜起的風，原要半夜裏住。」又一個道：「這等雪天，就是没風也怕行不得。」又一個道：「只怕這雪還要大哩！」又一個道：「風太急了，住了風，只怕湖膠。」又一個道：「這太湖不愁他膠斷，還怕的是風雪。」衆人是恁般閒講，高老和尤辰好生氣悶！又捱一會，吃了早飯，風愈狂，雪愈大，料想今日過湖不成。錯過了吉日良時，殘冬臘月，未必有好日了。況且笙簫鼓樂，乘興而來，怎好教他空去？

事在千難萬難之際，坐間有個老者，唤做周全，是高贊老鄰，平日最善處分鄉里之事。見高贊沉吟無計，便道：「依老漢愚見，這事一些不難。」高贊道：「足下計將安在？」周全道：「既是選定日期，豈可錯過！令婿既已到宅，何不就此結親？趁這筵席，做了花燭。等風息從容回去，豈非全美？」衆人齊聲道：「最好！」高贊正有此念，却喜得周老説話投機。當下便分付家人，準備洞房花燭之事。

却説錢青雖然身子在此，本是個局外之人，起初風大風小，也還不在他心上。忽見周全發此議論，暗暗心驚，還道高老未必聽他，不想高老欣然應允，老大着忙，暗暗叫苦。欲央尤少梅代言，誰想尤辰平昔好酒，一來天氣寒冷，二來心緒不佳，斟着大杯，只顧吃，吃得爛醉如泥，在一壁厢空椅子上，打鼾去了。錢青只得自家開口道：「此百年大事，不可草草，不妨另擇個日子，再來奉迎。」高贊那裏肯依，便道：「翁婿一家，何分彼此！况賢婿尊人已不在堂，可以自專。」説罷，高贊入内去了。錢青又對各位親鄰，再三央及，不願在此結親。衆人都是奉承高老的，那一個不極口贊成。錢青此時無可奈何，只推出恭，到外面時，却叫顔小乙與他商議。小乙心上也道不該，只教錢秀才推辭，此外别無良策。錢青道：「我已辭之再四，其奈高老不從！若執意推辭，反起其疑。我只要委曲周全你家主一樁大事，并無欺心。若有苟且，天地不容。」主僕二人正在講話，衆人都攢攏來道：「此是美事，令岳意已决矣，大官人不須疑慮！」錢青嘿然無語。衆人揖錢青請進。午飯已畢，重排喜筵。儐相披紅喝禮，兩位新人打扮登堂，照依常規行禮，結了花燭。正是：

百年姻眷今宵就，一對夫妻此夜新。
得意事成失意事，有心人遇没心人。

其夜酒闌人散，高贊老夫婦親送新郎進房，伴娘替新娘卸了頭面。幾遍催新郎安置，錢青只不答應，正不知什麽意故，只得伏侍新娘先睡，自己出房去了。丫鬟將房門掩上，又催促官人上床。錢青心上如小鹿亂撞，勉强答應一句道：「你們先睡。」丫鬟們亂了一夜，各自倒東歪西去打瞌睡。錢青本待秉燭達旦，一時不曾討得幾枝臘燭，到燭盡時，又不好聲喚，忍着一肚子悶氣，和衣在床外側身而卧，也不知女孩兒頭東頭西。次早清清天亮，便起身出外，到舅子書館中去梳洗。高贊夫婦只道他少年害羞，亦不爲怪。是日雪雖住了，風尚不息。高贊且做慶賀筵席，錢青吃得酩酊大醉，坐到更深進房。女孩兒又先睡了。錢青打熬不過，依舊和衣而睡，連小娘子的被窩兒也不敢觸着。又過一晚，早起時，見風勢稍緩，便要起身。高贊定要留過三朝，方纔肯放。錢青拗不過，只得又吃了一日酒，坐間背地裏和尤辰説起夜間和衣而卧之事。尤辰口雖答應，心下未必準信。事已如此，只索由他。

却説女孩兒秋芳自結親之夜，偷眼看那新郎，生得果然齊整，心中暗暗歡喜。一連兩夜，都則衣不解帶，不解其故：「莫非怪我先睡了，不曾等待得他？」此是第三夜了，女孩兒預先分付丫鬟：「只等官人進房，先請他安息。」丫鬟奉命，只等新郎進來，便替他解衣科帽。錢青見不是頭，除了頭巾，急急的跳上床去，貼着床裏自睡，仍不脫衣。女孩兒滿懷不樂，只得也和衣睡了，又不好告訴爹娘。到第四日，天氣晴和，高贊預先備下送親船隻，自己和老婆親送女孩兒過湖。娘女共是一船，高贊與錢青、尤辰又是一船。船頭俱挂了雜綵，鼓樂振天，好生鬧熱。只有小乙受了家主之托，心中甚不快意，駕個小小快船，趕路先行。

話分兩頭。且說顏俊自從打發衆人迎親去後，懸懸而望。到初二日半夜，聽得刮起大風大雪，心上好不着忙。也只道風雪中船行得遲，只怕挫了時辰，那想道過不得湖？一應花燭筵席，準備十全。等了一夜，不見動静，心下好悶，想道：「這等大風，到是不曾下船還好；若在湖中行動，老大擔憂哩。」又想道：「若是不曾下船，我岳丈知道錯過吉期，豈肯胡亂把女兒送來？定然要另選個日子。又不知幾時吉利？可不悶殺了人！」又想道：「若是尤少梅能事時，在岳丈前攛掇，權且迎來，那時我那管時日利與不利，且落得早些受用。」如此胡思亂想，坐不安席，不住的在門前張望。

到第四日風息，料道決有佳音。等到午後，只見小乙先回報道：「新娘已取來了，不過十里之遥。」顏俊問道：「吉期挫過，他家如何肯放新人下船？」小乙道：「高家只怕挫過好日，定要結親。錢大官已替東人權做新郎三日了。」顏俊道：「既結了親，這三夜錢大官人難道竟在新人房裏睡的？」小乙道：「睡是同睡的，却不曾動彈。那錢大官人是『看得熟鴨蛋，伴得小娘眠』的。」顏俊罵道：「放屁！那有此理！我托你何事？你如何不叫他推辭，却做下這等勾當？」小乙道：「家人也説過來。錢大官人道：『我只要周全你家之事，若有半點欺心，天神鑒察。』」顏俊此時：

怒從心上起，惡向膽邊生。

一把掌將小乙打在一邊，氣忿忿地奔出門外，專等錢青來厮鬧。

恰好船已攏岸，錢青終有細膩。預先囑付尤辰伴住高老，自己先跳上岸。只爲自反無愧，理直氣壯，昂昂的步到顏家門首，望見顏俊，笑嘻嘻的正要上前作揖，告訴衷情。誰知顏俊以小人之心，度君子之腹，此際便是仇人相見，分外眼睁，不等開言，便撲的一頭撞去。咬定牙根，狠狠的罵道：「天殺的！你好快活！」説聲未畢，查開五指，將錢青和巾和髮，扯做一把，亂踢亂打，口裏不絶聲的道：「天殺的，好欺心！别人費了錢財，把與你見成受用！」錢青口中也自分辯。顏俊打罵忙了，那裏聽他半個字兒？家人也不敢上前相勸。錢青吃打慌了，但呼救命。船上人聽得鬧炒，都上岸來看。只見一個醜漢，將新郎痛打，正不知甚麽意故，都走攏來解勸，那裏勸得他開？高贊盤問他家人，那家人料瞞不過，只得實説了。高贊不聞猶可，一聞之時，心頭火起，大罵尤辰無理，做這等欺三瞞四的媒人，説騙人家女兒，也扭着尤辰亂打起來。高家送親的人，也自心懷不平，一齊動手要打那醜漢。顔家的家人回護家主，就與高家從人對打。先前顔俊和錢青是一對厮打，以後高贊和尤辰是兩對厮打，結末兩家家人，紐做一團厮打。看的人重重叠叠，越發多了，街道擁塞難行，却似：

九里山前擺陣勢，昆陽城下賭輸贏。

事有湊巧，其時本縣大尹恰好送了上司回轎，至于北門，見街上震天喧嚷，却是厮打的，停了轎子，喝教拿下。衆人見知縣相公拿人，都則散了。只有顔俊兀自扭住錢青，高贊兀自扭住尤辰，紛紛告訴，一時不得其詳。大尹都教帶到公庭，逐一細審，不許攙口。見高贊年長，先叫他上堂詰問。高贊道：「小人是洞庭山百姓，叫做高贊，爲女擇婿，相中了女婿才貌，將女許配。初三日，女婿上門親迎，因被風雪所阻。小人留女婿在家，完了親事。今日送女到此，不期遇了這個醜漢，將小人的女婿毒打。小人問其緣故，却是那醜漢買囑媒人，要哄騙小人的女兒爲婚，却將那姓錢的後生，冒名到小人家裏。老爺只問媒人，便知奸弊。」大尹道：「媒人叫甚名字？可在這裏麼？」高贊道：「叫做尤辰，見在臺下。」

大尹喝退高贊，喚尤辰上來，罵道：「弄假成真，以非爲是，都是你弄出這個伎倆！你可實實供出，免受重刑。」尤辰初時還只含糊抵賴。大尹發怒，喝教取夾棍伺候。尤辰雖然市井，從未熬刑，只得實説：起初顏俊如何央小人去説親，高贊如何作難，要選才貌，後來如何央錢秀才冒名去拜望，直到結親始末，細細述了一遍。大尹點頭道：「這是實情了。顏俊這厮費了許多事，〔三〕却被别人奪了頭籌，也怪不得發惱。只是起先設心哄騙的不是。」便教顏俊，審其口詞。顏俊已聽得尤辰説了實話，又見知縣相公詞氣温和，只得也叙了一遍，兩口相同。

大尹結末喚錢青上來，一見錢青青年美貌，且被打傷，便有幾分愛他憐他之意，問道：「你是個秀才，讀孔子之書，達周公之禮，如何替人去拜望迎親，同謀哄騙，有乖行止？」錢青道：「此事原非生員所願，只爲顏俊是生員表兄，生員家貧，又館穀于他家，被表兄再四央求不過，勉强應承。只道一時權宜，玉成其事。」大尹道：「住了！你既爲親情而往，就不該與那女兒結親了。」錢青道：「生員原只代他親迎。只爲一連三日大風，太湖之隔，不能行舟，故此高贊怕誤了婚期，要生員就彼花燭。」大尹道：「你自知替身，就該推辭了。」顏俊從旁磕頭道：「青天老爺！只看他應承花燭，便是欺心。」大尹喝道：「不要多嘴，左右扯他下去。」再問錢青：「你那時應承做親，難道没有個私心？」錢青道：「只問高贊便知。生員再三推辭，高贊不允。生員若再辭時，恐彼生疑，誤了表兄的大事，故此權成大禮。雖則三夜同床，生員和衣而睡，并不相犯。」大尹呵呵大笑道：「自古以來，只有一個柳下惠坐懷不亂。那魯男子就自知不及，風雪之中，就不肯放婦人進門了。你少年子弟，血氣未定，豈有三夜同床，并不相犯之理？這話哄得那一個！」錢青道：「生員今日自陳心迹，父母老爺未必相信，只教高贊去問自己的女兒，便知真假。」大尹想道：「那女兒若有私情，如何肯説實話？」當下想出個主意來，便教左右唤到老實穩婆一名，到舟中試驗高氏是否處女，速來回話。

不一時，穩婆來覆知縣相公，那高氏果是處子，未曾破身。顔俊在階下聽説高氏還是處子，便叫喊道：「既是小的妻子不曾破壞，小的情願成就。」大尹又道：「不許多嘴！」再叫高贊道：「你心下願將女兒配那一個？」高贊道：「小人初時原看中了錢秀才，後來女兒又與他做過花燭。雖然錢秀才不欺暗室，與小女即無夫婦之情，已定了夫婦之義。若教女兒另嫁顔俊，不惟小人不願，就是女兒也不願。」大尹道：「此言正合吾意。」錢青心下到不肯，便道：「生員此行，實是爲公不爲私。若將此女歸了生員，把生員三夜衣不解帶之意全然沒了。寧可令此女別嫁，生員決不敢冒此嫌疑，惹人談論。」大尹道：「此女若歸他人，你過湖這兩番替人誆騙，便是行止有虧，干礙前程了。今日與你成就親事，乃是遮掩你的過失。況你的心迹已自洞然，女家兩相情願，有何嫌疑？休得過讓，我自有明斷。」遂舉筆判云：

高贊相女配夫，乃其常理；顏俊借人飾己，實出奇聞。東床已招佳選，何知以羊易牛；西鄰縱有責言，終難指鹿爲馬。兩番渡湖，〔四〕不讓傳書柳毅；三宵隔被，何慚秉燭雲長。風伯爲媒，天公作合。佳男配了佳婦，兩得其宜；求妻到底無妻，自作之孽。高氏斷歸錢青，不須另作花燭。顏俊既不合設騙局于前，又不合奮老拳於後。事已不諧，姑免罪責。所費聘儀，合助錢青，以贖一擊之罪。尤辰往來煽誘，實啓釁端，重懲示儆。

判訖，喝教左右將尤辰重責三十板，免其畫供，竟行逐出，蓋不欲使錢青冒名一事彰聞於人也。高贊和錢青拜謝。一干人出了縣門，顏俊滿面羞慚，敢怒而不敢言，抱頭鼠竄而去，有好幾月不敢出門。尤辰自回家將息棒瘡，不題。

却說高贊邀錢青到舟中，反殷勤致謝道：「若非賢婿才行俱全，上官起敬，小女幾乎錯配匪人。今日到要屈賢婿同小女到舍下少住幾時，不知賢婿宅上還有何人？」錢青道：「小婿父母俱亡，别無親人在家。」高贊道：「既如此，一發該在舍下住了，老夫供給讀書，賢婿意下如何？」錢青道：「若得岳父扶持，足感盛德。」是夜開船離了吴江，隨路宿歇，次日早到西山。一山之人聞知此事，皆當新聞傳説。又知錢青存心忠厚，無不欽仰。後來錢青一舉成名，夫妻偕老。有詩爲證：

醜臉如何騙美妻，作成表弟得便宜。
可憐一片吴江月，冷照鴛鴦湖上飛。

【校記】

〔一〕「短」字，底本缺失，據衍慶堂本補。

〔二〕「男媒女妁」，底本及衍慶堂本作「男媒女灼」，據《奇觀》改。

〔三〕「這厮」，底本及衍慶堂本作「這些」，據《奇觀》改。

〔四〕「兩番渡湖」，底本及衍慶堂本作「兩番渡河」，據《奇觀》改。

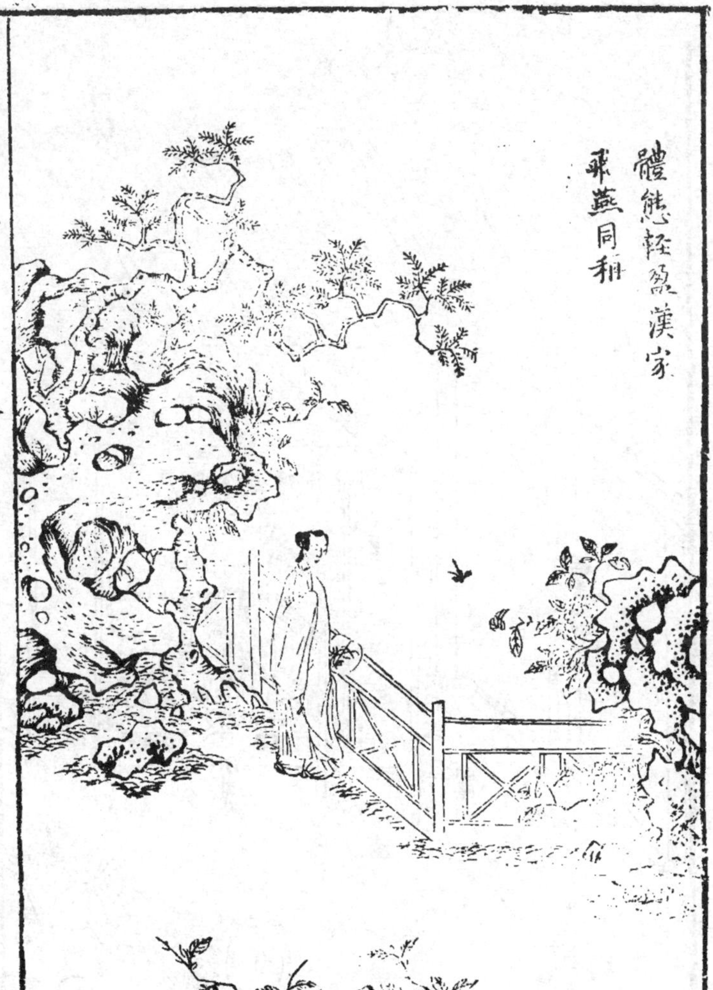
體態輕盈漢家
飛燕同稱

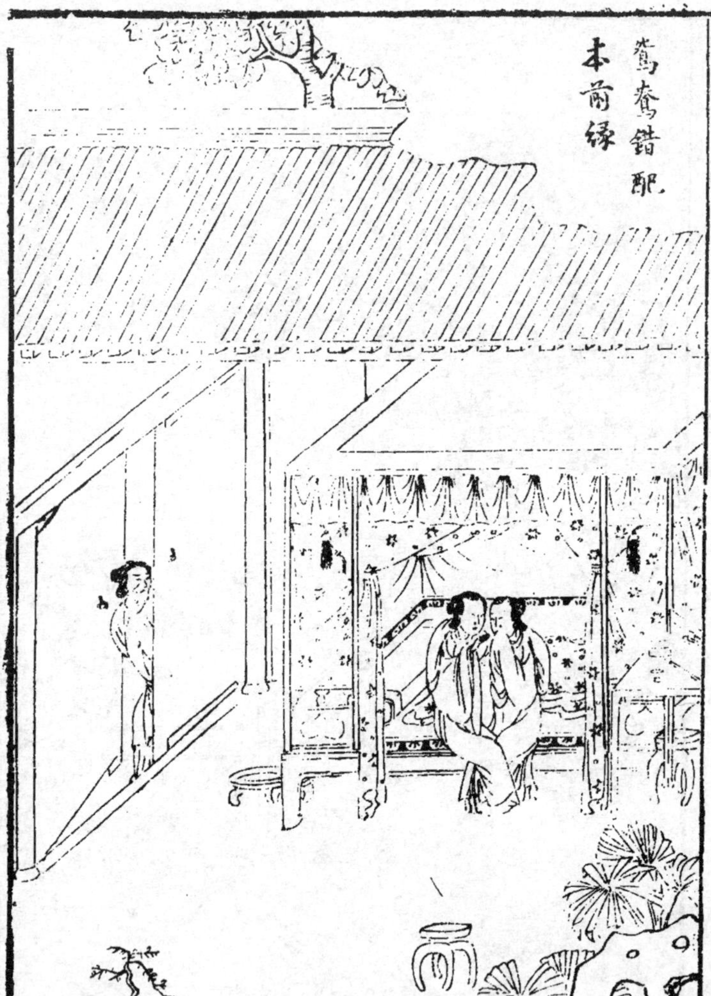
鴛鴦錯配
本前缘

第八卷　喬太守亂點鴛鴦譜

自古姻緣天定，不由人力謀求。有緣千里也相投，對面無緣不偶。　仙境桃花出水，宫中紅葉傳溝。三生簿上注風流，何用冰人開口。

這首《西江月》詞，大抵説人的婚姻，乃前生注定，非人力可以勉强。今日聽在下説一樁意外姻緣的故事，唤做《喬太守亂點鴛鴦譜》。這故事出在那個朝代？何處地方？那故事出在大宋景祐年間，杭州府有一人姓劉，名秉義，是個醫家出身。媽媽淡氏，生得一對兒女。兒子唤做劉璞，年當弱冠，一表非俗，已聘下孫寡婦的女兒珠姨爲妻。那劉璞自幼攻書，學業已就。到十六歲上，劉秉義欲令他棄了書本，習學醫業。劉璞立志大就，不肯改業，不在話下。女兒小名慧娘，年方一十五歲，已受了鄰近開生藥鋪裴九老家之聘。那慧娘生得姿容艷麗，意態妖嬈，非常標致。怎見得？但見：

蛾眉帶秀，鳳眼含情，腰如弱柳迎風，面似嬌花拂水。體態輕盈，漢家飛燕同稱；性格風流，吴國西施并美。蕊宫仙子謫人間，月殿姮娥臨下界。

不題慧娘貌美。且説劉公見兒子長大，同媽媽商議，要與他完姻。方待教媒人到孫家去説，恰好裴九老也教媒人來説，要娶慧娘。劉公對媒人道：「多多上覆裴親家，小女年紀尚幼，一些妝奩未備。須再過幾時，待小兒完姻過了，方及小女之事。目下斷然不能從命！」媒人得了言語，回覆裴家。那裴九老因是老年得子，愛惜如珍寶一般，恨不能風吹得大，早些兒與他畢了姻事，生男育女。今日見劉公推托，好生不喜。又央媒人到劉家説道：「令愛今年一十五歲，也不算做小了。到我家來時，即如女兒一般看待，决不難爲。就是妝奩厚薄，但憑親家，并不計論。萬望親家曲允則個。」劉公立意先要與兒子完親，然後嫁女。媒人往返了幾次，終是不允。裴九老無奈，只得忍耐。當時若是劉公允了，却不省好些事體。止因執意不從，到後生出一段新聞，傳説至今。正是：

只因一着錯，滿盤俱是空。

却説劉公回脱了裴家，央媒人張六嫂到孫家去説兒子的姻事。元來孫寡婦母家姓胡，嫁的丈夫孫恒，原是舊家子弟。自十六歲做親，十七歲就生下一個女兒，唤名珠姨。纔隔一歲，又生個兒子，取名孫潤，小字玉郎。兩個兒女，方在襁褓中，孫恒就亡過了。虧孫寡婦有些節氣，同着養娘，守這兩個兒女，不肯改嫁，因此人都喚他是孫寡婦。光陰迅速，兩個兒女，漸漸長成。珠姨便許了劉家，玉郎從小聘定善丹青徐雅的女兒文哥爲婦。那珠姨、玉郎都生得一般美貌，就如良玉碾成，白粉團就一般。加添資性聰明，男善讀書，女工針指。還有一件，不但才貌雙美，且又孝悌兼全。閒話休題。

且説張六嫂到孫家傳達劉公之意，要擇吉娶小娘子過門。孫寡婦母子相依，滿意欲要再停幾時，因想男婚女嫁，乃是大事，只得應承，對張六嫂道：「上覆親翁親母，我家是孤兒寡婦，没甚大妝奩嫁送，不過隨常粗布衣裳，凡事不要見責。」張六嫂覆了劉公。劉公備了八盒羹果禮物并吉期送到孫家。孫寡婦受了吉期，忙忙的製辦出嫁東西。看看日子已近，母女不忍相離，終日啼啼哭哭。

誰想劉璞因冒風之後，出汗虛了，變爲寒症，人事不省，十分危篤。吃的藥就如潑在石上，一毫没用，求神問卜，俱説無救。嚇得劉公夫妻魂魄都喪，守在床邊，吞聲對泣。劉公與媽媽商量道：「孩兒病勢恁樣沉重，料必做親不得，不如且回了孫家，等待病痊，再擇日罷。」【眉批】劉公忠厚人，然醫道想亦中中。劉媽媽道：「老官兒，你許多年紀了，這様事難道還不曉得？大凡病人勢凶，得喜事一冲就好了。未曾説起的還要去相求，如今現成事體，怎麼反要回他！」【眉批】女流見識，每每如此。劉公道：「我看孩兒病體，凶多吉少。若娶來家冲得好時，此是萬千之喜，不必講了；倘或不好，可不害了人家子女，有個晚嫁的名頭？」【眉批】好話。劉媽媽道：「老官，你但顧了别人，却不顧自己。你我費了許多心機，定得一房媳婦。誰知孩兒命薄，臨做親却又患病起來。今若回了孫家，孩兒無事，不消説起。萬一有些山高水低，有甚把臂，那原聘還了一半，也算是他們忠厚了，却不是人財兩失！」劉公道：「依你便怎様？」劉媽媽道：「依着我，分付了張六嫂，不要題起孩兒有病，竟娶來家，就如養媳婦一般。若孩兒病好，另擇吉結親。倘然不起，媳婦轉嫁時，我家原聘并各項使費，少不得班足了，放他出門，却不是個萬全之策！」劉公耳朵原是棉花做的，就依着老婆，忙去叮囑張六嫂不要泄漏。

自古道：「若要不知，除非莫爲。」劉公便瞞着孫家，那知他緊間壁的鄰家，姓李名榮，曾在人家管過解庫，人都叫他做「李都管」。爲人極是刁鑽，專一要打聽人家的細事，喜談樂道。因做主管時，得了些不義之財，手中有錢，所居與劉家基址相連，意欲强買劉公房子，劉公不肯，爲此兩下面和意不和，巴不能劉家有些事故，幸灾樂禍。

曉得劉璞有病危急，滿心歡喜，連忙去報知孫家。孫寡婦聽見女婿病凶，恐防誤了女兒，即使養娘去叫張六嫂來問。張六嫂欲待不説，恐怕劉璞有變，孫寡婦後來埋怨，欲要説了，又怕劉家見怪。事在兩難，欲言又止。孫寡婦見他半吞半吐，越發盤問得急了。張六嫂隱瞞不過，乃説：「偶然傷風，原不是十分大病。將息到做親時，料必也好了。」孫寡婦道：「聞得他病勢十分沉重，你怎説得這般輕易？這事不是當耍的。我受了千辛萬苦，守得這兩個兒女成人，如珍寶一般！你若含糊賺了我女兒時，少不得和你性命相博，那時不要見怪。」又道：「你去對劉家説，若果然病重，何不待好了，另擇日子？總是兒女年紀尚小，何必恁樣忙迫。問明白了，快來回報一聲。」張六嫂領了言語，方欲出門，孫寡婦又叫轉道：「我曉得你決無實話回我的。我令養娘同你去走遭，便知端的！」張六嫂見説教養娘同去，心中着忙道：「不消得，好歹不誤大娘之事。」孫寡婦那裏肯聽，教了養娘些言語，跟張六嫂同去。

張六嫂擺脱不得，只得同到劉家。恰好劉公走出門來，張六嫂欺養娘不認得，便道：「小娘子少待，等我問句話來。」急走上前，拉劉公到一邊，將孫寡婦適來言語細説，又道：「他因放心不下，特教養娘同來討個實信，却怎的回答？」劉公聽見養娘來看，手足無措，埋怨道：「你怎不阻擋住了？却與他同來！」張六嫂道：「再三攔阻，如何肯聽？教我也没奈何。如今且留他進去坐了，你們再去從長計較回他，不要連累我後日受氣。」説還未畢，養娘已走過來。張六嫂就道：「此間便是劉老爹。」養娘深深道個萬福。劉公還了禮道：「小娘子請裏面坐。」一齊進了大門，到客坐内。劉公道：「六嫂，你陪小娘子坐着，待我教老荆出來。」張六嫂道：「老爹自便。」劉公急急走到裏面，一五一十，學于媽媽。又説：「如今養娘在外，怎地回他？倘要進來探看孩兒，却又如何掩飾？不如改了日子罷！」媽媽道：「你真是個死貨！他受了我家的聘，便是我家的人了。怕他怎的！不要着忙，自有道理。」便教女兒慧娘：「你去將新房中收拾整齊，留孫家婦女吃點心。」慧娘答應自去。

劉媽媽即走向外邊，與養娘相見畢，問道：「小娘子下顧，不知親母有甚話説？」養娘道：「俺大娘聞得大官人有恙，放心不下，特教男女來問候。二來上覆老爹大娘：若大官人病體初痊，恐未可做親，不如再停幾時，等大官人身子健旺，另揀日罷。」劉媽媽道：「多承親母過念。大官人雖是有些身子不快，也是偶然傷風，原非大病。若要另擇日子，這斷不能勾的。我們小人家的買賣，千難萬難，方纔支持得停當。如錯過了，却不又費一番手脚。况且有病的人，正要得喜事來冲，他病也易好。常見人家要省事時，還借這病來見喜，何况我家吉期送已多日，親戚都下了帖兒請吃喜筵，如今忽地換了日子，他們不道你家不肯，必認做我們討媳婦不起。傳説開去，却不被人笑耻，壞了我家名頭？煩小娘子回去上覆親母，不消擔憂，我家干係大哩！」養娘道：「大娘話雖説得是。請問大官人睡在何處？待男女候問一聲，好家去回報大娘，也教他放心！」劉媽媽道：「適來服了發汗的藥，正熟睡在那裏，我與小娘子代言罷。事體總在剛纔所言了，更無别説。」張六嫂道：「我原説偶然傷風，不是大病。你們大娘不肯相信，又要你來。如今方見老身不是説謊的了。」養娘道：「既如此，告辭罷。」便要起身，劉媽媽道：「那有此理！説話忙了，茶也還没有吃！如何便去？」即邀到裏邊。又道：「我房裏腌腌臢臢，到在新房裏坐罷。」引入房中。養娘舉目看時，擺設得十分齊整。劉媽媽又道：「你看我家諸事齊備，如何肯又改日子？就是做了親，大官人到還要留在我房中歇宿，等身子全愈了，然後同房哩！」養娘見他整備得停當，信以爲實。當下劉媽媽教丫鬟將出點心、茶來擺上，又教慧娘也來相陪。養娘心中想道：「我家珠娘是極標致的了，不想這女娘也恁般出色！」【眉批】爲下文張本。吃了茶，作别出門。臨行，劉媽媽又再三囑付張六嫂：「是必來覆我一聲！」養娘同着張六嫂回到家中，將上項事説與主母。孫寡婦聽了，心中到没了主意，想道：「欲待允了，恐怕女婿真個病重，變出些不好來，害了女兒。將欲不允，又恐女婿果是小病已愈，誤了吉期。」疑惑不定，乃對張六嫂道：「六嫂，待我酌量定了，明早來取回信罷。」張六嫂道：「正是，大娘從容計較計較，老身明早來也。」說罷自去。

且說孫寡婦與兒子玉郎商議：「這事怎生計結？」玉郎道：「想起來還是病重，故不要養娘相見。如今必要回他另擇日子，他家也没奈何，只得罷休。但是空費他這番東西，見得我家没有情義。倘後來病好相見之間，覺道没趣。若依了他們時，又恐果然有變，那時進退兩難，懊悔却便遲了。依着孩兒，有個兩全之策在此，不知母親可聽？」孫寡婦道：「你且說是甚兩全之策？」玉郎道：「明早教張六嫂去說，日子便依着他家，妝奩一毫不帶。見喜過了，到第三朝就要接回，等待病好，連妝奩送去。是恁樣，縱有變故，也不受他們籠絡，這却不是兩全其美。」【眉批】有此計較，所以放玉郎代行。孫寡婦道：「你真是個孩子家見識！他們一時假意應承娶去，過了三朝，不肯放回，却怎麽處？」玉郎道：「如此怎好？」孫寡婦又想了一想道：「除非明日教張六嫂依此去說，臨期教姐姐閃過一邊，把你假扮了送去。皮箱内原帶一副道袍鞋襪，預防到三朝。容你回來，不消說起；倘若不容，且住在那裏，看個下落。倘有三長兩短，你取出道袍穿了，竟自走回，那個扯得你住！」玉郎道：「别事便可，這件却使不得！後來被人曉得，教孩兒怎生做人？」孫寡婦見兒子推却，心中大怒道：「縱别人曉得，不過是耍笑之事，有甚大害？」玉郎平昔孝順，見母親發怒，連忙道：「待孩兒去便了。只不會梳頭，却怎麼好？」孫寡婦道：「我教養娘伏侍你去便了！」計較已定，次早張六嫂來討回音，孫寡婦與他說如此如此，恁般恁般：「若依得，便娶過去；依不得，便另擇日罷！」張六嫂覆了劉家，一一如命。你道他爲何就肯了？只因劉璞病勢愈重，恐防不妥，單要哄媳婦到了家裏，便是買賣了。故此將錯就錯，更不爭長競短。那知孫寡婦已先參透機關，將個假貨送來，劉媽媽反做了：

周郎妙計高天下，賠了夫人又折兵。

話休煩絮。到了吉期，孫寡婦把玉郎妝扮起來，果然與女兒無二，連自己也認不出真假。又教習些女人禮數。諸色好了，只有兩件難以遮掩，恐怕露出事來。那兩件？第一件是足與女子不同。那女子的尖尖趫趫，鳳頭一對，露在湘裙之下，蓮步輕移，如花枝招颭一般。玉郎是個男子漢，一隻脚比女子的有三四隻大。雖然把掃地長裙遮了，教他緩行細步，終是有些蹊蹺。這也還在下邊，無人來揭起裙兒觀看，還隱藏得過。第二件是耳上的環兒。此乃女子平常時所戴，愛輕巧的，也少不得戴對丁香兒。那極貧小户人家，没有金的銀的，就是銅錫的，也要買對兒戴着。今日玉郎扮做新人，滿頭珠翠，若耳上没有環兒，可成模樣麽？他左耳還有個環眼，乃是幼時恐防難養穿過的。那右耳却没眼兒，怎生戴得？孫寡婦左思右想，想出一個計策來。你道是甚計策？他教養娘討個小小膏藥，貼在右耳。若問時，只説環眼生着瘖瘡，戴不得環子，露出左耳上眼兒掩飾。打點停當，將珠姨藏過一間房裏，專侯迎親人來。

到了黄昏時候，只聽得鼓樂喧天，迎親轎子已到門首。張六嫂先入來，看見新人打扮得如天神一般，好不歡喜。眼前不見玉郎，問道：「小官人怎地不見？」孫寡婦道：「今日忽然身子有些不健，睡在那裏，起來不得！」那婆子不知就裏，不來再問。孫寡婦將酒飯犒賞了來人，賓相念起詩賦，請新人上轎。玉郎兜上方巾，向母親作别。孫寡婦一路假哭，送出門來。上了轎子，教養娘跟着，隨身只有一隻皮箱，更無一毫妝奩。孫寡婦又叮囑張六嫂道：「與你説過，三朝就要送回的，不可失信！」張六嫂連聲答應道：「這個自然！」不題孫寡婦。

且説迎親的，一路笙簫聒耳，燈燭輝煌，到了劉家門首。賓相進來説道：「新人將已出轎，没新郎迎接，難道教他獨自拜堂不成？」劉公道：「這却怎好？不要拜罷！」劉媽媽道：「我有道理，教女兒陪拜便了。」【眉批】天使其然。即令慧娘出來相迎。賓相念了闌門詩賦，請新人出了轎子，養娘和張六嫂兩邊扶着。慧娘相迎，進了中堂，先拜了天地，次及公姑親戚。雙雙却是兩個女人同拜，隨從人没一個不掩口而笑。都相見過了，然後姑嫂對拜。劉媽媽道：「如今到房中去與孩兒冲喜。」樂人吹打，引新人進房，來至卧床邊，劉媽媽揭起帳子，叫道：「我的兒，今日娶你媳婦來家冲喜，你須掙扎精神則個。」連叫三四次，并不則聲。劉公將燈照時，只見頭兒歪在半邊，昏迷去了。原來劉璞病得身子虚弱，被鼓樂一震，故此昏迷。當下老夫妻手忙脚亂，掐住人中，即教取過熱湯，灌了幾口，出了一身冷汗，方纔蘇醒。劉媽媽教劉公看着兒子，自己引新人到新房中去。揭起方巾，打一看時，美麗如畫，親戚無不喝采，只有劉媽媽心中反覺苦楚。他想：「媳婦恁般美貌，與兒子正是一對兒。若得雙雙奉侍老夫妻的暮年，也不枉一生辛苦。誰想他没福，臨做親却染此大病，十分中到有九分不妙。倘有一差兩誤，媳婦少不得歸于别姓，豈不目前空喜！」不題劉媽媽心中之事。

且説玉郎也舉目看時，許多親戚中，只有姑娘生得風流標致，想道：「好個女子，我孫潤可惜已定了妻子。若早知此女恁般出色，一定要求他爲婦。」這裏玉郎方在贊羡，誰知慧娘心中也想道：「一向張六嫂説他標致，我還未信，不想話不虚傳。只可惜哥哥没福受用，今夜教他孤眠獨宿。若我丈夫像得他這樣美貌，便稱我的生平了，只怕不能勾哩！」【眉批】女孩兒癡心，如何便欲得美丈夫相比耳。不題二人彼此欣羡。

劉媽媽請衆親戚赴過花燭筵席，各自分頭歇息。賓相樂人，俱已打發去了。張六嫂没有睡處，也自歸家。玉郎在房，養娘與他卸了首飾，秉燭而坐，不敢便寢。劉媽媽與劉公商議道：「媳婦初到，如何教他獨宿？可教女兒去陪伴。」【眉批】又是天使其然。劉公道：「只怕不穩便，由他自睡罷。」劉媽媽不聽，對慧娘道：「你今夜相伴嫂嫂在新房中去睡，省得他怕冷静。」慧娘正愛着嫂嫂，見説教他相伴，恰中其意。劉媽媽引慧娘到新房中道：「娘子，只因你官人有些小恙，不能同房，特令小女來陪你同睡。」玉郎恐露出馬脚，回道：「奴家自來最怕生人，到不消罷。」劉媽媽道：「呀！你們姑嫂年紀相仿，即如姊妹一般，正好相處，怕怎的！你若嫌不穩時，各自蓋着條被兒，便不妨了。」對慧娘道：「你去收拾了被窩過來。」慧娘答應而去。

玉郎此時，又驚又喜。喜的是心中正愛着姑娘標致，不想天與其便，劉媽媽令來陪卧，這事便有幾分了。驚的是恐他不允，一時叫喊起來，反壞了自己之事。又想道：「此番挫過，後會難逢。看這姑娘年紀已在當時，情竇料也開了，須用計緩緩撩撥熱了，不怕不上我鈎！」心下正想，慧娘教丫鬟拿了被兒同進房來，放在床上。劉媽媽起身，同丫鬟自去。慧娘將房門閉上，走到玉郎身邊，笑容可掬，乃道：「嫂嫂，適來見你一些東西不吃，莫不餓了？」玉郎道：「到還未餓。」慧娘又道：「嫂嫂，今後要甚東西，可對奴家説知，自去拿來，不要害羞不説。」【眉批】女孩兒直恁饒舌，可知着了道兒。玉郎見他意兒殷勤，心下暗喜，答道：「多謝姑娘美情。」慧娘見燈上結着一個大大花兒，笑道：「嫂嫂，好個燈花兒，正對着嫂嫂，可知喜也！」玉郎也笑道：「姑娘休得取笑，還是姑娘的喜信。」慧娘道：「嫂嫂話兒到會耍人。」兩個閒話一回。

慧娘道：「嫂嫂，夜深了，請睡罷。」玉郎道：「姑娘先請。」慧娘道：「嫂嫂是客，奴家是主，怎敢僭先！」玉郎道：「這個房中還是姑娘是客。」【眉批】此語亦非玉郎不能道。慧娘笑道：「恁樣占先了。」便解衣先睡。養娘見兩下取笑，覺道玉郎不懷好意，低低説道：「官人，你須要斟酌，此事不是當耍的！倘大娘知了，連我也不好。」玉郎道：「不消囑付，我自曉得，你自去睡。」養娘便去旁邊打個舖兒睡下。玉郎起身携着燈兒，走到床邊，揭起帳子照看，只見慧娘捲着被兒，睡在裏床，見玉郎將燈來照，笑嘻嘻的道：「嫂嫂，睡罷了，照怎的？」玉郎也笑道：「我看姑娘睡在那一頭，方好來一頭睡。」【眉批】好光景。把燈放在床前一隻小卓兒上，解衣入帳，對慧娘道：「姑娘，我與你一頭睡了，好講話耍子。」慧娘道：「如此最好！」玉郎鑽下被裏，卸了上身衣服，下體小衣却穿着，問道：「姑娘今年青春了？」慧娘道：「一十五歲。」又問：「姑娘許的是那一家？」慧娘怕羞，不肯回言。玉郎把頭捱到他枕上，附耳道：「我與你一般是女兒家，何必害羞。」慧娘方纔答道：「是開生藥鋪的裴家。」又問道：「可見説佳期還在何日？」慧娘低低道：「近日曾教媒人再三來説，爹道奴年紀尚小，回他們再緩幾時哩。」玉郎笑道：「回了他家，你心下可不氣惱麽？」慧娘伸手把玉郎的頭推下枕來，道：「你不是個好人！哄了我的話，便來耍人。我若氣惱時，你今夜心裏還不知怎地惱着哩！」【眉批】好光景。玉郎依舊又捱到枕上道：「你且説我有甚惱？」慧娘道：「今夜做親没有個對兒，怎地不惱？」玉郎道：「如今有姑娘在此，便是個對兒了，又有甚惱！」慧娘笑道：「恁樣説，你是我的娘子了。」玉郎道：「我年紀長是你，丈夫還是我。」慧娘道：「我今夜替哥哥拜堂，就是哥哥一般，還該是我。」玉郎道：「大家不要争，只做個女夫妻罷！」兩個説風話耍子，愈加親熱。【眉批】漸漸入港，想當然耳。（二）

玉郎料想没事，乃道：「既做了夫妻，如何不合被兒睡？」口中便説，兩手即掀開他的被兒，捱過身來，伸手便去摸他身上，膩滑如酥，下體却也穿着小衣。慧娘此時已被玉郎調動春心，忘其所以，任玉郎摩弄，全然不拒。玉郎摸至胸前時，一對小乳，豐隆突起，温軟如綿；乳頭却像鷄頭肉一般，甚是可愛。慧娘也把手來將玉郎渾身一摸，道：「嫂嫂好個軟滑身子。」摸他乳時，剛剛只有兩個小小乳頭，心中想道：「嫂嫂長似我，怎麽乳兒到小？」玉郎摩弄了一回，便雙手摟抱過來，嘴對嘴將舌尖度向慧娘口中。慧娘只認做姑嫂戲耍，也將雙手抱住，含了一回；也把舌兒吐到玉郎口裏，被玉郎含住，着實咂吮。咂得慧娘遍體酥麻，便道：「嫂嫂，如今不像女夫妻，竟是真夫妻一般了。」玉郎見他情動，便道：「有心頑了，何不把小衣一發去了，親親熱熱睡一回也好。」慧娘道：「羞人答答，脱了不好。」玉郎道：「縱是取笑，有甚麽羞？」便解開他的小衣褪下，伸手去摸他不便處。慧娘雙手即來遮掩道：「嫂嫂休得囉唣！」玉郎捧過面來，親個嘴道：「何妨得，你也摸我的便了。」慧娘真個也去解了他的裩來摸時，只見一條玉莖鐵硬的挺着，吃了一驚，縮手不迭，乃道：「你是何人？却假妝着嫂嫂來此？」玉郎道：「我便是你的丈夫了，又問怎的？」一頭即便騰身上去，將手啓他雙股。慧娘雙手推開半邊道：「你若不説真話，我便叫喊起來，教你了不得。」玉郎着了急，連忙道：「娘子不消性急，待我説便了。我是你嫂嫂的兄弟玉郎。聞得你哥哥病勢沉重，未知怎地。我母親不捨得姐姐出門，又恐誤了你家吉期，故把我假妝嫁來，等你哥哥病好，然後送姐姐過門。不想天付良緣，到與娘子成了夫婦。此情只許你我曉得，不可泄漏！」説罷，又翻上身來。慧娘初時只道是真女人，尚然心愛，如今却是個男子，豈不歡喜？況且已被玉郎先引得神魂飄蕩，又驚又喜，半推半就道：「元來你們恁樣欺心！」玉郎那有心情回答，雙手緊緊抱住，即便恣意風流：

一個是青年孩子，初嘗滋味；一個是黄花女兒，乍得甜頭。一個説今宵花燭，到成就了你我姻緣；一個説此夜衾裯，便試發了夫妻恩愛。一個説前生有分，不須月老冰人；一個道異日休忘，説盡山盟海誓。各燥自家脾胃，管甚麼姐姐哥哥；且圖眼下歡娱，全不想有夫有婦。雙雙蝴蝶花間舞，兩兩鴛鴦水上游。

雲雨已畢，緊緊偎抱而睡。

且説養娘恐怕玉郎弄出事來，卧在旁邊鋪上，眼也不合。聽着他們初時還説話笑耍，次後只聽得床稜摇戛，氣喘吁吁，已知二人成了那事，暗暗叫苦。到次早起來，慧娘自向母親房中梳洗。養娘替玉郎梳妝，低低説道：「官人，你昨夜恁般説了，却又口不應心，做下那事！倘被他們曉得，却怎處？」玉郎道：「又不是我去尋他，他自送上門來，教我怎生推却！」養娘道：「你須拿住主意便好。」玉郎道：「你想恁樣花一般的美人，同床而卧，便是鐵石人也打熬不住，教我如何忍耐得過！你若不泄漏時，更有何人曉得？」【眉批】不見可欲，使心不亂。妝扮已畢，來劉媽媽房裏相見。劉媽媽道：「兒，環子也忘戴了？」養娘道：「不是忘了，因右耳上環眼生了瘡，戴不得，還貼着膏藥哩。」劉媽媽道：「元來如此。」玉郎依舊來至房中坐下，親戚女眷都來相見，張六嫂也到。慧娘梳裹罷，也到房中，彼此相視而笑。是日劉公請内外親戚吃慶喜筵席，大吹大擂，直飲到晚，各自辭别回家。慧娘依舊來伴玉郎，這一夜顛鸞倒鳳，海誓山盟，比昨倍加恩愛。看看過了三朝，二人行坐不離。到是養娘捏着兩把汗，催玉郎道：「如今已過三朝，可對劉大娘説，回去罷！」玉郎與慧娘正火一般熱，那想回去，假意道：「我怎好啓齒説要回去，須是母親教張六嫂來説便好。」【眉批】口是心非。養娘道：「也説得是。」即便回家。

却説孫寡婦雖將兒子假妝嫁去，心中却懷着鬼胎。急切不見張六嫂來回覆，眼巴巴望到第四日，養娘回家，連忙來問。養娘將女婿病凶，姑娘陪拜，夜間同睡相好之事，細細説知。孫寡婦跌足叫苦道：「這事必然做出來也！你快去尋張六嫂來。」養娘去不多時，同張六嫂來家。孫寡婦道：「六嫂，前日講定的三朝便送回來，今已過了，勞你去説，快些送我女兒回來！」張六嫂得了言語，同養娘來至劉家。恰好劉媽媽在玉郎房中閒話，張六嫂將孫家要接新人的話説知。玉郎、慧娘不忍割捨，到暗暗道：「但願不允便好。」誰想劉媽媽真個説道：「六嫂，你媒也做老了，難道恁樣事還不曉得？從來可有三朝媳婦便歸去的理麽？前日他不肯嫁來，這也没奈何。今既到我家，便是我家的人了，還像得他意？我千難萬難，娶得個媳婦，到三朝便要回去，説也不當人子。既如此不捨得，何不當初莫許人家。他也有兒子，少不得也要娶媳婦，看三朝可肯放回家去？聞得親母是個知禮之人，虧他怎樣説了出來？」【眉批】會説。一番言語，説得張六嫂啞口無言，不敢回覆孫家。那養娘恐怕有人闖進房裏，衝破二人之事，到緊緊守着房門，也不敢回家。

且説劉璞自從結親這夜，驚出那身汗來，漸漸痊可。曉得妻子已娶來家，人物十分標致，心中歡喜，這病愈覺好得快了。過了數日，掙扎起來，半眠半坐，日漸健旺，即能梳裹，要到房中來看渾家。劉媽媽恐他初愈，不耐行動，教丫鬟扶着，自己也隨在後，慢騰騰的走到新房門口。養娘正坐在門檻之上，丫鬟道：「讓大官人進去。」養娘立起身來，高聲叫道：「大官人進來了！」玉郎正摟着慧娘調笑，聽得有人進來，連忙走開。劉璞掀開門簾跨進房來。慧娘道：「哥哥，且喜梳洗了。只怕還不宜勞動。」劉璞道：「不打緊！我也暫時走走，就去睡的。」便向玉郎作揖。玉郎背轉身，道了個萬福。劉媽媽道：「我的兒，你且慢作揖麼！」又見玉郎背立，便道：「娘子，這便是你官人。如今病好了，特來見你，怎麼到背轉身子？」走向前，扯近兒子身邊，道：「我的兒，與你恰好正是個對兒。」劉璞見妻子美貌非常，甚是快樂，真個是人逢喜事精神爽，那病平去了幾分。劉媽媽道：「兒去睡了罷，不要難爲身子。」原教丫鬟扶着，慧娘也同進去。

玉郎見劉璞雖然是個病容，却也人材齊整，暗想道：「姐姐得配此人，也不辱抹了。」又想道：「如今姐夫病好，倘然要來同卧，這事便要决撒，快些回去罷。」到晚上對慧娘道：「你哥哥病已好了，我須住身不得。你可攛掇母親送我回家，换姐姐過來，這事便隱過了。若再住時，事必敗露！」慧娘道：「你要歸家，也是易事。我的終身，却怎麽處？」【眉批】到此纔想着終身。玉郎道：「此事我已千思萬想，但你已許人，我已聘婦，没甚計策挽回，如之奈何？」慧娘道：「君若無計娶我，誓以魂魄相隨，决然無顔更事他人！」【眉批】還虧曲終奏雅。説罷，嗚嗚咽咽哭將起來。玉郎與他拭了眼淚道：「你且勿煩惱，容我再想。」自此兩相留戀，把回家之事到閣起一邊。一日午飯已過，養娘向後邊去了。二人將房門閉上，商議那事，長算短算，没個計策，心下苦楚，彼此相抱暗泣。

且説劉媽媽自從媳婦到家之後，女兒終日行坐不離。剛到晚，便閉上房門去睡，直至日上三竿，方纔起身，劉媽媽好生不樂。初時認做姑嫂相愛，不在其意，已後日日如此，心中老大疑惑。也還道是後生家貪眠懶惰，幾遍要説，因想媳婦初來，尚未與兒子同床，還是個嬌客，只得耐住。那日也是合當有事。偶在新房前走過，忽聽得裏邊有哭泣之聲。向壁縫中張時，只見媳婦共女兒互相摟抱，低低而哭。劉媽媽見如此做作，料道這事有些蹺蹊。欲待發作，又想兒子纔好，若知得，必然氣惱，權且耐住。便掀門簾進來，門却閉着。叫道：「快些開門！」二人聽見是媽媽聲音，拭乾眼淚，忙來開門。劉媽媽走將進去，便道：「爲甚青天白日，把門閉上，在内摟抱啼哭？」二人被問，驚得滿面通紅，無言可答。劉媽媽見二人無言，一發是了，氣得手足麻木，一手扯着慧娘道：「做得好事！且進來和你説話。」扯到後邊一間空屋中來。丫鬟看見，不知爲甚，閃在一邊。

劉媽媽扯進了屋裏，將門閂上。丫鬟伏在門上張時，見媽媽尋了一根木棒，駡道：「賤人！快快實説，便饒你打駡。若一句含糊，打下你這下半截來！」慧娘初時抵賴。媽媽道：「賤人！我且問你，他來得幾時，有甚恩愛割捨不得，閉着房門，摟抱啼哭？」慧娘對答不來。媽媽拿起棒子要打，心中却又不捨得。慧娘料是隱瞞不過，想道：「事已至此，索性説個明白，求爹媽辭了裴家，配與玉郎，若不允時，拚個自盡便了！」乃道：「前日孫家曉得哥哥有病，恐誤了女兒，要看下落，教爹媽另自擇日。因爹媽執意不從，故把兒子玉郎假妝嫁來。不想母親教孩兒陪伴，遂成了夫婦，恩深義重，誓必圖百年諧老。今見哥哥病好，玉郎恐怕事露，要回去换姐姐過來。孩兒思想，一女無嫁二夫之理，教玉郎尋門路娶我爲妻。因無良策，又不忍分離，故此啼哭。

不想被母親看見，只此便是實話。」劉媽媽聽罷，怒氣填胸，把棒撇在一邊，雙足亂跳，罵道：「元來這老乞婆恁般欺心，將男作女哄我！怪道三朝便要接回。如今害了我女兒，須與他干休不得！拚這老性命結識這小殺才罷！」開了門，便赶出來。慧娘見母親去打玉郎，心中着忙，不顧羞耻，上前扯住。被媽媽將手一推，跌在地上，爬起時，媽媽已赶向外邊去了。慧娘隨後也赶將來，丫鬟亦跟在後面。

且説玉郎見劉媽媽扯去慧娘，情知事露，正在房中着急。只見養娘進來道：「官人，不好了，弄出事來也！適在後邊來，聽得空屋中亂鬧。張看時，見劉大娘拿大棒子拷打姑娘，逼問這事哩！」玉郎聽説打着慧娘，心如刀割，眼中落下淚來，没了主意。養娘道：「今若不走，少頃便禍到了！」玉郎即忙除下簪釵，挽起一個角兒，皮箱内開出道袍鞋襪穿起，走出房來，將門帶上，離了劉家，帶跌奔回家裏。正是：

拆破玉籠飛彩鳳，頓開金鎖走蛟龍。

孫寡婦見兒子回來，恁般慌急，又驚又喜，便道：「如何這般模樣？」養娘將上項事説知。孫寡婦埋怨道：「我教你去，不過權宜之計，如何却做出這般没天理事體！你若三朝便回，隱惡揚善，也不見得事敗。可恨張六嫂這老虔婆，自從那日去了，竟不來覆我。養娘，你也不回家走遭，教我日夜擔愁！今日弄出事來，害這姑娘，却怎麼處？要你不肖子何用！」玉郎被母親嗔責，驚愧無地。養娘道：「小官人也自要回的，怎奈劉大娘不肯。我因恐他們做出事來，日日守着房門，不敢回家。今日暫走到後邊，便被劉大娘撞破。幸喜得急奔回來，還不曾吃虧。如今且教小官人躲過兩日，他家没甚話説，便是萬千之喜了。」孫寡婦真個教玉郎閃過，等候他家消息。

且説劉媽媽赶到新房門口，見門閉着，只道玉郎還在裏面，在外罵道：「天殺的賊賤才！你把老娘當做什麼樣人，敢來弄空頭，壞我的女兒！今日與你性命相博，方見老娘手段。快些走出來！若不開時，我就打進來了！」正罵時，慧娘已到，便去扯母親進去。劉媽媽罵道：「賤人，虧你羞也不羞，還來勸我！」儘力一摔，不想用力猛了，將門靠開，母子兩個都跌進去，攪做一團。劉媽媽罵道：「好天殺的賊賤才，到放老娘這一交！」即忙爬起尋時，那裏見個影兒。那婆子尋不見玉郎，乃道：「天殺的好見識！走得好！你便走上天去，少不得也要拿下來！」對着慧娘道：「如今做下這等醜事，倘被裴家曉得，却怎地做人？」慧娘哭道：「是孩兒一時不是，做差這事。但求母親憐念孩兒，勸爹爹怎生回了裴家，嫁着玉郎，猶可挽回前失。倘若不允，有死而已！」説罷，哭倒在地。劉媽媽道：「你説得好自在話兒！他家下財納聘，定着媳婦，今日平白地要休這親事，誰個肯麽？倘然問因甚事故要休這親，教你爹怎生對答？難道說我女兒自尋了一個漢子不成？」【眉批】好狠話。慧娘被母親說得滿面羞慚，將袖掩着痛哭。劉媽媽終是禽犢之愛，見女兒恁般啼哭，却又恐哭傷了身子，便道：「我的兒，這也不干你事，都是那老虔婆設這没天理的詭計，將那殺才喬妝嫁來。我一時不知，教你陪伴，落了他圈套。如今總是無人知得，把來閣過一邊，全你的體面，這纔是個長策。【眉批】好長策。若說要休了裴家，嫁那殺才，這是斷然不能！」慧娘見母親不允，愈加啼哭。劉媽媽又憐又惱，到没了主意。

正鬧間，劉公正在人家看病回來，打房門口經過，聽得房中啼哭，乃是女兒聲音，又聽得媽媽話響，正不知爲着甚的，心中疑惑。忍耐不住，揭開門簾，問道：「你們爲甚恁般模樣？」劉媽媽將前項事一一細說，氣得劉公半晌說不出話來。想了一想，到把媽媽埋怨道：「都是你這老乞婆害了女兒！起初兒子病重時，我原要另擇日子，你便說長道短，生出許多話來，執意要那一日。次後孫家教養娘來說，我也罷了，又是你弄嘴弄舌，哄着他家。及至娶來家中，我說待他自睡罷，你又偏生推女兒伴他。如今伴得好麽！」【眉批】何前聽而後悔？劉老只因懼内而然。劉媽媽因玉郎走了，又不捨得女兒難爲，一肚子氣，正没發脱，見老公倒前倒後，數說埋怨，急得暴躁如雷，罵道：「老亡八！依你說起來，我的孩兒應該與這殺才騙的！」一頭撞個滿懷。【眉批】到此還撒潑。

劉公也在氣惱之時，揪過來便打。【眉批】纔有丈夫氣。慧娘便來解勸。三人攪做一團，滾做一塊，分拆不開。丫鬟着了忙，奔到房中報與劉璞道：「大官人，不好了！大爺大娘在新房中相打哩！」劉璞在榻上爬起來，走至新房，向前分解。老夫妻見兒子來勸，因惜他病體初愈，恐勞碌了他，方纔罷手，猶兀自老亡八老乞婆相罵。劉璞把父親勸出外邊，乃問：「妹子爲甚在這房中厮鬧，娘子怎又不見？」慧娘被問，心下惶愧，掩面而哭，不敢則聲。劉璞焦躁道：「且說爲着甚的？」劉婆方把那事細說，將劉璞氣得面如土色。停了半晌，方道：「家醜不可外揚，倘若傳到外邊，被人耻笑。事已至此，且再作區處！」劉媽媽方纔住口，走出房來。慧娘掙住不行，劉媽媽一手扯着便走，取巨鎖將門鎖上。來到房裏，慧娘自覺無顏，坐在一個壁角邊哭泣。正是：

饒君掬盡湘江水，難洗今朝滿面羞。

且說李都管聽得劉家喧嚷，伏在壁上打聽。雖然曉得些風聲，却不知其中細底。次早，劉家丫鬟走出門前，李都管招到家中問他。那丫鬟初時不肯說，李都管取出四五十錢來與他，道：「你若說了，送這錢與你買東西吃。」丫鬟見了銅錢，心中動火，接過來藏在身邊，便從頭至尾，盡與李都管說知。李都管暗喜道：「我把這醜事報與裴家，攛掇來鬧炒一場，他定無顏在此居住，這房子可不歸于我了？」忙忙的走至裴家，一五一十報知，又添些言語，激惱裴九老。

那九老夫妻，因前日娶親不允，心中正惱着劉公。今日聽見媳婦做下醜事，如何不氣？一徑趕到劉家，喚出劉公來發話道：「當初我央媒來説，要娶親時，千推萬阻，道女兒年紀尚小，不肯應承。護在家中，私養漢子。若早依了我，也不見得做出事來。我是清清白白的人家，決不要這樣敗壞門風的好東西。快還了我昔年聘禮，另自去對親，不要誤我孩兒的大事。」將劉公嚷得面上一回紅，一回白，想道：「我家昨夜之事，他如何今早便曉得了？這也怪異！」又不好承認，只得賴道：「親家，這是那裏説起，造恁般言語污辱我家？倘被外人聽得，只道真有這事，你我體面何在？」裴九老便罵道：「打脊賤才！真個是老亡八。女兒現做着恁樣醜事，那個不曉得了？虧你還長着鳥嘴，在我面前遮掩。」趕近前把手向劉公臉上一撩道：「老亡八，羞也不羞！待我送個鬼臉兒與你戴了見人。」劉公被他羞辱不過，駡道：「老殺才，今日爲甚趕上門來欺我？」便一頭撞去，把裴九老撞倒在地，兩下相打起來。裏邊劉媽媽與劉璞聽得外面喧嚷，出來看時，却是裴九老與劉公廝打，急向前拆開。裴九老指着駡道：「老亡八，打得好！我與你到府裏去説話。」一路駡出門去了。劉璞便問父親：「裴九因甚清早來廝鬧？」劉公把他言語學了一遍。劉璞道：「他家如何便曉得了？

此甚可怪。」又道：「如今事已彰揚，却怎麽處？」劉公又想起裴九老恁般恥辱，心中轉惱，頓足道：「都是孫家老乞婆，害我家壞了門風，受這樣惡氣！若不告他，怎出得這氣？」劉璞勸解不住。劉公央人寫了狀詞，望着府前奔來，正值喬太守早堂放告。這喬太守雖則關西人，又正直，又聰明，憐才愛民，斷獄如神，府中都稱爲「喬青天」。

却說劉公剛到府前，劈面又遇着裴九老。九老見劉公手執狀詞，認做告他，【眉批】又好個錯認。便罵道：「老亡八，縱女做了醜事，到要告我，我同你去見太爺。」上前一把扭住，兩下又打將起來。兩張狀詞，都打失了。二人結做一團，直至堂上。喬太守看見，喝教各跪一邊，問道：「你二人叫甚名字？爲何結扭相打？」二人一齊亂嚷。喬太守道：「不許攙越！那老兒先上來說。」裴九老跪上去訴道：「小人叫做裴九，有個兒子裴政，從幼聘下邊劉秉義的女兒慧娘爲妻，今年都已十五歲了。小人因是老年愛子，要早與他完姻，幾次央媒去說，要娶媳婦，那劉秉義只推女兒年紀尚小，勒掯不許。誰想他縱女賣奸，戀着孫潤，暗招在家，要圖賴親事。今早到他家理説，反把小人毆辱。情極了，來爺爺臺下投生，他又赶來扭打。求爺爺作主，救小人則個！」喬太守聽了，道：「且下去！」喚劉秉義上去問道：「你怎麽説？」劉公道：「小人有一子一女。兒子劉璞，聘孫寡婦女兒珠姨爲婦，女兒便許裴九的兒子。向日裴九要娶時，一來女兒尚幼，未曾整備妝奩；二來正與兒子完姻，故此不允。不想兒子臨婚時，忽地患起病來，不敢教與媳婦同房，令女兒陪伴嫂子。那知孫寡婦欺心，藏過女兒，却將兒子孫潤假妝過來，到强奸了小人女兒。正要告官，這裴九知得了，登門打駡。小人氣忿不過，與他争嚷，實不是圖賴他的婚姻。」喬太守見説男扮爲女，甚以爲奇，乃道：「男扮女妝，自然有異。難道你認他不出？」劉公道：「婚嫁乃是常事，那曾有男子假扮之理，却去辨他真假？况孫潤面貌，美如女子。小人夫妻見了，已是萬分歡喜，有甚疑惑？」喬太守道：「孫家既以女許你爲媳，因甚却又把兒子假妝？其中必有緣故。」又道：「孫潤還在你家麽？」劉公道：「已逃回去了。」喬太守即差人去拿孫寡婦母子三人，又差人去喚劉璞、慧娘兄妹俱來聽審。不多時，都已拿到。【眉批】這一日府堂上好不熱鬧。

喬太守舉目看時，玉郎姊弟，果然一般美貌，面龐無二，劉璞却也人物俊秀，慧娘艷麗非常，暗暗欣羡道：「好兩對青年兒女！」心中便有成全之意。乃問孫寡婦：「因甚將男作女，哄騙劉家，害他女兒？」孫寡婦乃將女婿病重，劉秉義不肯更改吉期，恐怕誤了女兒終身，故把兒子妝去沖喜，三朝便回，是一時權宜之策。不想劉秉義却教女兒陪卧，做出這事。喬太守道：「元來如此！」問劉公道：「當初你兒子既是病重，自然該另換吉期。你執意不肯，却主何意？假若此時依了孫家，那見得女兒有此醜事？這都是你自起釁端，連累女兒。」劉公道：「小人一時不合聽了妻子說話，如今悔之無及！」【眉批】慎矣！婦人之言切不可聽。喬太守道：「胡說！你是一家之主，却聽婦人言語。」

又喚玉郎、慧娘上去說：「孫潤，你以男假女，已是不該。却又奸騙處女，當得何罪？」玉郎叩頭道：「小人雖然有罪，但非設意謀求，乃是劉親母自遣其女陪伴小人。」喬太守道：「他因不知你是男子，故令他來陪伴，乃是美意，你怎不推却？」玉郎道：「小人也曾苦辭，怎奈堅執不從。」喬太守道：「論起法來，本該打一頓板子纔是！姑念你年紀幼小，又係兩家父母釀成，權且饒恕。」玉郎叩頭泣謝。喬太守又問慧娘：「你事已做錯，不必說起。如今還是要歸裴氏，要歸孫潤？實說上來。」【眉批】這一問吃緊。慧娘哭道：「賤妾無媒苟合，節行已虧，豈可更事他人？況與孫潤恩義已深，誓不再嫁。若爺爺必欲判離，賤妾即當自盡，决無顏苟活，貽笑他人。」說罷，放聲大哭。喬太守見他情詞真懇，甚是憐惜，且喝過一邊，喚裴九老分付道：「慧娘本該斷歸你家，但已失身孫潤，節行已虧。你若娶回去，反傷門風，被人耻笑；他又蒙二夫之名，各不相安。今判與孫潤爲妻，全其體面。令孫潤還你昔年聘禮，你兒子另自聘婦罷！」裴九老道：「媳婦已爲醜事，小人自然不要。但孫潤破壞我家婚姻，今原歸于他，反周全了奸夫淫婦，小人怎得甘心！情願一毫原聘不要，求老爺斷媳婦另嫁別人，小人這口氣也還消得一半。」喬太守道：「你既已不願娶他，何苦又作此冤家！」劉公亦禀道：「爺爺，孫潤已有妻子，小人女兒豈可與他爲妾？」喬太守初時只道孫潤尚無妻子，故此斡旋，見劉公説已有妻，乃道：「這却怎麽處？」對孫潤道：「你既有妻子，一發不該害人閨女了！如今置此女子何地？」【眉批】好個喬太守。喬者，高也，此太守真高。玉郎不敢答應。

喬太守又道：「你妻子是何等人家？可曾過門麽？」【眉批】又問得好。孫潤道：「小人妻子是徐雅女兒，尚未過門。」喬太守道：「這等易處了。」叫道：「裴九，孫潤原有妻未娶，如今他既得了你媳婦，我將他妻子斷償你的兒子，消你之忿！」裴九老道：「老爺明斷，小人怎敢違逆？但恐徐雅不肯。」喬太守道：「我作了主，誰敢不肯！你快回家引兒子過來，我差人去喚徐雅帶女兒來當堂匹配。」裴九老即忙歸家，將兒子裴政領到府中。徐雅同女兒也喚到了。喬太守看時，兩家男女却也相貌端正，是個對兒。乃對徐雅道：「孫潤因誘了劉秉義女兒，今已判爲夫婦。我今作主，將你女兒配與裴九兒子裴政。限即日三家俱便婚配回報，如有不伏者，定行重治。」

徐雅見太守作主，怎敢不依，俱各甘伏。喬太守援筆判道：

弟代姊嫁，姑伴嫂眠。愛女愛子，情在理中；一雌一雄，變出意外。移乾柴近烈火，無怪其燃；以美玉配明珠，適獲其偶。孫氏子因姊而得婦，摟處子不用踰墻；劉氏女因嫂而得夫，懷吉士初非炫玉。相悅爲婚，禮以義起。所厚者薄，事可權宜。【眉批】如此斷法，許多醜事化爲一段美譚。不然，各家争訟，何時而息。所以善做官者，只是化有事爲無事。使徐雅别婿裴九之兒，許裴政改娶孫郎之配。奪人婦，人亦奪其婦，兩家恩怨，總息風波；獨樂樂，不若與人樂，三對夫妻，各諧魚水。人雖兑换，十六兩原只一斤；親是交門，五百年决非錯配。以愛及愛，伊父母自作冰人；非親是親，我官府權爲月老。【眉批】絶妙審單。已經明斷，各赴良期。

喬太守寫畢，教押司當堂朗誦與衆人聽了。衆人無不心服，各各叩頭稱謝。喬太守在庫上支取喜紅六段，教三對夫妻披挂起來，喚三起樂人，三頂花花轎兒，擡了三位新人。新郎及父母，各自隨轎而出。此事鬧動了杭州府，都説好個行方便的太守，人人誦德，個個稱賢。自此各家完親之後，都無説話。

李都管本欲唆孫寡婦、裴九老兩家與劉秉義講嘴，鷸蚌相持，〔二〕自己漁人得利。不期太守善于處分，反作成了孫玉郎一段良姻。街坊上當做一件美事傳説，不以爲醜，他心中甚是不樂。未及一年，喬太守又取劉璞、孫潤都做了秀才，起送科舉。李都管自知慚愧，安身不牢，反躲避鄉居。後來劉璞、孫潤同榜登科，俱任京職，仕途有名，扶持裴政亦得了官職。一門親眷，富貴非常，劉璞官直至龍圖閣學士，連李都管家宅反歸并于劉氏。刁鑽小人，亦何益哉！後人有詩，單道李都管爲人不善，以爲後戒。詩云：

爲人忠厚爲根本，何苦刁鑽欲害人。
不見古人卜居者，千錢只爲買鄉鄰。

又有一詩，單誇喬太守此事斷得甚好：

鴛鴦錯配本前緣，全賴風流太守賢。
錦被一床遮盡醜，喬公不枉叫青天。

【校記】

〔一〕「想」字，底本缺失，據衍慶堂本補。

〔二〕「鷸蚌」，底本及衍慶堂本、東大本均作「蟜蚌」，據文意改。《奇觀》同底本。

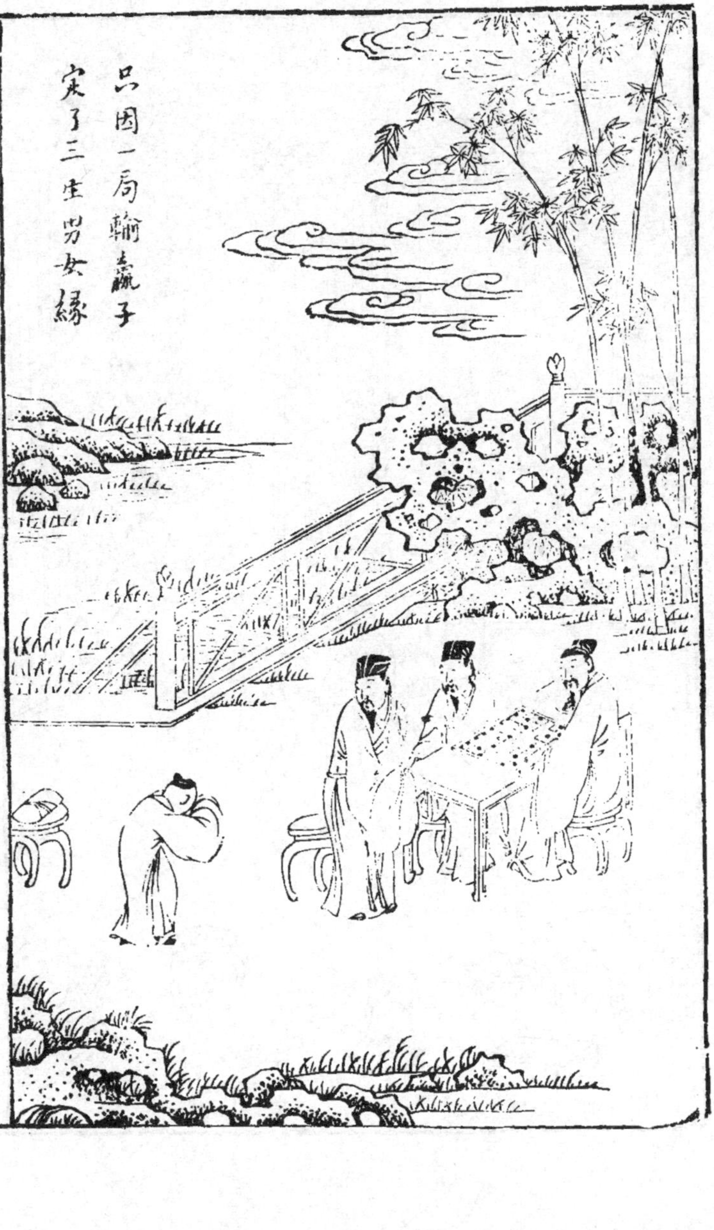
只因一局輸贏子
定了三生男女緣

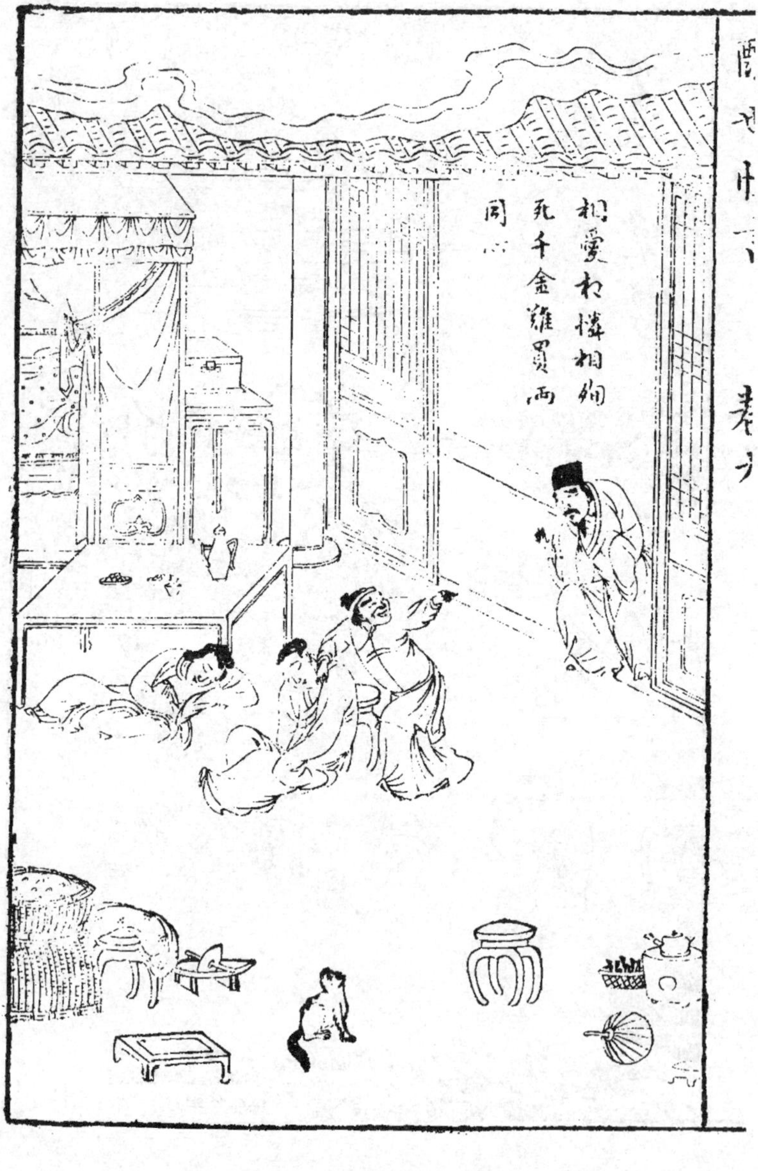
相愛不憐相狥
死千金難買兩
同心

第九卷　陳多壽生死夫妻（一）

世事紛紛一局棋，輸贏未定兩争持。
須臾局罷棋收去，畢竟誰贏誰是輸？

這四句詩，是把棋局比着那世局。世局千騰萬變，轉盼皆空。政如下棋的較勝争强，眼紅喉急，分明似孫龐鬥智，賭個你死我活；又如劉項争天下，不到烏江不盡頭。及至局散棋收，付之一笑。所以高人隱士，往往寄興棋枰，消閒玩世。其間吟詠，不可勝述，只有國朝曾棨狀元應制詩做得甚好。詩曰：

兩君相敵立雙營，坐運神機决死生。
十里封疆馳駿馬，一川波浪動金兵。
虞姬歌舞悲垓下，漢將旌旗逼楚城。
興盡計窮征戰罷，松陰花影滿棋枰。

此詩雖好，又有人駁他，説虞姬、漢將一聯，是個套話。第七句説興盡計窮，意趣便蕭索了。應制詩是進御的，聖天子重瞳觀覽，還該要有些氣象。同時洪熙皇帝御製一篇，詞意宏偉，遠出尋常，詩曰：

二國争强各用兵，擺成隊伍定輸贏。
馬行曲路當先道，將守深營戒遠征。
乘險出車收散卒，隔河飛砲下重城。
等閒識得軍情事，一着功成定太平。

今日爲何説這下棋的話？只爲有兩個人家，因這幾着棋子，遂爲莫逆之交，結下兒女姻親，後來變出花錦般一段説話。正是：

夫妻不是今生定，五百年前結下因。

話説江西分宜縣，有兩個莊户人家，一個叫做陳青，一個叫做朱世遠，〔二〕兩家東西街對面居住。論起家事，雖然不算大富長者，靠祖上遺下些田業，儘可温飽有餘。那陳青與朱世遠皆在四旬之外，累代鄰居，志同道合，都則本分爲人，不管閒事，不惹閒非。每日吃了酒飯，出門相見，只是一盤象棋，消閒遣日。有時迭爲賓主，不過清茶寡飯，不設酒肴，以此爲常。那些三鄰四舍，閒時節也到兩家去看他下棋頑耍。其中有個王三老，壽有六旬之外，少年時也自歡喜象戲，下得頗高。近年有個火症，生怕用心動火，不與人對局了。日常無事，只以看棋爲樂，早晚不倦。説起來，下棋的最怕傍人觀看。常言道：「傍觀者清，當局者迷。」倘或傍觀的口嘴不緊，遇煞着處溜出半句話來，贏者反輸，輸者反贏，欲待發惡，不爲大事；欲待不抱怨，又忍氣不過。所以古人説得好：

觀棋不語真君子，把酒多言是小人。

可喜王三老偏有一德，未曾分局時，絶不多口；到勝負已分，却分説那一着是先手，所以贏；那一着是後手，所以輸。朱陳二人到也喜他講論，不以爲怪。【眉批】閒話敷衍有趣。一日，朱世遠在陳青家下棋，王三老亦在座。吃了午飯，重整棋枰，方欲再下，只見外面一個小學生踱將進來。那學生怎生模樣？

面如傅粉，唇若塗朱，光着靛一般的青頭，露着玉一樣的嫩手。儀容清雅，步履端詳。却疑天上仙童，不信人間小子。

那學生正是陳青的兒子，小名多壽，抱了書包，從外而入。跨進坐啓，不慌不忙，將書包放下椅子之上，先向王三老叫聲公公，深深的作了個揖。王三老欲待回禮，陳青就座上一把按住道：「你老人家不須多禮。却不怕折了那小斷一世之福？」王三老道：「説那裏話！」口中雖是恁般説，被陳青按住，只把臂兒略起了一起，腰兒略曲了一曲，也算受他半禮了。那小學生又向朱世遠叫聲伯伯，作揖下去。朱世遠還禮時，陳青却是對坐，隔了一張棋卓，不便拖拽，只得也作揖相陪。【眉批】叙事細密。小學生見過了二位尊客，纔到父親跟前唱喏，立起身來，禀道：「告爹爹：明日是重陽節日，先生放學回去了，直過兩日纔來。分付孩兒回家，不許頑耍，限着書，還要讀哩。」説罷，在椅子上取了書包，端端正正，走進内室去了。

王三老和朱世遠見那小學生行步舒徐，語音清亮，且作揖次第，甚有禮數，口中誇獎不絶。王三老便問：「令郎幾歲了？」陳青應答道：「是九歲。」王三老道：「想着昔年湯餅會時，宛如昨日。倏忽之間，已是九年，真個光陰似箭，争教我們不老！」又問朱世遠道：「老漢記得宅上令愛也是這年生的。」朱世遠道：「果然，小女多福，如今也是九歲了。」王三老道：「莫怪老漢多口，你二人做了一世的棋友，何不扳做兒女親家？古時有個朱陳村，一村中只有二姓，世爲婚姻。如今你二人之姓，適然相符，應是天緣。况且好男好女，你知我見，有何不美？」朱世遠已自看上了小學生，不等陳青開口，先答應道：「此事最好！只怕陳兄不願。若肯俯就，小子再無别言。」陳青道：「既蒙朱兄不棄寒微，小子是男家，有何推托？就煩三老作伐。」王三老道：

「明日是個重陽日，陽九不利。後日大好個日子，老夫便當登門。今日一言爲定，出自二位本心。老漢只圖吃幾杯見成喜酒，不用謝媒。」陳青道：「我説個笑話你聽：玉皇大帝要與人皇對親，商量道：兩親家都是皇帝，也須得個皇帝爲媒纔好，乃請竈君皇帝往下界去説親。人皇見了竈君，大驚道：『那做媒的怎的這般樣黑？』竈君道：『從來媒人那有白做的！』」王三老和朱世遠都笑起來。朱陳二人又下棋，到晚方散。

只因一局輸贏子，定了三生男女緣。

次日，重陽節無話。到初十日，王三老換了一件新開摺的色衣，到朱家説親。朱世遠已自與渾家柳氏説過，誇獎女婿許多好處，是日一諾無辭，財禮并不計較。他日嫁送，稱家之有無，各不責備便了。王三老即將此言回復陳青。陳青甚喜，擇了個和合吉日，下禮爲定。朱家將庚帖回來，吃了一日喜酒。從此親家相稱，依先下棋來往。

時光迅速，不覺過了六年。陳多壽年一十五歲，經書皆通。指望他應試，登科及第，光耀門楣。何期運限不佳，忽然得了個惡症，叫做癩。初時只道疥癬，不以爲意。一年之後，其疾大發，形容改變，弄得不像模樣了：

肉色焦枯，皮毛皴裂。渾身毒氣，發成斑駁奇瘡；遍體蟲鑽，苦殺晨昏怪癢。任他凶疥癬，只比三分；不是大麻瘋，居然一樣。粉孩兒變作蝦蟆相，少年郎活像老鼋頭。抓爬十指帶膿腥，齷齪一身皆惡臭。

陳青單單生得這個兒子，把做性命看成，見他這個模樣，如何不慌？連象棋也没心情下了。【眉批】點得好。求醫問卜，燒香還願，無所不爲。整整的亂了一年，費過了若干錢鈔，病勢不曾減得分毫。老夫妻兩口愁悶，自不必説。朱世遠爲着半子之情，也一般着忙，朝暮問安，不離門限。延捱過三年之外，絶無個好消息。

朱世遠的渾家柳氏，聞知女婿得個恁般的病症，在家裏哭哭啼啼，抱怨丈夫道：「我女兒又不腌臭起來，爲甚忙忙的九歲上就許了人家？如今却怎麽好！索性那癩蝦蟆死了，也出脱了我女兒。如今死不死，活不活，女孩兒年紀看看長成，嫁又嫁他不得，賴又賴他不得，終不然看着那癩子守活孤孀不成！這都是王三那老烏龜，一力攛掇，害了我女兒終身！」把王三老千烏龜、萬烏龜的駡，哭一番，駡一番。朱世遠原有怕婆之病，憑他夾七夾八，自駡自止，并不敢開言。一日，柳氏偶然收拾橱櫃子，看見了象棋盤和那棋子，不覺勃然發怒，又駡起丈夫來，【眉批】關目有趣。道：「你兩個老忘八，只爲這幾着象棋上説得着，對了親，賺了我女兒，還要留這禍胎怎的！」一頭説，一頭走到門前，把那象棋子亂撒在街上，棋盤也摜做幾片。朱世遠是本分之人，見渾家發性，攔他不住，洋洋的躲開去了。女兒多福又怕羞，不好來勸，任他絮聒個不耐煩，方纔罷休。自古道：

隔墻須有耳，窗外豈無人。

柳氏鎮日在家中駡媒人，駡老公，陳青已自曉得些風聲，將信未信。到滿街撒了棋子，是甚意故，陳青心下了了。與渾家張氏兩口兒商議道：「以己之心，度人之心。我自家晦氣，兒子生了這惡疾，眼見得不能痊可，却教人家把花枝般女兒伴這癩子做夫妻，真是罪過，料女兒也必然怨暢。便强他進門，終不和睦，難指望孝順。當初定這房親事，都是好情，原不曾費甚大財。千好萬好，總只一好，有心好到底了，休得爲好成歉。從長計較，不如把媳婦庚帖送還他家，任他别締良姻。倘然皇天可憐，我孩兒有病痊之日，怕没有老婆？好歹與他定房親事。如今害得人家夫妻反目，哭哭啼啼，絮絮聒聒，我也于心何忍。」計議已定，忙到王三老家來。

王三老正在門首，同幾個老人家閒坐白話。見陳青到，慌忙起身作揖，問道：「令郎兩日尊恙好些麽？」陳青摇首道：「不濟。正有句話，要與三老講，屈三老到寒舍一行。」王三老連忙隨着陳青到他家坐啓内，分賓坐下。獻茶之後，三老便問：「大郎有何見教？」陳青將自己坐椅掇近三老，四膝相凑，吐露衷腸。先叙了兒子病勢如何的利害，次叙着朱親家夫婦如何的抱怨。這句話王三老却也聞知一二，口中只得包慌：「只怕没有此事。」陳青道：「小子豈敢亂言？今日小子到也不怪敝親家，只是自己心中不安，情願將庚帖退還，任從朱宅别選良姻。此係兩家穩便，并無勉强。」王三老道：「只怕使不得！老漢只管撮合，那有拍開之理？足下異日翻悔之時，老漢却當不起。」陳青道：「此事已與拙荆再四商量過了，更無翻悔。就是當先行過些須薄禮，〔三〕也不必見還。」王三老道：「既然庚帖返去，原聘也必然還璧。但吉人天相，令郎尊恙，終有好日，還要三思而行。」陳青道：「就是小兒僥倖脱體，也是水底撈針，不知何日到手，豈可擔閣人家閨女？」説罷，袖中取出庚帖，遞與王三老，眼中不覺流下淚來。王三老亦自慘然道：「既是大郎主意已定，老漢只得奉命而行。然雖如此，料令親家是達禮之人，必然不允。」陳青收淚而答道：「今日是陳某自己情願，〔四〕并非舍親家相逼。若舍親家躊躕之際，全仗三老攛掇一聲，説陳某中心計較，不是虚情。」三老連聲道：「領命，領命！」

當下起身，到于朱家。朱世遠迎接，講禮而坐。未及開言，朱世遠連聲唤茶。這也有個緣故，那柳氏終日在家中千烏龜、萬烏龜指名駡媒人，王三老雖然不聞，朱世遠却于心有愧，只恐三老見怪，所以殷勤喚茶。誰知柳氏恨殺王三老做錯了媒，任丈夫叫喚，不肯將茶出來。此乃婦人小見。坐了一會，王三老道：「有句不識進退的話，特來與大郎商量。先告過，切莫見怪。」原來朱世遠也是行一，里中都稱他做朱大郎。朱世遠道：「有話儘說。你老人家有甚差錯，豈有見怪之理？」王三老方纔把陳青所言退親之事，備細說了一遍：「此乃令親家主意，老漢但傳言而已，但憑大郎主張。」朱世遠終日被渾家聒絮得不耐煩，也巴不能個一搠兩開，只是自己不好啓齒，得了王三老這句言語，分明是朝廷新頒下一道赦書，如何不喜？當下便道：「雖然陳親家賢哲，誠恐後來翻悔，反添不美。」王三老道：「老漢都曾講過，他主意已決，不必懷疑。宅上庚帖，亦交付在此，大郎請收過。」朱世遠道：「聘禮未還，如何好收他的庚帖？」王三老道：「他說些須薄聘，不須提起。是老漢多口，說道既然庚帖返去，原聘必然返璧。」朱世遠道：「這是自然之理。先曾受過他十二兩銀子，分毫不敢短少。還有銀釵二股，小女收留，容討出一并奉還。這庚帖權收在你老人家處。」王三老道：「不妨事，就是大郎收下。老漢暫回，明日來領取聘物。却到令親家處回話。」說罷分別。有詩爲證：

月老繫繩今又解，冰人傳語昔皆訛。

分宜好個王三老，成也蕭何敗也何。

朱世遠隨即入内，將王三老所言退親之事，述與渾家知道。柳氏喜不自勝，自己私房銀子也搜括將出來，把與丈夫，湊足十二兩之數。却與女孩兒多福討那一對銀釵。

却説那女兒雖然不讀詩書，却也天生志氣。多時聽得母親三言兩語，絮絮聒聒，已自心慵意懶。今日與他討取聘釵，明知是退親之故，并不答應一字，徑走進卧房，閉上門兒，在裏面啼哭。朱世遠終是男子之輩，見貌辨色，已知女孩兒心事，對渾家道：「多福心下不樂，想必爲退親之故。你須慢慢偎他，不可造次。萬一逼得他緊，做出些没下稍勾當，悔之何及！」柳氏聽了丈夫言語，真個去敲那女兒的房門，低聲下氣的叫道：「我兒，釵子肯不肯由你，何須使性！你且開了房門，有話時，好好與做娘的講。做娘的未必不依你。」那女兒初時不肯開門，柳氏連叫了幾次，只得拔了門攌，叫聲：「開在這裏了。」自向兀子上氣忿忿的坐了。

柳氏另掇個兀子傍着女兒坐了，【眉批】描寫逼真。説道：「我兒，爹娘爲將你許錯了對頭，一向愁煩。喜得男家願退，許了一萬個利市，求之不得。那癩子終無好日，可不誤了你終身之事。如今把聘釵還了他家，恩斷義絶，似你恁般容貌，怕没有好人家來求你？我兒休要執性，快把釵兒出來還了他罷！」女兒全不做聲，只是流淚。柳氏偎了半晌，看見女兒如此模樣，又款款的説道：「我兒，做爹娘的都只是爲好，替你計較。你願與不願，直直的與我説，恁般自苦自知，教爹娘如何過意。」女兒恨窮道：「爲好，爲好！要討那釵子也尚早！」柳氏道：「阿呀！兩股釵兒，連頭連脚，也重不上二三兩，什麽大事。若另許個富家，金釵玉釵都有。」【眉批】君子見義，小人見利。女兒道：「那希罕金釵玉釵！從没見好人家女子吃兩家茶。貧富苦樂，都是命中注定。生爲陳家婦，死爲陳家鬼，這銀釵我要隨身殉葬的，休想還他！」説罷，又哀哀的哭將起來。柳氏没奈何，只得對丈夫説，女兒如此如此：「這門親多是退不成了。」朱世遠與陳青肺腑之交，原不肯退親，只爲渾家絮聒不過，所以巴不得撒開，落得耳邊清净。誰想女兒恁般烈性，又是一重歡喜，便道：「恁的時，休教苦壞了女孩兒。你與他説明，依舊與陳門對親便了。」柳氏將此言對女兒説了，方纔收淚。正是：

三冬不改孤松操，萬苦難移烈女心。

當晚無話。次日，朱世遠不等王三老到來，却自己走到王家，把女兒執意不肯之情，説了一遍，依舊將庚帖送還。王三老只稱：「難得，難得！」隨即往陳青家回話，如此這般。陳青退此親事，十分不忍，聽説媳婦守志不從，愈加歡喜，連連向王三老作揖道：「勞動，勞動！然雖如此，只怕小兒病症不痊，終難配合。此事異日還要煩三老開言。」王三老搖手道：「老漢今番説了這一遍，以後再不敢奉命了。」

閒話休題。却説朱世遠見女兒不肯悔親，在女婿頭上愈加着忙，各處訪問名醫國手，賠着盤纏，請他來看治。那醫家初時來看，定説能醫，連病人服藥，也有些興頭。到後來不見功效，漸漸的懶散了。也有討着薦書到來，説大話，誇大口，索重謝，寫包票，都只有頭無尾。【眉批】庸醫每每如此。日復一日，不覺又捱了二年有餘。醫家都説是個痼疾，醫不得的了。多壽嘆口氣，請爹媽到來，含淚而言道：「丈人不允退親，訪求名醫用藥，只指望我病有痊可之期。如今服藥無效，眼見得没有好日。不要賺了人家兒女，孩兒決意要退這頭親事了。」陳青道：「前番説了一場，你丈人丈母都肯，只爲你媳婦執意不從，所以又將庚帖送來。」多壽道：「媳婦若曉得孩兒願退，必然也放下了。」媽媽張氏道：「孩兒，且只照顧自家身子，休牽挂這些閒事！」多壽道：「退了這頭親，孩兒心下到放寬了一件。」陳青道：「待你丈人來時，你自與他講便了。」説猶未了，丫鬟報道：「朱親家來看女婿。」媽媽躲過。陳青邀入内書房中，多壽與丈人相見，口中稱謝不盡。朱世遠見女婿三分像人，七分像鬼，好生不悦。茶罷，陳青推故起身。多壽吐露衷腸，説起自家病勢不痊，難以完婚，決要退親之事，袖中取出柬帖一幅，乃是預先寫下的四句詩。朱世遠展開念道：

命犯孤辰惡疾纏，好姻緣是惡姻緣。
今朝撒手紅絲去，莫誤他人美少年。

原來朱世遠初次退親，甚非本心，只爲渾家逼迫不過。今番見女婿恁般病體，又有親筆詩句，口氣決絕，不覺也動了這個念頭。【眉批】好人多被轉念所誤。口裏雖道：「説那裏話！還是將息貴體要緊。」却把那四句詩褶好，藏于袖中，即便抽身作別。陳青在坐啓下接着，便道：「適纔小兒所言，出于至誠，望親家委曲勸諭令愛俯從則個。陳庚帖仍舊納還。」朱世遠道：「既然賢喬梓諄諄分付，〔五〕權時收下，再容奉復。」陳青送出門前。

朱世遠回家，將女婿所言與渾家説了。柳氏道：「既然女婿不要媳婦時，女孩兒守他也是扯淡。你把詩意解説與女兒聽，料他必然回心轉意。」朱世遠真個把那柬帖遞與女兒，説：「陳家小官人病體不痊，親口向我説，决要退婚。這四句詩便是他的休書了。我兒也自想終身之事，休得執迷！」多福看了詩句，一言不發，回到房中，取出筆硯，就在那詩後也寫四句：

運蹇雖然惡疾纏，姻緣到底是姻緣。

從來婦道當從一，敢惜如花美少年。

自古道：「好事不出門，惡事揚千里。」只爲陳小官自家不要媳婦，親口回絶了丈人。這句話就傳揚出去，就有張家嫂，李家婆，一班靠撮合山養家的，抄了若干表號，到朱家議親。說的都是名門富室，聘財豐盛。雖則媒人之口，不可盡信，却也説得柳氏肚裏熱蓬蓬的，分明似錢玉蓮母親，巴不得登時撇了王家，許了孫家。誰知女兒多福心如鐵石，并不轉移。看見母親好茶好酒款待媒人，情知不爲別件。丈夫病症又不痊，爹媽又不容守節，左思右算，不如死了乾净。夜間燈下取出陳小官人詩句，放在卓上，反復看了一回，約莫哭了兩個更次，乘爹媽睡熟，解下束腰的羅帕，懸梁自縊。正是：

三寸氣在千般用，一日無常萬事休。

此際已是三更時分。也是多福不該命絶，朱世遠在睡夢之中，恰像有人推醒，耳邊只聞得女兒嗚嗚的哭聲，吃了一驚，擦一擦眼睛，摇醒了渾家，説道：「適纔聞得女孩兒啼哭，莫非做出些事來？且去看他一看。」渾家道：「女孩兒好好的睡在房裏，你却説鬼話。要看時，你自去看，老娘要睡覺哩。」朱世遠披衣而起，黑暗裏開了房門，摸到女兒卧房門首，雙手推門不開。連唤幾聲，女孩兒全不答應。只聽得喉間痰響，其聲異常。當下心慌，儘生平氣力，一脚把房門踢開，只見卓上殘燈半明不滅，女兒懸梁高挂，就如走馬燈一般，團團而轉。朱世遠吃這一驚非小，忙把燈兒剔明，高叫：「阿媽快來，女孩兒縊死了！」柳氏夢中聽得此言，猶如冷雨淋身，穿衣不及，馱了被兒，就哭兒哭肉的跑到女兒房裏來。朱世遠終是男子漢，有些智量，早已把女兒放下，抱在身上，將膝蓋緊緊的抵住後門，緩緩的解開頸上的死結，用手輕摩。柳氏一頭打寒顫，一頭叫喚。約莫半個時辰，漸漸魄返魂回，微微轉氣。柳氏口稱謝天謝地，重到房中穿了衣服，燒起熱水來，灌下女兒喉中，漸漸蘇醒。睁開雙眼，看見爹媽在前，放聲大哭。爹媽道：「我兒！螻蟻尚且貪生，怎的做此短見之事？」多福道：「孩兒一死，便得完名全節，又喚轉來則甚？就是今番不死，〔六〕遲和早少不得是一死，到不如放孩兒早去，也省得爹媽費心。譬如當初不曾養下孩兒一般。」說罷，哀哀的哭之不已。朱世遠夫妻兩口，再三勸解不住，無可奈何。

比及天明，朱世遠教渾家窩伴女兒在床眠息，自己徑到城隍廟裏去抽籤。籤語云：

時運未通亨，年來禍害侵。
雲開終見日，福壽自天成。

細詳籤意，〔七〕前二句已自準了。第三句「雲開終見日」，是否極泰來之意。末句「福壽自天成」，女兒名多福，女婿名多壽，難道陳小官人病勢還有好日？一夫一婦，天然成配？心中好生委決不下。回到家中，渾家兀自在女兒房裏坐着，看見丈夫到來，慌忙摇手道：「不要則聲！女兒纔停了哭，睡去了。」朱世遠夜來剔燈之時，看見卓上一幅柬帖，無暇觀看。其時取而觀之，原來就是女婿所寫詩句，後面又有一詩，認得女兒之筆。讀了一遍，嘆口氣道：「真烈女也！爲父母者，正當玉成其美，豈可以非禮强之！」遂將城隍廟籤詞，説與渾家道：「福壽天成，神明嘿定。若私心更改，皇天必不護祐。况女孩兒吟詩自誓，求死不求生，我們如何看守得他了日？倘然一個眼睉，女兒死了時節，空負不義之名，反作一場笑話。據吾所見，不如把女兒嫁與陳家，一來表得我們好情，二來遂了女兒之意，也省了我們干紀。【眉批】此見最當。不知媽媽心下如何？」柳氏被女兒嚇壞了，心頭兀自突突的跳，便答應道：「隨你做主，我管不得這事！」【眉批】若非多福捨生殉節，阿母亦未必慨然。朱世遠道：「此事還須央王三老講。」

事有凑巧，這裏朱世遠走出門來，恰好王三老在門首走過。朱世遠就迎住了，請到家中坐下，將前後事情，細細述了一遍：「如今欲把女兒嫁去，專求三老一言。」王三老道：「老漢曾說過，只管撮合，不管撒開。今日大郎所言，是仗義之事，老漢自當效勞。」朱世遠道：「小女見了小婿之詩，曾和得一首，情見乎詞。若還彼處推托，可將此詩送看。」王三老接了柬帖，即便起身。只爲兩親家緊對門居住，左脚跨出了朱家，右脚就跨進了陳家，甚是方便。陳青聽得王三老到來，只認是退親的話，慌忙迎接問道：「三老今日光降，一定朱親家處有言。」王三老道：「正是。」陳青道：「今番退親，出于小兒情願，親家那邊料無別說。」王三老道：「老漢今日此來，不是退親，到是要做親。」陳青道：「三老休要取笑。」王三老就將朱宅女兒如何尋死，他爹媽如何心慌，「留女兒在家，恐有不測，情願送來伏侍小官人。老漢想來，此亦兩便之事。令親家處脱了干紀，獲其美名。你賢夫婦又得人幫助，令郎早晚也有個着意之人照管，豈不美哉！」。【眉批】更說得透徹。陳青道：「雖承親家那邊美意，還要問小兒心下允否。」王三老就將柬帖所和詩句呈與陳青，道：「令媳和得有令郎之詩。他十分烈性，令郎若不允從，必然送了他性命，豈不可惜！」陳青道：「早晚便來回覆。」

當下陳青先與渾家張氏商議了一回，道：「媳婦如此烈性，必然賢孝。得他來貼身看覷，夫婦之間，比爹娘更覺周備。萬一度得個種時，就是孩兒無命，也不絕了我陳門後代。【眉批】又進一層。然則完親有六善焉：全親誼，一也；成婦節，二也；父母安心，三也；

舅姑獲助，四也；事夫有人，五也；傳嗣有望，六也。我兩個做了主，不怕孩兒不依。」當下雙雙兩口，到書房中對兒子多壽説知此事。多壽初時推却，及見了所和之詩，頓口無言。陳青已知兒子心肯，回復了王三老，擇下吉日，又送些衣飾之類。那邊多福知是陳門來娶，心安意肯。至期，笙簫鼓樂，娶過門來。街坊上聽説陳家癩子做親，把做新聞傳説道：「癩蝦蟆也有吃天鵝肉的日子。」又有刻薄的閒漢，編成口號四句：

伯牛命短偏多壽，嬌香女兒偏逐臭。
紅綾被裏合歡時，粉花香與膿腥鬥。

閒話休題。却説朱氏自過門之後，十分和順。陳小官人全得他殷勤伏侍。怎見得：

着意殷勤，盡心伏侍。熬湯煎藥，果然味必親嘗；早起夜眠，真個衣不解帶。身上東疼西癢，時時撫摩；衣裳血臭膿腥，勤勤煎洗。分明傅母育嬌兒，只少開胸喂乳；又似病姑逢孝婦，每思割股烹羹。雨雲休想歡娛，歲月豈辭勞苦。喚嬌妻有名無實，憐美婦少樂多憂。

如此兩年，公姑無不歡喜。只是一件，夫婦日間孝順無比，夜裏各被各枕，分頭而睡，并無同衾共枕之事。張氏欲得他兩個配合雌雄，却又不好開言。忽一日進房，見媳婦不在，便道：「我兒，你枕頭齷齪了，我拿去與你拆洗。」又道：「被兒也齷齪了。」做一包兒捲了出去，只留一床被、一個枕頭在床。明明要他夫婦二人共枕同衾，生兒度種的意思。誰知他夫婦二人，肚裹各自有個主意。陳小官人肚裹道：「自己十死九生之人，不是個長久夫妻，如何又去污損了人家一個閨女？」朱小娘子肚裹又道：「丈夫恁般病體，血氣全枯，怎禁得女色相侵？」【眉批】一對忠厚肝膽，真是夫是婦也。所以一向只是各被各枕，分頭而睡。是夜只有一床被，一個枕，却都是朱小娘子的卧具。每常朱小娘子伏侍丈夫先睡，自己燈下還做針指，直待公婆都睡了，方纔就寢。當夜多壽與母親取討枕被，張氏推道：「漿洗未乾，胡亂同宿一夜罷。」朱氏將自己枕頭讓與丈夫安置。多壽又怕污了妻子的被窩，和衣而卧，多福亦不解衣，依舊兩頭各睡。次日，張氏曉得了，反怪媳婦做格，不去勾搭兒子幹事，把一團美意，看做不良之心，捉鷄罵狗，言三語四，影射的發作了一場。朱氏是個聰明女子，有何難解？惟恐傷了丈夫之意，只做不知，暗暗偷淚。【眉批】賢哉婦也，難得，難得！陳小官人也理會得了幾分，甚不過意。

如此又捱過了一個年頭。當初十五歲上得病，十六歲病凶，十九歲上退親不允，二十一歲上做親。自從得病到今，將近十載，不生不死，甚是悶人。聞得江南新到一個算命的瞎子，叫做「靈先生」，甚肯直言，央他推算一番，以決死期遠近。原來陳多壽自得病之後，自嫌醜陋，不甚出門。今日特爲算命，整整衣冠，走到靈先生舖中來。那先生排成八字，推了五星運限，便道：「這貴造是宅上何人？先告過了，若不見怪，方敢直言。」陳小官人道：「但求據理直言，不必忌諱。」先生道：「此造四歲行運，四歲至十三，童限不必説起，十四歲至二十三，此十年大忌，該犯惡疾，半死不生，可曾見過麼？」【眉批】是説從來星家半準不準，未可盡信。〔八〕陳小官人道：「見過了。」先生道：「前十年，雖是個水缺，還跳得過。二十四到三十三，這一運更不好。船遇危波亡槳舵，馬逢峭壁斷繮繩，此乃殀折之命。有好八字再算一個，此命不足道也！」小官人聞言，慘然無語。忙把命金送與先生，作别而行。腹内尋思，不覺淚下，想着：「那先生算我前十年已自準了，後十年運限更不好，一定是難過。我死不打緊，可憐賢德娘子伏侍了我三年，并無一宵之好。如今又連累他受苦怎的？我今苟延性命，與死無二，便多活幾年，没甚好處。不如早早死了，出脱了娘子，也得他趁少年美貌，别尋頭路。」此時便萌了個自盡之念。順路到生藥舖上，贖了些砒霜，藏在身邊。

回到家中，不題起算命之事。至晚上床，却與朱氏叙話道：「我與你九歲上定親，指望長大來夫唱婦隨，生男育女，把家當户。誰知得此惡症，醫治不痊。惟恐擔誤了娘子終身，兩番情願退親。感承娘子美意不允，拜堂成親。雖有三年之外，却是有名無實，并不敢污損娘子玉體，這也是陳某一點存天理處。日後陳某死了，娘子別選良姻，也教你說得嘴響，不累你叫做二婚之婦。」朱氏道：「官人，我與你結髮夫妻，苦樂同受。今日官人患病，即是奴家命中所招。同生同死，有何理說！別選良姻這話，再也休題。」陳小官人道：「娘子烈性如此。但你我相守，終非長久之計。你伏事我多年，夫妻之情，已自過分。此恩料今生不能補報，來生定有相會之日。」朱氏道：「官人怎說這傷心話兒？夫妻之間，說甚補報？」兩個你對我答，足足的說了半夜方睡。正是：

夫妻只說三分話，今日全拋一片心。

次日，陳小官人又與父母敘了許多說話，這都是辦了個死字，骨肉之情，難割難捨的意思。看看至晚，陳小官人對朱氏說：「我要酒吃。」朱氏道：「你閒常怕發癢，不吃酒。今日如何要吃？」陳小官人道：「我今日心上有些不爽快，想酒，你與我熱些盪一壺來。」朱氏爲他夜來言語不祥，心中雖然疑惑，却不想到那話兒。當下問了婆婆討了一壺上好釃酒，盪得滾熱，取了一個小小杯兒，兩碟小菜，都放在卓上。陳小官人道：「不用小杯，就是茶甌吃一兩甌，到也爽利。」朱氏取了茶甌，守着要斟。

陳小官人道：「慢着，待我自斟。我不喜小菜，有果子討些來下酒。」把這句話遣開了朱氏，揭開壺蓋，取出包内砒霜，向壺中一傾，忙斟而飲。朱氏走了幾步，放心不下，回頭一看，見丈夫手忙脚亂，做張做智，老大疑惑，恐怕有些蹊蹺。慌忙轉來，已自呷了一碗，又斟上第二碗。朱氏見酒色不佳，按住了甌子，不容丈夫上口。陳小官人道：「實對你説，這酒内下了砒霜。我主意要自盡，免得累你受苦。如今已吃下一甌，必然無救，索性得我盡醉而死，省得費了工夫。」説罷，又奪第二甌去吃了。朱氏道：「奴家有言在前，與你同生同死。既然官人服毒，奴家義不獨生。」遂搶酒壺在手，骨都都吃個罄盡。此時陳小官人腹中作耗，也顧不得渾家之事。須臾之間，兩個做一對兒跌倒。時人有詩嘆此事云：

病中只道歡娱少，死後方知情義深。
相愛相憐相殉死，千金難買兩同心。

却説張氏見兒子要吃酒，妝了一碟巧糖，自己送來。在房門外，便聽得服毒二字，吃了一驚，三步做兩步走。只見兩口兒都倒在地下，情知古怪，着了個忙，叫起屈來。陳青走到，看酒壺裏面還剩有砒霜。平昔曉得一個單方，凡服砒霜者，將活羊殺了，取生血灌之，可活。也是二人命中有救，恰好左鄰是個賣羊的屠户，〔九〕連忙唤他殺羊取血。此時朱世遠夫婦都到了。陳青夫婦自灌兒子，朱世遠夫婦自灌女兒。兩個虧得灌下羊血，登時嘔吐，方纔蘇醒。餘毒在腹中，兀自皮膚迸裂，流血不已。調理月餘，方纔飲食如故。

有這等異事！朱小娘子自不必說，那陳小官人害了十年癩症，請了若干名醫，用藥全無功效。今日服了毒酒，不意中，正合了以毒攻毒這句醫書，皮膚内迸出了許多惡血，毒氣泄盡，連癩瘡漸漸好了。比及將息平安，瘡痂脱盡，依舊頭光面滑，肌細膚榮。走到人前，連自己爹娘都不認得。分明是脱皮换骨，再投了一個人身。此乃是個義夫節婦一片心腸，感動天地，所以毒而不毒，死而不死，因禍得福，破泣爲笑。城隍廟籤詩所謂「雲開終見日，福壽自天成」，果有驗矣。陳多壽夫婦俱往城隍廟燒香拜謝，朱氏將所聘銀釵布施作供。王三老聞知此事，率了三鄰四舍，提壺挈盒，都來慶賀，吃了好幾日喜酒。

陳多壽是年二十四歲，重新讀書，温習經史。到三十三歲登科，三十四歲及第。靈先生説他十年必死之運，誰知一生好事，偏在這幾年之中。從來命之理微，常人豈能參透？言禍言福，未可盡信也。再説陳青和朱世遠從此親情愈高，又下了幾年象棋，壽并八十餘而終。陳多壽官至僉憲，朱氏多福，恩愛無比，生下一雙兒女，盡老百年。至今子孫繁盛。這回書喚做《生死夫妻》。詩曰：

從來美眷説朱陳，一局棋枰締好姻。
只爲二人多節義，死生不解賴神明。

【校記】

〔一〕「夫妻」，底本目録作「姻緣」，此據正文卷目，衍慶堂本目次亦作「夫妻」。
〔二〕「朱世遠」，底本及東大本作「朱世道」，據衍慶堂本改。
〔三〕「些須薄禮」，底本及校本均作「須薄禮」，據前後文補。
〔四〕「陳某」，底本及衍慶堂本作「朱某」，據東大本改。
〔五〕「分付」，底本及東大本作「分府」，據衍慶堂本改。
〔六〕「今番不死」，底本及東大本作「今番一死」，據衍慶堂本改。
〔七〕「細詳」，底本及東大本作「細祥」，據衍慶堂本改。
〔八〕「未可盡信」，底本作「未可盡言」，正文有「未可盡信」之語，據改。
〔九〕「賣羊」，底本及東大本作「買羊」，據衍慶堂本改。

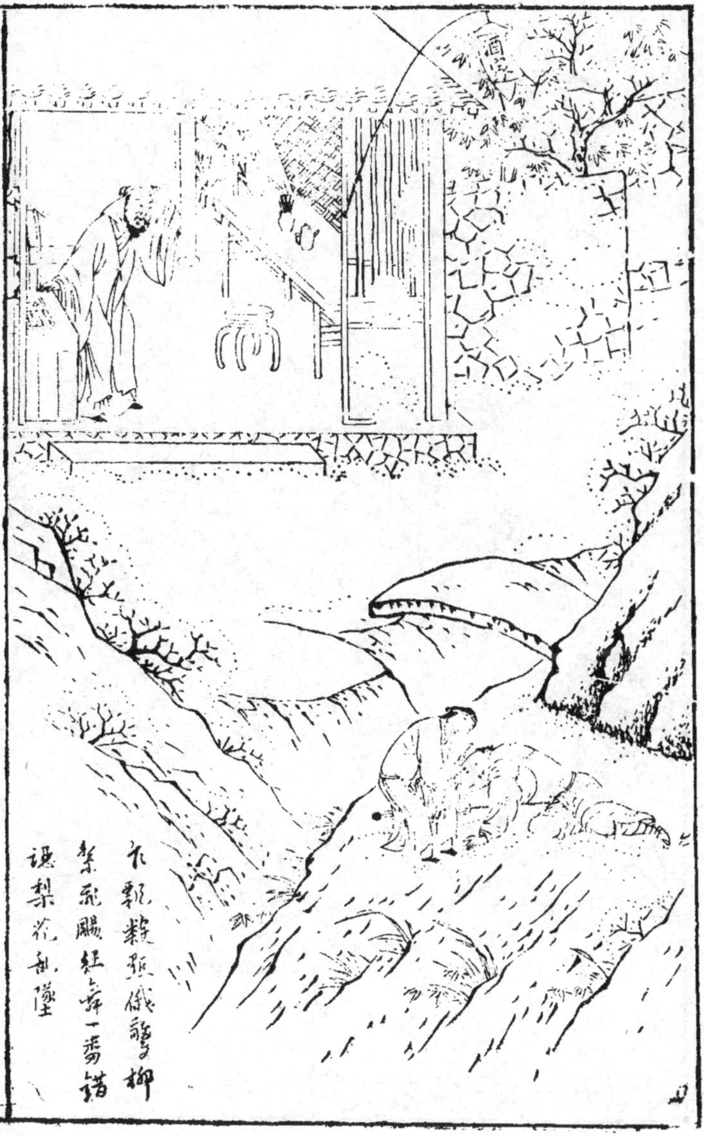
酒
衣飄數點飛鵝柳
条飛腸紅舞一番錯
誤梨花亂墜

營巢燕聲〻叶 莫
使青年空歲月 可
憐和氏璧無瑕 何
事楚〻哭終不總

第十卷　劉小官雌雄兄弟

衣冠未必皆男子，巾幗如何定婦人？
歷數古今多怪事，高山爲谷海生塵。

且説國朝成化年間，山東有一男子，姓桑名茂，是個小家之子。垂髫時，生得紅白細嫩。一日，父母教他往村中一個親戚人家去，中途遇了大雨，閃在冷廟中躲避。那廟中先有一老嫗也在内躲雨，兩個做一堆兒坐地。那雨越下越大，出頭不得。老嫗看見桑茂標致，就把言語調他。桑茂也略通些情竅，只道老嫗要他幹事。臨上交時，原來老嫗腰間到有本錢，把桑茂後庭弄將起來。【眉批】變童不驚，亦濫矣。事畢，雨還未止。桑茂終是孩子家，便問道：「你是婦道，如何有那話兒？」老嫗道：「小官，我實對你説，莫要泄漏于他人。我不是婦人，原是個男子。從小縛做小脚，學那婦道妝扮，習成低聲啞氣，做一手好針綫，潛往他鄉，假稱寡婦，央人引進豪門巨室行教。女眷們愛我手藝，便留在家中，出入房闈，多與婦女同眠，恣意行樂。那婦女相處情厚，整月留宿，不放出門。也有閨女貞娘，不肯胡亂的，我另有個媚藥兒，待他睡去，用水噴在面上，他便昏迷不醒，任我行事。及至醒來，我已得手。他自怕羞辱，不敢聲張，還要多贈金帛送我出門，囑付我莫説。【眉批】可恨，可殺！我今年四十七歲了，走過兩京九省，到處嬌娘美女，同眠同卧，隨身食用，并無缺乏，從不曾被人識破！」桑茂道：「這等快活好事，不知我可學得麽？」老嫗道：「似小官恁般標致，扮婦女極像樣了。你若肯投我爲師，隨我一路去，我就與你纏脚，教導你做針綫，引你到人家去，只説是我外甥女兒，得便就有良遇。我一發把媚藥方兒傳授與你，包你一世受用不盡！」桑茂被他説得心癢，就在冷廟中四拜，投老嫗爲師。也不去訪親訪眷，也不去問爹問娘，等待雨止，跟着老嫗便走。

那老嫗一路與桑茂同行同宿。出了山東境外，就與桑茂三綹梳頭，包裹中取女衫换了，脚頭纏緊，套上一雙窄窄的尖頭鞋兒，看來就像個女子，改名鄭二姐。後來年長到二十二歲上，桑茂要辭了師父，自去行動。師父分付道：「你少年老成，定有好人相遇。只一件，凡得意之處，不可久住。多則半月，少則五日，就要换場，免露形迹。還一件，做這道兒，多見婦人，少見男子，切忌與男子相近交談。若有男子人家，預先設法躲避。倘或被他看出破綻，性命不保。【眉批】此是老賊，惜不詳其結果。若無明誅，必有幽譴。切記，切記！」桑茂領教，兩下分別。

後來桑茂自稱鄭二娘，各處行游哄騙。也走過一京四省，所奸婦女，不計其數。到三十二歲上，游至江西一個村鎮，有個大户人家女眷留住，傳他針綫。那大户家婦女最多，桑茂迷戀不捨，住了二十餘日不去。大户有個女婿，姓趙，是個納粟監生。一日，趙監生到岳母房裏作揖，偶然撞見了鄭二娘，愛其俏麗，囑付妻子接他來家。【眉批】不出師父所料。鄭二娘不知就裏，欣然而往。被趙監生邀入書房，攔腰抱住，定要求歡。鄭二娘抵死不肯，叫喊起來。趙監生本是個粗人，【眉批】此處粗人却用得着。惹得性起，不管三七二十一，竟按倒在床上去解他褲襠。鄭二娘攩抵不開，被趙監生一手插進，摸着了那話兒，方知是男人女扮。當下叫起家人，一索捆翻，解到官府。用刑嚴訊，招稱真姓真名，及向來行奸之事，污穢不堪。府縣申報上司，都道是從來未有之變。具疏奏聞，刑部以爲人妖敗俗，律所不載，擬成凌遲重辟，決不待時。可憐桑茂假充了半世婦人，討了若干便宜，到頭來死于趙監生之手。正是：

福善禍淫天有理，律輕情重法無私。

方纔説的是男人妝女，敗壞風化的。如今説個女人妝男，節孝兼全的來正本，恰似：

薰蕕不共器，堯桀好相形。
毫釐千里謬，認取定盤星。

這話本也出在本朝宣德年間，有一老者，姓劉名德，家住河西務鎮上。這鎮在運河之旁，離北京有二百里田地，乃各省出入京都的要路。舟楫聚泊，如螞蟻一般；車音馬迹，日夜絡繹不絶。上有居民數百餘家，邊河爲市，好不富庶。那劉德夫妻兩口，年紀六十有餘，并無弟兄子女。自己有幾間房屋，數十畝田地。門首又開一個小酒店兒。劉公平昔好善，極肯周濟人的緩急。凡來吃酒的，偶然身邊銀錢缺少，他也不十分計較。或有人多把與他，他便勾了自己價錢，餘下的定然退還，分毫不肯苟取。有曉得的問道：「這人錯與你的，落得將來受用，如何反把來退還？」劉公説：「我身没有子嗣，多因前生不曾修得善果，所以今世罰做個無祀之鬼，豈可又爲恁樣欺心的事！倘然命裏不該時，錯得一分到手，或是變出些事端，或是染患些疾病，反用去幾錢，却不到折便宜？不若退還了，何等安逸。」因他做人公平，一鎮的人無不敬服，都稱爲劉長者。

一日，正值隆冬天氣，朔風凛冽，彤雲密布，降下一天大雪。原來那雪：

能穿帷幕，善度簾櫳。乍飄數點，俄驚柳絮飛颺；狂舞一番，錯認梨花亂墜。聲從竹葉傳來，香自梅枝遞至。塞外征人穿凍甲，山中隱士擁寒衾。王孫綺席倒金尊，美女紅鑪添獸炭。

劉公因天氣寒冷，暖起一壺熱酒，夫妻兩個向火對飲。吃了一回，起身走到門首看雪，只見遠遠一人背着包裹，同個小廝迎風冒雪而來。看看至近，那人撲的一交，跌在雪裏，掙扎不起，小廝便向前去攙扶，年小力微，兩個一拖，反向下邊跌去，都滚做一個肉餃兒。爬了好一回，方纔得起。劉公擦摩老眼看時，却是六十來歲的老兒，行纏絞脚，八搭麻鞋，身上衣服甚是藍縷。這小廝到也生得清秀，脚下穿一雙小布褣靴。【眉批】只這雙小靴兒，却是木蘭行徑，有趣。

那老兒把身上的雪兒抖净，向小厮道：「兒，風雪甚大，身上寒冷，行走不動。這裏有酒在此，且買一壺來盪盪寒再行。」便走入店來，向一副座頭坐下，把包裹放在卓上，小厮坐于旁邊。劉公去暖一壺熱酒，切一盤牛肉，兩碟小菜，兩副杯筯，做一盤兒托過來，擺在卓上。小厮捧過壺來，斟上一杯，雙手遞與父親，然後篩與自己。劉公見他年幼，有些禮數，便問道：「這位是令郎麽？」那老兒道：「正是小犬。」劉公道：「今年幾歲了？」答道：「乳名申兒，十二歲了。」又問道：「客官尊姓？是往那裏去的？恁般風雪中行走。」那老兒答道：「老漢方勇，是京師龍虎衛軍士，原籍山東濟寧。今要回去取討軍莊盤纏，不想下起雪來。」問：「主人家尊姓？」劉公道：「在下姓劉，招牌上『近河』，便是賤號。」又道：「濟寧離此尚遠，如何不尋個脚力，却受這般辛苦？」答道：「老漢是個窮軍，那裏僱得起脚力！只得慢慢的捱去罷了。」

劉公舉目看時，只見他單把小菜案酒，那盤牛肉，全然不動。問道：「長官父子想都是奉齋麽？」答道：「我們當軍的人，吃什麽齋！」劉公道：「既不奉齋，如何不吃些肉兒？」答道：「實不相瞞，身邊盤纏短少，吃小菜飯兒，還恐走不到家。若用了這大菜，便去了幾日的口糧，怎能得到家裏？」劉公見他説得恁樣窮乏，心中慘然，便道：「這般大雪，腹内得些酒肉，還可擋得風寒。你只管用，我這裏不算帳罷了。」老軍道：「主人家休得取笑！那有吃了東西，不算帳之理？」劉公道：「不瞞長官説，在下這裏，比别家不同。若過往客官，偶然銀子缺少，在下就肯奉承。長官既没有盤纏，只算我請你罷了。」老軍見他當真，便道：「多謝厚情，只是無功受禄，不當人子。老漢轉來，定當奉酬。」劉公道：「四海之内，皆兄弟也。這些小東西，直得幾何，怎説這奉酬的話！」老軍方纔舉筯。劉公又盛過兩碗飯來，道：「一發吃飽了好行路。」老軍道：「忒過分了！」父子二人正在飢餒之時，拿起飯來，狼餐虎嚥，盡情一飽。這纔是：

救人須救急，施人須當厄。
渴者易爲飲，飢者易爲食。

當下吃完酒飯，劉公又叫媽媽點兩杯熱茶來吃了。老軍便腰間取出銀子來還飯錢。劉公連忙推住道：「剛纔説過，是我請你的，如何又要銀子？恁樣時，到像在下説法賣這盤肉了。你且留下，到前途去盤纏。」老軍便住了手，千恩萬謝，背上包裹，作辭起身。走出門外，只見那雪越發大了，對面看不出人兒。被寒風一吹，倒退下幾步。小厮道：「爹，這樣大雪，如何行走？」老軍道：「便是没奈何，且捱到前途，覓個宿店歇罷。」小厮眼中便流下淚來。劉公心中不忍，説道：「長官，這般風寒大雪，着甚要緊，受此苦楚！我家空房床鋪儘有，何不就此安歇，等天晴了走也未遲。」老軍道：「若得如此甚好，只是打攪不當。」劉公道：「説那裏話，誰人是頂着房子走的？快些進來，不要打濕了身上。」老軍引着小厮，重新進門。

劉公領去一間房裏，把包裹放下。看床上時，席子草薦都有。劉公還恐怕他寒冷，又取出些稻草來，放在上面。老軍打開包裹，將出被窩鋪下。此時天氣尚早，准頓好了，同小厮走出房來。劉公已將店面關好，同媽媽向火，看見老軍出房，便叫道：「方長官，你若冷時，有火在此，烘一烘暖活也好。」老軍道：「好到好，只是奶奶在那裏，恐不穩便。」劉公道：「都是老人家了，不妨得。」老軍方纔同小廝走過來，坐于火邊。那時比前又加識熟，便稱起號來，說：「近河，怎麽只有老夫妻兩位？想是令郎們另居麽？」劉公道：「不瞞你說，老拙夫妻今年都癡長六十四歲，從來不曾生育，那裏得有兒子？」老軍道：「何不承繼一個，伏侍你老年也好？」劉公答道：「我心裏初時也欲得如此，因常見人家承繼來的，不得他當家替力，反惹閒氣，不如没有的到得清净。總要時，急切不能有個中意的，故此休了這念頭。若得你令郎這樣一個，却便好了，只是如何得能勾？」兩下閒話一回，看看已晚，老軍討了個燈火，叫聲安置，同兒子到客房中來安歇。對兒子說：「兒，今日天幸得遇這樣好人。若没有他時，凍也要凍死了。明日莫管天晴下雪，早些走罷。打攪他，心上不安。」小廝道：「爹說得是！」父子上床安息。

不想老軍受了些風寒，到下半夜，火一般熱起來，口内只是氣喘，討湯水吃。這小厮家夜晚間，又在客店裏，那處去取？巴到天明，起來開房門看時，那劉公夫妻還未曾起身。他又不敢驚動，原把門兒掩上，守在床前。少頃，聽得外面劉公咳嗽聲響，便開門走將出來。劉公一見，便道：「小官兒，如何起得恁早？」小廝道：「告公公得知，不想爹爹昨夜忽然發起熱來，口中不住吁喘，要討口水吃，故此起得早些。」

劉公道：「阿呀！想是他昨日受些寒了。這冷水怎麽吃得？待我燒些熱湯與你。」小廝道：「怎好又勞公公？」劉公便教媽媽燒起一大壺滾湯。劉公送到房裏，小廝扶起來吃了兩碗。老軍睁眼觀看，見劉公在旁，謝道：「難爲你老人家！怎生報答？」劉公走近前道：「休恁般説。你且安心自在，蓋熱了發出些汗來便好了。」小廝放倒下去，劉公便扯被兒與他蓋好，見那被兒單薄，説道：「可知道着了寒！如何這被恁薄，怎能發得汗出？」媽媽在門口聽見，即去取出一條大絮被來道：「老官兒，有被在此，你與他蓋好了。這般冷天氣，不是當耍的。」【眉批】老夫婦同心爲善，何以不嗣？小廝便來接去。劉公與他蓋得停當，方纔走出。

少頃，梳洗過，又走進來，問：「可有汗麽？」小廝道：「我纔摸時，并無一些汗氣。」劉公道：「若没有汗，這寒氣是感得重的了，須請個太醫來用藥，表他的汗出來方好。不然，這風寒怎能勾發泄？」小廝道：「公公，身伴無錢，將何請醫服藥？」劉公道：「不消你費心，有我在此。」小廝聽説，即便叩頭道：「多蒙公公厚恩，救我父親。今生若不能補報，死當爲犬馬償恩！」劉公連忙扶起道：「快不要如此，既在此安宿，我便是親人了，豈忍坐視！你自去房中伏侍，老漢與你迎醫。」其日雪止天霽，街上的積雪被車馬踐踏，盡爲泥濘，有一尺多深。劉公穿個木屐，出街頭望了一望，復身進門。小厮看見劉公轉來，只道不去了，噙着兩行珠淚，方欲上前扣問，只見劉公從後屋牽出個驢兒騎了，出門而去。小厮方纔放心。

且喜太醫住得還近，不多時便到了。那太醫也騎個驢兒，家人背着藥箱，隨在後面，到門首下了。劉公請進堂中，吃過茶，然後引至房裏。此時老軍已是神思昏迷，一毫人事不省。太醫診了脉，説道：「這是個雙感傷寒，風邪已入于腠理。傷寒書上有兩句歌云：

兩感傷寒不須治，陰陽毒過七朝期。

此乃不治之症。别個醫家，便要説還可以救得。學生是老實的，不敢相欺，這病下藥不得了。」小厮見説，驚得淚如雨下，拜倒在地上道：「先生可憐我父子是個異鄉之人，怎生用帖藥救得性命，决不忘恩！」太醫扶起道：「不是我作難，其實病已犯實，教我也無奈。」劉公道：「先生，常言道：『藥醫不死病，佛度有緣人。』你且不要拘泥古法，儘着自家意思，大了膽醫去，或者他命不該絶，就好了也未可知。萬一不好，决無歸怨你之理。」先生道：「既是長者恁般説，且用一貼藥看。若吃了發得汗出，便有可生之機，速來報我，再將藥與他吃。若没有汗時，這病就無救了，不消來覆我。」教家人開了藥箱，撮了一貼藥劑遞與劉公道：「用生薑爲引，快煎與他吃。這也是萬分之一，莫做指望。」劉公接了藥，便去封出一百文錢，遞與太醫道：「些少藥資，權爲利市。」太醫必不肯受而去。

劉公夫妻兩口，親自把藥煎好，將到房中與小厮相幫，扶起吃了，把被没頭没腦的蓋下。小厮在傍守候。劉公因此事忙亂一朝，把店中生意都擔閣了，連飯也没工夫去煮。直到午上，方吃早膳。劉公去唤小厮吃飯，那小厮見父親病重，心中慌急，那裏要吃。再三勸慰，纔吃了半碗。看看到晚，摸那老軍身上，并無一些汗點。那時連劉公也慌張起來。又去請太醫時，不肯來了。准准到第七日，嗚呼哀哉。正是：

三寸氣在千般用，一日無常萬事休。

可憐那小厮申兒哭倒在地。劉公夫婦見他哭得悲切，也涕淚交流，扶起勸道：「方小官，死者不可復生，哭之無益，你且將息自己身子。」小厮雙膝跪下，哭告道：「兒不幸，前年喪母，未能入土，故與父謀歸原籍，求取些銀兩來殯葬。不想逢此大雪，路途艱楚。得遇恩人，賜以酒飯，留宿在家，以爲萬千之幸。誰料皇天不祐，父忽驟病。又蒙恩人延醫服藥，日夜看視，勝如骨肉。只指望痊愈之日，圖報大恩，那知竟不能起，有負盛意！此間舉目無親，囊乏錢鈔，衣棺之類，料不能辦，欲求恩人借數尺之土，把父骸掩蓋，兒情願終身爲奴僕，以償大德，不識恩人肯見允否？」説罷，拜伏在地。劉公扶起道：「小官人休慮！這送終之事，都在于我，豈可把來藁葬？」小廝又哭拜道：「得求隙地埋骨，已出望外，豈敢復累恩人費心壞鈔！此恩此德，教兒將何補報？」劉公道：「這是我平昔志願，那望你的報償！」當下忙忙的取了銀子，便去買辦衣衾棺木，喚兩個土工來，收拾入殮過了。又備羹飯祭奠，焚化紙錢，那小廝悲慟，自不必說。就擡到屋後空地上埋葬好了。又立一個牌額，上寫「龍虎衛軍士方勇之墓」。諸事停當，小廝向劉公夫婦叩頭拜謝。

過了兩日，劉公對小廝道：「我欲要教你回去，訪問親族，來搬喪歸鄉，又恐怕你年紀幼小，不認得路途。你且暫住我家，俟有識熟的在此經過，托他帶回故鄉，然後徐圖運柩回去。不知你的意下如何？」小廝跪下泣告道：「兒受公公如此大恩，地厚天高，未曾報得，豈敢言歸！且恩人又無子嗣，兒雖不才，倘蒙不棄，收充奴僕，朝夕伏侍，少效一點孝心。萬一恩人百年之後，亦堪爲墳前拜掃之人。那時到京取回先母遺骨，同父骸葬于恩人墓道之側，永守于此，這便是兒之心願。」劉公夫婦大喜道：「若得你肯如此，乃天賜與我爲嗣，豈有爲奴僕之理！今後當以父子相稱。」小廝道：「既蒙收留，即今日就拜了爹媽。」便掇兩把椅兒居中放下，請老夫婦坐了。四雙八拜，認爲父子，遂改姓爲劉。劉公又不忍没其本姓，就將方字爲名，喚做劉方。自此日夜辛勤，幫家過活，奉侍劉公夫婦，極其盡禮孝敬。老夫婦也把他如親生一般看待。有詩爲證：

劉方非親是親，劉德無子有子。
小厮事死事生，老軍雖死不死。

時光似箭，不覺劉方在劉公家裏已過了兩個年頭。時值深秋，大風大雨，下了半月有餘。那運河内的水，暴漲有十來丈高下，猶如百沸湯一般，又緊又急。往來的船隻壞了無數。一日午後，劉方在店中收拾，只聽得人聲鼎沸。他只道是什麽火發，忙來觀看，見岸上人捱擠不開，都望着河中。急走上前看時，却是上流頭一隻大客船，被風打壞，淌將下來。船上之人，飄溺已去大半，餘下的抱桅攀舵，號呼哀泣，口叫「救人」，那岸上看的人，雖然有救撈之念，只是風水利害，誰肯從井救人？眼盼盼看他一個個落水，口中只好叫句「可憐」而已。忽然一陣大風，把那船吹近岸旁。岸上人一齊喊聲「好了」，頃刻撓撓鈎子二十多張，一齊都下，搭住那船，救起十數多人，各自分頭投店。

内有一個少年，年紀不上二十，身上被撓鈎摘傷幾處，行走不動，倒在地下，氣息將絶，尚緊緊抱住一隻竹箱，不肯放捨。劉方在旁睹景傷情，觸動了自己往年冬間之事，不覺流下淚來，想道：「此人之苦，正與我一般。我當時若沒有劉公時，父子尸骸不知歸于何處矣。這人今日却便沒人憐救了，且回去與爹媽説知，救其性命。」急急轉家，把上項事報知劉公夫婦，意欲扶他回家調養。劉公道：「此是陰德美事，爲人正該如此。」劉媽媽道：「何不就同他來家？」劉方道：「未曾稟過爹媽，怎敢擅便？」劉公道：「説那裏話！我與你同去。」父子二人，行至岸口，只見衆人正圍着那少年觀看。劉公分開衆人，捱身而入，叫道：「小官人，你掙扎着，我扶你到家去將息。」那少年睜眼看了一看，點點頭兒。劉公同劉方向前攙扶。一個幼年力弱，一個老年衰邁，全不濟事。旁邊轉過一個軒跎刺的後生道：「老人家閃開，待我來。」向前一抱，輕輕的就扶了起來。那後生在右，劉公在左，兩邊挾住胳膊便走。少年雖然説話不出，心下却甚明白，把嘴努着竹箱。劉方道：「這箱子待我與你馱去。」把來背在肩上，在前開路。

衆人閃在兩邊，讓他們前行，隨後便都跟來看。內中認得劉公的，便道：「還是劉長者有些義氣。這個異鄉落難之人，在此這一回，并沒個慈悲的肯收留回去，偏他一曉得了便攙扶回家。這樣人，真個世間少有！只可惜無個兒子，這也是天公沒分曉。」又有個道：「他雖沒有親兒，如今承繼這劉方，甚是孝順，比嫡親的尤勝，這也算是天報他了。」那不認得的，見他老夫妻自來攙扶，一個小厮與他駝了竹箱，就認做那少年的親族。以後見土人紛紛傳説，方纔曉得，無不贊嘆其義。還有没肚子的人，稱量他那竹箱内有物無物，財多財少。此乃是人面相似，人心不同。【眉批】如確見竹箱中有物，早有人扶去矣。不在話下。

且説劉公同那後生扶少年到家，向一間客房裏放下。劉公叫聲「勞動」，後生自去。劉方把竹箱就放在少年之傍。〔二〕劉媽媽連忙去取乾衣，與他換下濕衣，然後扶在舖上。原來落水人吃不得熱酒，劉公曉得這道數，教媽媽取釃酒略温一下，儘着少年痛飲，就取劉方的卧被，與他蓋了，夜間即教劉方伴他同卧。到次早，劉公進房來探問。那少年已覺健旺，連忙挣扎起來，要下床稱謝。劉公急止住道：「莫要勞動，調養身子要緊！」那少年便向枕上叩頭道：「小子乃垂死之人，得蒙公公救拔，實乃再生父母。但不知公公尊姓？」劉公道：「老拙姓劉。」少年道：「原來與小子同姓。」劉公道：「官人那裏人氏？」少年答道：「小子劉奇，山東張秋人氏。一年前，隨父三考在京。不幸遇了時疫，數日之内，父母俱喪，無力扶柩還鄉，只得將來火化。」指着竹箱道：「奉此骸骨歸葬，不想又遭此大難。自分必死，天幸得遇恩人，救我之命。只是行李俱失，一無所有，將何報答大恩？」劉公道：「官人差矣！不忍之心，人皆有之。救人一命，勝造七級浮屠。若說報答，便是爲利了，豈是老漢的本念！」劉奇見說，愈加感激。將息了兩日，便能起身，向劉公夫婦叩頭泣謝。那劉奇爲人温柔俊雅，禮貌甚恭。劉公夫婦十分愛他，早晚好酒好食管待。劉奇見如此殷勤，心上好生不安。欲要辭歸，怎奈鈎傷之處潰爛成瘡，步履不便，身邊又無盤費，不能行動，只得權且住下。正是：

不戀故鄉生處好，受恩深處便爲家。

却說劉方與劉奇年貌相仿，情投契合，各把生平患難細說。二人因念出處相同，遂結拜爲兄弟，友愛如嫡親一般。【眉批】定盟證心。一日，劉奇對劉方道：「賢弟如此青年美質，何不習些書史？」劉方道：「弟甚有此志，只是無人教導。」劉奇道：「不瞞賢弟說，我自幼攻書，博通今古，指望致身青雲。不幸先人棄後，無心于此。賢弟肯讀書時，尋些書本來，待我指引便了。」劉方道：「若得如此，乃弟之幸也。」連忙對劉公說知。劉公見說是個飽學之士，肯教劉方讀書，分外歡喜，即便去買許多書籍。劉奇罄心指教，那劉方穎悟過人，一誦即解。日裏在店中看管，夜間挑燈而讀。不過幾月，經書詞翰，無不精通。【眉批】敏捷可愛。

且說劉奇在劉公家中住有半年，彼此相敬相愛，勝如骨肉。雖然依傍得所，只是終日坐食，心有不安。此時瘡口久愈，思想要回故土，來對劉公道：「多蒙公公夫婦厚恩，救活殘喘，又攪擾半年，大恩大德，非口舌可謝。今欲暫辭公公，負先人骸骨歸葬。服闋之後，當圖報效。」劉公道：「此乃官人的孝心，怎好阻當，但不知幾時起行？」劉奇道：「今日告過公公，明早就走。」劉公道：「既如此，待我去覓個便船與你。」劉奇道：「水路風波險惡，且乏盤纏，還從陸路行罷。」劉公道：「陸路脚力之費，數倍于舟，且又勞碌。」劉奇道：「小子不用脚力，只是步行。」劉公道：「你身子怯弱，如何走得遠路？」劉奇道：「公公，常言説得好，有銀用銀，無銀用力。小子這樣窮人，還怕得什麽辛苦！」劉公想了一想，道：「這也易處。」便教媽媽整備酒肴，與劉奇送行。飲至中間，劉公泣道：「老拙與官人萍水相逢，叙首半年，恩同骨肉，實是不忍分離。但官人送尊人入土，乃人子大事，故不好强留。只是自今一别，不知後日可能得再見了？」説罷，歔欷不勝。劉媽媽與劉方盡皆淚下。【眉批】此老夫婦多情之甚，故得二子情報。劉奇也泣道：「小子此行，實非得已。俟服一滿，即星夜馳來奉候，幸勿過悲。」劉公道：「老拙夫婦年近七旬，如風中之燭，早暮難保。恐君服滿來時，在否不可知矣。倘若不棄，送尊人入土之後，即來看我，也是一番相知之情。」劉奇道：「既蒙分付，敢不如命。」一宿晚景不題。

到了次早清晨，劉媽媽又整頓酒飯與他吃了。劉公取出一個包裹，放在卓上，又叫劉方到後邊牽出那小驢兒來，對劉奇道：「此驢畜養已久，老漢又無遠行，少有用處，你就乘他去罷，省得路上雇倩。這包裹内是一床被窩，幾件粗布衣裳，以防路上風寒。」又在袖中摸一包銀子交與道：「這三兩銀子，將就盤纏，亦可到得家了。但事完之後，即來走走，萬勿爽信。」劉奇見了許多厚贈，泣拜道：「小子受公公如此厚恩，今生料不能報，俟來世爲犬馬以酬萬一。」劉公道：「何出此言！」當下將包裹竹箱都裝在生口身上，作別起身。劉公夫婦送出門首，灑淚而別。劉方不忍分捨，又送十里之外，方纔分手。正是：

萍水相逢骨肉情，一朝分袂淚俱傾。
驪駒唱罷勞魂夢，人在長亭共短亭。

且說劉奇一路夜住曉行，飢餐渴飲，不一日，來到山東故鄉。那知去年這場大風大雨，黄河泛溢，張秋村鎮盡皆漂溺，人畜廬舍蕩盡無遺。舉目遥望時，幾十里田地，絶無人煙，劉奇無處投奔，只得寄食旅店。思想欲將骸骨埋葬于此，却又無處依棲，何以營生？須尋了個着落之處，然後舉事。遂往各處市鎮鄉村訪問親舊，一無所遇。住了月餘，這三兩銀子盤費將盡，心下着忙：「若用完了這銀子，就難行動了。不如原往河西務去求恩人一搭空地，埋了骨殖，倚傍在彼處，還是個長策。」算還店錢，上了生口，星夜赶來。

到了劉公門首，下了生口，看時，只見劉方正在店中，手裏拿着一本書兒在那裏觀看。劉奇叫聲：「賢弟，公公媽媽一向好麽？」劉方擡頭看時，却是劉奇，把書撇下，忙來接住生口，牽入家中，卸了行李，作揖道：「爹媽日夜在此念兒，來得正好！」一齊走入堂中。劉公夫婦看見，喜從天降，便道：「官人，想殺我也！」劉奇上前倒身下拜，劉公還禮不迭。見罷，問道：「尊人之事，想已畢了？」劉奇細細泣訴前因，又道：「某故鄉已無處容身，今復携骸骨而來，欲求一搭餘地葬埋，就拜公公爲父，依傍于此，朝夕奉侍，不知尊意允否？」劉公道：「空地儘有，任憑取擇。但爲父子，恐不敢當。」劉奇道：「若公公不屑以某爲子，便是不允之意了。」即便請劉公夫婦上坐，拜爲父子，【眉批】懷德承嗣，一門孝義，劉公是有後矣。將骸骨也葬于屋後地上。自此兄弟二人，并力同心，勤苦經營，家業漸漸興隆。奉侍父母，備盡人子之禮。合鎮的人，没一個不欣羡劉公無子而有子，皆是陰德之報。

時光迅速，倏忽又經年餘。父子正安居樂業，不想劉公夫婦年紀老了，筋力衰倦，患起病來。二子日夜伏侍，衣不解帶，求神罔效，醫藥無功，看看待盡。二子心中十分悲切，又恐傷了父子之心，惟把言語安慰，背後吞聲而泣。劉公自知不起，呼二子至床前分付道：「我夫婦老年孤孑，自謂必作無祀之鬼，不意天地憐念，賜汝二人與我爲嗣。名雖義子，情勝嫡血。我死無遺恨矣！但我去世之後，汝二人務要同心經業，共守此薄産，我于九泉亦得瞑目。」二子哭拜受命。又延兩日，夫婦相繼而亡。二子愴地呼天，號淘痛哭，恨不得以身代替。【眉批】二子誠雖痛切悲感，亦不能報此深恩。置辦衣衾棺椁，極其從厚，又請僧人做九晝夜功果超薦。入殮之後，兄弟商議築起一個大墳，要將三家父母合葬一處。【眉批】最是。劉方遂至京中，將母柩迎來，擇了吉日，以劉公夫婦葬于居中，劉奇遷父母骸骨葬于左邊，劉方父母葬在右邊，三墳拱列，如連珠相似。【眉批】克全三義，可爲世風。那合鎮的人，一來慕劉公向日忠厚之德，二來敬他弟兄之孝，盡來相送。

話休絮煩。且説劉奇二人自從劉公亡後，同眠同食，情好愈篤，把酒店收了，開起一個布店來。四方過往客商來買貨的，見二人少年志誠，物價公道，傳播開去，慕名來買者，挨擠不開。一二年間，挣下一個老大家業，比劉公時已多數倍。討了兩房家人，兩個小厮，動用家火器皿，甚是次第。那鎮上有幾個富家，見二子家業日裕，少年未娶，都央媒來與之議姻。劉奇心上已是欲得，只是劉方却執意不願。劉奇勸道：「賢弟今年一十有九，我已二十有二，正該及時求配，以圖生育，接續三家宗祀，不知賢弟爲何不願？」劉方答道：「我與兄方在壯年，正好經營生理，何暇去謀此事！况我弟兄向來友愛，何等安樂，萬一娶了一個不好的，反是一累，不如不娶爲上。」【眉批】一個久自心許，好似東家之子；一個只不意會，原非柳下先生。劉奇道：「不然，常言說得好：無婦不成家。你我俱在店中支持了生意時，裏面絕然無人照管。况且交友漸廣，設有個客人到來，中饋無人主持，成何體面？此還是小事。當初義父以我二人爲子時，指望子孫紹他宗祀，世守此墳。今若不娶，必然湮絕，豈不負其初念，何顏見之泉下！」再三陳說，劉方只把言支吾，終不肯應承。劉奇見兄弟不允，自己又不好獨娶。

一日，偶然到一相厚朋友欽大郎家中去探望。兩下偶然言及姻事，劉奇乃把劉方不肯之事，細細說與，又道：「不知舍弟是甚主意？」欽大郎笑道：「此事淺而易見。他與兄共創家業，况他是先到，兄是後來，不忿得兄先娶，故此假意推托。」【眉批】小輩自寫肺肝，烏知君子之腹。劉奇道：「舍弟乃仁義端直之士，决無此事。」欽大郎道：「令弟少年英俊，豈不曉得夫婦之樂，恁般推阻？兄若不信，且教個人私下去見他，先與之爲媒，包你一說就是。」劉奇被人言所惑，將信將疑，作別而回。恰好路上遇見兩個媒婆，正要到劉奇家説親，所説的是本鎮開紬段店的崔三朝奉家。叙起年庚，正與劉方相合。劉奇道：「這門親正對我家二官人，只是他有些古怪，人面前就害羞。你只悄地去對他説。若説得成時，自當厚酬。我且不歸去，坐在巷口油店裏等你回話。」兩個媒婆應聲而去。不一時，回復劉奇道：「二官人果是古怪，老媳婦恁般攛掇，只是不允。再説時，他喉急起來，好教媳婦們老大没趣。」劉奇纔信劉方不肯是個真心，但不知什麽意故。一日，見梁上燕兒營巢，劉奇遂題一詞于壁上，以探劉方之意，詞云：

營巢燕，雙雙雄，朝暮銜泥辛苦同。若不尋雌繼殼卵，巢成畢竟巢還空。

劉方看見，笑誦數次，亦援筆和一首于後，詞云：

營巢燕，雙雙飛，天設雌雄事久期。雌兮得雄願已足，雄兮將雌胡不知？【眉批】托物比興，兩露心迹。

劉奇見了此詞，大驚道：「據這詞中之意，吾弟乃是個女子了。怪道他恁般嬌弱，語音纖麗，夜間睡卧，不脱内衣，連襪子也不肯去，酷暑中還穿着兩層衣服。原來他却學木蘭所爲。」雖然如此，也還疑惑，不敢去輕易發言。又到欽大郎家中，將詞念與他聽。欽大郎道：「這詞意明白，令弟確然不是男子了。但與兄數年同榻，難道看他不出？」劉奇叙他向來未曾脱衣之事。【眉批】大劉雖曰端人，終是騃漢；小劉固然貞女，誠亦巧婦。欽大郎道：「恁般一發是了！如今兄當以實問之，看他如何回答。」劉奇道：「我與他恩義甚重，情如同胞，安忍啓口？」欽大郎道：「他若果然是個女子，與兄成配，恩義兩全，有何不可？」談論已久，欽大郎將出酒殽款待。兩人對酌，不覺至晚。

劉奇回至家時，已是黄昏時候。劉方迎着，見他已醉，扶進房中問道：「兄從何處飲酒，這時方歸？」劉奇答道：「偶在欽兄家小飲，不覺話長坐久。」口中雖説，細細把他詳視。當初無心時，全然不覺是女，【眉批】無心不覺，亦見劉奇方正一斑。此時已是有心辨他真假，越看越像是個女子。劉奇雖無邪念，心上却要見個明白，又不好直言，乃道：「今日見賢弟所和燕子詞，甚佳，非愚兄所能及。但不知賢弟可能再和一首否？」劉方笑而不答，取過紙筆來，一揮而就。詞云：

營巢燕，聲聲叶，莫使青年空歲月。可憐和氏璧無瑕，何事楚君終不納？【眉批】兒女子情欲在時，一詞畢吐，乃自明耳。

劉奇接來看了，便道：「原來賢弟果是女子。」劉方聞言，羞得滿臉通紅，【眉批】雅操堅持，有何慚色。未及答言，劉奇又道：「你我情同骨肉，何必避諱？但不識賢弟昔年因甚如此妝束？」劉方道：「妾初因母喪，隨父還鄉，恐途中不便，故爲男扮。後因父歿，尚埋淺土，未得與母同葬，妾故不敢改形，欲求一安身之地，以厝先靈。幸得義父遺此産業，父母骸骨得以歸土。妾是時意欲説明，因思家事尚微，恐兄獨力難成，故復遲遲。【眉批】有心人。今見兄屢勸妾婚配，故不得不自明耳。」劉奇道：「元來賢弟用此一段苦心，成全大事。况我與你同榻數年，不露一毫圭角，【眉批】難得。真乃節孝兼全，女中丈夫，可敬可羡！但弟詞中已有俯就之意，我亦决無他娶之理。萍水相逢，周旋數載，昔爲弟兄，今爲夫婦，此豈人謀，實由天合。儻蒙一諾，便訂百年。不知賢弟意下如何？」劉方道：「此事妾亦籌之熟矣。三宗墳墓，俱在于此，妾若適他人，父母三尺之土，朝夕不便省視。况義父義母，看待你我猶如親生，棄此而去，亦難恝然。兄若不棄陋質，使妾得侍箕帚，共奉三姓香火，妾之願也。但無媒私合，於禮有虧。惟兄裁酌而行，免受傍人談議，則全美矣。」【眉批】主意在此。見識既高，作事又且細膩，真閨傑也。劉奇道：「賢弟高見，即當處分。」是晚，兩人便分房而卧。

次早，劉奇與欽大郎説了，請他大娘爲媒，與劉方説合。劉方已自换了女裝。劉奇備辦衣飾，擇了吉日，先往三個墳墓上祭告過了，然後花燭成親，大排筵宴，廣請鄰里。那時閧動了河西務一鎮，無不稱爲異事，讚嘆劉家一門孝義貞烈。劉奇成親之後，夫婦相敬如賓，掙起大大家事，生下五男二女。至今子孫蕃盛，遂爲巨族。人皆稱爲「劉方三義村」云。有詩爲證：

無情骨肉成吴越，有義天涯作至親。
三義村中傳美譽，河西千載想奇人。

【校記】

〔一〕「少年」，底本及東大本作「後生」，據衍慶堂本改。

郭卓然鐫

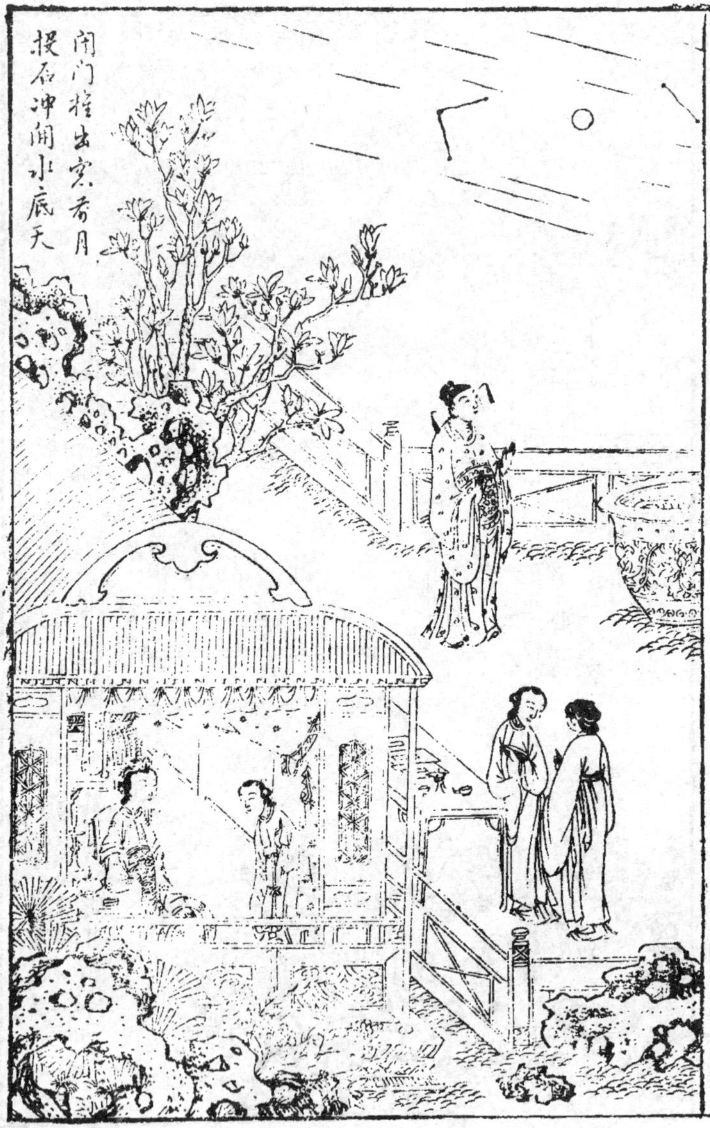
闭门推出窗前月
投石冲开水底天

第十一卷　蘇小妹三難新郎

聰明男子做公卿，女子聰明不出身。
若許裙釵應科舉，女兒那見遜公卿。

自混沌初闢，乾道成男，坤道成女，雖則造化無私，却也陰陽分位：陽動陰靜，陽施陰受，陽外陰内。所以男子主四方之事，女子主一室之事。主四方之事的，頂冠束帶，謂之丈夫，出將入相，無所不爲，須要博古通今，達權知變。主一室之事的，三綹梳頭，兩截穿衣。一日之計，止無過饔飧井臼；終身之計，止無過生男育女。所以大家閨女，雖曾讀書識字，也只要他識些姓名，記些帳目。他又不應科舉，不求名譽，詩文之事，全不相干。然雖如此，各人資性不同。有等愚蠢的女子，教他識兩個字，如登天之難。有等聰明的女子，一般過目成誦，不教而能。吟詩與李、杜爭强，作賦與班、馬鬥勝。這都是山川秀氣，偶然不鍾于男而鍾于女。且如漢有曹大家，他是個班固之妹，代兄續成漢史。又有個蔡琰，製《胡笳十八拍》，流傳後世。晉時有個謝道韞，與諸兄詠雪，有柳絮隨風之句，諸兄都不及他。唐時有個上官婕妤，中宗皇帝教他品第朝臣之詩，臧否一一不爽。至于大宋婦人，出色的更多。就中單表一個叫做李易安，一個叫做朱淑真。他兩個都是閨閣文章之伯，女流翰苑之才。論起相女配夫，也該對個聰明才子。争奈月下老錯注了婚籍，都嫁了無才無學之人，每每怨恨之情，形于筆札。有詩爲證：

鷗鷺鴛鴦作一池，曾知羽翼不相宜。
東君不與花爲主，何似休生連理枝！

那李易安有《傷秋》一篇，調寄《聲聲慢》：

尋尋覓覓，冷冷清清，悽悽慘慘戚戚。乍暖乍寒時候，正難將息。三杯兩杯淡酒，怎敵他晚來風力？雁過也，總傷心，却是舊時相識。滿地黄花堆積，憔悴損，如今有誰忺摘。【眉批】忺，音軒，意好。守着窗兒，獨自怎生得黑？更無細雨，到黄昏，點點滴滴。這次第，怎一個愁字了得！

朱淑真時值秋間，丈夫出外，燈下獨坐無聊，聽得窗外雨聲滴點，吟成一絶：

哭損雙眸斷盡腸，怕黄昏到又昏黄。

那堪細雨新秋夜，一點殘燈伴夜長。

後來刻成詩集一卷，取名《斷腸集》。

說話的，爲何單表那兩個嫁人不着的？只爲如今說一個聰明女子，嫁着一個聰明的丈夫，一唱一和，遂變出若干的話文。正是：

說來文士添佳興，道出閨中作美談。

話說四川眉州，古時謂之蜀郡，又曰嘉州，又曰眉山。山有蟆頤、峨眉，水有岷江、環湖。山川之秀，鍾于人物，生出個博學名儒來，姓蘇名洵，字明允，别號老泉，當時稱爲老蘇。老蘇生下兩個孩兒：大蘇、小蘇。大蘇名軾，字子瞻，别號東坡；小蘇名轍，字子由，别號潁濱。二子都有文經武緯之才，博古通今之學，同科及第，名重朝廷，俱拜翰林學士之職。天下稱他兄弟，謂之二蘇。稱他父子，謂之三蘇。這也不在話下。更有一椿奇處，那山川之秀，偏萃于一門。兩個兒子未爲希罕，又生個女兒，名曰小妹，其聰明絶世無雙，真個聞一知二，問十答十。因他父兄都是個大才子，朝談夕講，無非子史經書，目見耳聞，不少詩詞歌賦。自古道：「近朱者赤，近墨者黑。」况且小妹資性過人十倍，何事不曉。十歲上隨父兄居于京師，寓中有繡毬花一樹，時當春月，其花盛開。老泉賞玩了一回。取紙筆題詩，纔寫得四句，報道：「門前客到！」老泉閣筆而起。小妹閒步到父親書房之內，看見卓上有詩四句：

天巧玲瓏玉一丘，迎眸爛熳總清幽。
白雲疑向枝間出，明月應從此處留。

小妹覽畢，知是詠繡毬花所作，認得父親筆迹，遂不待思索，續成後四句云：

瓣瓣拆開蝴蝶翅，團團圍就水晶毬。
假饒借得香風送，何羨梅花在隴頭。

小妹題詩依舊放在卓上，款步歸房。老泉送客出門，復轉書房，方欲續完前韻，只見八句已足，讀之詞意俱美。疑是女兒小妹之筆，呼而問之，寫作果出其手。老泉嘆道：「可惜是個女子！若是個男兒，可不又是制科中一個有名人物！」自此愈加珍愛其女，恣其讀書博學，不復以女工督之。看看長成一十六歲，立心要妙選天下才子，與之爲配。急切難得。

忽一日，宰相王荆公着堂候官請老泉到府與之叙話。原來王荆公諱安石，字介甫。未得第時，大有賢名。平時常不洗面，不脱衣，身上虱子無數。老泉惡其不近人情，異日必爲奸臣，曾作《辨奸論》以譏之，荆公懷恨在心。後來見他大蘇、小蘇連登制科，遂捨怨而修好。老泉亦因荆公拜相，恐妨二子進取之路，也不免曲意相交。【眉批】世情如此。正是：

古人結交在意氣，今人結交爲勢利。

從來勢利不同心，何如意氣交情深。

是日，老泉赴荆公之召，無非商量些今古，議論了一番時事，遂取酒對酌，不覺忘懷酩酊。荆公偶然誇獎：「小兒王雱，讀書只一遍，便能背誦。」老泉帶酒答道：「誰家兒子讀兩遍！」荆公道：「到是老夫失言，不該班門弄斧。」老泉道：「不惟小兒只一遍，就是小女也只一遍。」【眉批】荆公有譽兒癖，引得老泉輕薄。荆公大驚道：「只知令郎大才，却不知有令愛。眉山秀氣，盡屬公家矣！」老泉自悔失言，連忙告退。荆公命童子取出一卷文字，遞與老泉道：「此乃小兒王雱窗課，相煩點定。」老泉納于袖中，唯唯而出。

回家睡至半夜，酒醒，想起前事：「不合自誇女孩兒之才。今介甫將兒子窗課屬吾點定，必爲求親之事。這頭親事，非吾所願，却又無計推辭。」沉吟到曉，梳洗已畢，取出王雱所作，次第看之，真乃篇篇錦繡，字字珠璣，又不覺動了個愛才之意：「但不知女兒緣分如何？我如今將這文卷與女兒觀之，看他愛也不愛。」遂隱下姓名，分付丫鬟道：「這卷文字，乃是個少年名士所呈，求我點定。我不得閒暇，轉送與小姐，教他批閱，閱完時，速來回話。」丫鬟將文字呈上小姐，傳達太老爺分付之語。小妹滴露研朱，從頭批點，須臾而畢，嘆道：「好文字！此必聰明才子所作。但秀氣泄盡，華而不實，恐非久長之器。」遂于卷面批云：

新奇藻麗，是其所長；含蓄雍容，是其所短。取巍科則有餘，享大年則不足。

後來王雱十九歲中了頭名狀元，未幾夭亡。可見小妹知人之明，這是後話。

却說小妹寫罷批語，叫丫鬟將文卷納還父親。老泉一見大驚：「這批語如何回復得介甫！必然取怪。」一時污損了卷面，無可奈何，却好堂候官到門：「奉相公鈞旨，取昨日文卷，面見太爺，還有話禀。」老泉此時，手足無措，只得將卷面割去，重新換過，加上好批語，親手交與堂候官收訖。堂候官道：「相公還分付得有一言，動問：貴府小姐曾許人否？倘未許人，相府願諧秦晉。」老泉道：「相府議親，老夫豈敢不從。只是小女貌醜，恐不足當金屋之選。相煩好言達上，但訪問自知，并非老夫推托。」堂候官領命，回復荆公。荆公看見卷面換了，已有三分不悦。又恐怕蘇小姐容貌真個不揚，不中兒子之意，密地差人打聽。原來蘇東坡學士常與小妹互相嘲戲。東坡是一嘴鬍子，小妹嘲云：

口角幾回無覓處，忽聞毛裏有聲傳。

小妹額顱凸起，東坡答嘲云：

未出庭前三五步，額頭先到畫堂前。【眉批】真是旗鼓相當。

小妹又嘲東坡下頦之長云：

去年一點相思淚，至今流不到腮邊。

東坡因小妹雙眼微摳，復答云：

幾回拭臉深難到，留却汪汪兩道泉。

訪事的得了此言，回復荆公，說：「蘇小姐才調委實高絶，若論容貌，也只平常。」荆公遂將姻事閣起不題。然雖如此，却因相府求親一事，將小妹才名播滿了京城。以後聞得相府親事不諧，慕而來求者，不計其數。老泉都教呈上文字，把與女孩兒自閲。也有一筆塗倒的，也有點不上兩三句的。就中只有一卷文字做得好。看他卷面寫有姓名，叫做秦觀。小妹批四句云：

今日聰明秀才，他年風流學士。

可惜二蘇同時，不然横行一世。

這批語明説秦觀的文才，在大蘇、小蘇之間，除却二蘇，没人及得。老泉看了，已知女兒選中了此人，分付門上：「但是秦觀秀才來時，快請相見。餘的都與我辭去。」誰知衆人呈卷的，都在討信，只有秦觀不到。却是爲何？那秦觀秀才字少游，他是揚州府高郵人。腹飽萬言，眼空一世。生平敬服的，只有蘇家兄弟，以下的都不在意。今日慕小妹之才，雖然炫玉求售，又怕損了自己的名譽，不肯隨行逐隊，尋消問息。老泉見秦觀不到，反央人去秦家寓所致意。少游心中暗喜，又想道：「小妹才名得于傳聞，未曾面試，又聞得他容貌不揚，額顱凸出，眼睛凹進，不知是何等鬼臉？如何得見他一面，方纔放心。」打聽得三月初一日，要在岳廟燒香，趁此機會，改換衣裝，覷個分曉。正是：

眼見方爲的，傳聞未必真。
若信傳聞語，枉盡世間人。

從來大人家女眷入廟進香，不是早，定是夜。爲甚麽？早則人未來，夜則人已散。秦少游到三月初一日五更時分，就起來梳洗，打扮個游方道人模樣：頭裹青布唐巾，耳後露兩個石碾的假玉環兒，身穿皂布道袍，腰繫黄縧，足穿净襪草履，項上挂一串拇指大的數珠，手中托一個金漆鉢盂，侵早就到東岳廟前伺候。天色黎明，蘇小姐轎子已到。少游走開一步，讓他轎子入廟，歇于左廊之下。小妹出轎上殿，少游已看見了，雖不是妖嬈美麗，却也清雅幽閒，全無俗韻：「但不知他才調真正如何？」約莫焚香已畢，少游却循廊而上，在殿左相遇。少游打個問訊云：

小姐有福有壽，願發慈悲。

小妹應聲答云：

道人何德何能，敢來布施！

少游又問訊云：

願小姐身如藥樹，百病不生。

小妹一頭走，一頭答云：

隨道人口吐蓮花，半文無捨。

少游直跟到轎前，又問訊云：

小娘子一天歡喜，如何撒手寶山？

小妹隨口又答云：

風道人恁地貪癡，那得隨身金穴！

小妹一頭說，一頭上轎。少游轉身時，口中喃出一句道：「『風道人』得對『小娘子』，萬千之幸！」小妹上了轎，全不在意。跟隨的老院子却聽得了，怪這道人放肆，方欲回身尋鬧，只見廊下走出一個垂髫的俊童，對着那道人叫道：「相公這裏來更衣。」那道人便先走，童兒後隨。老院子將童兒肩上悄地捻了一把，低聲問道：「前面是那個相公？」童兒道：「是高郵秦少游相公。」老院子便不言語。回來時，却與老婆說知了。這句話就傳入内裏，小妹纔曉得那化緣的道人是秦少游假妝的，付之一笑，囑付丫鬟們休得多口。

話分兩頭。再說秦少游那日飽看了小妹，容貌不醜，况且應答如響，其才自不必言。擇了吉日，親往求親，老泉應允，少不得下財納幣。此是二月初旬的事。少游急欲完婚，小妹不肯。他看定秦觀文字，必然中選。試期已近，欲要象簡烏紗，洞房花燭，少游只得依他。到三月初三，禮部大試之期，秦觀一舉成名，中了制科。到蘇府來拜丈人，就禀復完婚一事。因寓中無人，欲就蘇府花燭。老泉笑道：「今日挂榜，脱白挂緑，便是上吉之日，何必另選日子。只今晚便在小寓成親，豈不美哉！」東坡學士從傍贊成。是夜與小妹雙雙拜堂，成就了百年姻眷。正是：

聰明女得聰明婿，大登科後小登科。

其夜月明如畫。少游在前廳筵宴已畢，方欲進房，只見房門緊閉，庭中擺着小小一張卓兒，卓上排列紙墨筆硯，三個封兒，三個盞兒，一個是玉盞，一個是銀盞，一個是瓦盞。青衣小鬟守立傍邊。少游道：「相煩傳語小姐，新郎已到，何不開門？」丫鬟道：「奉小姐之命，有三個題目在此，三試俱中式，方准進房。這三個紙封兒便是題目在內。」少游指着三個盞道：「這又是甚的意思？」丫鬟道：「那玉盞是盛酒的，那銀盞是盛茶的，那瓦盞是盛寡水的。三試俱中，玉盞内美酒三杯，請進香房。兩試中了，一試不中，銀盞内清茶解渴，直待來宵再試。一試中了，兩試不中，瓦盞内呷口淡水，罰在外廂讀書三個月。」少游微微冷笑道：「别個秀才來應舉時，就要告命題容易了，下官曾應過制科，青錢萬選，莫説三個題目，就是三百個，我何懼哉！」丫鬟道：「俺小姐不比尋常盲試官，之乎者也，應個故事而已。他的題目好難哩！【眉批】侍兒亦有確見。第一題，是絶句一首，要新郎也做一首，合了出題之意，方爲中式。第二題四句詩，藏着四個古人，猜得一個也不差，方爲中式。到第三題，就容易了，止要做個七字對兒，對得好，便得飲美酒進香房了。」少游道：「請第一題。」丫鬟取第一個紙封拆開，請新郎自看。少游看時，封着花箋一幅，寫詩四句道：

銅鐵投洪冶，螻蟻上粉牆。

陰陽無二義，天地我中央。【眉批】好謎。

少游想道：「這個題目，别人做定猜不着。則我曾假扮做雲游道人，在岳廟化緣，去相那蘇小姐。此四句乃含着『化緣道人』四字，明明嘲我。」遂于月下取筆寫詩一道于題後云：

化工何意把春催？緣到名園花自開。

道是東風原有主，人人不敢上花臺。

丫鬟見詩完，將第一幅花箋摺做三疊，從窗隙中塞進，高叫道：「新郎交卷，第一場完。」【眉批】風趣。小妹覽詩，每句頂上一字，合之乃「化緣道人」四字，微微而笑。少游又開第二封看之，也是花箋一幅，題詩四句：

强爺勝祖有施爲，鑿壁偷光夜讀書。

縫綫路中常憶母，老翁終日倚門閭。

少游見了，略不凝思，一一注明。第一句是孫權，第二句是孔明，第三句是子思，第四句是太公望。丫鬟又從窗隙遞進。少游口雖不語，心下想道：「兩個題目，眼見難我不倒，第三題是個對兒，我五六歲時便會對句，不足爲難。」再拆開第三幅花箋，内出對云：

閉門推出窗前月。

初看時覺道容易，仔細想來，這對出得儘巧。若對得平常了，不見本事。左思右量，不得其對。聽得譙樓三鼓將闌，構思不就，愈加慌迫。却説東坡此時尚未曾睡，且來打聽妹夫消息。望見少游在庭中團團而步，口裏只管吟哦「閉門推出窗前月」七個字，右手做推窗之勢。【眉批】好光景。東坡想道：「此必小妹以此對難之，少游爲其所困矣！我不解圍，誰爲撮合？」急切思之，亦未有好對。庭中有花缸一隻，滿滿的貯着一缸清水，少游步了一回，偶然倚缸看水。東坡望見，觸動了他靈機，道：「有了！」欲待教他對了，誠恐小妹知覺，連累妹夫體面，不好看相。東坡遠遠站着咳嗽一聲，就地下取小小磚片，投向缸中。那水爲磚片所激，躍起幾點，撲在少游面上。水中天光月影，紛紛淆亂。少游當下曉悟，【眉批】少游亦甚聰明。遂援筆對云：

投石冲開水底天。

丫鬟交了第三遍試卷，只聽呀的一聲，房門大開，房内又走出個侍兒，手捧銀壺，將美酒斟于玉盞之内，獻上新郎，口稱：「才子請滿飲三杯，權當花紅賞勞。」少游此時意氣揚揚，連進三盞，丫鬟擁入香房。這一夜，佳人才子，好不稱意。正是：

歡娱嫌夜短，寂寞恨更長。

自此夫妻和美，不在話下。後少游宦游浙中，東坡學士在京，小妹思想哥哥，到京省視。東坡有個禪友，叫做佛印禪師，嘗勸東坡急流勇退。一日寄長歌一篇，東坡看時，却也寫得怪異，每一字一連，共一百三十對字。你道寫的是甚字：

野野　鳥鳥　啼啼　時時　有有　思思
春春　氣氣　桃桃　花花　發發　滿滿
枝枝　鶯鶯　雀雀　相相　呼呼　喚喚
巖巖　畔畔　花花　紅紅　似似　錦錦
屏屏　堪堪　看看　山山　秀秀　麗麗
山山　前前　煙煙　霧霧　起起　清清
浮浮　浪浪　促促　潺潺　湲湲　水水
景景　幽幽　深深　處處　好好　追追
游游　傍傍　水水　花花　似似　雪雪
梨梨　花花　光光　皎皎　潔潔　玲玲
瓏瓏　似似　墜墜　銀銀　花花　折折
最最　好好　柔柔　茸茸　溪溪　畔畔
草草　青青　雙雙　蝴蝴　蝶蝶　飛飛

來來　到到　落落　花花　林林　裏裏
鳥鳥　啼啼　叫叫　不不　休休　爲爲
憶憶　春春　光光　好好　楊楊　柳柳
枝枝　頭頭　春春　色色　秀秀　時時
常常　共共　飲飲　春春　濃濃　酒酒
似似　醉醉　閒閒　行行　春春　色色
裏裏　相相　逢逢　競競　憶憶　游游
山山　水水　心心　息息　悠悠　歸歸
去去　來來　休休　役役

東坡看了兩三遍，一時念將不出，只是沉吟。小妹取過，一覽了然，便道：「哥哥，此歌有何難解！待妹子念與你聽。」即時朗誦云：

野鳥啼，野鳥啼時時有思。有思春氣桃花發，春氣桃花發滿枝。滿枝鶯雀相呼喚，鶯雀相呼喚巖畔。巖畔花紅似錦屏，花紅似錦屏堪看。堪看山，山秀麗，秀麗山前煙霧起。山前煙霧起清浮，清浮浪促潺湲水。浪促潺湲水景幽，景幽深處好，深處好追游。追游傍水花，傍水花似雪。似雪梨花光皎潔，梨花光皎潔玲瓏。玲瓏似墜銀花折，似墜銀花折最好。最好柔茸溪畔草，柔茸溪畔草青青。雙雙蝴蝶飛來到，蝴蝶飛來到落花。落花林裏鳥啼叫，林裏鳥啼叫不休。不休爲憶春光好，爲憶春光好楊柳。楊柳枝枝春色秀，春色秀時常共飲。時常共飲春濃酒，春濃酒似醉。似醉閒行春色裏，閒行春色裏相逢。相逢競憶游山水，競憶游山水心息。心息悠悠歸去來，歸去來，休休役役。【眉批】悟徹禪機，敏捷驚人。

東坡聽念，大驚道：「吾妹敏悟，吾所不及！若爲男子，官位必遠勝于我矣！」遂將佛印原寫長歌，并小妹所定句讀，都寫出來，做一封兒寄與少游。因述自己再讀不解，小妹一覽而知之故。少游初看佛印所書，亦不能解。後讀小妹之句，如夢初覺，深加愧嘆。答以短歌云：

未及梵僧歌，詞重而意複。
字字如聯珠，行行如貫玉。
想汝惟一覽，顧我勞三復。
裁詩思遠寄，因以真類觸。
汝其審思之，可表予心曲。

短歌後製成叠字詩一首，却又寫得古怪：

別離時聞漏轉

憶　　　　　　靜

期歸阻久伊思

少游書信到時，正值東坡與小妹在湖上看採蓮。東坡先拆書看了，遞與小妹，問道：「汝能解否？」小妹道：「此詩乃仿佛印禪師之體也。」即念云：

靜思伊久阻歸期，久阻歸期憶別離。

憶別離時聞漏轉，時聞漏轉靜思伊。

東坡嘆道：「吾妹真絶世聰明人也！今日採蓮勝會，可即事各和一首，寄與少游，使知你我今日之游。」東坡詩成，小妹亦就。小妹詩云：

闋新歌聲漱玉

一　　　　　　採【眉批】小妹事事勝人，秦郎那得不愛敬？

津楊綠在人蓮

東坡詩云：

力微醒時已暮

酒　　　　　　賞

飛如馬去歸花

照少游詩念出，小妹叠字詩，道是：

採蓮人在緑楊津，在緑楊津一闋新。
一闋新歌聲嗽玉，歌聲嗽玉採蓮人。

東坡叠字詩，道是：

賞花歸去馬如飛，去馬如飛酒力微。
酒力微醒時已暮，醒時已暮賞花歸。【眉批】清新藻麗，有唐人風致。二詩較之，兄當遜妹矣。

二詩寄去，少游讀罷，嘆賞不已。其夫婦酬和之詩甚多，不能詳述。後來少游以才名被徵爲翰林學士，與二蘇同官。一時郎舅三人，并居史職，古所希有。於是宣仁太后亦聞蘇小妹之才，每每遣内官賜以絹帛或飲饌之類，索他題詠。每得一篇，宫中傳誦，聲播京都。【眉批】太后憐才，始不爽其抱負。其後小妹先少游而卒，少游思念不置，終身不復娶云。【眉批】然雖情之所鍾，原難爲繼者。有詩爲證：

文章自古説三蘇，小妹聰明勝丈夫。
三難新郎真異事，一門秀氣世間無。

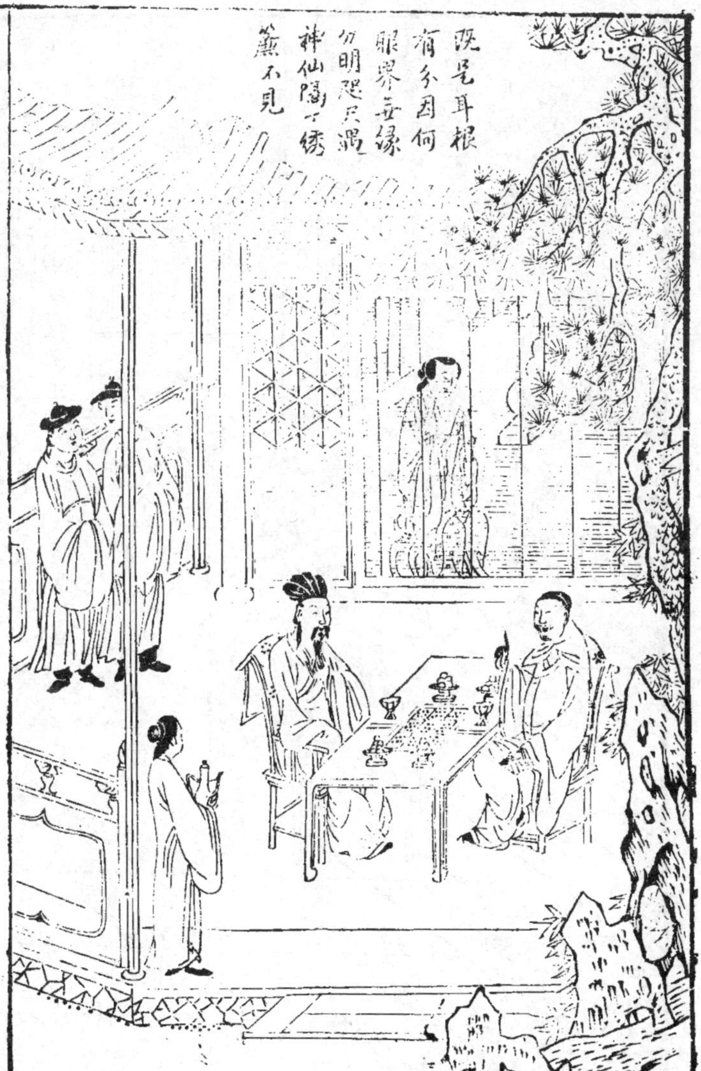
旣是耳根
有分因何
眼界無緣
分明咫尺遇
神仙隔一綉
簾不見

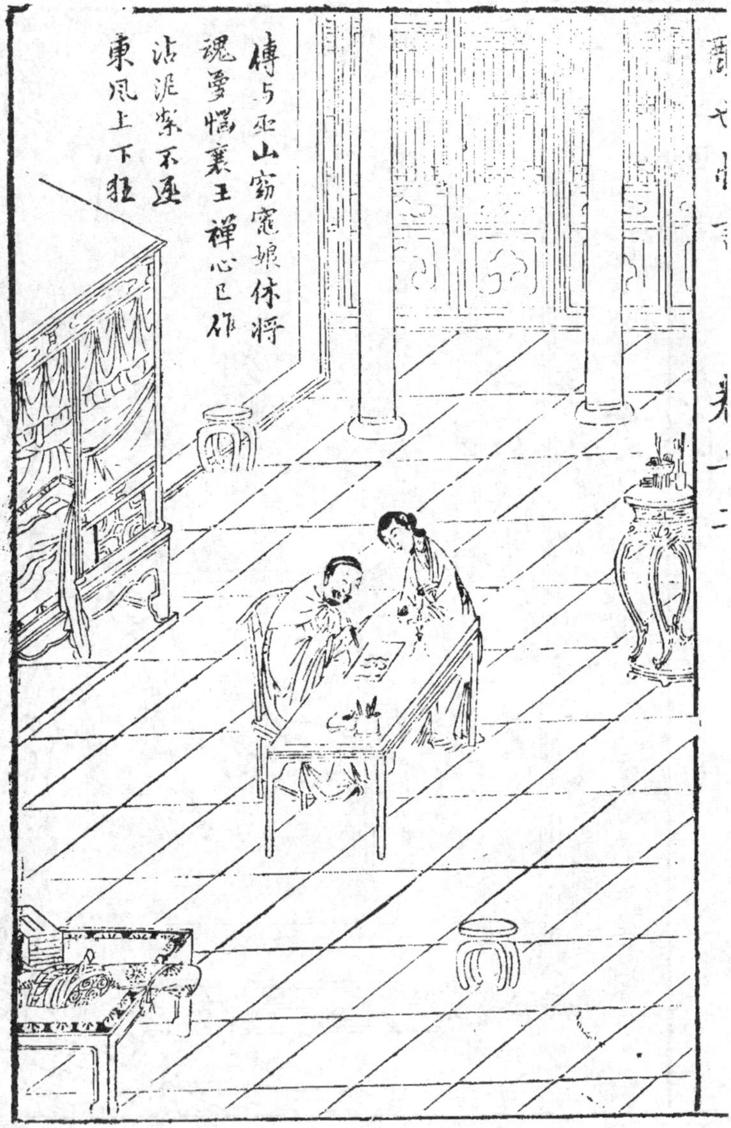
傳与巫山窈窕娘休將
魂夢惱襄王禪心已作
沾泥絮不逐
東風上下狂

第十二卷　佛印師四調琴娘

文章落處天須泣，此老已亡吾道窮。
才業謾誇生仲達，功名猶繼死姚崇。
人間便覺無清氣，海内安能見古風。
平日萬篇何所在？六丁收拾上瑶宫。

這八句詩是誰做的？是宋理宗皇帝朝一個官人，姓劉名克莊，道號後村先生做的。單説那神宗皇帝朝有個翰林學士，姓蘇名軾，字子瞻，道號東坡居士，本貫是西川眉州眉山縣人氏。這學士平日結識一個道友，叫做佛印禪師。你道這禪師如何出身？他是江西饒州府浮梁縣人氏，姓謝名端卿，表字覺老，幼習儒書，通古今之藴；旁通二氏，負博洽之聲。一日應舉到京，東坡學士聞其才名，每與談論，甚相敬愛。屢同詩酒之游，遂爲莫逆之友。忽一日，神宗皇帝因天時亢旱，准了司天臺奏章，特于大相國寺建設一百八分大齋，徵取名僧，宣揚經典，祈求甘雨，以救萬民。命翰林學士蘇軾製就籲天文疏，就命軾充行禮官主齋。三日前，便要到寺中齋宿。先有內官到寺看閱齋壇，傳言御駕不日親臨。方丈中鋪設御座，一切規模務要十分齊整，把個大相國寺打掃得一塵不染，妝點得萬錦攢花。府尹預先差官四圍把守，不許閒人入寺，恐防不時觸突了聖駕。這都不在話下。

却說謝端卿在東坡學士坐間聞知此事，問道：「小弟欲兄長挈帶入寺，一瞻御容，未知可否？」東坡那時只合一句回絕了他，何等乾浄！只爲東坡要得端卿相伴，遂對他說道：「足下要去，亦有何難。只消扮作侍者模樣，在齋壇上承直。聖駕臨幸時，便得飽看。」謝端卿那時若不肯扮做侍者，也就罷了，只爲一時稚氣，遂欣然不辭。先去借辦行頭，裝扮得停停當當，跟隨東坡學士入相國寺來。東坡已自分付了主僧，只等報一聲聖駕到來，端卿就頂侍者名色上殿執役。閑時陪東坡在浄室閑講。

且說起齋之日，主僧五鼓鳴鐘聚衆，其時香煙繚繞，燈燭輝煌，幡幢五采飄揚，樂器八音嘹亮，法事之盛，自不必說。東坡學士起了香頭，拜了佛像，退坐于僧房之內。早齋方罷，忽傳御駕已到。東坡學士職掌絲綸，〔一〕日覲天顔，到也不以爲事，慌得謝端卿面皮紅熱，〔二〕心頭突突地跳。矜持了一回，按定心神，來到大雄寶殿，〔三〕雜於侍者之中，無過是添香剪燭，供食鋪氈。不一時，〔四〕神宗皇帝駕到，東坡學士同衆僧擺班跪迎，進入大殿。内官捧有内府龍香，神宗御手拈香已畢，鋪設净褥，行三拜禮。主僧引駕到于方丈，神宗登了御座。衆人叩見了畢，神宗誇東坡學士所作文疏之美。東坡學士再拜，口稱不敢。主僧取旨獻茶，捧茶盤的却是謝端卿。

原來端卿因大殿行禮之時，擁擁簇簇，不得仔細瞻仰，特地充作捧茶盤的侍者，直捱到龍座御膝之前。偷眼看聖容時，果然龍鳳之姿，天日之表，天威咫尺，毛骨俱悚，不敢恣意觀瞻，慌忙退步。却被神宗龍目看見了。只爲端卿生得方面大耳，秀目濃眉，身軀偉岸，與其他侍者不同，所以天顔刮目。【眉批】人不可以無貌，了元爲僧，似爲貌所誤；了元作佛，又似爲貌所成也。當下開金口，啓玉言，指着端卿問道：「此侍者何方人氏？在寺幾年了？」主僧先不曾問得備細，一時不能對答。還是謝端卿有量，叩頭奏道：「臣姓謝名端卿，江西饒州府人，新來寺中出家。幸瞻天表，不勝欣幸。」神宗見他應對明敏，龍情大喜，又問：「卿頗通經典否？」端卿奏道：「臣自少讀書，内典也頗知。」神宗道：「卿既通内典，賜卿法名『了元』，號『佛印』，就于御前披剃爲僧。」那謝端卿的學問，與東坡肩上肩下，他爲應舉到京，指望一舉成名，建功立業，如何肯做和尚？常言道「王言如天語」，違背聖旨，罪該萬死。今日玉音分付，如何敢説我是假充的侍者，不願爲僧？心下十萬分不樂，一時出于無奈，只得叩頭謝恩。

當下主僧引端卿重來正殿，參見了如來，然後引至御前，如法披剃。欽賜紫羅袈裟一領，隨駕禮部官取羊皮度牒一道，中書房填寫佛印法名及生身籍貫，奉旨披剃年月，付端卿受領。端卿披了袈裟，紫氣騰騰，分明是一尊肉身羅漢，手捧度牒，重復叩頭謝恩。神宗道：「卿既爲僧，即委卿協理齋事。異日精嚴戒律，便可作本寺住持，勿得玷辱宗門，有負朕意！」説罷起駕。東坡和衆僧于寺門之外跪送過了，依元來做齋事，不在話下。

從此閣起端卿名字，只稱佛印，衆人都稱爲印公。爲他是欽賜剃度，好生敬重。原來故宋時最以剃度爲重，每度牒一張，要費得千貫錢財方得到手。今日端卿不費分文，得了度牒爲僧，若是個真侍者，豈不是千古奇逢，萬分歡喜？只爲佛印弄假成真，非出本心，一時勉强出家，有好幾時氣悶不過。後來只在大相國寺翻經轉藏，精通佛理，把功名富貴之想，化作清净無爲之業。他原是個明悟禪師轉世，根氣不同，所以出儒入墨，如洪爐點雪。東坡學士他是個用世之人，識見各别。他道：「謝端卿本爲上京赴舉，我帶他到大相國寺，教他假充侍者，瞻仰天顔，遂爾披剃爲僧，却不是我連累了他！他今在空門枯淡，必有恨我之意。雖然他戒律精嚴，只恐體面上矜持，心中不能無動。」每每于語言之間，微微挑逗。誰知佛印心冷如冰，口堅如鐵，全不見絲毫走作，東坡只是不信。後來東坡爲吟詩觸犯了時相，連遭謫貶，直到哲宗皇帝元祐年間，復召爲翰林學士。其時佛印游方轉來，仍在大相國寺拄錫，年力尚壯。東坡一見，想起初年披剃之事，遂勸佛印：「若肯還俗出仕，下官當力薦清職。」佛印那裏肯依，東坡遂嘲之曰：

不毒不秃，不秃不毒。
轉毒轉秃，轉秃轉毒。

佛印笑而不答。

那一日，仲春天氣，學士正在府中閒坐，只見院子來報：「佛印禪師在門首。」學士聽得，教請入來。須臾之間，佛印入到堂上。見學士叙禮畢，教院子點將茶來。茶罷，學士便令院子於後園中灑掃亭軒，邀佛印同到園中，去一座相近後堂的亭子坐定。院子安排酒果肴饌之類。排完，使院子斟酒，二人對酌。酒至三巡，學士道：「筵中無樂，不成歡笑。下官家中有一樂童，令歌數曲，以助筵前之樂。」道罷，便令院子傳言入堂内去。不多時，佛印驀然耳内聽得有人唱詞，真個唱得好！

聲清韻美，紛紛塵落雕梁；字正腔真，拂拂風生綺席。若上苑流鶯巧囀，似丹山彩鳳和鳴。詞歌白雪陽春，曲唱清風明月。

佛印聽至曲終，道：「奇哉！韓娥之吟，秦青之詞。雖不遏住行雲，也解梁塵撲簌。」東坡道：「吾師何不留一佳作？」佛印道：「請乞紙筆。」學士遂令院子取將文房四寶，放在面前。佛印口中不道，心下自言：「唱却十分唱得好了，却不知人物生得如何？」遂拈起筆來，做一詞，詞名《西江月》：

窄地重重簾幕，臨風小小亭軒。綠窗朱户映嬋娟，忽聽歌謳宛轉。既是耳根有分，因何眼界無緣？分明咫尺遇神仙，隔個繡簾不見。

佛印寫罷，學士大笑曰：「吾師之詞，所恨不見。」令院子向前把那簾子只一捲，捲起一半。佛印打一看時，只見那女孩兒半截露出那一雙彎彎小脚兒。佛印口中不道，心下思量：「雖是捲簾已半，奈簾鈎低下，終不見他生得如何。」學士道：「吾師既是見了，何惜一詞？」佛印見説，便拈起筆來，又做一詞，詞名《品字令》：

覷着脚，想腰肢如削。歌罷遏雲聲，怎得向掌中托。醉眼不如歸去，强把身心虛霍。幾回欲待去掀簾，猶恐主人惡。【眉批】佛印師到底有行。〔五〕

佛印意不盡，又做四句詩道：

只聞檀板與歌謳，不見如花似玉眸。

爲得好風從地起，倒垂簾捲上金鈎。

佛印吟詩罷，東坡大笑，教左右捲上繡簾，喚出那女孩兒。從裏面走出來，看着佛印，道了個深深萬福。那女孩兒端端正正，整容斂袂，立于亭前。佛印把眼一覷，不但唱得好，真個生得好。但見：

蛾眉淡拂，蓮臉微匀。輕盈真物外之仙，雅淡有天然之態。衣染鮫綃，手持象板，呈露笋指尖長；足步金蓮，行動鳳鞋弓小。臨溪雙洛浦，對月兩嫦娥。好好好，好如天上女；强强强，强似月中仙。

東坡喚院子斟酒，叫那女孩兒：「近前來與吾師把盞。」學士道：「此女小字琴娘，自幼在于府中，善知音樂，能撫七弦之琴，會曉六藝之事。吾師今日既見，何惜佳作？」佛印當時已自八分帶酒，言稱：「告回。」琴娘曰：「禪師且坐，再飲幾杯。」佛印見學士所説，便拿起筆來，又寫一詞，詞名《蝶戀花》：

執板嬌娘留客住，初整金釵，十指尖尖露。歌斷一聲天外去，清音已遏行雲住。

耳有姻緣能聽事，眼有姻緣，便得當前覷。眼耳姻緣都已是，姻緣别有知何處？【眉批】此詞真是可疑。

佛印寫罷，東坡見了大喜，便喚琴娘就唱此詞勸酒，再飲數杯。佛印大醉，不知詞中語失。

天色已晚，學士遂令院子扶入書院內，安排和尚睡了。學士心中暗想：「我一向要勸這和尚還俗出仕，他未肯統口。趁他今日有調戲琴娘之意，若得他與這小妮子上得手時，便是出家不了。那時拿定他破綻，定要他還俗，何怕他不從？好計，好計！」即喚琴娘到於面前道：「你省得那和尚做的詞中意？後兩句道：『眼耳姻緣都已是，姻緣別有知何處？』這和尚不是好人，其中有愛慕你之心。你可今夜到那書院內相伴和尚就寢。須要了事，可討執照來，我明日賞你三千貫，作房奩之資。我與你主張，教你出嫁良人。如不了事，明日喚管家婆來，把你決竹箆二十，逐出府門。」琴娘聽罷，諕得顫做一團，道：「領東人鈞旨。」離了房中，輕移蓮步，懷着羞臉，徑來到書院內。佛印已自大醉，昏迷不省，睡在涼床之上，壁上燈尚明。琴娘無計奈何，坐在和尚身邊，用尖尖玉手去搖那和尚時，一似蜻蜓搖石柱，螻蟻撼太山。和尚鼻息如雷，那裏搖得覺！

話休絮煩。自初更搖起，只要守和尚省覺，直守到五更，也不省。那琴娘心中好荒，不覺兩眼淚下，自思量道：「倘或今夜不了得事，明日乞二十竹箆，逐出府門，却是怎地好？」争奈和尚大醉，不了得事。琴娘彈眼淚，却好彈在佛印臉上。只見那佛印颯然驚覺，【眉批】雙手摇不動，不如此一點情淚有大力氣。閃開眼來，壁上燈尚明。去那燈光之下，只見一個如花似玉女子，坐在身邊。佛印大驚道：「你是誰家女子？深夜至此，有何理説？」琴娘見問，且驚且喜，揣着羞臉，道個萬福道：「賤妾乃日間唱曲之琴娘也，聽得禪師詞中有愛慕賤妾之心，故夤夜前來，無人知覺，欲與吾師效雲雨之歡，萬乞勿拒則個！」佛印聽説罷，大驚曰：「娘子差矣！貧僧夜來感蒙學士見愛，置酒管待，乘醉亂道，此詞豈有他意？娘子可速回。倘有外人見之，無絲有綫，吾之清德一旦休矣。」琴娘聽罷，那裏肯去。佛印見琴娘只管尤殢不肯去，便道：「是了，是了，此必是學士教你苦難我來！吾脩行數年，止以詩酒自娱，豈有塵心俗意。你若實對我説，我有救你之心。如是不從，别無區處。」琴娘見佛印如此説罷，眼中垂淚道：「此果是學士使我來。如是吾師肯從賤妾雲雨之歡，明日賞錢三千貫，出嫁良人；如吾師不從，明日唤管家婆決竹篦二十，逐出府門。望吾師周全救我！」道罷，深深便拜。佛印聽罷，呵呵大笑，便道：「你休煩惱！我救你。」遂去書袋内，取出一幅紙，有見成文房四寶在卓上，佛印捻起筆來，做了一隻詞，名《浪淘沙》：

昨夜遇神仙，也是因緣。分明醉裏亦如然。睡覺來時渾是夢，却在身邊。
此事怎生言？豈敢相憐！不曾撫動一條弦。傳與東坡蘇學士，觸處封全。

佛印寫了，意不盡，又做了四句詩：

傳與巫山窈窕娘，休將魂夢惱襄王。
禪心已作沾泥絮，不逐東風上下狂。

當下琴娘得了此詞，徑回堂中呈上學士。學士看罷，大喜，自到書院中，見佛印盤膝坐在椅上。東坡道：「善哉，善哉！真禪僧也！」亦賞琴娘三百貫錢，擇嫁良人。東坡自此將佛印愈加敬重，遂爲入幕之賓。雖妻妾在傍，并不回避。佛印時時把佛理曉悟東坡，東坡漸漸信心。後來東坡臨終不亂，相傳已證正果。至今人猶喚爲坡仙，多得佛印點化之力。有詩爲證：

東坡不能化佛印，佛印反得化東坡。
若非佛力無邊大，那得慈航渡愛河！

【校記】

〔一〕「職」字，底本缺失，據東大本補。
〔二〕「皮」字，底本缺失，據東大本補。
〔三〕「大雄」二字，底本缺失，據東大本補。
〔四〕「氈不」二字，底本缺失，據東大本補。
〔五〕本條眉批，底本僅存一「到」字，據東大本補。

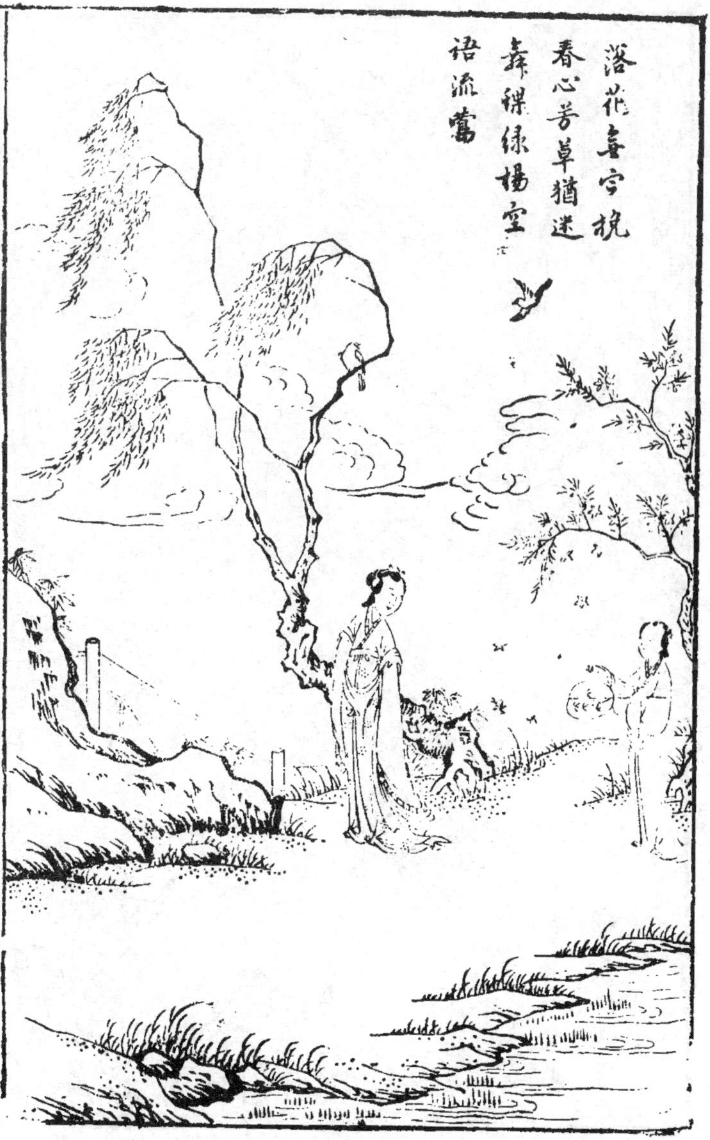
落花無計挽
春心芳草猶迷
舞蝶綠楊空
語流鶯

手闹西清月
弹落似流星

第十三卷　勘皮靴單證二郎神

柳色初濃，餘寒似水，纖雨如塵。一陣東風，縠紋微皺，碧沼粼粼。仙娥花月精神，奏鳳管鸞簫鬥新。萬歲聲中，九霞杯内，長醉芳春。

這首詞，調寄《柳稍青》，乃故宋時一個學士所作。單表北宋太祖開基，傳至第八代天子，廟號徽宗，便是神霄玉府虚浄宣和羽士道君皇帝。這朝天子，乃是江南李氏後主轉生。父皇神宗天子，一日在内殿看玩歷代帝王圖像，見李後主風神體態，有蟬脱穢濁、神游八極之表，再三賞嘆。後來便夢見李後主投身入宫，遂誕生道君皇帝。少時封爲端王。從小風流俊雅，無所不能。後因哥哥哲宗天子上仙，群臣扶立端王爲天子。即位之後，海内乂安，朝廷無事。道君皇帝頗留意苑囿。宣和元年，遂即京城東北隅，大興工役，鑿池築囿，號壽山銀岳，命宦官梁師成董其事。又命朱勔取三吴二浙三川兩廣珍異花木、〔一〕瑰奇竹石以進，號曰「花石綱」。竭府庫之積聚，萃天下之伎巧，凡數載而始成。又號爲「萬歲山」。奇花美木，珍禽異獸，充滿其中。飛樓傑觀，雄偉瓌麗，〔二〕不可勝言。內有玉華殿、保和殿、瑶林殿、大寧閣、天真閣、妙有閣、層巒閣、琳霄亭、騫鳳垂雲亭，説不盡許多景致。時許侍臣蔡京、王黼、高俅、童貫、楊戩、梁師成縱步游賞，時號「宣和六賊」。有詩爲證：

瓊瑶錯落密成林，竹檜交加爾有陰。
恩許塵凡時縱步，不知身在五雲深。

單説保和殿西南，有一坐玉真軒，乃是官家第一個寵倖安妃娘娘妝閣，極是造得華麗，金鋪屈曲，玉檻玲瓏，映徹輝煌，心目俱奪。時侍臣蔡京等，賜宴至此，留題殿壁。有詩爲證：

保和新殿麗秋輝，詔許塵凡到綺闈。
雅宴酒酣添逸興，玉真軒内看安妃。

不説安妃娘娘寵冠六宫。單説内中有一位夫人，姓韓名玉翹，妙選入宫，年方及笄。玉佩敲磬，羅裙曳雲。體欺皓雪之容光，臉奪芙蓉之嬌艷。只因安妃娘娘三千寵愛偏在一身，韓夫人不沾雨露之恩。時值春光明媚，景色撩人，未免恨起紅茵，寒生翠被。月到瑶階，愁莫聽其鳳管；蟲吟粉壁，怨不寐于鴛衾。既厭曉妝，漸融春思，長吁短嘆，看看惹下一場病來。有詞爲證：

任東風老去，吹不斷，淚盈盈。記春淺春深，春寒春暖，春雨春晴，都斷送佳人命。落花無定挽春心，芳草猶迷舞蝶，緑楊空語流鶯。玄霜着意擣初成，回首失雲英。但如醉如癡，如狂如舞，如夢如驚。〔三〕

漸漸香消玉减，柳顰花困。太醫院胗脉，吃下藥去，如水澆石一般。忽一日，道君皇帝在於便殿，敕喚殿前太尉楊戩前來，天語傳宣道：「此位内家，原是卿所進奉。今着卿領去，到府中將息病體。待得痊安，再許進宮未遲。仍着光禄寺每日送膳，太醫院伺候用藥。略有起色，即便奏來。」當下楊戩叩頭領命，即着官身私身搬運韓夫人宮中箱籠裝奩，一應動用什物器皿，用暖輿擡了韓夫人，隨身帶得養娘二人，侍兒二人，一行人簇擁着，都到楊太尉府中。太尉先去對自己夫人説知，出廳迎接。便將一宅分爲兩院，收拾西園與韓夫人居住，門上用鎖封着，只許太醫及内家人役往來。太尉夫妻二人，日往候安一次。閑時就封閉了門。門傍留一轉桶，傳遞飲食、消息。正是：

映階碧草自春色，隔葉黄鸝空好音。

將及兩月，漸覺容顔如舊，飲食稍加。太尉夫妻好生歡喜，排下酒席，一當起病，一當送行。當日酒至五巡，食供兩套，太尉、夫人開言道：「且喜得夫人貴體無事，萬千之喜。且晚奏過官裏，選日入宫，未知夫人意下何如？」韓夫人叉手告太尉、夫人道：「氏兒不幸，惹下一天愁緒，卧病兩月，纔覺小可。再要在此寬住幾時，伏乞太尉、夫人方便，且未要奏知官裏。只是在此打攪，深爲不便。氏兒别有重報，不敢有忘。」太尉、夫人只得應允。

過了兩月，却是韓夫人設酒還席，叫下一名説評話的先生，説了幾回書。節次説及唐朝宣宗宫内，也是一個韓夫人，【眉批】恰好説這故事，正是無巧不成話。爲因不沾雨露之恩，思量無計奈何，偶向紅葉上題詩一首，流出御溝。詩曰：

流水何太急？深宫盡日閒。
殷勤謝紅葉，好去到人間。

却得外面一個應舉官人，名唤于佑，拾了紅葉，就和詩一首，也從御溝中流將進去。後來那官人一舉成名，天子體知此事，却把韓夫人嫁與于佑，夫妻百年偕老而終。這裏韓夫人聽到此處，蓦上心來，忽地嘆一口氣，口中不語，心下尋思：「若得奴家如此僥倖，也不枉了爲人一世！」當下席散，收拾回房。睡至半夜，便覺頭痛眼熱，四肢無力，遍身不疼不癢，無明業火熬煎，依然病倒。這一場病，比前更加沉重。正是：

屋漏更遭連夜雨，船遲更遇打頭風。

太尉、夫人早來候安，對韓夫人説道：「早是不曾奏過官裏宣取入宮。夫人既到此地，且是放開懷抱，安心調理。且未要把入宮一節，記挂在心。」韓夫人謝道：「感承夫人好意，只是氏兒病入膏肓，眼見得上天遠，入地便近，不能報答夫人厚恩，來生當效犬馬之報。」説罷，一絲兩氣，好傷感人。太尉夫人甚不過意，便道：「夫人休如此説。自古吉人天相，眼下凶星退度，自然貴體無事。但説起來，吃藥既不見效，枉淘壞了身子。不知夫人平日在宮，可有甚願心未經答謝？或者神明見責，也不可知。」韓夫人説道：「氏兒入宮以來，每日愁緒縈絲，有甚心情許下願心？但今日病勢如此，既然吃藥無功，不知此處有何神聖，祈禱極靈，氏兒便對天許下願心，若得平安無事，自當拜還。」太尉夫人説道：「告夫人得知：此間北極佑聖真君，與那清源妙道二郎神，極是靈應。夫人何不設了香案，親口許下保安願心？待得平安，奴家情願陪夫人去賽神答禮。未知夫人意下何如？」韓夫人點頭應允，侍兒們即取香案過來。只是不能起身，就在枕上，以手加額，禱告道：「氏兒韓氏，早年入宮，未蒙聖眷，惹下業緣病症，寄居楊府。若得神靈庇護，保佑氏兒身躬康健，情願繡下長幡二首，外加禮物，親詣廟廷頂禮酬謝。」當下太尉夫人也拈香在手，替韓夫人禱告一回，作別，不題。

可霎作怪，自從許下願心，韓夫人漸漸平安無事。將息至一月之後，端然好了。太尉夫婦不勝之喜，又設酒起病。太尉夫人對韓夫人說道：「果然是神道有靈，勝如服藥萬倍。却是不可昧心，負了所許之物。」韓夫人道：「氏兒怎敢負心！目下繡了長幡，還要屈夫人同去了還心願。未知夫人意下何如？」太尉夫人答道：「當得奉陪。」當日席散，韓夫人取出若干物事，製辦賽神禮物，繡下四首長幡。自古道得好：

火到猪頭爛，錢到公事辦。

憑你世間稀奇作怪的東西，有了錢，那一件不做出來。不消幾日，繡就長幡，用根竹竿叉起，果然是光彩奪目。選了吉日良時，打點信香禮物，官身私身簇擁着兩個夫人，先到北極佑聖真君廟中。廟官知是楊府鈞眷，慌忙迎接至殿上，宣讀疏文，挂起長幡。韓夫人叩齒禮拜。拜畢，左右兩廊游遍。廟官獻茶。夫人分付當值的賞了些銀兩，上了轎簇擁回來。一宿晚景不題。明早又起身，到二郎神廟中。却惹出一段蹺蹊作怪的事來。正是：

情知語是鈎和綫，從前釣出是非來。

話休煩絮。當下一行人到得廟中。廟官接見，宣疏拈香禮畢。却好太尉夫人走過一壁厢，韓夫人向前輕輕將指頭挑起銷金黄羅帳幔來，定睛一看，不看時萬事全休，看了時，吃那一驚不小！但見：

頭裹金花幞頭，身穿赭衣繡袍，腰繫藍田玉帶，足蹬飛鳳烏靴。雖然土木形骸，却也丰神俊雅，明眸皓齒。但少一口氣兒，説出話來。

當下韓夫人一見，目眩心摇，不覺口裹悠悠揚揚，漏出一句俏語低聲的話來：「若是氏兒前程遠大，只願將來嫁得一個丈夫，恰似尊神模樣一般，也足稱生平之願。」説猶未了，恰好太尉夫人走過來，説道：「夫人，你却在此禱告甚麽？」韓夫人慌忙轉口道：「氏兒并不曾説甚麽？」太尉夫人再也不來盤問。游玩至晚歸家，各自安歇不題。正是：

要知心腹事，但聽口中言。

却説韓夫人到了房中，卸去冠服，挽就烏雲，穿上便服，手托香腮，默默無言，心心念念，只是想着二郎神模樣。驀然計上心來，分付侍兒們端正香案，到花園中人静處，對天禱告：「若是氏兒前程遠大，將來嫁得一個丈夫，好像二郎尊神模樣，煞强似入宫之時，受千般悽苦，萬種愁思。」説罷，不覺紛紛珠淚滚下腮邊。拜了又祝，祝了又拜，分明是癡想妄想。不道有這般巧事！韓夫人再三禱告已畢，正待收拾回房，只聽得萬花深處一聲響亮，見一尊神道，立在夫人面前。但見：

龍眉鳳目，皓齒鮮唇，飄飄有出塵之姿，冉冉有驚人之貌。若非閬苑瀛洲客，便是餐霞吸露人。

仔細看時，正比廟中所塑二郎神模樣，不差分毫來去。手執一張彈弓，又像張仙送子一般。韓夫人又驚又喜。驚的是天神降臨，未知是禍是福；喜的是神道歡容笑口，又見他說出話來。便向前端端正正道個萬福，啓朱唇，露玉齒，告道：「既蒙尊神下降，請到房中，容氏兒展敬。」當時二郎神笑吟吟同夫人入房，安然坐下。夫人起居已畢，侍立在前。二郎神道：「早蒙夫人厚禮，今者小神偶然閑步碧落之間，聽得夫人禱告至誠。小神知得夫人仙風道骨，原是瑶池一會中人，祇因夫人凡心未静，玉帝暫謫下塵寰，又向皇宫内苑，享盡人間富貴榮華。謫限滿時，還歸紫府，證果非凡。」韓夫人見説，歡喜無任，又拜禱道：「尊神在上，侍兒不願入宫。若是氏兒前程遠大，將來嫁得一個良人，一似尊神模樣，偕老百年，也不辜負了春花秋月，説甚麽富貴榮華！」二郎神微微笑道：「此亦何難？只恐夫人立志不堅。姻緣分定，自然千里相逢。」説畢起身，跨上檻窗，一聲響亮，神道去了。韓夫人不見便罷，既然見了這般模樣，真是如醉如癡，和衣上床睡了。正是：

歡娛嫌夜短，寂寞恨更長。

番來覆去，一片春心，按納不住。自言自語，想一回，定一回：「適間尊神降臨，四目相視，好不情長！怎地又瞥然而去。想是聰明正直爲神，不比塵凡心性，是我錯用心機了！」又想一回道：「是適間尊神丰姿態度，語笑雍容，宛然是生人一般。難道見了氏兒這般容貌，全不動情？還是我一時見不到處，放了他去？算來還該着意温存，便是鐵石人兒，也告得轉。今番錯過，未知何日重逢！」好生擺脱不下。眼巴巴盼到天明，再做理會。及至天明，又睡着去了。直到傍午，方纔起來。當日無情無緒，巴不到晚，又去設了香案，到花園中禱告如前：「若得再見尊神一面，便是三生有幸。」【眉批】情癡。說話之間，忽然一聲響亮，夜來二郎神又立在面前。韓夫人喜不自勝，將一天愁悶，已冰消瓦解了。即便向前施禮，對景忘懷：「煩請尊神入房，氏兒别有衷情告訴。」二郎神喜孜孜堆下笑來，便携夫人手，共入蘭房。夫人起居已畢，二郎神正中坐下，夫人侍立在前。二郎神道：「夫人分有仙骨，便坐不妨。」夫人便斜身對二郎神坐下。即命侍兒安排酒果，在房中一杯兩盞，看看説出衷腸話來。道不得個：

春爲茶博士，酒是色媒人。

當下韓夫人解佩出湘妃之玉，開唇露漢署之香：「若是尊神不嫌穢褻，暫息天上征輪，少敘人間恩愛。」二郎神欣然應允，携手上床，雲雨綢繆。夫人傾身陪奉，忘其所以。盤桓至五更。二郎神起身，囑付夫人保重，再來相看。起身穿了衣服，執了彈弓，跨上檻窗，一聲響亮，便無踪影。韓夫人死心塌地，道是神仙下臨，心中甚喜。只恐太尉夫妻催他入宫，只有五分病，裝做七分病，間常不甚十分歡笑。每到晚來，精神炫燿，喜氣生春。神道來時，三杯已過，上床雲雨，至曉便去，(四)非止一日。

忽一日，天氣稍凉，道君皇帝分散合宫秋衣，偶思韓夫人，就差内侍捧了旨意，敕賜羅衣一襲，玉帶一圍，到於楊太尉府中。韓夫人排了香案，謝恩禮畢。内侍便道：「且喜娘娘貴體無事。聖上思憶娘娘，故遣賜羅衣玉帶，就問娘娘病勢已痊，須早早進宫。」韓夫人管待使臣，便道：「相煩内侍則個。氏兒病體只去得五分，全賴内侍轉奏，寬限進宫，實爲恩便。」内侍應道：「這個有何妨礙？聖上那裏也不少娘娘一個人。」入宫時，只説娘娘尚未全好，還須耐心保重便了。」韓夫人謝了，内侍作别不題。

到得晚間，二郎神到來，對韓夫人説道：「且喜聖上寵眷未衰，所賜羅衣玉帶，便可借觀。」夫人道：「尊神何以知之？」二郎神道：「小神坐觀天下，立見四方，諒此區區小事，豈有不知之理？」夫人聽說，便一發將出來看。二郎神道：「大凡世間寶物，不可獨享。小神缺少圍腰玉帶。若是夫人肯捨施時，便完成善果。」夫人便道：「氏兒一身已屬尊神，緣分非淺。若要玉帶，但憑尊神將去。」二郎神謝了，上床歡會。未至五更起身，手執彈弓，拿了玉帶，跨上檻窗，一聲響亮，依然去了。却不道是：

若要人不知，除非己莫爲。

韓夫人與太尉居止，雖是一宅分爲兩院，却因是内家内人，早晚愈加隄防。府堂深穩，料然無閑雜人輒敢擅入。但近日來常見西園徹夜有火，唧唧噥噥，似有人聲息。又見韓夫人精神旺相，喜容可掬。太尉再三躊躕，便對自己夫人説道：「你見韓夫人有些破綻出來麽？」太尉夫人説道：「我也有些疑影。只是府中門禁甚嚴，決無此事，所以坦然不疑。今者太尉既如此説，有何難哉。且到晚間，着精細家人，從屋上扒去，打探消息，便有分曉，也不要錯怪了人。」太尉便道：「言之有理。」當下便喚兩個精細家人，分付他如此如此，教他：「不要從門内進去，只把摘花梯子，倚在墻外，待人静時，直扒去韓夫人卧房，看他動静，即來報知。此事非同小可的勾當，須要小心在意。」二人領命去了。太尉立等他回報。不消兩個時辰，二人打看得韓夫人房内這般這般，便教太尉屏去左右，方纔將所見韓夫人房内坐着一人説話飲酒：「夫人口口聲聲稱是尊神，小人也仔細想來，府中墻垣又高，防閑又密，就有歹人，插翅也飛不進。或者真個是神道也未見得。」太尉聽説，吃那一驚不小，叫道：「怪哉！果然有這等事！你二人休得説謊。此事非同小可。」二人答道：「小人并無半句虚謬。」太尉便道：「此事只許你知我知，不可泄漏了消息。」二人領命去了。太尉轉身對夫人一一説知：「雖然如此，只是我眼見爲真。我明晚須親自去打探一番，便看神道怎生模樣。」

捱至次日晚間，太尉復喚過昨夜打探二人來，分付道：「你兩人着一個同我過去，着一人在此伺候，休教一人知道。」分付已畢，太尉便同一人過去，捏脚捏手，輕輕走到韓夫人窗前，向窗眼内把眼一張，果然是房中坐着一尊神道，與二人説不差。便待聲張起來，又恐難得脱身，只得忍氣吞聲，依舊過來，分付二人休要與人胡説。轉入房中，對夫人説知就裏：「此必是韓夫人少年情性，〔五〕把不住心猿意馬，便遇着邪神魍魎，在此淫污天眷，决不是凡人的勾當。便須請法官調治。你須先去對韓夫人説出緣由，待我自去請法官便了。」夫人領命，明早起身，到西園來，韓夫人接見。坐定，茶湯已過，太尉夫人屏去左右，對面論心，便道：「有一句話要對夫人説知。夫人每夜房中，却是與何人説話，唧唧噥噥，有些風聲吹到我耳朵裏。只是此事非同小可，夫人須一一說知，不要隱瞞則個。」韓夫人聽說，滿面通紅，便道：「氏兒夜間房中并没有人說話，〔六〕只氏兒與養娘們閒話消遣，却有甚人到來這裏？」太尉夫人聽說，便把太尉夜來所見模樣，一一說過。韓夫人赫得目睜口呆，罔知所措。太尉夫人再三安慰道：「夫人休要吃驚！太尉已去請法官到來作用，便見他是人是鬼。只是夫人到晚間，務要陪個小心，休要害怕。」說罷，太尉夫人自去。韓夫人到捏着兩把汗。

看看至晚，二郎神却早來了。但是他來時，那彈弓緊緊不離左右。却說這裏太尉請下靈濟宫林真人手下的徒弟，有名的王法官，已在前廳作法。比至黄昏，有人來報：「神道來了。」法官披衣仗劍昂然而入，直至韓夫人房前，大踏步進去，大喝一聲：「你是何妖邪？却敢淫汙天眷！不要走，吃吾一劍！」二郎神不慌不忙，便道：「不得無禮！」但見：

左手如托泰山，右手如抱嬰孩。弓開如滿月，彈發似流星。

當下一彈，正中王法官額角上，流出鮮血來，霍地望後便倒，寶劍丢在一邊。衆人慌忙向前扶起，往前廳去了。那神道也跨上檻窗，一聲響亮，早已不見。當時却是怎地結果？正是：

說開天地怕，道破鬼神驚。

却說韓夫人見二郎神打退了法官，一發道是真仙下降，愈加放心，再也不慌。且說太尉已知法官不濟，只得到賠些將息錢，送他出門。又去請得五岳觀潘道士來。那潘道士專一行持五雷天心正法，再不苟且，又且足智多謀，一聞太尉呼喚，便來相見。太尉免不得將前事一一說知。潘道士便道：「先着人引領小道到西園看他出没去處，但知是人是鬼。」太尉道：「說得有理。」當時潘道士別了太尉，先到西園韓夫人卧房，上上下下，看了一會。又請出韓夫人來拜見了，看了他氣色，轉身對太尉說：「太尉在上，小道看來，韓夫人面上部位氣色，并無鬼祟相侵，只是一個會妖法的人做作。小道自有處置，也不用書符呪水、打鼓摇鈴，待他來時，小道甕中捉鱉，手到拿來。只怕他識破局面，再也不來，却是無可奈何。」太尉道：「若得他再也不來，便是乾净了。我師且留在此，閒話片時則個。」

說話的，若是這厮識局知趣，見機而作，恰是斷綫鷂子一般，再也不來，落得先前受用了一番，且又完名全節，再去別處利市，有何不美，却不道是：

得意之事，不可再作。得便宜處，不可再往。【眉批】名言。

却說那二郎神畢竟不知是人是鬼。却只是他嘗了甜頭，不達時務，到那日晚間，依然又來。韓夫人說道：「夜來氏兒一些不知，冒犯尊神。且喜尊神無事，切休見責。」二郎神道：「我是上界真仙，只爲與夫人仙緣有分，早晚要度夫人脱胎換骨，白日飛升。叵耐這蠢物！便有千軍萬馬，怎地近得我！」韓夫人愈加欽敬，歡好倍常。

却説早有人報知太尉。太尉便對潘道士説知。潘道士稟知太尉，低低分付一個養娘，教他只以服事爲名，先去偷了彈弓，教他無計可施。養娘去了。潘道士結束得身上緊簇，也不披法衣，也不仗寶劍，討了一根齊眉短棍，只叫兩個從人，遠遠把火照着，分付道：「若是你們怕他彈子來時，預先躲過，讓我自去，看他彈子近得我麽？」二人都暗笑道：「看他説嘴！少不得也中他一彈。」却説養娘先去，以服事爲名，挨挨擦擦，漸近神道身邊。正與韓夫人交杯換盞，不隄防他偷了彈弓，藏過一壁廂。這裏從人引領潘道士到得門前，便道：「此間便是。」丢下法官，三步做兩步躲開去了。

却説潘道士掀開簾子，縱目一觀，見那神道安坐在上。大喝一聲，舞起棍來，匹頭匹腦，一徑打去。二郎神急急取那彈弓時，再也不見，只叫得一聲「中計」，連忙退去，跨上檻窗。説時遲，那時快，潘道士一棍打着二郎神後腿，却打落一件物事來。那二郎神一聲響亮，依然向萬花深處去了。潘道士便拾起這件物事來，向燈下一看，却是一隻四縫烏皮皂靴，且將去稟覆太尉道：「小道看來，定然是個妖人做作，不干二郎神之事。【眉批】識得破不干二郎神事，以後便好下手。若將錯就錯，冤枉了多少好人，便宜了多少惡人。却是怎地拿他便好？」太尉道：「有勞吾師，且自請回。我這裏別有措置，自行體訪。」當下酬謝了潘道士去了。結過一邊。

太尉自打轎到蔡太師府中，直至書院裏，告訴道如此如此，這般這般：「終不成恁地便罷了！也須吃那廝耻笑，不成模樣！」太師道：「有何難哉！即今着落開封府滕大尹領這靴去作眼，差眼明手快的公人，務要體訪下落，正法施行。」太尉道：「謝太師指教。」太師道：「你且坐下。」即命府中張幹辦火速去請開封府滕大尹到來。起居拜畢，屏去人從，太師與太尉齊聲説道：「帝輦之下，怎容得這等人在此做作！大尹須小心在意，不可怠慢。此是非同小可的勾當。且休要打草驚蛇，吃他走了。」大尹聽説，嚇得面色如土，連忙答道：「這事都在下官身上。」領了皮靴，作別回衙，即便升廳，叫那當日緝捕使臣王觀察過來，喝退左右，將上項事細説了一遍：「與你三日限，要捉這個楊府中做不是的人來見我。休要大驚小怪，仔細體察，重重有賞；不然，罪責不小。」説罷退廳。王觀察領了這靴，將至使臣房裏，喚集許多做公人，嘆了一口氣。只見：

眉頭搭上雙鑚鎖，腹内新添萬斛愁。

却有一個三都捉事使臣，姓冉名貴，喚做冉大，極有機變。不知替王觀察捉了幾多疑難公事。王觀察極是愛他。當日冉貴見觀察眉頭不展，面帶憂容，再也不來答擾，只管南天北地，七十三八十四説開了去。王觀察見他們全不在意，便向懷中取出那皮靴向卓上一丢，便道：「我們苦殺是做公人！世上有這等糊塗官府。這皮靴又不會説話，却限我三日之内，要捉這個穿皮靴在楊府中做不是的人來。你們衆人道是好笑麽？」衆人輪流將皮靴看了一會。到冉貴面前，冉貴也不採，只説：「難，難，難！官府真個糊塗。觀察，怪不得你煩惱。」那王觀察不聽便罷，聽了之時，説道：「冉大，你也只管説道難，這樁事便恁地干休罷了？却不難爲了區區小子，如何回得大尹的説話？你們衆人都在這房裏撰過錢來使的，却説是難，難，難！」衆人也都道：「賊情公事還有些捉摸，既然曉得他是妖人，怎地近得他！若是近得他，前日潘道士也捉勾多時了。他也無計奈何，只打得他一隻靴下來。不想我們晦氣，撞着這場没頭腦的官司，却是真個没捉處。」

當下王觀察先前只有五分煩惱，聽得這篇言語，句句説得有道理，更添上十分煩惱。只見那冉貴不慌不忙，對觀察道：「觀察且休要輸了鋭氣。料他也只是一個人，没有三頭六臂，只要尋他些破綻出來，便有分曉。」即將這皮靴番來覆去，不落手看了一回。衆人都笑起來，説道：「冉大，又來了，〔七〕這隻靴又不是一件稀奇作怪、眼中少見的東西，止無過皮兒染皂的，綫兒扣縫的，藍布吊裏的，加上楦頭，噴口水兒，弄得緊棚棚好看的。」冉貴却也不來挽攬，向燈下細細看那靴時，却是四條縫，縫得甚是緊密。看至靴尖，那一條縫略有些走綫。冉貴偶然將小指頭撥一撥，撥斷了兩股綫，那皮就有些撬起來。向那燈下照裏面時，却是藍布托裏。仔細一看，只見藍布上有一條白紙條兒，便伸兩個指頭進去一扯，扯出紙條。仔細看時，不看時萬事全休，看了時，却如半夜裏拾金寶的一般。那王觀察一見也便喜從天降，笑逐顏開。衆人争上前看時，那紙條上面却寫着：「宣和三年三月三日鋪户任一郎造。」〔八〕觀察對冉大道：「今歲是宣和四年。眼見得做這靴時，不上二年光景。只捉了任一郎，這事便有七分。」冉貴道：「如今且不要驚了他。待到天明，着兩個人去，只説大尹叫他做生活，將來一索綑番，不怕他不招。」觀察道：「道你終是有些見識！」

當下衆人吃了一夜酒，一個也不敢散。看看天曉，飛也似差兩個人捉任一郎。不消兩個時辰，將任一郎賺到使臣房裏，番轉了面皮，一索綑番。「這厮大膽，做得好事！」把那任一郎嚇了一跳，告道：「有事便好好説。却是我得何罪，便來綑我？」〔九〕王觀察道：「還有甚説！這靴兒可不是你店中出來的？」任一郎接着靴，仔細看了一看：「告觀察，這靴兒委是男女做的。却有一個緣故，我家開下鋪時，或是官員府中定製的，或是使客往來帶出去的，家裏都有一本坐簿，上面明寫着某年某月某府中差某幹辦來定製做造。就是皮靴裏面，也有一條紙條兒，字號與坐簿上一般的。【眉批】若在今日，從何查得。觀察不信，只消割開這靴，取出紙條兒來看，便知端的。」

王觀察見他説着海底眼，便道：「這厮老實，放了他好好與他講。」當下放了任一郎，便道：「一郎休怪，這是上司差遣，不得不如此。」就將紙條兒與他看。任一郎看了道：「觀察，不打緊。休説是一兩年間做的，就是四五年前做的，坐簿還在家中，却着人同去取來對看，便有分曉。」當時又差兩個人，跟了任一郎，脚不點地，到家中取了簿子，到得使臣房裏。王觀察親自從頭檢看，看至三年三月三日，與紙條兒上字號對照相同。看時，吃了一驚，做聲不得。却是蔡太師府中張幹辦來定製的。王觀察便帶了任一郎，取了皂靴，執了坐簿，火速到府廳回話。此是大尹立等的勾當，即便出至後堂。王觀察將上項事説了一遍，又將簿子呈上，將這紙條兒親自與大尹對照相同。大尹吃了一驚：「原來如此。」當下半疑不信，沉吟了一會，開口道：「恁地時，不干任一郎事，且放他去。」任一郎磕頭謝了，自去。大尹又唤轉來，分付道：「放便放你，却不許説向外人知道。〔九〕有人問你時，只把閑話支吾開去，你可小心記着！」任一郎答應道：「小人理會得。」歡天喜地的去了。

大尹帶了王觀察、冉貴二人，藏了靴兒簿子，一徑打轎至楊太尉府中來。正直太尉朝罷回來，門吏報覆，出廳相見。大尹便道：「此間不是説話處。」太尉便引至西偏小書院裏，屏去人從，止留王觀察、冉貴二人，到書院中伺候。大尹便將從前事歷歷説了一遍，如此如此：「却是如何處置？下官未敢擅便。」太尉看了，呆了半晌，想道：「太師國家大臣，富貴極矣，必無此事。但這隻靴是他府中出來的，一定是太師親近之人，做下此等不良之事。」商量一會，欲待將這靴到太師府中面質一番，誠恐干礙體面，取怪不便；欲待閣起不題，奈事非同小可，曾經過兩次法官，又着落緝捕使臣，拿下任一郎問過，事已張揚。一時糊塗過去，他日事發，難推不知。倘聖上發怒，罪責非小。左思右想，只得分付王觀察、冉貴自去。也叫人看轎，着人將靴兒簿子，藏在身邊，同大尹徑奔一處來。正是：

踏破鐵靴無覓處，得來全不費工夫。

當下太尉、大尹徑往蔡太師府中。門首伺候報覆多時，太師叫喚入來書院中相見。起居茶湯已畢，太師曰：「這公事有些下落麽？」太尉道：「這賊已有主名了，却只是干礙太師面皮，不敢擅去捉他。」太師道：「此事非同小可，我却如何護短得？」太尉道：「太師便不護短，未免吃個小小驚恐。」太師道：「你且説是誰？直恁地疑難！」太尉道：「乞屏去從人，方敢胡言。」太師即時將從人赶開。太尉便開了拜匣，〔一〇〕將坐簿呈上，與太師檢看過了，便道：「此事須煩太師自家主裁，〔一一〕却不干外人之事。」太師連聲道：「怪哉，怪哉！」太尉道：「此係緊要公務，休得見怪下官。」太師道：「不是怪你，却是怪這隻靴來歷不明。」太尉道：「簿上明寫着府中張幹辦定做，并非慌言。」太師道：「此靴雖是張千定造，交納過了，與他無涉。説起來，我府中冠服衣靴履襪等件，各自派一個養娘分掌。或是府中自製造的，或是往來餽送，一出一入的，一一開載明白，逐月繳清報數，并不紊亂。待我吊查底簿，便見明白。」即便着人去查那一個管靴的養娘，唤他出來。

當下將養娘唤至，手中執着一本簿子。太師問道：「這是我府中的靴兒，如何得到他人手中？即便查來。」當下養娘逐一查檢，看得這靴是去年三月中自着人製造的，到府不多幾時，却有一個門生，叫做楊時，便是龜山先生，與太師極相厚的，升了近京一個知縣，前來拜别。因他是道學先生，衣敝履穿，不甚齊整。【眉批】哄人東西法兒。太師命取圓領一襲，銀帶一圍，京靴一雙，川扇四柄，送他作嘎程。這靴正是太師送與楊知縣的，果然前件開寫明白。太師即便與太尉、大尹看了。二人謝罪道：「恁地又不干太師府中之事！適間言語衝撞，只因公事相逼，萬望太師海涵！」太師笑道：「這是你們分內的事，職守當然，也怪你不得。只是楊龜山如何肯恁地做作？其中還有緣故。如今他任所去此不遠，我潛地喚他來問個分曉。你二人且去，休說與人知道。」二人領命，作別回府不題。

太師即差幹辦火速去取楊知縣來。往返兩日，便到京中，到太師跟前。茶湯已畢，太師道：「知縣爲民父母，却恁地這般做作，這是迷天之罪。」將上項事一一說過。楊知縣欠身稟道：「師相在上，某去年承師相厚恩，未及出京，在邸中忽患眼痛。左右傳說，此間有個清源廟道二郎神，極是盻蠁有靈，便許下願心，待眼痛痊安，即往拈香答禮。後來好了，到廟中燒香，却見二郎神冠服件件整齊，只脚下烏靴綻了，不甚相稱。下官即將這靴捨與二郎神供養去訖。只此是真實語。知縣生平不欺暗室，既讀孔、孟之書，怎敢行盜跖之事。望太師詳察。」太師從來曉得楊龜山是個大儒，怎肯胡做。聽了這篇言語，便道：「我也曉得你的名聲。只是要你來時問個跟由，他們纔肯心服。」管待酒食，作別了，知縣自去，分付「休對外人泄漏」。知縣作別自去。正是：

日前不作虧心事，半夜敲門不吃驚。

太師便請過楊太尉、滕大尹過來，說開就裏，便道：「恁地又不干楊知縣事，【眉批】逐層脱卸，有趣。還着開封府用心捜捉便了。」當下大尹做聲不得，仍舊領了靴兒，作別回府，喚過王觀察來，分付道：「始初有些影響，如今都成畫餅。你還領這靴去，寬限五日，務要捉得賊人回話。」當下王觀察領這差使，好生愁悶，便到使臣房裏，對冉貴道：「你看我晦氣！千好萬好，全仗你跟究出任二郎來。既是太師府中事體，我只道官官相護，就了其事。却如何從新又要這個人來，却不道是生菜鋪中没買他處！我想起來，既是楊知縣捨與二郎神，只怕真個是神道一時風流興發也不見得。怎生地討個證據回復大尹？」冉貴道：「觀察不説，我也曉得不干任二郎事，也不干蔡太師、楊知縣事。若説二郎神所爲，難道神道做這等虧心行當不成？一定是廟中左近妖人所爲。還到廟前廟後，打探些風聲出來。捉得着，觀察休歡喜；捉不着，觀察也休煩惱。」觀察道：「説得是。」即便將靴兒與冉貴收了。

冉貴却裝了一條雜貨擔兒，手執着一個玲瓏瑶瑯的東西，叫做個驚閨，一路摇着，徑奔二郎神廟中來。歇了擔兒，拈了香，低低祝告道：「神明鑒察，早早保佑冉貴捉了楊府做不是的，也替神道洗清了是非。」拜罷，連討了三個笤，都是上上大吉。冉貴謝了出門，挑上擔兒，廟前廟後，轉了一遭，兩隻眼東觀西望，再也不閉。【眉批】冉貴是宋時有名的捕盗，平時雙眼常閉，故云。看看走至一處，獨扇門兒，門傍却是半窗，門上挂一頂半新半舊斑竹簾兒，半開半掩，只聽得叫聲：「貨賣過來！」冉貴聽得叫，轉頭看時，却是一個後生婦人，便道：「告小娘子，叫小人有甚事？」婦人道：「你是收買雜貨的，却有一件東西在此，胡亂賣幾文與小厮買嘴吃。你用得也用不得？」冉貴道：「告小娘子，小人這個擔兒，有名的叫做百納倉，無有不收的。你且把出來看。」婦人便叫小厮拖出來與公公看。當下小厮拖出甚東西來？正是：

鹿迷秦相應難辨，蝶夢莊周未可知。

當下拖出來的，却正是一隻四縫皮靴，與那前日潘道士打下來的一般無二。冉貴暗暗喜不自勝，便告小娘子：「此是不成對的東西，不值甚錢。小娘子實要許多？只是不要把話來説遠了。」婦人道：「胡亂賣幾文與小厮們買嘴吃，只憑你説罷了。只是要公道些。」冉貴便去便袋裏摸一貫半錢來，便交與婦人道：「只恁地肯賣便收去了。不肯時，勉强不得。正是一物不成，兩物見在。」婦人道：「甚麼大事，再添些罷。」冉貴道：「添不得。」挑了擔兒就走。小厮就哭起來，婦人只得又叫轉冉貴來，便道：「多少添些，不打甚緊。」冉貴又去摸出二十文錢來，道：「罷，罷！貴了，貴了！」取了靴兒，往擔内一丢，挑了便走，心中暗喜：「這事已有五分了！且莫要聲張，還要細訪這婦人來歷，方纔有下手處。」是晚，將擔子寄與天津橋一個相識人家，轉到使臣房裏。王觀察來問時，只説還沒有消息。

到次日，吃了早飯，再到天津橋相識人家，取了擔子，依先挑到那婦人門首。只見他門兒鎖着，那婦人不在家裏了。冉貴眉頭一皺，計上心來。歇了擔子，捱門兒看去。只見一個老漢坐着個矮凳兒，在門首將稻草打繩。冉貴陪個小心，問道：「伯伯，借問一聲。那左首住的小娘子，今日在那裏去了？」老漢住了手，擡頭看了冉貴一看，便道：「你問他怎麽？」冉貴道：「小子是賣雜貨的。昨日將錢換那小娘子舊靴一隻，一時間看不仔細，换得虧本了，特地尋他退還討錢。」老漢道：「勸你吃虧些罷！那雌兒不是好惹的。他是二郎廟裏廟官孫神通的親表子。那孫神通一身妖法，好不利害！這舊靴一定是神道替下來，孫神通把與表子換些錢買果兒吃的。今日那雌兒往外婆家去了。他與廟官結識，非止一日。不知甚麽緣故，有兩三個月忽然生疏，近日又漸漸來往了。【眉批】有了韓夫人，所以生疏；打落靴，故又往來。細細照應。你若與他倒錢，定是不肯，惹毒了他，對孤老説了，就把妖術禁你，你却奈何他不得！」冉貴道：「原來恁地，多謝伯伯指教。」

冉貴別了老漢，復身挑了擔子，嘻嘻的喜容可掬，走回使臣房裏來。王觀察迎着問道：「今番想得了利市了？」冉貴道：「果然，你且取出前日那隻靴來我看。」王觀察將靴取出。冉貴將自己換來這隻靴比照一下，毫厘不差。王觀察忙問道：「你這靴那裏來的？」冉貴不慌不忙，數一數二，細細分剖出來：「我說不干神道之事，眼見得是孫神通做下的不是！更不須疑。」王觀察歡喜的没入脚處，連忙燒了利市，執杯謝了冉貴：「如今怎地去捉？只怕漏了風聲，那廝走了，不是耍處？」冉貴道：「有何難哉！明日備了三牲禮物，只説去賽神還願。到了廟中，廟主自然出來迎接。那時擲盞爲號，即便捉了，不費一些氣力。」觀察道：「言之有理。也還該禀知大尹，方去捉人。」當下王觀察禀過大尹，大尹也喜道：「這是你們的勾當。只要小心在意，休教有失。我聞得妖人善能隱形遁法，可帶些法物去，却是猪血、狗血、大蒜、臭屎，把他一灌，再也出豁不得。」王觀察領命，便去備了法物。過了一夜，明晨早到廟中，暗地着人帶了四般法物，遠遠伺候，捉了人時，便前來接應。分付已了，王觀察却和冉貴換了衣服，衆人簇擁將來，到殿上拈香。廟官孫神通出來接見。宣讀疏文未至四五句，冉貴在傍斟酒，把酒盞望下一擲，衆人一齊動手，捉了廟官。正是：

渾似皂雕追紫燕，真如猛虎啖羊羔。

再把四般法物劈頭一淋。廟官知道如此作用，隨你潑天的神通，再也動撣不得。一步一棍，打到開封府中來。

府尹聽得捉了妖人，即便升廳，大怒喝道：「叵耐這廝！帝輦之下，輒敢大膽，興妖作怪，淫污天眷，奸騙寶物，有何理說！」當下孫神通初時抵賴，後來加起刑法來，料道脱身不得，只得從前一一招了。招稱：「自小在江湖上學得妖法，後在二郎廟出家，用錢夤緣做了廟官。爲因當日在廟中聽見韓夫人禱告，要嫁得個丈夫，一似二郎神模樣。不合輒起奸心，假扮二郎神模樣，淫污天眷，騙得玉帶一條。只此是實。」大尹叫取大枷枷了，推向獄中，教禁子好生在意收管，須要請旨定奪。當下疊成文案，先去禀明了楊太尉。太尉即同到蔡太師府中商量，奏知道君皇帝，倒了聖旨下來：「這廝不合淫污天眷，奸騙寶物，準律凌遲處死，妻子没入官。追出原騙玉帶，尚未出笏，仍歸内府。韓夫人不合輒起邪心，永不許入内，就着楊太尉做主，另行改嫁良民爲婚。」當下韓氏好一場惶恐，却也了却相思債，〔三〕得遂平生之願。後來嫁得一個在京開官店的遠方客人，説過不帶回去的。那客人兩頭往來，盡老百年而終。這是後話。開封府就取出廟官孫神通來，當堂讀了明斷，貼起一片蘆席，明寫犯由，判了一個「剮」字，推出市心，加刑示衆。正是：

從前作過事，没興一齊來。

當日看的真是挨肩疊背。監斬官讀了犯由，劊子叫起：「惡殺都來！」一齊動手，剮了孫神通，好場熱鬧。原係京師老郎傳流，至今編入野史。正是：

但存夫子三分禮，不犯蕭何六尺條。
自古奸淫應横死，神通縱有不相饒。

【校記】

〔一〕「又命朱勔」，底本及東大本作「又一朱勔」，據衍慶堂本改。

〔二〕「環麗」，底本及校本均作「環麗」，據文意改。

〔三〕此詞底本及校本均有脱漏，據《花草粹編》，「如夢如驚」後還有「香魂至今迷戀，問真仙消息最分明。幾夜相逢何處，清風明月蓬瀛」四句。

〔四〕「至曉便去」，底本及東大本作「至晚便去」，據衍慶堂本改。

〔五〕「韓夫人」，底本作「韓夫説」，據衍慶堂本改。

〔六〕「氏兒」，底本及校本均作「侍兒」，據前後文改。下徑改，不出校。

〔七〕「又來了」，底本作「人來了」，據衍慶堂本改。

〔八〕「三月三日」，底本及衍慶堂本作「三月五日」，據下文及東大本改。

〔九〕「知道」，底本作「如道」，據衍慶堂本、東大本改。

〔一〇〕「開了拜匣」，底本作「開子科匣」，衍慶堂本作「開了文匣」，據東大本改。

〔一一〕「煩太師自」四字，底本缺失，衍慶堂本作「太師爺自」，據東大本補。

〔一二〕「相思債」，底本及校本均作「想思債」，據文意改。

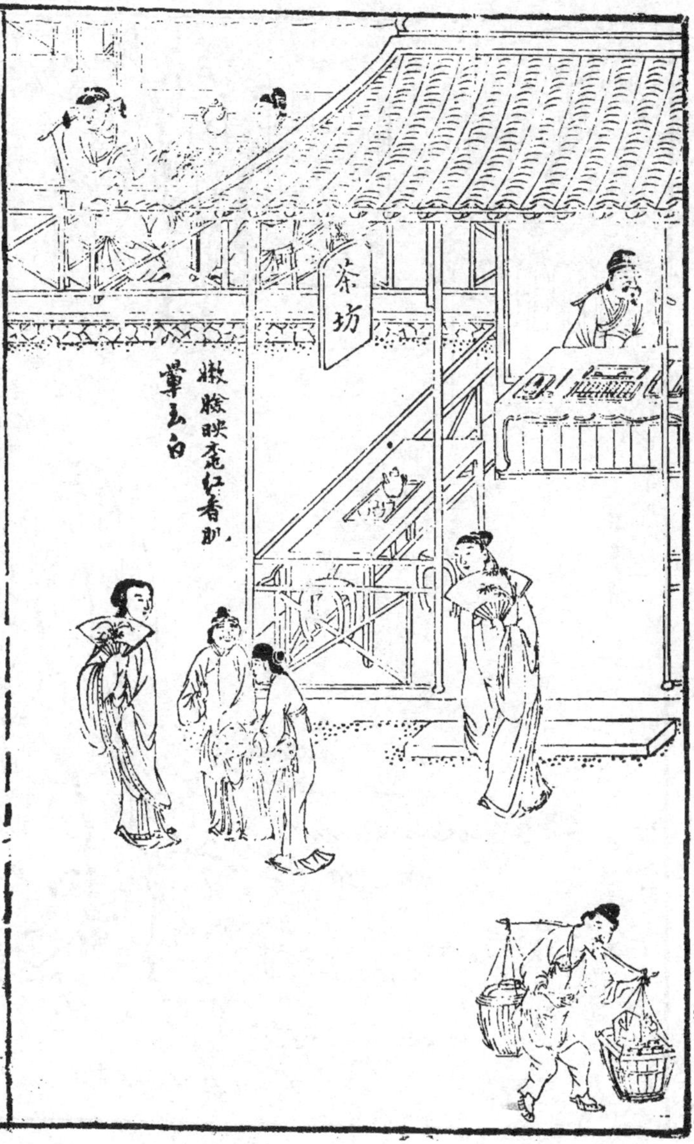
茶坊
嫩臉映桃紅香肌，
暈玉白

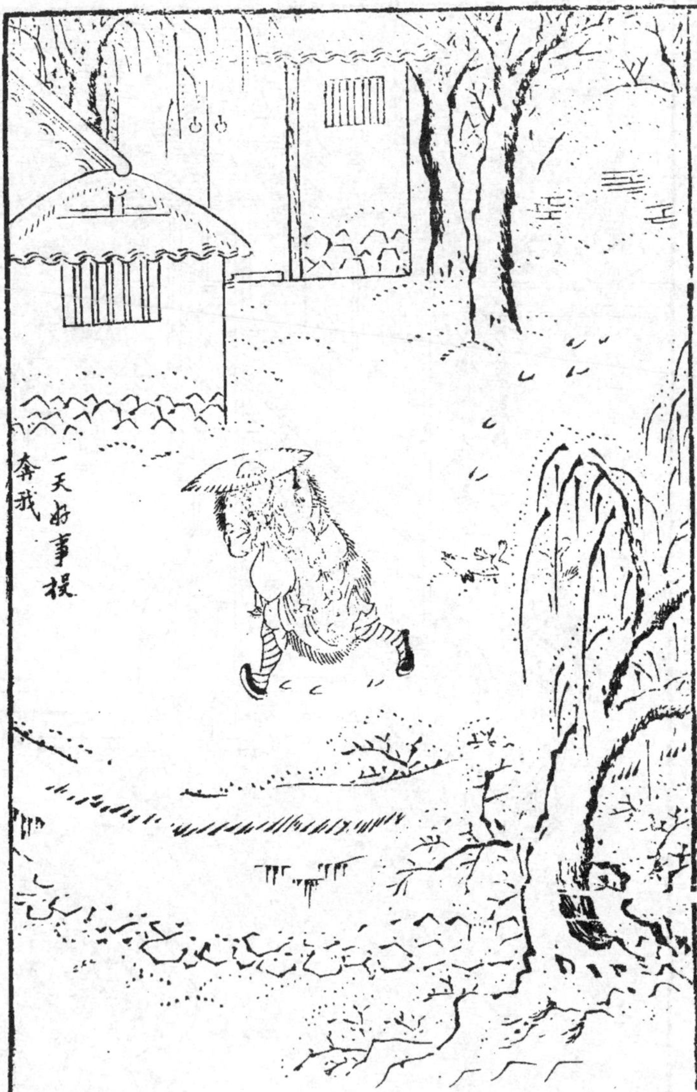
一天好事投
奔我

第十四卷　鬧樊樓多情周勝仙

太平時節日偏長，處處笙歌入醉鄉。
聞説鸞輿且臨幸，大家拭目待君王。

這四句詩，乃詠御駕臨幸之事。從來天子建都之處，人傑地靈，自然名山勝水，凑着賞心樂事。如唐朝，便有個曲江池；宋朝，便有個金明池：都有四時美景，傾城士女王孫、佳人才子，往來游玩。天子也不時駕臨，與民同樂。

如今且説那大宋徽宗朝年，東京金明池邊，有座酒樓，唤做樊樓。這酒樓有個開酒肆的范大郎，兄弟范二郎，未曾有妻室。時值春末夏初，金明池游人賞玩作樂。那范二郎因去游賞，見佳人才子如蟻。行到了茶坊裹來，看見一個女孩兒，方年二九，生得花容月貌。這范二郎立地多時，細看那女子，生得：

色，色，易迷，難拆。隱深閨，藏柳陌。足步金蓮，腰肢一捻，嫩臉映桃紅，香肌暈玉白。嬌姿恨惹狂童，情態愁牽豔客。芙蓉帳裏做鸞凰，雲雨此時何處覓？

元來情色都不由你。那女子在茶坊裏，四目相視，俱各有情。這女孩兒心裏暗暗地喜歡，自思量道：「若還我嫁得一似這般子弟，可知好哩。今日當面挫過，再來那裏去討？」正思量道：「如何着個道理和他說話？問他曾娶妻也不曾？」那跟來女使和妳子，都不知許多事。你道好巧！只聽得外面水盞響，女孩兒眉頭一縱，計上心來，便叫：「賣水的，傾一盞甜蜜蜜的糖水來。」那人傾一盞糖水在銅盂兒裏，遞與那女子。那女子接得在手，纔上口一呷，便把那個銅盂兒望空打一丟，便叫：「好好！你却來暗算我！你道我是兀誰？」那范二聽得道：「我且聽那女子說。」那女孩兒道：「我是曹門裏周大郎的女兒，我的小名叫做勝仙小娘子，年一十八歲，不曾吃人暗算。你今却來算我！我是不曾嫁的女孩兒。」【眉批】比《西廂記》說白，更覺對付有情。這范二自思量道：「這言語蹺蹊，分明是說與我聽。」這賣水的道：「告小娘子，小人怎敢暗算！」女孩兒道：「如何不是暗算我？盞子裏有條草。」賣水的道：「也不爲利害。」女孩兒道：「你待算我喉嚨，却恨我爹爹不在家裏。我爹若在家，與你打官司。」妳子在傍邊道：「却也叵耐這廝！」茶博士見裏面鬧炒，走入來道：「賣水的，你去□。」□水的却好出來，〔一〕對面范二郎道：「他既過幸與我，如何我不過幸？」〔二〕隨即也叫：「賣水的，傾一盞甜蜜蜜糖水來。」賣水的便傾一盞糖水在手，遞與范二郎。二郎接着盞子，吃一口水，也把盞子望空一丢，大叫起來道：「好好！你這個人真個要暗算人！你道我是兀誰？我哥哥是樊樓開酒店的，唤做范大郎，我便唤做范二郎，年登一十九歲，未曾吃人暗算。我射得好弩，打得好彈，兼我不曾娶渾家。」賣水的道：「你不是風！是甚意思，説與我知道，指望我與你做媒？你便告到官司，我是賣水，怎敢暗算人！」范二郎道：「你如何不暗算？我的盂兒裏，也有一根草葉。」女孩兒聽得，心裏好喜歡。茶博士入來，推那賣水的出去。女孩兒起身來道：「俺們回去休。」看着那賣水的道：「你敢隨我去？」這子弟思量道：「這話分明是教我隨他去。」只因這一去，惹出一場没頭腦官司。正是：

言可省時休便説，步宜留處莫胡行。

女孩兒約莫去得遠了，范二郎也出茶坊，遠遠地望着女孩兒去。只見那女子轉步，那范二郎好喜歡，直到女子住處。女孩兒入門去，又推起簾子出來望。【眉批】步步是女孩兒情勝于男子一倍。〔三〕范二郎心中越喜歡。女孩兒自入去了。范二郎在門前一似失心風的人，盤旋走來走去，直到晚方纔歸家。

且説女孩兒自那日歸家，點心也不吃，飯也不吃，覺得身體不快。做娘的慌問迎兒道：「小娘子不曾吃甚生冷？」迎兒道：「告媽媽，不曾吃甚。」娘見女兒幾日只在床上不起，走到床邊問道：「我兒害甚的病？」女孩兒道：「我覺有些渾身痛，頭疼，有一兩聲咳嗽。」周媽媽欲請醫人來看女兒，争奈員外出去未歸，又無男子漢在家，不敢去請。迎兒道：「隔一家有個王婆，何不請來看小娘子？他喚做『王百會』，與人收生、做針綫、做媒人，又會與人看脉，知人病輕重。鄰里家有些些事，都浼他。」周媽媽便令迎兒去請得王婆來。見了媽媽，媽媽説女兒從金明池走了一遍，回來就病倒的因由。王婆道：「媽媽不須説得，待老媳婦與小娘子看脉自知。」周媽媽道：「好好！」

迎兒引將王婆進女兒房裏。小娘子正睡裏，開眼叫聲：「少禮。」王婆道：「穩便！老媳婦與小娘子看脉則個。」小娘子伸出手臂來，教王婆看了脉，道：「娘子害的是頭疼渾身痛，覺得懨懨地惡心。」小娘子道：「是也。」王婆道：「是否？」女娘子道：「又有兩聲咳嗽。」王婆不聽得萬事皆休，聽了道：「這病蹺蹊。如何出去走了一遭，回來却便害這般病。」王婆看着迎兒、妳子道：「你們且出去，我自問小娘子則個。」迎兒和妳子自出去。王婆對着女孩兒道：「老媳婦却理會得這病。」女孩兒道：「婆婆，你如何理會得？」王婆道：「你的病唤做心病。」【眉批】想王婆少時也是過來人。女孩兒道：「如何是心病？」王婆道：「小娘子，莫不見了甚麽人，歡喜了，却害出這病來？是也不是？」女孩兒低着頭了，叫：「没。」王婆道：「小娘子，實對我説。我與你做個道理，救了你性命。」那女孩兒聽得説話投機，便説出上件事來：「那子弟唤作范二郎。」王婆聽了道：「莫不是樊樓開酒店的范二郎？」那女孩兒道：「便是。」王婆道：「小娘子休要煩惱，别人時老身便不認得，若説范二郎，老身認得他的哥哥嫂嫂，不可得的好人。范二郎好個伶俐子弟，他哥哥見教我與他説親。小娘子，我教你嫁范二郎，你要也不要？」女孩兒笑道：「可知好哩！只怕我媽媽不肯。」王婆道：「小娘子放心，老身自有個道理，不須煩惱。」女孩兒道：「若得恁地時，重謝婆婆。」

王婆出房來，叫媽媽道：「老媳婦知得小娘子病了。」媽媽道：「我兒害甚麽病？」王婆道：「要老身説，且告三杯酒吃了却説。」媽媽道：「迎兒，安排酒來請王婆。」媽媽一頭請他吃酒，一頭問：「婆婆，我女兒害甚麽病？」王婆把小娘子説的話一一説了一遍。媽媽道：「如今却是如何？」王婆道：「只得把小娘子嫁與范二郎。若還不肯嫁與他，這小娘子病難醫。」媽媽道：「我大郎不在家，須使不得。」王婆道：「告媽媽，不若與小娘子下了定，等大郎歸後，却做親，且眼下救小娘子性命。」媽媽允了道：「好好，怎地做個道理？」王婆道：「老媳婦就去説，回來便有消息。」

王婆離了周媽媽家，取路徑到樊樓來，見范大郎正在櫃身裏坐。王婆叫聲「萬福」。大郎還了禮道：「王婆婆，你來得正好。我却待使人來請你。」王婆道：「不知大郎喚老媳婦做甚麼？」大郎道：「二郎前日出去歸來，晚飯也不吃，道『身體不快』。我問他那裏去來？他道：『我去看金明池。』直至今日不起，害在床上，飲食不進。我待來請你看脉。」范大娘子出來與王婆相見了，大娘子道：「請婆婆看叔叔則個。」王婆道：「大郎，大娘子，不要入來，老身自問二郎，這病是甚的樣起？」范大郎道：「好好！婆婆自去看，我不陪你了。」王婆走到二郎房裏，見二郎睡在床上，叫聲：「二郎，老媳婦在這裏。」范二郎閃開眼道：「王婆婆，多時不見，我性命休也。」王婆道：「害甚病便休？」二郎道：「覺頭疼惡心，有一兩聲咳嗽。」王婆笑將起來。二郎道：「我有病，你却笑我！」王婆道：「我不笑别的，我得知你的病了。不害别病，你害曹門裏周大郎女兒，是也不是？」二郎被王婆道着了，跳起來道：「你如何得知？」王婆道：「他家教我來説親事。」范二郎不聽得説萬事皆休，聽得説好喜歡。正是：

人逢喜信精神爽，話合心機意趣投。

當下同王婆厮赶着出來，見哥哥嫂嫂。哥嫂見兄弟出來，道：「你害病却便出來？」二郎道：「告哥哥，無事了也。」哥嫂好快活。王婆對范大郎道：「曹門裏周大郎家，特使我來説二郎親事。」大郎歡喜。

話休絮煩。兩下説成了，下了定禮，都無別事。范二郎閒時不着家，從下了定，便不出門，與哥哥照管店裏。且説那女孩兒閒時不做針綫，從下了定，也肯做活。兩個心安意樂，只等周大郎歸來做親。三月間下定，直等到十一月間，等得周大郎歸。少不得鄰里親戚洗塵，不在話下。到次日，周媽媽與周大郎説知上件事。周大郎道：「定了未？」媽媽道：「定了也。」周大郎聽説，雙眼圓睁，看着媽媽罵道：「打脊老賤人！得誰言語，擅便説親！他高殺也只是個開酒店的。我女兒怕没大户人家對親，却許着他！你倒了志氣，幹出這等事，也不怕人笑話。」【眉批】此老殺風景。正恁的罵媽媽，只見迎兒叫：「媽媽，且進來救小娘子。」媽媽道：「做甚？」迎兒道：「小娘子在屏風後，不知怎地氣倒在地。」慌得媽媽一步一跌，走向前來，看那女孩兒倒在地下。

未知性命如何，先見四肢不舉。

從來四百四病，惟氣最重。元來女孩兒在屏風後聽得做爺的罵娘，不肯教他嫁范二郎，一口氣塞上來，氣倒在地。媽媽慌忙來救。被周大郎牽住，不得他救，罵道：「打脊賊娘！辱門敗户的小賤人，死便教他死，救他則甚？」迎兒見媽媽被周大郎牽住，自去向前，却被大郎一個漏風掌打在一壁厢，即時氣倒媽媽。迎兒向前救得媽媽蘇醒，媽媽大哭起來。鄰舍聽得周媽媽哭，都走來看。張嫂、鮑嫂、毛嫂、刁嫂，擠上一屋子。原來周大郎平昔爲人不近道理，這媽媽甚是和氣，鄰舍都喜他。周大郎看見多人，便道：「家間私事，不必相勸！」鄰舍見如此説，都歸去了。

媽媽看女兒時，四肢冰冷。媽媽抱着女兒哭。本是不死，因没人救，却死了。周媽媽罵周大郎：「你直恁地毒害！想必你不捨得三五千貫房奩，故意把我女兒壞了性命！」周大郎聽得，大怒道：「你道我不捨得三五千貫房奩，這等奚落我！」周大郎走將出去。周媽媽如何不煩惱，一個觀音也似女兒，又伶俐，又好針綫，諸般都好，如何教他不煩惱！離不得周大郎買具棺木，八個人擡來。周媽媽見棺材進門，哭得好苦！周大郎看着媽媽道：「你道我割捨不得三五千貫房奩，你看女兒房裏，但有的細軟，都搬在棺材裏！」只就當時，教仵作人等入了殮，即時使人分付管墳園張一郎、兄弟二郎：「你兩個便與我砌坑子。」分付了畢，話休絮煩，功德水陸也不做，停留也不停留，只就來日便出喪，周媽媽教留幾日，那裏拗得過來。早出了喪，埋葬已了，各人自歸。

可憐三尺無情土，蓋却多情年少人。

話分兩頭。且說當日一個後生的，年三十餘歲，姓朱名真，是個暗行人，日常慣與仵作的做幫手，也會與人打坑子。那女孩兒入殮及砌坑，都用着他。這日葬了女兒回來，對着娘道：「一天好事投奔我，我來日就富貴了。」娘道：「我兒有甚好事？」那後生道：「好笑，今日曹門裏周大郎女兒死了，夫妻兩個爭競道：『女孩兒是爺氣死了。』鬥彆氣，約莫有三五千貫房奩，都安在棺材裏。有恁地富貴，如何不去取之？」那做娘的道：「這個事却不是要的事。又不是八棒十三的罪過，又兼你爺有樣子。二十年前時，你爺去掘一家墳園，揭開棺材蓋，尸首覷着你爺笑起來。你爺吃了那一驚，歸來過得四五日，你爺便死了。孩兒，切不可去，不是要的事！」朱真道：「娘，你不得勸我。」去床底下拖出一件物事來把與娘看。娘道：「休把出去罷！原先你爺曾把出去，使得一番便休了。」朱真道：「各人命運不同。我今年算了幾次命，都說我該發財，你不要阻當我。」

你道拖出的是甚物事？原來是一個皮袋，裏面盛着些挑刀斧頭，一個皮燈盞，和那盛油的罐兒，又有一領蓑衣。娘都看了，道：「這蓑衣要他做甚？」朱真道：「半夜使得着。」當日是十一月中旬，却恨雪下得大。那厮將蓑衣穿起，却又帶一片，是十來條竹皮編成的，一行帶在蓑衣後面。原來雪裏有脚迹，走一步，後面竹片扒得平，不見脚迹。【眉批】大奇。當晚約莫也是二更左側，分付娘道：「我回來時，敲門響，你便開門。」雖則京城鬧熱，城外空闊去處，依然冷静。况且二更時分，雪又下得大，兀誰出來。

朱真離了家，回身看後面時，没有脚迹。迤逦到周大郎墳邊，到蕭墻矮處，把脚跨過去。你道好巧，原來管墳的養隻狗子。那狗子見個生人跳過墻來，從草窠裏爬出來便叫。朱真日間備下一團油糕，裏面藏了些藥在内。見狗子來叫，便將油糕丢將去。那狗子見丢甚物過來，聞一聞，見香便吃了。只叫得一聲，狗子倒了。朱真却走近墳邊。那看墳的張二郎叫道：「哥哥，狗子叫得一聲，便不叫了，却不作怪！莫不有甚做不是的在這裏？起去看一看。」哥哥道：「那做不是的來偷我甚麽？」兄弟道：「却才狗子大叫一聲便不叫了，莫不有賊？你不起去，我自起去看一看。」

那兄弟爬起來，披了衣服，執着鎗在手裏，出門來看。朱真聽得有人聲，悄悄地把蓑衣解下，捉脚步走到一株楊柳樹邊。那樹好大，遮得正好。却把斗笠掩着身子和腰，蹭在地下，蓑衣也放在一邊。望見裏面開門，張二走出門外，好冷，叫聲道：「畜生，做甚麽叫。」那張二是睡夢裏起來，被雪雹風吹，吃一驚，連忙把門關了，走入房去，叫：「哥哥，真個没人。」連忙脱了衣服，把被匹頭兜了道：「哥哥，好冷！」哥哥道：「我說没人！」約莫也是三更前後，兩個説了半晌，不聽得則聲了。朱真道：「不將辛苦意，難近世間財。」擡起身來，再把斗笠戴了，着了蓑衣，捉脚步到墳邊，把刀撥開雪地。俱是日間安排下脚手，下刀挑開石板下去，到側邊端正了，除下頭上斗笠，脱了蓑衣在一壁廂，去皮袋裏取兩個長釘，插在磚縫裏，〔四〕放上一個皮燈盞，竹筒裏取出火種吹着了，油罐兒取油，點起那燈，把刀挑開命釘，把那蓋天板丢在一壁，叫：「小娘子莫怪，暫借你些個富貴，却與你做功德。」道罷，去女孩兒頭上便除頭面。有許多金珠首飾，盡皆取下了。只有女孩兒身上衣服，却難脱。那厮好會，去腰間解下手巾，去那女孩兒胧項上閣起，一頭繫在自胧項上，將那女孩兒衣服脱得赤條條地，小衣也不着。那厮可霎叵耐處，見那女孩兒白净身體，那厮淫心頓起，按捺不住，姦了女孩兒。你道好怪！只見女孩兒睁開眼，雙手把朱真抱住。怎地出豁？正是：

曾觀《前定録》，萬事不由人。

原來那女兒一心牽挂着范二郎，見爺的駡娘，鬥彆氣死了。死不多日，今番得了陽和之氣，一靈兒又醒將轉來。朱真吃了一驚。見那女孩兒叫聲：「哥哥，你是兀誰？」朱真那厮好急智，便道：「姐姐，我特來救你。」女孩兒擡起身來，便理會得了：一來見身上衣服脱在一壁，二來見斧頭刀仗在身邊，如何不理會得？朱真欲待要殺了，却又捨不得。那女孩兒道：「哥哥，你救我去見樊樓酒店范二郎，重重相謝你。」朱真心中自思，別人兀自壞錢取渾家，不能得恁地一個好女兒。救將歸去，却是兀誰得知。朱真道：「且不要慌，我帶你家去，教你見范二郎則個。」女孩兒道：「若見得范二郎，我便隨你去。」當下朱真把些衣服與女孩兒着了，收拾了金銀珠翠物事，衣服包了，把燈吹滅，傾那油入那油罐兒裏，收了行頭，揭起斗笠，送那女子上來。朱真也爬上來，把石頭來蓋得没縫，又捧些雪鋪上。却教女孩兒上脊背來，把蓑衣着了，一手挽着皮袋，一手綰着金珠物事，把斗笠戴了，迤逦取路，到自家門前，把手去門上敲了兩三下。那娘的知是兒子回來，放開了門。朱真進家中，娘的吃一驚道：「我兒，如何尸首都馱回來？」朱真道：「娘不要高聲。」放下物件行頭，將女孩兒入到自己卧房裏面。朱真提起一把明晃晃的刀來，覷着女孩兒道：「我有一件事和你商量。你若依得我時，我便將你去見范二郎。你若依不得我時，你見我這刀麽？砍你做兩段。」女孩兒慌道：「告哥哥，不知教我依甚的事？」朱真道：「第一教你在房裏不要則聲，第二不要出房門。依得我時，兩三日内，説與范二郎。若不依我，殺了你！」女孩兒道：「依得，依得。」朱真分付罷，出房去與娘説了一遍。

話休絮煩。夜間離不得伴那厮睡。一日兩日，不得女孩兒出房門。那女孩兒問道：「你曾見范二郎麽？」朱真道：「見來。范二郎爲你害在家裏，等病好了，却來取你。」自十一月二十日頭至次年正月十五日，當日晚，朱真對着娘道：「我每年只聽得鰲山好看，不曾去看，今日去看則個，到五更前後便歸。」朱真分付了，自入城去看燈。你道好巧！約莫也是更盡前後，朱真的老娘在家，只聽得叫：「有火！」急開門看時，是隔四五家酒店裏火起，慌殺娘的，急走入來收拾。女孩兒聽得，自思道：「這裏不走，更待何時！」走出門首，叫婆婆來收拾。娘的不知是計，入房收拾。

女孩兒從熱鬧裏便走，却不認得路，見走過的人，問道：「曹門裏在那裏？」人指道：「前面便是。」迤逦入了門，又問人：「樊樓酒店在那裏？」人説道：「只在前面。」女孩兒好慌。若還前面遇見朱真，也没許多話。女孩兒迤逦走到樊樓酒店，見酒博士在門前招呼。女孩兒深深地道個萬福。酒博士還了喏道：「小娘子没甚事？」女孩兒道：「這裏莫是樊樓？」酒博士道：「這裏便是。」女孩兒道：「借問則個，范二郎在那裏麽？」酒博士思量道：「你看二郎！直引得光景上門。」【眉批】「光景」字新。酒博士道：「在酒店裏的便是。」女孩兒移身直到櫃邊，叫道：「二郎萬福！」范二郎不聽得都休，聽得叫，慌忙走下櫃來，近前看時，吃了一驚，連聲叫：「滅，滅！」女孩兒道：「二哥，我是人，你道是鬼？」范二郎如何肯信？一頭叫：「滅，滅！」一隻手扶着凳子。却限凳子上有許多湯桶兒，慌忙用手提起一隻湯桶兒來，覷着女子臉上丟將過去。你道好巧！去那女孩兒太陽上打着，大叫一聲，匹然倒地。慌殺酒保，連忙走來看時，只見女孩兒倒在地上。【眉批】利女兒之財者，朱賊也，而女兒反以朱賊生；爲女兒病相思者，范二郎也，而女兒反以二郎死。事之怪幻，至此極矣。性命如何？正是：

小園昨夜東風惡，吹折江梅就地橫。

酒博士看那女孩兒時，血浸着死了。范二郎口裏兀自叫：「滅，滅！」范大郎見外頭鬧炒，急走出來看了，只聽得兄弟叫：「滅，滅！」大郎問兄弟：「如何做此事？」良久定醒。問：「做甚打死他？」二郎道：「哥哥，他是鬼！曹門裏販海周大郎的女兒。」大郎道：「他若是鬼，須没血出，如何計結？」去酒店門前哄動有二三十人看，即時地方便入來捉范二郎。范大郎對衆人道：「他是曹門裏周大郎的女兒，十一月已自死了。我兄弟只道他是鬼，不想是人，打殺了他。我如今也不知他是人是鬼。你們要捉我兄弟去，容我請他爺來看尸則個。」衆人道：「既是恁地，你快去請他來。」

范大郎急急奔到曹門裏周大郎門前，見個妳子問道：「你是兀誰？」范大郎道：「樊樓酒店范大郎在這裏，有些急事，説聲則個。」妳子即時入去請。不多時，周大郎出來，相見罷。范大郎説了上件事，道：「敢煩認尸則個，生死不忘。」周大郎也不肯信，范大郎閒時不是説謊的人。周大郎同范大郎到酒店前看見，也呆了，道：「我女兒已死了，如何得再活？有這等事！」那地方不容范大郎分説，〔五〕當夜將一行人拘鎖，到次早解入南衙開封府。包大尹看了解狀，也理會不下，權將范二郎送獄司監候。一面相尸，一面下文書行使臣房審實。做公的一面差人去墳上掘起看時，只有空棺材。問管墳的張一、張二，説道：「十一月間，雪下時，夜間聽得狗子叫。次早開門看，只見狗子死在雪裏，更不知別項因依。」把文書呈大尹。大尹焦躁，限三日要捉上件賊人。展個兩三限，并無下落。好似：

金瓶落井全無信，鐵槍磨針尚少功。

且説范二郎在獄司閒想：「此事好怪！若説是人，他已死過了，見有入殮的仵作及墳墓在彼可證；若説是鬼，打時有血，死後有尸，棺材又是空的。」展轉尋思，委决不下，又想道：「可惜好個花枝般的女兒！若是鬼，到也罷了；若不是鬼，可不枉害了他性命！」夜裏翻來覆去，想一會，疑一會，轉睡不着。直想到茶坊裏初會時光景，便道：「我那日好不着迷哩！四目相視，急切不能上手。不論是鬼不是鬼，我且慢慢裏商量，直恁性急，壞了他性命，好不罪過！如今陷于縲絏，這事又不得明白，如何是了？悔之無及！」轉悔轉想，轉想轉悔。捱了兩個更次，不覺睡去。夢見女子勝仙，濃妝而至。范二郎大驚道：「小娘子原來不死。」小娘子道：「打得偏些，雖然悶倒，不曾傷命。奴兩遍死去，都只爲官人。今日知道官人在此，特特相尋，與官人了其心願，休得見拒，亦是冥數當然。」范二郎忘其所以，就和他雲雨起來。枕席之間，歡情無限。事畢，珍重而別。醒來方知是夢，越添了許多想悔。次夜亦復如此。到第三夜又來，比前愈加眷戀，臨去告訴道：「奴陽壽未絕。今被五道將軍收用。奴一心只憶着官人，泣訴其情，蒙五道將軍可憐，給假三日。【眉批】五道將軍通竅。如今限期滿了，若再遲延，必遭呵斥。奴從此與官人永別。官人之事，奴已拜求五道將軍，但耐心，一月之後，必然無事。」范二郎自覺傷感，啼哭起來。醒了，記起夢中之言，似信不信。剛剛一月三十個日頭，只見獄卒奉大尹鈞旨，取出范二郎赴獄司勘問。

原來開封府有一個常賣董貴，當日綰着一個籃兒，出城門外去，只見一個婆子在門前叫常賣，把着一件物事遞與董貴。是甚的？是一朵珠子結成的梔子花。那一夜朱真歸家，失下這朵珠花。婆婆私下檢得在手，不理會得直幾錢，要賣一兩貫錢做私房。董貴道：「要幾錢？」婆子道：「胡亂。」董貴道：「還你兩貫。」婆子道：「好。」董貴還了錢，徑將來使臣房裏，見了觀察，説道恁地。即時觀察把這朵梔子花徑來曹門裏，教周大郎、周媽媽看，認得是女兒臨死帶去的。即時差人捉婆子。婆子説：「兒子朱真不在。」當時搜捉朱真不見，却在桑家瓦里看耍，被做公的捉了，解上開封府。包大尹送獄司勘問上件事情，朱真抵賴不得，一一招伏。當案薛孔目初擬朱真刧墳當斬，范二郎免死，刺配牢城營，未曾呈案。其夜夢見一神如五道將軍之狀，怒責薛孔目道：「范二郎有何罪過？擬他刺配！快與他出脱了。」薛孔目醒來，大驚，改擬范二郎打鬼，與人命不同，事屬怪異，宜徑行釋放。包大尹看了，都依擬。范二郎歡天喜地回家。後來娶妻，不忘周勝仙之情，歲時到五道將軍廟中燒紙祭奠。有詩爲證：

情郎情女等情癡，只爲情奇事亦奇。
若把無情有情比，無情翻似得便宜。

【校記】

〔一〕「你去□□水的却好出來」，衍慶堂本作「你去把那水好好挑出來」。
〔二〕「如何」二字，底本缺失，據衍慶堂本補。
〔三〕「一倍」，衍慶堂本作「十倍」。
〔四〕「插在」，底本作「了在」，據衍慶堂本改。
〔五〕「那地方」，底本作「當地分」，據衍慶堂本改。